Die Kriminalistinnen
Acht Schüsse im Schnee

Mathias Berg wurde 1971 in Stuttgart geboren und schreibt seit seinem vierzehnten Lebensjahr. Nach dem Studium der Soziologie in Bamberg und London wurde er PR-Redakteur und arbeitete in der Werbung und im Marketing. Mathias Berg ist verheiratet und lebt in Köln.

MATHIAS BERG

Die Kriminalistinnen

Acht Schüsse im Schnee

KRIMINALROMAN

emons:

Bibliografische Information der Deutschen Nationalbibliothek
Die Deutsche Nationalbibliothek verzeichnet diese Publikation
in der Deutschen Nationalbibliografie; detaillierte bibliografische
Daten sind im Internet über http://dnb.d-nb.de abrufbar.

© Emons Verlag GmbH
Alle Rechte vorbehalten
Umschlagmotiv: arcangel.com/Aimee Marie Lewis
Umschlaggestaltung: Nina Schäfer, nach einem Konzept von
finken & bumiller | buchgestaltung und grafikdesign
Gestaltung Innenteil: DÜDE Satz und Grafik, Odenthal
Lektorat: Dr. Marion Heister
Druck und Bindung: CPI – Clausen & Bosse, Leck
Printed in Germany 2024
ISBN 978-3-7408-1685-8
Originalausgabe

Unser Newsletter informiert Sie
regelmäßig über Neues von emons:
Kostenlos bestellen unter
www.emons-verlag.de

Dieser Roman wurde vermittelt durch
die Michael Meller Literary Agency GmbH, München.

Die automatisierte Analyse des Werkes, um daraus Informationen
insbesondere über Muster, Trends und Korrelationen gemäß § 44b
UrhG (»Text und Data Mining«) zu gewinnen, ist untersagt.

Für Steph. All my love.

I am out with lanterns looking for myself.
Emily Dickinson

Teil 1

Andere Herren

1

Freitag, 27. Februar 1970

Der Himmel über dem Friedhof war bleistiftgrau und schwer. Ich stand mit meinen Kolleginnen von der Kripo auf dem Düsseldorfer Zentralfriedhof und war für einen Augenblick von einer Bewegung abgelenkt. Einem Schatten. Mein Blick wanderte über die Reihen der schwarz gekleideten Menschen, der uniformierten Schultern und gesenkten Köpfe zu dem ausgehobenen Grab. Zu dem Pfarrer mit der roten Nase, der beim Sprechen Wolken ausspuckte, und zu den Sargträgern und Friedhofsgärtnern, die in ihre Fäuste pusteten. Von dort schweifte mein Blick weiter über die Reihen der Grabsteine, die wie alte Zähne in der Erde steckten, zu den unteren Zweigen einer Tanne. Und während ich den Sermon des Pfarrers nur noch entfernt wahrnahm, entdeckte ich dort drei Krähen.

Große Tiere. Schwarz und unheimlich. Todesboten. Unglücksbringer.

Mit ihrem glänzenden Gefieder und ihren spitzen Schnäbeln standen sie dicht beieinander, hüpften auf der Stelle und blickten in unsere Richtung. Legten ihre Köpfe schief, als wollten sie sagen: Den beerdigt ihr hier? So einer war das?

Die drei Krähen taten so, als sei das mühsame Auffinden von Nahrung in diesen kalten Tagen ihre einzige Beschäftigung. Aber ich glaubte ihnen nicht. Selbst Krähen gegenüber war ich nach meinem ersten Jahr als angehende Kriminalwachtmeisterin misstrauisch geworden.

Ihr führt doch was im Schilde, wie ihr da zusammensteht.

Es war an dem Tag wieder knapp über null Grad, und ich spürte meine Zehen nicht mehr. Auch mein Herz war kalt, denn ich stand am Grab eines Menschen, für den ich nichts empfand, und heuchelte Ergriffenheit. In mir war nur eine Erinnerung an einen alten tiefen Schmerz, und der galt meiner Mutter, die vor über zehn Jahren vor meinen Augen zu Tode gekommen war. Aber für die Person, die an diesem Februartag beerdigt wurde, war nichts da, und ich schämte mich, weil ich mir gefühlskalt vorkam.

Jürgen Potthoff war allein gestorben. Er hatte es so gewollt. Niemand aus dem Präsidium hatte Potthoff in den letzten Monaten seines Lebens mehr besuchen dürfen. Aber sie erzählten sich, es gäbe ein Foto von ihm, wie er auf dem Sterbebett lag und aussah wie eine reife Pflaume, die auf dem Fensterbrett in der sengenden Sonne vergessen worden war. Klein und zusammengeschrumpelt. Auf einem weißen Betttuch, in seitlicher Lage, wie ein Embryo. Alle Kraft und Energie herausgepresst, in einem langen, ermüdenden Prozess, der unumkehrbar war. Und das musste das Schlimmste für Potthoff gewesen sein, für diesen zähen und unerbittlichen Leiter der Mordkommission, der seine Untergebenen streng ausbildete und nichts dem Zufall überließ. Er musste jegliche Kontrolle abgeben. Sein eiserner Wille brachte ihm gar nichts. Der Krebs hatte sich wie ein Parasit in seinen Körper eingenistet und ihn aufgefressen. Bauchspeicheldrüsenkrebs.

Potthoff hatte nur noch ein knappes halbes Jahr gehabt, und als ich vergangenen Sommer mit ihm in der Mordkommission gearbeitet hatte, wusste er es bereits. Er hatte es mir an meinem letzten Tag zugeflüstert, als sei es ein Abschiedsgeschenk. Eine Losung. Als würde es rückwirkend die Dinge in ein anderes Licht stellen. Aber das tat es nicht. Ich hatte die Zeichen bemerkt, aber für mich behalten. Vor einer Woche war Potthoff also gestorben. Allein. In dem Moment, als seine Frau aus dem Sterbezimmer ging, um die Schnittblumen wegzuwerfen, die er nicht mehr sehen wollte. So erzählten sie es sich.

»Wahre Helden«, sagten die Männer, »sterben allein.«

Wir sechs Frauen standen frierend in einer Reihe, eng beieinander, die sechs Kriminalistinnen in Ausbildung vom Polizeipräsidium Düsseldorf. Ich in der Mitte, mit einem dunkel gemusterten Kopftuch auf dem blonden Schopf und in dem hellen Wintermantel, den ich mir geleistet hatte. Links von mir

Ruth, mit streng aus dem Gesicht gekämmten dunklen Haaren, in einem aschefarbenen Mantel, und daneben Mieze, deren rote Locken so lebendig leuchteten, dass es fast unanständig war. Rechts von mir, Schulter an Schulter, stand Lilli, in einen großen Schal gehüllt, mit der ich gerade im Sittendezernat arbeitete, und daneben die große Renate, die sich eine schwarze Baskenmütze tief ins Gesicht gezogen hatte. Am rechten äußeren Rand stand Petra, die Älteste von uns, mit einem Damenhut mit Schleier auf dem Kopf wie bei einer Hollywoodbeerdigung, worüber wir uns bereits auf dem Weg lustig gemacht hatten.

Ein helles Glöckchen erklang.

Die vier Sargträger ließen den glänzenden schwarzen Sarg an den Bändern langsam in die Erde nieder. Ein Schluchzen ertönte, während der Pfarrer einen Segen sprach. Potthoff hatte Glück, dass sie ihn heute beisetzen konnten. Der Boden war durch den lang anhaltenden schneereichen Winter so gefroren gewesen, dass sie nur mit größter Mühe und unter Einsatz eines Baggers ein Loch ausheben konnten. Kurz war überlegt worden, seinen letzten Willen zu ignorieren und ihn einzuäschern, aber seine Frau hatte eisern an dem Wunsch festgehalten. Es sollte genau so sein, wie er es befohlen hatte. Selbst über den Tod hinaus reichte sein langer Arm.

Ruth knuffte mich in die Seite. Ein Mann mit langen weißen Haaren, die er in einem Pferdeschwanz trug, trat in einem schwarzen Mantel aus der Menge hervor, stellte sich neben das Grab, klemmte eine Geige unter sein Kinn und begann eine traurige Melodie zu spielen.

»Das auch noch«, flüsterte Ruth mir zu und verdrehte die Augen.

»Den Geiger bestellen sie für jede Beerdigung, kostet fünfundzwanzig Mark«, raunte ich ihr zu. »Elke hat es mir verraten. Ist ein ehemaliger Polizist. Ist über einen Mordfall verrückt geworden. Jetzt spielt er nur noch Geige.«

»Das werde ich überprüfen«, erwiderte Ruth.

»Schschscht«, machte Lilli und strafte uns mit Blicken, zog ein weißes Taschentuch hervor und tupfte sich die Nase.

Ich blickte über die Reihen der Trauernden vor mir und lauschte der Melodie, die der Geiger spielte, und da öffnete sich in mir eine Tür, und eine alte Trauer kam wie eine Welle angerollt. Ich schluckte hohl, starrte zu Boden, und mit einem Mal war ich bei der Beerdigung meiner Mutter vor elf Jahren.

»Das ist zu groß für dich«, hatte Tante Hedwig, Mutters ältere Schwester, am Morgen der Beerdigung zu mir gesagt, als ich in einem schwarzen Kleid meiner Mutter in die Küche kam, das ich unten mit der Schere abgeschnitten hatte, weil es zu lang war. Das Kleid, das mein Vater mir besorgt hatte, wollte ich nicht anziehen, weil mich der Stoff kratzte.

»Du bleibst besser zu Hause«, sagte Hedwig in strengem Ton und mit missbilligendem Blick auf das Kleid und murmelte ein »leeve Jott« auf Kölsch hinterher. Da schrie ich los, dass meinem Vater angst und bange wurde.

»Lass das Kind in Ruhe, es ist schon schlimm genug«, flehte er, am Ende seiner Kräfte, von tiefer Traurigkeit beschattet, die ihn nie wieder verlassen sollte, außer wenn er trank und mit dem Phantasiebild meiner Mutter in der Küche tanzte und gegen Tisch und Stühle rumpelte. Und er trank und tanzte oft.

Ich brüllte Tante Hedwig an, dass sie mir gar nichts zu sagen hätte, und begann mit Fäusten auf sie einzuschlagen, und sie hob nur abwehrend die Hand und kreischte, und mein Bruder Henning ging dazwischen und schlug mir auf die Finger, und dann war Ruhe, und alle sahen sich betroffen an.

»Lucia kommt mit zur Beerdigung, und damit Schluss«, sprach mein Vater ein Machtwort und stampfte mit seinem gesunden Bein auf.

Mutters Beerdigung auf dem Friedhof Segeroth in Essen war ein einziges Geheule, mit einer großen Traube Menschen, die hinter uns gingen. Die Sargträger waren Kumpel meines Vaters, kräftige Jungs, die den Sarg schulterten. Vater humpelte, wir Kinder folgten. Henning neben mir, er hatte seine Mütze abgenommen und knibbelte mit den Fingern an deren Innenseite. Ich setzte einen Schritt vor den anderen und presste die Zähne aufeinander. Ich war mir sicher, dass meine Mutter woanders war, aber mit Sicherheit nicht in dieser dämlichen Holzkiste, hinter der wir herschritten. Wut packte mich, Schimpfwörter fluteten mein Hirn, weil ich nicht glauben wollte, dass sie tot war. Mein Vater stolperte und fiel der Länge nach hin. Ein Raunen ging durch die Trauergemeinde, und wir wollten ihm aufhelfen.

»Legt mich doch zu ihr«, flüsterte er.

Er hatte seinen rechten Unterschenkel im Krieg verloren. Meine Mutter, ein kölsches Mädchen, war während des Kriegs ins Ruhrgebiet geflüchtet, und dort hatten die beiden sich kennengelernt. Verliebt. Verlobt. Verheiratet. Er arbeitete in der Zeche als Aufzugführer, mein Bruder folgte ihm später und schuftete unter Tage bei zweiundvierzig Grad. Ein begehrter Arbeitsplatz mit einer ordentlichen Bezahlung im jungen Nachkriegsdeutschland.

In dem Moment wurde mir schlagartig bewusst, dass ich meinen Vater auch noch verlieren könnte, und das durfte nicht sein.

»Wir dürfen jetzt nicht aufgeben«, presste ich unter Tränen hervor, die mir die Wangen herunterliefen. »Mama würde uns auslachen, wie wir hier am Boden liegen.«

Das wirkte.

»Recht haste«, sagte er leise, und stumme Tränen liefen sein Gesicht hinab. Wir packten ihn unter der Achsel und zogen ihn hoch. Vater legte seine schwere Hand auf meinen Kopf. »Kommt«, sagte er mit brüchiger Stimme, »geben wir eurer Mutter das letzte Geleit.«

Tränen fluteten meine Augen, und ich sah den Friedhofsboden nicht mehr scharf. Der Geiger spielte die letzten Töne für Potthoff, und ich blickte durch den Tränenschleier auf die Gestalt, die da plötzlich neben seinem Grab stand. Bildschön. Makellos. Mama. Sie trug das dunkelblaue Sommerkleid mit den weißen Punkten, wie auf dem Foto, das auf meinem Nachtisch stand. Die Haare schön frisiert und taftfixiert, die Lippen rot. Sie sah mich mitleidig an, und ich hörte ihre helle Stimme in meinem Ohr.

Ach, Kind, nun mach es dir doch nicht so schwer. Kümmere dich lieber mal um die Wahrheit.

Ich blinzelte die Tränen in meinen Augen weg, blickte schnell zu Ruth neben mir, aber die hatte offenbar nichts mitbekommen. Auch Lilli wirkte in Gedanken versunken, und ich sah wieder nach vorne, aber meine Mutter war verschwunden. Der Geiger schloss den Geigenkasten und klopfte sich die Schneeflocken vom Mantel.

»War's das?«, fragte Ruth neben mir, und ich hörte die Ungeduld in ihrer Stimme. »Mir ist kalt.«

»Ich denke schon. Reicht jetzt auch«, sagte ich und zurrte mein Kopftuch fester.

Die Frau von Potthoff warf mit einer Schaufel Erde auf den Sarg, ging in die Knie, und ihr Sohn stand neben ihr, legte seinen Kopf auf ihre bebenden Schultern.

»So eine Beerdigung ist etwas Furchtbares«, flüsterte Lilli.

Nach und nach gingen die Trauergäste in der ersten Reihe zu der Witwe, kondolierten und liefen im Gänsemarsch in Richtung Ausgang.

»Müssen wir auch kondolieren?«, fragte Lilli.

»Nein, wir waren mit dabei. Das ist genug«, meinte ich.

»Es wird Zeit für den Leichenschmaus«, raunte Petra uns vom Rand zu und deutete mit ihrer Hand eine Trinkbewegung an.

»Ach, die Garbo kann ja sprechen«, meinte Ruth süffisant, und Petra streckte ihr die Zunge heraus.

»Lasst uns gehen, ich brauch 'nen Schnaps«, seufzte Mieze, »solche Sachen gehen mir immer an die Nieren.« Sie hob den Kopf und sah in den Himmel. »Geht dieser Winter nie zu Ende? Ich kann mir gar nicht vorstellen, dass ich in drei Monaten in einem weißen Kleid heiraten soll.«

»Unvorstellbar. Beides«, meinte Renate. »Überleg dir das gut mit der Ehe. Gefängnis mit drei Buchstaben«, raunte sie ihr zu und spähte zu Petra, die sie strafend ansah.

Wir wandten uns bereits zum Gehen, als ich bemerkte, dass mir jemand unauffällig zuwinkte und auf mich zukam.

»Da ist Otto«, meinte ich, und die anderen blieben kurz stehen und sahen sich um.

Ruth sah den Kollegen Otto Hagedorn mit einem finsteren

Blick an. »Lasst uns gehen«, sagte sie mürrisch und ging mit den anderen weiter.

Ich blieb als Einzige stehen. Otto kam in einem beigefarbenen Trenchcoat mit extrabreitem Revers auf mich zu, zog seine rechte Hand aus der Manteltasche und reichte sie mir.

»Möchtest du noch mit mir sprechen?«

»Hallo, Otto«, erwiderte ich und schüttelte seine Hand. Sie war warm.

»Du siehst aus wie ein Filmstar, mit diesem Kopftuch über den blondierten Haaren und dem hellen Mantel.«

»Ja, die Kollegen nennen mich bereits scherzhaft die Denöff vom Rhein«, erzählte ich mit einem Lächeln.

»Dir geht's gut, das freut mich. Sag mal, was ich mich immer mal wieder gefragt habe: Hat sich in der Mordsache Nadja Christensen eigentlich noch mal was getan?«

»Nein, der Fall wurde geschlossen. Ungelöst. Wie ist es in Köln?«, fragte ich.

»Wilder Westen. Es ist wie Klein-Chicago am Rhein. Diebstahl, Erpressung, Mord. Wir haben alle Hände voll zu tun und könnten Verstärkung gut gebrauchen.« Er sah mich auffordernd an. Otto war im vergangenen Sommer nach Köln versetzt und befördert worden.

»Gemach. Erst mal muss ich die Ausbildung abschließen. Hier in der Hauptstadt geht es doch gepflegter zu.«

»Wo bist du gerade?«

»Bei der Sitte.«

Er deutete mir an, dass wir den Trauermarschierenden folgen sollten. »Kommst du klar? Ich meine, mit den Kollegen?«

Wir gingen nebeneinanderher, und ich zog ein Eukalyptusbonbon aus meiner Manteltasche. »Es gibt Kollegen, die sich darüber lustig machen, dass meine Dienstwaffe in meiner Handtasche zwischen Lippenstiften und Tampons liegt. Solche Kollegen werden wir sehr lange noch ertragen müssen. Und Kollege Potthoff war ein Paradebeispiel dafür. Aber das hat sich ja jetzt erledigt.«

»Potthoff war nicht verkehrt«, setzte Otto an, und es klang

wie eine Verteidigung. »Aber seine Methoden waren fragwürdig. Ich habe darüber nachgedacht. Falls ich einen Fehler gemacht habe, so tut es mir leid, Lucia.«

Ich rollte das Bonbon aus dem knisternden Papier und steckte es mir in den Mund. Schob es von links nach rechts, um Zeit zu schinden. Es schlug gegen meine Zähne, und ich ließ einen Moment verstreichen, während der Schnee unter unseren Schuhen knirschte.

»Danke, Otto, aber wir müssen nach vorne schauen, nicht nach hinten.«

Otto nickte. »Wenn du mal Hilfe brauchst, meine Tür steht offen.«

Ich nehme dich beim Wort.

Wir blieben stehen. Ich ahnte, dass es ihm auf den Lippen lag zu fragen, wie es Ruth ginge, die ihm die kalte Schulter zeigte. In solchen Dingen konnte sie unerbittlich sein. Otto liebte Ruth, das wusste ich wohl.

Frag mich jetzt nicht, Otto, bitte nicht. Lass es sein.

Er holte Luft, um etwas zu sagen, aber schloss seinen Mund wieder. »Ich muss los.« Er reichte mir zum Abschied die Hand. »Viel Erfolg, Lucia.«

»Dir auch«, erwiderte ich und lief meinen Kolleginnen hinterher.

»Was wollte er?«, fragte Ruth streng, während wir zum Parkplatz gingen.

»Nur Hallo sagen«, erwiderte ich. »Mehr nicht.«

Ruth stieß abfällig die Luft aus. »Heuchler«, keuchte sie.

Ich bin ja selbst keinen Deut besser.

Von wegen, nie in die Vergangenheit blicken, nur nach vorne. Lachhaft war das. Ich fasste mir ein Herz und fragte Ruth.

»Ich brauche deine Hilfe. Könntest du mich mit Johannes Wegener bekannt machen?«

Ruth blieb abrupt stehen und schaute mich mit großen Augen an. »Mit unserem Kriminalpsychologen? Gefällt er dir?« Sie sah sich nach ihm um. Er ging einige Meter von uns entfernt, in einem edlen dunkelblauen Mantel. Ruth absolvierte gerade ihre

Station in der Mordkommission und hatte ihn bereits kennengelernt.

»Nicht jetzt«, zischte ich.

Ruths Blick war eine Mischung aus Belustigung und Freude. Ich konnte ihre Gedanken lesen: Entwickelst du nach der letzten Schlappe endlich wieder ein Interesse an Männern und bist nicht nur an Büchern, Filmen und Catherine Deneuve interessiert? An Tanzengehen, Martinis und Französischpauken für den Sommerurlaub in Frankreich?

Johannes Wegener war nicht unattraktiv. Ein Mann Anfang dreißig, neu im Polizeipräsidium, mit einem bübischen Lächeln und einem feinen, selbstsicheren Auftreten. Rotblondes Haar. Eine angenehme Ausstrahlung. Ich hatte ihn bei einer Veranstaltung im Foyer des Präsidiums erlebt, wo er einen leidenschaftlichen Vortrag über den aktuellen Stand der Forschung zur Tätermotivation in den USA gehalten hatte.

»Nein, ich will ihn im Fall meiner Mutter wegen eines Täterprofils befragen«, sagte ich kleinlaut. »Vielleicht ergibt sich ein Ansatzpunkt für mich.«

»Bist du dir sicher, dass du dafür bereit bist?« Sie nahm meine Hände und hielt sie fest. »Du musst es wirklich wollen. Es kann schmerzhaft werden. Dessen musst du dir bewusst sein.«

Ich dachte an die Altakte von dem Fall, in der ich letztes Jahr ängstlich geblättert hatte, als seien die Seiten vergiftet gewesen, und an den Moment, als ich die Akte weggelegt hatte. Weil ich mich davor fürchtete, die Details zu erfahren, die Dokumentation ihres Leids, mit Fotos und Berichten, die seit so vielen Jahren geduldig auf Papier standen. Und ich dachte an das Gesicht, das ich letztes Jahr in einem rauschhaften Moment gesehen hatte: das Gesicht des Täters.

»Es wird Zeit, die Wahrheit herauszufinden«, sagte ich und fand, dass ich dabei tapfer klang. Ich hatte nicht den blassesten Schimmer, was auf mich zukäme und was für eine Wahrheit ich aus dem Dunkel ans Licht zerren würde.

Aber ich war bereit, den Weg zu gehen. Ohne Wenn und Aber.

2

Nach der Beerdigung strömte die Trauergesellschaft in den Trompeter, eine gutbürgerliche Gaststätte, die von der rundlichen Rosi mit strengem, aber liebevollem Regiment geführt wurde und nur wenige Gehminuten vom Präsidium entfernt lag. Für viele Polizisten stellte der Trompeter eine zweite Kantine und Heimat dar, mit Hausmannskost, frisch gezapftem Alt und viel Gesprächsstoff an den blank gewetzten Tischen. Als wir sechs Frauen den Trompeter betraten, ruckten die Köpfe herum. Normalerweise pfiffen uns ein paar Kollegen zu, und Ruth hob dann stets beschwichtigend die Hand und rief: »Wir kommen in Frieden.«

Aber heute war es anders. Sie nickten uns nur knapp und anerkennend zu. Mit versteinerten Gesichtern.

»Meine Täubchens«, begrüßte Rosi uns mit einem vollen Tablett in der Hand und winkte uns mit der freien Hand zu einem spärlich besetzten Tisch. »Macht mal Platz für die Damen«, forderte sie die Kollegen auf, die sie großäugig anschauten. Wenn eine Frau so mit ihnen umspringen durfte, dann nur Rosi, mit ihrem Herzen aus Gold. An dem Tisch wurden schnell sechs Plätze freigemacht. Toni, der ebenfalls die Ausbildung mit uns absolvierte, saß auch am Tisch. »Italo-Toni«, weil er unübersehbar einen italienischen Vater haben musste, anders ließ sich der südländische Einschlag mit den tiefschwarzen Haaren und den olivgrünen Augen nicht erklären.

»Ciao ragazze. Ultima saluti«, begrüßte Toni uns, als seien wir alle seine Principessas, und ich sah dabei die eifersüchtigen Blicke der Kollegen, wie sie die Augen zu Schlitzen verengten und ihre Blicke sagten: Wie dieser junge Kerl die Damen anflirtet, einfach unverschämt. Toni legte demonstrativ seinen Arm um mich.

»Toni, lass das«, flüsterte ich.

»Was ist los, bella?«

»Die Kollegen gucken schon.«

»Na und?« Er hob sein Bierglas und nickte den anderen zu. Ich mochte es nicht, wenn Toni sich so männlich plump benahm, weil ich wusste, dass er auch anders sein konnte. Höflich. Freundlich. Witzig. Aber wenn die Kollegen um ihn herum waren, riss er gern billige Witze und machte schlüpfrige Bemerkungen.

»Pass auf, dass du keine Neider provozierst«, flüsterte ich, und er lächelte, strich sich durch seinen dichten Schnäuzer.

»Und wenn schon. Gibt nur eines, Freund oder Feind. Capisci?«

Die Stimmung war gedrückt, und viele saßen still da und starrten in ihr Bier, andere unterhielten sich leise. Immer mehr Kollegen kamen herein, mit stillen Gesichtern, weiß wie Taschentücher, fuhren sich durch die vom Schnee benetzten Haare, schüttelten ihre dunklen Mäntel aus und hängten sie an die Haken. Sie stellten und setzten sich, wo noch Platz war, und warteten in stiller Andacht darauf, dass etwas geschah.

Rosi wusste ihre Gäste zu führen. Sie verteilte Teller mit Frikadellen, Gürkchen, Brot und Senf auf den Tischen und ging anschließend mit einem Tablett voller Schnapsgläser umher und rief: »Vom guten Potthoff für euch. Vor ein paar Monaten war er noch bei mir und hat seinen Leichenschmaus besprochen. Ich soll euch schön grüßen. So jung kommen wir nicht mehr zusammen.« Rosi erhob selbst ein Schnapsglas und blickte einmal in die Runde. Alle starrten sie an. »Er hat mir gesagt, ich soll euch was Starkes ausschenken. Ihr würdet das schon vertragen, ihr Memmen. Auf Potthoff!«

Da war er. Der erste befreiende Lacher.

»Auf Potthoff!«, riefen sie mit donnernden Stimmen und hoben die Gläser, und schon hob sich auch die Stimmung. Der Alkohol entspannte, und als die ersten Anekdoten durch den Raum flogen, kam die gute Laune zurück, ansteckend wie ein glimmendes Feuer. Es wurde gelacht, Tränen wurden aus den Augenwinkeln gewischt. Kollegen standen mit ihren Biergläsern beieinander, die Arme kameradschaftlich um die Schultern gelegt. In einer Ecke wurde leise ein Lied angestimmt. Renate, die neben mir saß, biss ein großes Stück von einer Frikadelle ab. Das lange Ding hatte immer Hunger und schlang wie ein Hund.

»Kauen nicht vergessen«, raunte ich ihr zu.

Sie schob den Bissen in eine Backentasche. »Ich habe einen Kohldampf, das kannst du dir nicht vorstellen«, erwiderte sie und kaute angestrengt.

Mir war nicht nach Essen. Ich nuckelte an dem zweiten Altbier, das Rosi mir zwinkernd vor die Nase gestellt hatte. Auf mich, die Jüngste in der Truppe, hatte sie ein besonderes Augenmerk, und ich mochte ihre kümmernde, mütterliche Art, weil mir meine eigene Mutter fehlte.

»Hättest du die Tage Zeit für mich?«, fragte ich Mieze, die gegenüber von mir saß.

Sie fuhr durch ihre roten Locken, hob fragend das Kinn und legte den Kopf leicht schief. Senkte die Stimme. »Natürlich. Worum geht's?«

»Die Sache mit meiner Mutter. Gehst du mit mir die Akte durch?«

Beide Augenbrauen schnellten aufgeregt nach oben. »Aber sicher. Wann du willst, jederzeit. Wollen wir uns morgen treffen? Auf Kaffee und Kuchen? Und dann sehen wir uns die Akte an?«

»Abgemacht.«

Ruth stieß mich unter dem Tisch an. Sie rollte mit den Augen und deutete zur Seite. Der Kriminalpsychologe war hereingekommen. Dr. Johannes Wegener. Er zog seinen Wollmantel aus und suchte nach einem freien Haken, sah auf die überquellenden Kleiderhaken und legte den Mantel säuberlich über seinen Unterarm. Mit seinem fein geschnittenen Gesicht und der schmalen Nase hatte er etwas Aristokratisches, das so gar nicht in diese Runde passte. Aber genau das gefiel mir.

»Komm, ich mach euch bekannt«, sagte Ruth. »Jetzt oder nie.«

Ruth und ich erhoben uns von unseren Plätzen und schlängelten uns durch die eng stehende Meute der trinkenden Kollegen. Aus einem Lautsprecher erklang mit einem Mal »Wunder gibt es immer wieder« von Katja Ebstein, und die Ersten hakten sich ein und begannen zu schunkeln.

Wunder gibt es immer wieder.

Wenn sie dir begegnen, musst du sie auch sehen.

Wegener stand etwas verloren da.

»Ach, der feine Herr Wegener kommt auch noch«, witzelte Kollege Müller von der Mord, der neben ihm stand. Ein kleiner, stämmiger Mann mit dicken Backen und schweren Lidern unter spitzen Augenbrauen, die aussahen, als habe ein Kind ein Dach gezeichnet. »Nicht, dass Sie uns hier noch heimlich in den Kopf gucken.« Er lachte dreckig.

»Und was genau sollte ich da bei Ihnen finden, was nicht ohnehin schon alle wissen?«, fragte Wegener zurück und erntete Lacher und einen anerkennenden Schlag auf die Schulter. Jemand reichte ihm ein volles Bierglas. Er nahm es, prostete der Runde zu und trank es in einem Rutsch aus.

»Hoho, der Herr Doktor hat aber einen Durst«, witzelte Müller weiter.

»Na, läuft die Witzemaschine?«, fragte Ruth. »Da kommt aber heute noch was Besseres heraus.« Sie nickte Müller zu, der sie belämmert anstarrte. »Wird schon werden«, frotzelte Ruth weiter, und der Kollege machte »Pah«. »Kennt ihr den Witz?«, fragte Ruth, und sie riefen: »Erzähl!«

Währenddessen sah ich Dr. Wegener an. An seiner Oberlippe klebte noch Bierschaum, und ich deutete mit meinem Zeigefinger auf meine Lippen. Er war eine Sekunde irritiert, verstand dann und wischte sich mit dem Handrücken über den Mund.

»Danke, sehr nett«, sagte er.

»Hallo, ich bin Lucia Specht. Kriminalbeamtin in Ausbildung, eine Kollegin von Ruth Bellroth.«

Er nickte freundlich. »Freut mich. Ich bin Johannes Wegener. Und sag bitte nicht Herr Doktor zu mir. Sag Johannes. Wir sind schließlich Kollegen.«

»Aber sicher, Herr Doktor«, bestätigte ich, und er lachte auf.

Ein Kellner kam mit einem vollen Kranz frisch gezapfter Biere, und ich fischte zwei heraus und gab Johannes eines. Ein Bier konnte ich noch trinken, aber mehr nicht, denn ich hatte später noch eine Schicht zu arbeiten. Die Arbeitszeiten bei der Sitte waren anders als bei der Mordkommission.

Wir stießen an und sahen uns direkt in die Augen. Selten hatte ich jemand gesehen, der ein so offenes und interessiertes Gesicht hatte. Seine Augen waren groß, hatten die Farben von Murmeln, und es schien, als leuchteten sie in mich hinein.

Johannes nahm einen Schluck. »Ist nicht leicht, mit diesem Schlag von Männern zurechtzukommen«, meinte er und sah sich dabei um.

»Wir Frauen kennen das. Da hilft eine Ölhaut, an der alles abperlen kann.«

»Bei mir werden die Männer schnell unsicher, betrachten mich als eine Bedrohung, werden feindselig, weil sie mich nicht einschätzen können. Sie denken, ich hätte qua meiner Ausbildung eine Fähigkeit, die sie enttarnen könnte. Ihre Defizite ans Licht bringen. Ich bin deswegen heute hergekommen, damit sie mich mal kennenlernen und verstehen, dass ich nicht sonderlich anders bin als sie.«

Und ob du anders bist als sie.

»Nun, du bist außerhalb ihres Männerbunds, das erschwert die Sache«, bemerkte ich.

»Gut erkannt«, erwiderte er mit einem anerkennenden Nicken.

Ruth stand plötzlich neben mir und legte ihren Arm um mich. »Na, ihr habt euch schon bekannt gemacht. Johannes, ich wollte dir meine Kollegin Lucia vorstellen.«

»Das hat sie bereits selbst übernommen, sie ist ja schon groß. Nicht wahr?«

Wir lächelten uns an.

Ruths Blick wechselte zwischen uns. »Okay, ich kürze die Sache ab«, meinte sie, und ich erstarrte. Ruths direkte Art wirkte auf manche Personen verstörend oder stieß sie vor den Kopf. Aber Johannes sah uns beide mit einem leicht belustigten Zug um den Mund an. »Mein Kollegin Lucia könnte in einer Sache einen kriminalpsychologischen Rat brauchen, eine Familienangelegenheit. Ein ungelöster Fall.«

»Ich hätte es nicht schöner ausdrücken können«, murmelte ich und bemerkte, dass mir das Blut in die Wangen schoss. Das war der Moment, in dem ich dringend einen tiefen Zug von einer Zigarette gebraucht hätte.

Johannes taxierte mich, ließ einen Moment verstreichen, bevor er geräuschvoll die Luft durch die Nase einsog. »Heute und hier ist der falsche Ort und der falsche Zeitpunkt«, sagte er, und ich nickte schnell. »Aber wie wäre es Montag zum Mittagessen? Bevor dich deine eigene Courage wieder verlässt.«

Ich lachte unbeholfen. Ruth riss auffordernd die Augen weit auf und kniff mich in den Rücken, ohne dass er es sah. Es tat weh, und ich funkelte sie böse an.

»Ja, das wäre fein, so machen wir es«, sagte ich zu Johannes, und wir drei stießen mit unseren Gläsern an. Ein mulmiges Gefühl beschlich mich in der Magengegend.

»Abgemacht«, bestätigte Johannes. »Gibt's hier auch etwas zu essen? Ich bemerke gerade, dass mir der Alkohol viel zu schnell ins Hirn saust.«

»Ja, Frikadellen«, erklärte ich.

»Komm mit an unseren Tisch, ich stelle dich den anderen Hexen vor«, meinte Ruth und ging vor.

Johannes deutete mir an, dass ich vorgehen möge. Ich bedankte mich und sah ihn über die Schulter noch einmal an. Er lächelte, und ich fand, dass er ausgesprochen charmant war.

Aber da war etwas in seinem Blick, das ich nicht deuten konnte.

Eine Kleinigkeit, die mich irritierte. Ich hatte das Gefühl, dass es da ein Geheimnis gab, das er sorgfältig umschiffte. Weglächelte. Überstrahlte. Das er hinter seinem Lächeln verbarg.

3

Es war kurz vor zweiundzwanzig Uhr an diesem Freitagabend. Als wir den Laden in der Altstadt betraten, schmeckte ich immer noch den Kaffee auf meiner Zunge, den wir bei Dienstbeginn getrunken hatten. Lilli und ich hatten uns schick gemacht, trugen beide einen kurzen Wildledermini und hübsche Stiefel sowie dünne Rollis dazu, mit Metallschmuck an den Ohren, und wirkten wie fröhliche, gut gelaunte junge Menschen, die ausgehen und Spaß haben wollten.

Aber das waren wir nicht.

Wir waren die, die den anderen den Spaß versauten und ihnen in die Suppe spuckten. Ihnen Ärger machten.

Der Laden war ein Tanzlokal, in dem sich vor allem junge Menschen unter zwanzig tummelten. Ein in die Jahre gekommener Beatschuppen mit schwarz getünchten Wänden, einer Spiegeldecke und einer Tanzfläche in der Mitte des Raumes, um die Sitzecken gruppiert waren. Dort standen sie, die Teens der Stadt. Lachten. Lagen sich in den Armen. Saßen auf Stufen nebeneinander wie Schulkinder, beobachten andere und kicherten. Oder sie standen lässig da, taten erwachsen, als ginge sie das ganze Treiben hier nichts an. Rauchten. Schwenkten Bierflaschen. Die Jungs blickten mit desinteressierter Miene auf die anderen herab. Die Mädchen waren stark geschminkt, um ihre Minderjährigkeit zu übertünchen und ihren Gesichtern die Reife zu geben, die sie nicht besaßen.

Die Musik war laut. Gerade lief »Venus« von Shocking Blue. Ich sang den Refrain leise mit, »*I'm your Venus, I'm your fire, at your desire*«, und beobachtete die tanzenden Mädchen, die ihre Arme im flackernden Licht zur Decke streckten.

Wir gingen an die Theke, und der Barmann, die älteste Person im Raum und offensichtlich der Besitzer des Tanzlokals, hob den Kopf und legte seine brennende Zigarette im Aschenbecher ab.

»Die Damen«, begrüßte er uns grinsend. »Was darf es sein?«
Sein Blick wechselte von einer zur anderen. Er schnappte sich
ein Handtuch und begann, Gläser zu polieren. Eine Über-
sprungshandlung.

Ob er den Braten riecht?

»Ach, irgendwas Starkes«, sagte Lilli mit kieksender Stimme
und sah ihn mit ihrem unschuldigen Schulmädchengesicht an.
Sie war kaum geschminkt, die Haare brav gescheitelt, nur die
Lippen glänzten silbern. Sie wirkte wie ein junges Gör, das
hungrig nach Abenteuern war.

»Bist du denn schon alt genug für Hochprozentiges?«, fragte
er, senkte den Kopf und sah sie streng an.

»Dann eine Fanta«, meinte sie schnell, öffnete ihre Handtasche, klappte einen kleinen Spiegel auf und zog sich sorgfältig
die Lippen nach.

Er sah uns skeptisch an. »Und für Sie?«, fragte er und taxierte
mich. Mich siezte er weiterhin. Die erste Freundlichkeit war
verschwunden, sein Blick hatte etwas Grollendes bekommen.

»Ich geh mal auf die Toilette«, meinte Lilli lapidar, stand
auf, schulterte ihre Handtasche. »Bis gleich«, raunte sie mir
im Vorbeigehen zu, ließ ihren Blick über die ahnungslosen fei-
ernden Menschen schweben und folgte dem kleinen Schild mit
der goldenen Aufschrift »Toiletten«, das über dem Durchgang
klebte. Wir waren ein eingespieltes Team.

Ich trat einen Schritt näher an die Theke. Hob dem Barkeeper
meine Dienstmarke entgegen. Er starrte darauf, hörte auf zu
polieren, zerknüllte das Geschirrtuch und warf es zur anderen
Seite der Theke, wo eine blonde Thekenkraft irritiert zu ihm
herübersah.

»Specht. Sittenpolizei. Schalten Sie die Musik aus und das
Licht an. Dies ist eine Überprüfung zur Einhaltung des Jugend-
schutzgesetzes.«

»Ernsthaft?«, fragte er.

Ich sah ihm direkt in die Augen. »Sehe ich aus, als ob ich
Scherze mache?«

Er zögerte einen Moment und schien unsicher, ob das Ganze

nicht doch ein Witz war. Ich hielt ihm weiterhin meine Dienstmarke entgegen und schaute ihn scharf an. Er sah zum Durchgang und bemerkte die beiden Kollegen in Uniform, die jetzt erschienen und den Ausgang blockierten.

»Wir warten«, sagte ich, griff in meine Handtasche und holte das Gesetzbuch hervor. Er schielte darauf. »Das kennen Sie sicherlich auswendig«, meinte ich.

Er schlug mit der flachen Hand einmal auf den Tresen und rief seiner Kollegin zu: »Lola, stell die Musik aus und mach das Licht an!«

Sie sah mit einem fragenden Gesichtsausdruck zu ihm herüber, eine Flasche Mariacron in der Hand und eine brennende Kippe im Mundwinkel.

»Mach schon!«, rief er ihr verärgert über die Musik zu. Er wusste, dass ein saftiges Bußgeld auf ihn warten würde.

Sekunden später ging schlagartig das Licht an, und die Musik verstummte. Ein Aufschrei ging durch die Menge. Das helle Arbeitslicht offenbarte die Hässlichkeit des Schuppens. Der Schutz der Dunkelheit war verschwunden. Ein paar Jungs verstanden sofort, was passierte, und versuchten, sich an den uniformierten Kollegen vorbeizumogeln. Zwecklos.

»Ausweiskontrolle!«, riefen die Polizisten.

Ein mürrisches Raunen ging durch den Raum. Aus dem Augenwinkel bemerkte ich, wie zwei Mädchen sich hinter der Bar duckten und durch eine Hintertür verschwanden. Ein Mädchen rief: »Lassen Sie mich durch, fassen Sie mich nicht an!«

Ich lehnte mit dem Rücken an der Bar, die Ellbogen aufgestützt, und beobachtete die Menge der jungen Menschen. Mittlerweile konnte ich gut erkennen, wer von denen nachher in der Minna saß und wer nicht. Ich erkannte die Zeichen von Nervosität, sah das Getuschel, den verzweifelten Versuch, aus der Nummer schadfrei herauszukommen.

»Ihren Ausweis bitte«, sagte der eine Polizist. Er hieß Fred Stein.

»Ich zeige Ihnen meinen Ausweis nicht«, patzte eine junge Blondine ihn an und umarmte sich dabei selbst in ihrem dünnen kurzen Kleid. Sie fror jetzt schon, und wir waren noch nicht mal draußen. Die Türen des Tanzlokals standen auf, und eisige Winterluft zog herein.

»Kein Problem. Sie kommen mit auf die Wache. Dort nehmen wir Ihre Personalien auf.«

Blondie klappte den Mund auf und zu und sah zu ihrer Freundin, die den Kopf schüttelte.

Stein dirigierte Blondie zur Seite. »Die Nächste. Ausweiskontrolle!«, rief er.

Lilli erschien mit zwei Mädchen von der Toilette. »Netter Versuch, Mädels«, sagte sie zu ihnen. »Sechzehn!«, rief sie mir zu und ging vor die Tür, wo der Bus bereitstand.

»Fräulein Specht?«, rief Fred Stein mich zu sich.

Ich löste mich von der Bar, und erst jetzt erkannte die Meute, wer da an der Bar gestanden hatte. Eine Polizistin. Zeit für meinen Auftritt. Den konnte ich mittlerweile im Schlaf.

Ein Raunen ging durch den Raum. »Wer ist das?«, wisperte jemand. »Ist die auch ein Bulle?« – »Eine Frau? Bestimmt nicht.« – »Die ist doch vom Jugendamt.«

»Schämt euch!«, rief eine junge Männerstimme mir zu.

»Warum macht ihr das? Ihr wart auch mal jung!«, krakeelte ein junges Mädchen.

»Jetzt beruhigen wir uns mal!«, rief ich laut. »Ich sage euch, wie der Abend endet. Wer unter achtzehn Jahren ist, kommt mit auf die Wache und wird den Eltern zugeführt. Warum? Wer unter achtzehn Jahren alt ist, darf nach zweiundzwanzig Uhr nur in Begleitung eines Erwachsenen unterwegs sein. Und bevor die Frage kommt, wo das steht: Im Gesetzbuch steht's. Hier.« Ich hielt das aufgeklappte Buch hoch. »Wer von euch noch fähig ist zu lesen, kann das Jugendschutzgesetz gerne bei mir einsehen.«

»Bei dir würde ich noch mehr einsehen!«, rief ein junger Mann aus der Deckung der hinteren Reihe und erntete einen Lacher.

»Ein frommer Wunsch. Aber ich stehe nicht auf junges Gemüse.«

»Probier's doch mal aus!«, rief er zurück.

»Ihren Ausweis werde ich mir ganz genau ansehen«, meinte ich, erhob mahnend einen Zeigefinger, und nun bekam ich meinen Lacher.

»Ihr schützt uns gar nicht, ihr macht uns nur Ärger!«, rief einer mit heiserer Stimme. »Wer sind Sie überhaupt?«

»Ich bin die Sittenpolizei!«, rief ich zurück. »Und wer sind Sie?«

Ein Raunen ging durch den Raum. Fred Stein neben mir reichte mir einen Ausweis.

»Was meinen Sie?«, fragte er und deutete auf ein junges Ding, das mich mit mürrischem Blick ansah.

Ich blätterte den Ausweis auf. Sah mir das schwarz-weiße Passfoto an. Ausgestellt auf den Namen Michaela Ellerbeck. Neunzehn Jahre alt. Ich betrachtete die Stempel. Eigentlich sah alles korrekt aus, aber etwas stimmte nicht mit dem Papier. Ich rieb es zwischen den Fingern.

»Nehmen wir mit aufs Revier. Vermutlich eine Fälschung«, entgegnete ich.

Stein steckte den Ausweis in einen Umschlag der Polizei.

»Ist konfisziert«, sagte ich zu ihr. »Sie fahren mit zur Überprüfung aufs Revier, gehen Sie vor die Tür zu den Kollegen.«

»Aber ich bin schon neunzehn und habe einen Ausweis. Was soll das?«, rief sie aufgebracht und schaute zu ihrer Freundin, die sie ängstlich ansah.

Michaela Ellerbeck wirkte lolitahaft, wie sie ihren Rücken durchdrückte und den Kopf verdrehte. Posen, die sie reizend aussehen lassen sollten. Kokett. Reif. Verspielt. Sie war kleiner als ich, trotz hoher Schuhe. Hatte langes braunes Haar, das sie in Wellen trug. Sie hatte etwas Apartes und zugleich Kindliches an sich.

Fred führte sie und ihre Freundin unter Protest nach draußen. Ich sah ihr hinterher, wie sie auf ihren weißen Schuhen mit dem Keilabsatz widerwillig folgte, in ihrem Goldlamékleid, ein Minikleid, das nicht billig war. Das war nicht von C&A, sondern teure Boutiqueware. Düsseldorfer Schick. Mittlerweile hatte ich einen Blick dafür entwickelt.

Ich ging vor die Tür, die Hände in den Manteltaschen, denn es waren wieder Temperaturen um den Gefrierpunkt. Vor dem Etablissement hatte sich eine kleine Horde junger Leute versammelt, die denen, die in die Minna einstiegen, zuriefen: »Lasst euch nicht unterkriegen!«

Lilli verfrachtete die zwei Mädchen, die sie auf der Toilette aufgegriffen hatte, in den Wagen. »Je länger ihr euch wehrt, umso länger dauert die ganze Überprüfung.«

»Bitte lassen Sie uns gehen, wir waren doch schon auf dem Nachhauseweg«, bettelten sie.

»Wer's glaubt, wird selig. Und mein Vater ist der liebe Gott«, entgegnete Lilli. »Rein mit euch.« Während sie sprach, kamen Atemwolken aus ihrem Mund. »Verdammt kalt«, murmelte sie und nickte mir zu.

Ich stieg in die Minna ein und gab dem Fahrer ein Zeichen. Er startete den Motor. Drehte die Heizung auf. Wir ließen die aufgegriffenen Jugendlichen immer erst im kalten Wagen warten. Eine Viertelstunde. Die Kälte zermürbte sie, und wenn die Heizung endlich anging, waren sie stets auf merkwürdige Weise erleichtert, dass wir zur Wache fuhren, der Abend bald ein Ende fand und sie nach Hause durften. Ich sah mich um.

»Wir fahren zur Wache, dort werden Ihre Personalien überprüft. Ihre Eltern werden über den Vorfall in Kenntnis gesetzt.«

Ich blickte in die Gesichter der jungen Mädchen, denen die Enttäuschung und die Angst ins Gesicht geschrieben standen. Mit ihren roten Nasen drängten sie sich wie junge Enten aneinander und wärmten sich gegenseitig. Michaela saß direkt hinter mir, neben ihrer Freundin von eben. Aufrecht, den Kopf hoch oben tragend, und tat, als friere sie nicht. Sie hatte etwas Widerspenstiges und Bockiges an sich und sah mich mit einem spöttischen Blick an.

»Warten Sie nur, mein Vater ist gut bekannt mit dem Polizeidirektor. Sie werden sich noch wundern«, sagte sie und strich sich ihre Haare aus dem Gesicht.

Im Gegenteil. Du wirst dich wundern, Schätzchen, wenn wir herausfinden, dass dein Ausweis gefälscht ist.

»Fahren wir los«, sagte ich zu dem Fahrer, und er fuhr an, während draußen die Meute aus Protest pfiff und johlte.

Eine Stunde später war Michaela Ellerbeck als Einzige übrig und saß im Befragungszimmer. Ihr Gesichtsausdruck hatte sich während der ganzen Zeit nicht verändert und blieb die stoische Fassade eines bockigen Kindes. Die anderen Mädchen waren längst abgefertigt und nach Hause eskortiert worden. Zu den Eltern zurückgebracht.

Lilli und ich setzten uns zu ihr. Ich legte ihr den Ausweis auf den Tisch.

»Fräulein Ellerbeck, woher haben Sie diesen Ausweis?«, fragte ich.

»Na, vom Amt«, erwiderte sie.

»Leider nein. Der ist nicht vom Amt.«

»Nicht?«

Sie stellte sich doof. Aber das würde sie nicht weit bringen.

»Wie viel haben Sie dafür bezahlt?«

»Ich weiß nicht, worauf Sie hinauswollen.«

»Da kann ich helfen. Sie sind ziemlich sicher minderjährig und waren mit einem gefälschten Ausweis ohne Begleitung eines Erwachsenen nach zweiundzwanzig Uhr in einem Tanzlokal, was gegen das Jugendschutzgesetz verstößt. Darüber müssen wir Ihre Eltern unterrichten.«

»Meine Eltern? Tun Sie das doch!«, rief sie. »Aber lassen Sie mich damit in Ruhe.«

»Damit nicht genug. Das ist Urkundenfälschung. Sie haben sich eine billige Fälschung andrehen lassen. Was haben Sie dafür bezahlt? Und wo haben den Ausweis her?«

Michaela verschränkte die Arme vor der Brust und zog ein mürrisches Gesicht. Da war nichts herauszuholen. Sie würde es mir nicht verraten.

»Nun, dann führen wir das Gespräch an der Stelle mit Ihren Eltern fort«, erklärte ich.

Michaela Ellerbeck sah auf ihre schmale Armbanduhr, die teuer aussah. »Wenn Sie Glück haben, sind die zu Hause«, sagte sie in besserwisserischem Tonfall und stand abrupt auf. »Gehen wir?«, fragte sie fordernd. »Ich bin müde und möchte jetzt gehen.«

Mit dir werden wir noch Spaß haben, Schätzchen.

Ich fuhr mit einem Polizisten und der minderjährigen Michaela Ellerbeck zu ihrem Elternhaus. Sie und ihre Eltern wohnten im Norden, im Stadtteil Rath, nicht gerade das Villenviertel, wo Häuser mit herrschaftlichen, verwinkelten Fassaden im Laternenlicht groß und mächtig wirkten. Aber zwischen den einfacheren Wohnhäusern entlang der Reichswaldallee blitzten doch ein paar Gründerzeitvillen auf, mit dichten Hecken, auf denen der Schnee aufgetürmt lag, mit schmiedeeisernen schwarzen Gattern an beleuchteten Auffahrten, wo in großen Fenstern Lampen mit weißen Stoffschirmen standen und ein warmes Licht verbreiteten. In einem dieser Schmuckstücke lebten die Ellerbecks. Wir parkten den Dienstkäfer auf dem Gehweg, in einer Schneelücke. Niemand wusste in diesem Winter, wo er die überall zu Bergen aufgetürmten Schneemassen lassen sollte.

Wir hatten Glück. Michaelas Vater, Theo Ellerbeck, war in der Tat zu Hause. Er reagierte auf die Türklingel und sprach mit uns über die Gegensprechanlage. »Kommen Sie bitte herein«, bat er höflich.

Das Tor öffnete sich mit einem mechanischen Klicken. Michaela schritt voraus. Behäbig und widerwillig, als führten wir sie in einen Kerker. Schneeflocken rieselten vom Himmel und blieben auf der freigeschaufelten Auffahrt der Garage liegen. Theo Ellerbeck stand im hellen Licht des Hauseingangs und sah aus wie ein englischer Lord, in seiner grauen Stoffhose, dem Hemd, der Krawatte und der wollenen Strickjacke. Sein Gesicht war freundlich. Er lächelte Michaela an, die sich grußlos an ihm vorbeischob.

»Was ist passiert?«, fragte er mich.

Ich erklärte es ihm. Als ich den gefälschten Ausweis erwähnte, hob er eine Augenbraue und sah an mir vorbei, als lauerten Reporter zwischen den dunklen Tannen im Vorgarten.

»Bitte kommen Sie doch kurz herein«, sagte er und machte eine knappe einladende Geste.

Ich trat meine Schuhe an dem Fußabtreter ab und folgte ihm. Mein Kollege tat es mir gleich. Theo Ellerbeck führte uns in das angrenzende Wohnzimmer. Hier drin war es wohlig warm. Es roch nach Tabak und Holz. Mein erster Blick fiel auf den breiten Kamin, in dem ein knisterndes Feuer brannte. Funken stoben wie Glühwürmchen hervor und wurden am Kamingitter abgefangen. Auf dem Couchtisch standen ein fast leerer Cognacschwenker und eine eckige Flasche aus Kristallglas. Zudem ein Aschenbecher mit einem erkalteten Zigarillo.

»Bitte nehmen Sie doch Platz«, sagte er und deutete auf die große Sitzgruppe, auf der die gesamte Sitte Platz gefunden hätte.

»Danke, aber wir möchten Sie nicht länger als nötig aufhalten«, erwiderte ich und blieb stehen.

Michaela nahm, mit deutlichem Abstand zu ihrem Vater, auf dem Sofa Platz, schlug die Beine fest übereinander und verschränkte die Arme vor der Brust.

»Etwas wenig Stoff bei den Temperaturen«, meinte er zu ihr und deutete auf das Goldlamé-Kleid.

»Mir gefällt's«, murrte sie.

»Dass es schön ist, bezweifelt niemand«, entgegnete er. »Warst du allein dort?«, fragte er.

»Mit Helga«, erklärte sie schnell.

Er sah zu mir. »Kann ich den Ausweis einmal sehen?«

Ich reichte ihm den konfiszierten Ausweis. Er nahm ihn und beäugte ihn genau, drehte und wendete ihn. »Ich hätte die Fälschung nicht erkannt«, sagte er und gab ihn mir zurück. »Woran haben Sie es festgestellt?«

»Es ist das Papier«, erklärte ich.

Er gab ein wissendes »Ah« von sich und wandte sich Michaela zu. »Du hast dich zwei Jahre älter gemacht. Warum?«, fragte er in ruhigem Tonfall.

Sie wurde bockig. »Warum wohl?«, antwortete sie.

»Du bist siebzehn, in einem halben Jahr bereits achtzehn.

Dann kannst du nach zweiundzwanzig Uhr ausgehen. Diese Sache hier wirft dich zurück. Wo hast du den her?«

Ich war erstaunt, wie gelassen er war. Er schrie sein Kind nicht an, und ich spürte auch keinen unterschwelligen Groll, der sich entladen würde, kaum dass wir zur Tür hinaus wären. Das hatten Lilli und ich schon oft erlebt. Mir taten die Jugendlichen leid, die nicht nur eine Standpauke zu erwarten hatten. Wir sahen oft Eltern, die in Morgenröcken mit müden Gesichtern um Fassung rangen, ihre Sprösslinge argwöhnisch ansahen, »Ich bin so enttäuscht von dir« zischten und uns mit drohenden Handbewegungen versicherten, dass dies ein Nachspiel haben würde. Aber hier war es anders.

Theo Ellerbeck faltete seine Hände zusammen. »Fräulein Specht, eigentlich weiß meine Tochter, wie die Rechtslage ist, und ich kenne ein solches Verhalten nicht von ihr. Ich bin daher erstaunt und würde das gerne morgen mit ihr besprechen. Unter vier Augen, wenn Sie erlauben. Jetzt, kurz vor Mitternacht, bringt das nichts mehr.«

»Natürlich«, versicherte ich ihm.

»Zu dem gefälschten Ausweis. Dieser Sache möchte ich nachgehen. Dazu werde ich morgen meinen Anwalt kontaktieren und mich dann auf dem Präsidium melden. Dass hier ein Vergehen vorliegt, ist ohne Zweifel. Es tut mir leid, dass Sie hierherfahren mussten, und ich danke Ihnen, dass Sie Michaela sicher nach Hause gebracht haben. Ich begleite Sie zur Tür.«

Er stand auf. Damit war das Gespräch beendet. Er war ein vollkommener Gentleman.

»Auf Wiedersehen«, sagte ich zu Michaela, und sie sah mich von unten an, ihr Blick eine merkwürdige Mischung aus Interesse und Ablehnung.

Da kommt noch was. Da ist noch nicht aller Tage Abend.

4

Mieze und ich trafen uns am Samstagnachmittag im Café Kranzler auf der Kö, um die Altakte über den Fall meiner Mutter anzusehen. Die typische rot-weiße Markise war selbst im Winter herausgefahren und leuchtete von Weitem. Wir hatten Glück und ergatterten einen kleinen Tisch in der Nähe der Kuchentheke, bestellten ein Kännchen Kaffee und ein Stück Käsekuchen. Die Sahne sparten wir uns. Ich berichtete von meiner Nachtschicht und der vorwitzigen Michaela mit dem falschen Ausweis. Der Kaffee wurde zuerst gebracht. Mieze rührte mit dem Löffel in ihrer Tasse und erzählte von einem aktuellen Fall aus der Vermisstenabteilung, wo sie gerade arbeitete.

»Eine Sechsjährige. Beim Schlittenfahren verschwunden. In dem Gewusel fiel nicht auf, dass sie mit einem Mal weg war. Die Eltern suchten alles ab. Unterhalb des Bergs ist ein Flüsschen, und wir hatten eine schlimme Vermutung. Wir suchten alles ab, weil wir wussten, dass es zum Ertrinken nicht viel braucht. Aber sie war nicht dort.«

»Komm zum Punkt, Mieze«, sagte ich. »Das ist ja nicht auszuhalten.«

Sie lächelte. »Und weißt du, was das kleine Ding gemacht hat? Sie hat sich in ein parkendes Auto am Rande des Geländes gesetzt, weil ihr kalt war, und ist dort eingeschlafen. Auf der Rückbank. Der Fahrer hat es gar nicht bemerkt und fuhr mit ihr nach Hause. Erst in der Garage entdeckte er seinen schlafenden blinden Passagier.«

»Die Leute sollten anfangen, ihre Autos abzuschließen«, meinte ich tonlos und goss die Kondensmilch aus dem kleinen Silberkännchen in den Kaffee.

Mieze sah mich nachdenklich an. »Wollen wir starten?«

Ich schaute mich um, aber niemand nahm von uns Notiz. Die

meisten Gäste legten eine Einkaufspause ein, stellten ihre Tüten und Taschen unter die runden Mahagonitische und plauderten. »Ich habe die Akte seit letztem Jahr nicht mehr angesehen«, sagte ich leise und legte sie auf den Tisch. »Aber jetzt wird es Zeit.«

»Wir gehen schrittweise vor«, sagte Mieze, klappte die Akte auf, überflog die Notiz der Staatsanwaltschaft zur Einstellung der Ermittlung und blätterte durch die Seiten. »Womit fangen wir an?«

Meine Mutter hätte gesagt: Mach das Unangenehmste immer zuerst. Dann haste das ausm Kopp.

»Mit dem Schlimmsten«, antwortete ich. »Dem Bericht der Rechtsmedizin.«

Der Dokumentation des Verbrechens an ihrem Körper. Mit den Zeugnissen der Gewalt. Der Rohheit. Mit den nicht zu leugnenden Fakten. Als meine Mutter starb, war ich zwölf Jahre alt gewesen. Sie war vor ihrem Angreifer geflüchtet, durch ein Gebüsch, auf die Straße gesprungen und von einem Laster überfahren worden. In meiner Vorstellung war sie zwar tot, aber merkwürdigerweise unversehrt, ihr Körper war so, wie ich ihn kannte. Wir hatten den gleichen Körperbau, die gleiche Form der Finger und Füße, die gleichen Nägel. Länglich. Schmal. Helle Haut. Dunklere Augenbrauen.

Mieze nahm die Fotos aus dem Umschlag. Schwarz-Weiß-Fotos. Ich war froh, dass es keine Farbfotos waren, denn das rückte sie aus der Realität heraus und machte sie künstlich, wie in einem Zeitungsartikel. Eine zweite Form von Realität. Eine Verfremdung. Mieze überflog den rechtsmedizinischen Bericht, ihre rot geschminkten Lippen bewegten sich dazu, ohne dass ein Laut aus ihrem Mund drang.

»Ganz sachlich die Fakten«, empfahl sie, wartete mein Nicken ab und legte los. »Vier Hämatome am Körper. Von Schlägen. Auf Brust, Nacken. Hals. Dann Stichwunden, aber nicht besonders tief. An Hals und Oberkörper. Fünf Stück. Die am Hals ist am tiefsten. Sie hat Kratzer an den Unterarmen und an den Beinen von den Zweigen des Gebüschs. Da sind Wunden an ihren Handinnenflächen und Knien, mit kleinen Steinen darin.

Vermutlich ist sie gefallen und hat sich aufgestützt. Und eine Wunde im Gesicht, unterhalb des Auges, die stark geblutet hat.« Ich sah Mieze fassungslos an. Hämatome? Stichwunden am Hals? Eine stark blutende Wunde im Gesicht, wiederholte mein Verstand.

Was erzählst du da?

»Mieze, da war kein Blut«, flüsterte ich und war mir meiner eigenen Erinnerung sehr sicher.

Mieze sah mich ernst an. Sie schob ein Foto zu mir und drehte es um die eigene Achse. Es war, als fiele die Welt wie in einem Kaleidoskop zusammen und als schöben sich die Teile zu etwas Neuem zusammen, zu einer neuen Realität, die nichts mit meiner Erinnerung zu tun hatte.

Ich starrte in das Gesicht meiner toten Mutter. Liegend. Auf dem Seziertisch der Rechtsmedizin. Mit geschlossenen Augen.

Die Kellnerin, eine ältere, hagere Frau mit schmalem schwarzem Rock und weißer Servierschürze, trat an unseren Tisch und servierte uns die bestellten Kuchenstücke. Sie sah dabei beiläufig auf die Fotos. Mieze bemerkte es und schob den Aktendeckel darüber. Der Kellnerin wich die Farbe aus dem Gesicht, und sie fasste sich mit den Fingern an den Kragen ihrer Bluse.

»Heilige Maria Mutter Gottes«, stieß sie hervor.

»Die kann uns jetzt auch nicht mehr helfen«, konterte Mieze, und die Kellnerin verschwand.

Ich zog das Foto unter dem Aktendeckel hervor und betrachtete es. Es war wie von Mieze beschrieben. Da war Blut, eine Wunde unterhalb des linken Auges, die Stiche an Hals und Oberkörper. Die Hämatome.

»Du hast sie anders in Erinnerung. Woran erinnerst du dich?«, fragte Mieze.

Ich nahm die Kuchengabel wie einen Taktstock in die Hand und dirigierte damit meine Gedanken. »In meiner Erinnerung kam sie aus dem Gebüsch geflüchtet. Ihre Haare hatten sich gelöst, waren wild durcheinander. Aber da war kein Blut. Ihr Gesicht war gehetzt, verzerrt, aber sie wirkte entschieden. Als sei sie sich sicher, dass sie ihrem Peiniger entronnen sei.«

Mieze beugte sich mir entgegen und legte ihre Hand auf meinen Unterarm. »Lucia, sie hätte es auch nicht geschafft, wenn sie den Laster gesehen hätte. Einer der Messerstiche hat ihre Halsschlagader getroffen. Dass sie es überhaupt durch das Gebüsch auf die Straße geschafft hat, grenzt an ein Wunder.«

Ich senkte die Stimme. »So hat sie in meiner Erinnerung nie ausgesehen. Nicht eine Sekunde lang.« Meine Hand zitterte, als ich die Kaffeetasse anhob und zum Mund führen wollte.

»Sollen wir aufhören?«, fragte Mieze.

Ich nippte an dem Kaffee. Dachte nach. Stellte die Tasse wieder ab. »Wir machen weiter. Jetzt gibt es kein Zurück.«

Mieze rückte mit ihrem Stuhl zu mir heran. »Gut. Du willst wissen, was passiert ist, und du hast alles Recht dazu. Mir ist etwas aufgefallen«, sagte sie. »Aber der Reihe nach. Gehen wir die Akte schrittweise durch.«

Wir saßen nebeneinander, zwei Kriminalistinnen, die sich eine alte Fallakte ansahen und nach Ermittlungsansätzen durchsuchten, die vorher nicht bedacht worden waren. Wir suchten nach einem losen roten Faden, dünn und unscheinbar, der zwischen den Leichenfotos, Zeugenaussagen und Berichten hervorlugte, wenige Millimeter lang, den wir nur mit spitzen Fingern herausziehen müssten, um die Sache aufzulösen. Aber so einfach war es nicht.

In dem Moment hörte ich jemand meinen Namen rufen.

»Lucia Specht! Lucia Specht!«, rief eine helle Stimme, und wir beide sahen uns verdattert an. Ein livrierter Junge lief mit einer kleinen Tafel herum, auf der mit weißer Kreide mein Name stand, unter einem gemalten Telefon.

So was gibt's noch?

Mieze hob die Hand. »Schrei nicht so rum, wir sind ja nicht taub.«

»Fräulein Specht? Ein Telefonat für Sie. Es ist dringend.«

Mieze deutete mit dem Kinn auf mich. »Geh schon, Lucia, ich passe auf deine Sachen auf.«

Ich stand auf, und für einen Moment wurde mir schwarz vor Augen. Der Junge ließ die Tafel sinken und lief in schnellem

Schritt los, und ich folgte ihm auf meinen hohen Schuhen. Er führte mich zu einer Telefonkabine, die innen hellbraun getäfelt war, mit einer kleinen Schirmlampe über dem schwarzen Telefon, das an der Wand hing. Der Hörer lag obenauf. Ich betrat die Kabine, und der Junge zog die Tür hinter mir zu. Mein Herzschlag hatte sich gefühlt verdoppelt. Ich hielt mir den Hörer ans Ohr. Er war kalt.

»Specht?«

Ich war auf alles gefasst. Ich hatte keinen blassen Schimmer, wer wusste, dass ich hier war, und mich ausrufen ließ. War Papa etwas zugestoßen?

»Warum dauert das so lange?«, hörte ich eine Frauenstimme am anderen Ende.

»Wer ist …«, begann ich, aber weiter kam ich nicht.

»Du musst sofort aufs Präsidium kommen, Lucia.«

Es war meine Kollegin Ruth. »Ruth? Was ist passiert? Warum lässt du mich in einem Café ausrufen? Woher wusstest du überhaupt, wo ich bin?«

»Ach, Süße, du hast es mir doch selbst erzählt. Und ich bin nicht doof. Du musst schnell kommen. Vor einer Stunde wurde Theo Ellerbeck vor seinem Haus auf offener Straße erschossen. Menden will, dass du dazukommst.«

»Aber warum? Ich bin bei der Sitte, nicht bei der Mordkommission.«

Für einen winzigen Moment war Stille in der Leitung.

Moment mal. Theo Ellerbeck? Der Mann, dem ich gestern Abend seine Tochter zurückgebracht habe?

»Was?«, rief ich. »Der wurde ermordet? Das kann doch nicht sein.«

Ruth lachte heiser. »Doch. Du musst kommen. Der Streifenwagen steht vor der Tür. Beeil dich. Die Tochter will nur mit einer einzigen Person sprechen. Und das bist du.«

Der Streifenwagen passierte die Straßensperre, und wir näherten uns in Schrittgeschwindigkeit dem Anwesen der Ellerbecks. Der VW-Bus der Spurensicherung stand schräg auf der Fahrbahn und verdeckte uns die Sicht auf die Auffahrt zur Villa. Ich erkannte alles sofort wieder, und trotzdem war alles anders.

»Weiter geht's nicht«, sagte der Polizist, der mich gefahren hatte, und hielt an.

Ich stieg aus dem Wagen und ging auf den weißen VW-Bus zu, streckte den zwei Streifenpolizisten meine Dienstmarke entgegen. Sie nickten und ließen mich passieren. Mein Blick huschte über die Szenerie. Da stand Menden, der neue Leiter der Mord. Arthur Menden war neununddreißig Jahre alt. Ein Mann wie ein Bär. Groß. Massig. Breitschultrig, mit kräftigen großen Händen, in denen Kugelschreiber wie Mikadostäbchen aussahen, wenig Haaren auf dem Kopf, einem dunklen Vollbart und einer Stimme, die klang, als könnte er damit Bäume umsägen. Menden stand zusammen mit Ruth und Albert Lenzian, dem großen, stillen Kollegen mit den kräftigen Augenbrauen, die ihm stets etwas Grollendes verliehen. Sie sprachen leise. Neben ihnen, zu ihren Füßen, lag der Tote.

Wieder jemand, der auf der Straße gestorben ist.

Theo Ellerbeck lag auf dem Gehsteig vor seinem Anwesen. Bäuchlings. Die Arme links und rechts von sich gestreckt, in seinem eigenen Blut, das sich unter ihm wie ein dunkler Teppich auf dem Schnee ausbreitete. Er trug einen braunen Kamelhaarmantel, der auf dem Rücken von Einschusslöchern durchlöchert war, die fast schwarz schimmerten. Die Ledersohlen seiner Halbschuhe zeigten zu mir. Sein Kopf lag zur Seite geneigt, ich konnte sein Gesicht nicht sehen. Ein Kollege aus der Rechtsmedizin kniete und fotografierte den Leichnam. Der Blitz flammte auf. Nun sah ich auch, dass das Blut weit in die Schneehaufen am Straßenrand gespritzt war.

Ruth stellte sich neben mich. Sie hatte rote Wangen. »Theo Ellerbeck. Dreiundvierzig Jahre. Unternehmer und ziemlich reich, wie du an der Villa hinter uns unschwer erkennen kannst. Acht Schüsse in den Rücken. Der Täter war im Wald dort drüben. Tatzeit circa fünfzehn Uhr.« Sie deutete am ausgestreckten Arm auf die andere Straßenseite zu dem angrenzenden Waldgebiet, in dem uniformierte Polizisten gebückt herumliefen und nach Spuren suchten. »Eine Passantin hat die Polizei gerufen. Die Ehefrau war zum Einkaufen auf der Kö, als es passiert ist. Sie ist vor fünfzehn Minuten zurückgekommen und schreiend zusammengebrochen. Wird gerade drinnen ärztlich versorgt. Die Tochter war zur Tatzeit allein im Haus. Ob sie es mit angesehen hat, wissen wir nicht. Sie spricht nicht mit uns und fragt nach dir.«

»Das sieht aus wie eine Hinrichtung«, sagte ich mit Blick auf die Leiche.

»Die Frage ist nur, wofür? Was hat er getan? Sehr rätselhaft. Komm mit, Menden will mit dir sprechen.«

Menden gab mir seine große Hand, und sie umschloss meine vollständig. Seine Stimme war leicht heiser. »Hallo, Fräulein Specht, danke, dass Sie gekommen sind. Wir benötigen Ihre Mithilfe in dem Fall. Kollegin Bellroth hat Ihnen ein paar Eckdaten gegeben?«

»Ja, ich bin grob im Bilde.«

»Sie hatten gestern Kontakt zu dem Opfer?«

Ich erzählte ihm, was gestern passiert war, als wir Michaela hierhergebracht hatten.

»Wirkte Theo Ellerbeck ängstlich? Gehetzt? Nachdenklich? Nervös?«

»Nein, das komplette Gegenteil. Sehr entspannt. Er war auch zu seiner Tochter nicht laut oder verärgert, zumindest nicht in unserer Gegenwart.«

Menden verengte die Augen. »Ist das nicht merkwürdig? Dass ihn das so kaltlässt, ihn gar nicht aufregt? Wie wirkte die Tochter?«

»Schnippisch. Arrogant. Eher genervt. Wie geht es ihr jetzt?«

Menden sah mich einen Moment lang nachdenklich an. Kratzte mit zwei Fingern seinen Vollbart. »Tja, Michaela Ellerbeck sitzt in ihrem Zimmer und spricht nicht. Sie will nur mit Ihnen sprechen und mit sonst niemandem. Gehen Sie behutsam vor. Versuchen Sie herauszufinden, wie die familiäre Situation ist. Ein Arzt ist im Haus, aber die Tochter verweigert die Behandlung. Lassen Sie sich Zeit. Ruth meinte, Sie seien gut darin, Menschen behutsam zu befragen.«

Ich betrat das Haus. Den Flur. Das Wohnzimmer. Im Kamin brannte kein Feuer mehr. Der Raum wirkte vertraut auf mich. Das Sofa, der Couchtisch. Die Cognacflasche und das Glas waren verschwunden, der Aschenbecher geleert. Die Kissen auf dem Sofa sorgfältig aufgestellt. Hier herrschte Ordnung.

Ein Polizist führte mich einen Stock höher zu einem Zimmer. Auf einem Stuhl davor saß ein Notarzt, er hatte die Füße von sich gestreckt und las in einem Buch. Als ich kam, sah er auf.

»Sie ist hier, in ihrem Zimmer«, erklärte er.

Ich klopfte leise an. »Hallo, hier ist Lucia Specht von der Polizei Düsseldorf. Darf ich reinkommen?«

Sekunden verstrichen. Der Schlüssel wurde im Schloss gedreht. Mit einer Mischung aus Neugierde und Beklommenheit betrat ich das Zimmer.

Im Raum war es drückend warm. Michaela Ellerbeck stand, eine schmale Silhouette in einem grauen Wollkleid, mit dem Rücken zu mir am Fenster und sah hinaus, das Zimmer zeigte zu dem rückwärtigen verschneiten Garten. Ich sah ihre Schulterknochen unter dem Stoff hervorstechen.

»Ist er weg?«, fragte sie. Ihre Stimme war wie sie, dünn und zittrig.

»Wer? Der Notarzt? Der ist noch da. Brauchen Sie etwas?«

Sie schüttelte schwach den Kopf. Das Zimmer sah nicht aus wie das eines Teenagers. Ich hatte Poster von Schauspielern und Sängern an den Wänden erwartet, einen mädchenhaften Spiegelschrank mit Schmuck und Kosmetik, unaufgeräumte Klamottenberge. Ja, vielleicht sogar niedliche Stofftiere. Michaelas Zimmer war anders. Es war geräumig, mit einem angrenzenden Badezimmer, dessen Tür halb angelehnt war. In dem Raum stand rechts an der Wand ein ausladendes Himmelbett aus Holz mit hellblauen Stoffbahnen, die an den Seiten herunterhingen. Es wirkte wie in einem englischen Schloss. Links und rechts vom Bett standen große Lampenschirme auf Nachttischen, und an seinem Fuß stapelten sich Bücher und Zeitschriften. Auf dem Bett ein Tablett mit einer Teekanne und Tasse. Auf der anderen

Seite des Raumes war ein großer Kleiderschrank aus honigfarbenem Holz mit kleinen Absätzen und Erkern darin. Daneben, gleich neben der Tür, eine passende Schminkkommode mit einer Tiffanylampe. Ein mit cremefarbener Seide bezogener Sessel. Das Zimmer wirkte auf eine merkwürdige Weise antiquiert.

Michaela hob und senkte die Schultern. »Ich meinte, ob er noch vor dem Haus liegt.«

»Ihr Vater? Ja, die Rechtsmedizin ist gerade noch zugange.«

»Was machen die denn noch? Können sie ihn nicht einfach wegbringen?« In ihrer Stimme lag Verzweiflung.

»Sie untersuchen den Tatort. Das ist für die Ermittlung wichtig. Es dauert nicht mehr lange, dann wird er abtransportiert. Haben Sie noch einen Moment Geduld. Ich weiß, das ist schwer.«

Ich ging langsam durch den Raum auf sie zu und stellte mich neben sie. Schaute mit ihr aus dem Fenster. Sie atmete schwer, aber während wir so dastanden und hinausschauten, beruhigte sich ihr Atem.

Ich deutete aus dem Fenster. »Sieht friedlich aus, der Schnee auf den Bäumen und den Sträuchern. So eine Ruhe. Ist das ein Teich dahinten?«

»Ja, da sind Goldfische drin. Ich frage mich jedes Jahr, wie sie es schaffen, die Kälte zu überleben. Mein Vater sagt immer, die Hitze sei schlimmer für sie als die Kälte. Wärme mache sie schwach.«

»Ich persönlich finde Kälte schlimmer als Hitze. Das kann ich schwer ertragen. Wie geht es Ihnen?«, fragte ich.

Sie schluckte einmal laut. »Ich habe gelernt, mit Kälte umzugehen. Sie hat mich abgehärtet. Es macht mir nichts aus.«

Ist das ein Hinweis auf das Familienleben?

»Sagen Sie, Fräulein Ellerbeck, sind Ihre Eltern sehr streng?«

Sie schnaubte einmal durch die Nase. »Nicht strenger als andere Eltern, denke ich.«

»Deswegen fand Ihr Vater es auch nicht schlimm, dass Sie mit einem gefälschten Ausweis unterwegs waren?«

Michaela zuckte mit den Schultern. »Er hat mir eine Gardinenpredigt gehalten. Aber nicht, wie Sie denken, sondern einen Vortrag über Eigenverantwortung und wie ich mit meinem Leben umgehe. Dass Minderjährigkeit nicht bedeutet, sein Hirn auszuschalten, und dass mir klar sein sollte, dass, wenn ich Regeln breche, das sanktioniert wird.«

»Was für eine Strafe haben Sie bekommen? Hausarrest?«

»Ich sollte einen Aufsatz schreiben über Selbstverantwortung.«

Ich war erstaunt über diese Erziehungsmethode. Ein Aufsatz? Keine Ausgangssperre, um zu zeigen, wie wertvoll es ist, seine Freiheiten zu haben? Aber es war wohl nicht das, was Michaela erwartet hatte.

»Wäre Ihnen etwas anderes lieber gewesen?«

Sie dachte einen Moment nach. »Ich weiß es nicht. Es ist mir egal.«

Das glaubte ich ihr nicht, aber sie befand sich in einer besonderen Situation und stand unter Schock. Ich wollte herausfinden, was sie mitbekommen hatte.

»Waren Sie hier im Haus, als es passierte?«

»Ja«, antwortete sie leise.

»Wo genau?«

Michaela legte eine Hand flach auf ihre Brust, knapp unterhalb des Halses. Eine sich selbst beschützende Geste. Das hatten wir im Unterricht gelernt: Achten Sie auf die Körpersprache der befragten Person.

»Ich war unten in der Küche und habe mir einen Tee gemacht. Da fuhr ein Taxi vor, und ich sah aus dem Fenster, und er stieg aus dem Wagen, und dann waren da Schüsse, und er fiel zu Boden.«

Du hast mit angesehen, wie ein Elternteil vor deinen Augen ermordet wurde. Ich weiß, was das in einem auslöst. Ich weiß, dass ein Schmerz in dich fährt, den du lange nicht loswirst. Aber ich kann ihn dir nicht nehmen.

Ich dachte daran, wie ich mich damals gefühlt hatte, blickte in Michaelas Augen und sah Reste von weggewischter Wimperntusche in den Augenrändern sitzen. Ihre Iris war braun mit

Sprenkeln von Gelb. Ich versuchte, in den Augen dieser jungen Frau, dieses halb erwachsenen Teenagers, ein Gefühl zu finden.

Wut. Oder Trauer oder Bestürzung. Angst. Ohnmacht.

Irgendeine Regung, die mir klarmachte, was sie gerade fühlte.

Wo sie stand in dieser Achterbahn der Emotionen, wenn wir jemanden verlieren. Aber zu meinem großen Erstaunen war da nichts.

Es war, als blickte ich vor eine Wand.

5

Montag, 2. März 1970

»Guten Morgen, meine Herren. Die Damen. Der Fall Theo
Ellerbeck hat ab sofort absolute Priorität«, verkündete Arthur
Menden um Punkt acht Uhr dreißig in der ersten Sitzung der
Sonderkommission »Freischütz«. Seine dunkle Stimme dröhnte
in jede noch so winzige Ecke des Preußensaals, des großen Kon-
ferenzraums im sechsten Stock des Präsidiums, mit der breiten
Fensterfront und dem riesigen ovalen Tisch, der mich in seiner
Mächtigkeit einschüchterte.

Es lag Elektrizität in der Luft. Alle saßen aufrecht und mit
erhobenen Köpfen auf ihren Stühlen. Keiner lümmelte oder
rutschte tiefer, um sich unsichtbar zu machen, wie es in anderen
Sitzungen durchaus der Fall war. Im Gegenteil. Der Tatendrang
war förmlich spürbar. Es roch nach Filterkaffee und stickiger
Heizungsluft, und über uns schwebte eine Wolke von Zigarettenrauch. Für mich war es die erste große Versammlung dieser
Art. In der Runde saßen Vertreter der Mordkommission, der
Spurensicherung und Kriminaltechnik und der Pressestelle.
Ruth war dabei und Petra, die gerade ihre Ausbildungsstation
in der Kriminaltechnik machte und neben mir saß. Sie befeuchtete ihren Zeigefinger und rieb einen kreidefarbenen Fleck von
ihrer Bluse. Beugte sich zu mir und flüsterte: »Zahnpasta. Die
kleine Kröte und ich üben Zähneputzen. Ich will, sie nicht.«

Menden fuhr fort. »Die Presse überschlägt sich, und nicht
nur die Bevölkerung erwartet, dass wir aufklären. Und zwar
schnell.« Er hielt nacheinander einige Zeitungen in die Höhe,
damit jeder im Raum lesen konnte, was die Journaille in fetten
schwarzen Lettern auf den Titelseiten schrieb.

»Rätselhafter Mordanschlag. Mordschütze lauerte Millionär
auf.«

»Wer ermordete den Düsseldorfer Millionär?«

»Acht tödliche Schüsse auf den Düsseldorfer Millionär.«
Menden ließ die Zeitungen sinken und deutete auf die Pinnwände mit den Details des Falls. Ein Passfoto des Opfers. Tatortfotos von Ellerbeck, wie er bäuchlings im eigenen Blut lag, und Großaufnahmen der Einschusswunden. Fotos der gefundenen Projektile. Zeichnungen vom Tatort und dem Umkreis des Hauses. Fotos der Tochter Michaela und der Mutter Charlene. Eine Frau mit großen dunklen Augen und üppigen Lippen.

»Ellerbeck gehört eine Firma für Autoteilezulieferung in Rath, wo er auch wohnt. Er gilt als Wohltäter der Stadt, hat Millionen für den Bau des neuen Schauspielhauses gespendet, das vor wenigen Wochen eröffnet wurde. Er und seine Frau Charlene waren bei den Feierlichkeiten dabei.«

»Aber hoffentlich im Theater und nicht beim Studententheater vor der Tür«, warf Peter Müller ein, lachte über seinen eigenen Witz und sah sich effektheischend um. Aber niemand stimmte mit ein.

»Wer ist das?«, flüsterte Petra mir zu.

Ich senkte die Stimme. »Müller von der Mord. Nerviger Typ.«

»Kommt mir vor wie ein Hund, der zu wenig Auslauf hat.«

Menden räusperte sich. »Ellerbeck hat in jüngster Zeit dem Präsidium zwei Kameras und einen Filmprojektor gestiftet. Er wusste um die schlechte technische Ausstattung der Behörde und gehört zu einer Reihe von Gönnern, die unsere Arbeit unterstützen. Aber das ist nicht der einzige Grund für diese SoKo. Jeder Mord ist ein Angriff auf diese Gesellschaft, auf die Sicherheit, für die wir zuständig sind. Vergessen Sie das nicht. Und es ist egal, ob es die erdrosselte Prostituierte hinterm Bahnhof ist oder der Millionär vor seiner Villa. Ich mache hier keinen Unterschied. Aber die Öffentlichkeit ist natürlich mehr an Theo Ellerbeck interessiert als an der unbekannten Hure. Der Mord an ihm ist, ohne Zweifel, eine Besonderheit.«

»Diese Form von Kriminalität hatten wir bislang nicht in Düsseldorf«, sagte Frank Silbermann, unser Pressesprecher, ein gepflegter grauhaariger Typ mit einem weißen, gedrechselten Schnurrbart wie Salvador Dalí.

Menden ging zu der Tafel. »Kommen wir zum Fall.«

Die Tür ging auf, die Köpfe ruckten herum, und Johannes Wegener kam herein. Dunkelblaue Cordhose. Schwarzer Rolli. Er blickte sich schnell um, entdeckte einen freien Platz, nuschelte eine Entschuldigung und setzte sich.

»Schön, dass Sie es einrichten konnten, Herr Doktor!«, rief Müller mit einem spöttischen Tonfall. Ein paar Kollegen schnauften ein Lachen.

Menden sah Müller finster an und fuhr fort. Rasselte Datum und Uhrzeit der Tat herunter, nannte die zusammengetragenen Details. »Wir suchen vor allem nach dem Taxifahrer, der hat sich nach der Fahrt abgemeldet und ist nicht zu Hause angekommen. Der Fall wirkt wie bei der sizilianischen Mafia. Eine Art Hinrichtung. Auf offener Straße erschossen. Nicht heimlich, sondern so, dass alle es sehen können. Sehen sollen. Die Tochter stand am Küchenfenster und hat es mit angesehen. Mehr von der Kriminaltechnik. Herbert, was habt ihr?«

Herbert Kassner, Leiter der Kriminaltechnik, strich über seine Glatze, stand auf, ging zu der Rollwand und deutete auf eine Zeichnung. »Der Schütze hat hier im angrenzenden Wald gestanden. Dort fanden wir Fußspuren Größe 42 und ein paar Kunststofffaserreste, die zu einer Jacke gehören könnten, sowie Zigarettenkippen.« Kassner zeigte auf die gestrichelte Linie des Schussverlaufs bis zum gezeichneten Opfer. »Die Entfernung zum Haus beträgt knapp neunhundert Meter. Der Täter hat acht Schüsse abgefeuert, Kaliber 5,6 Millimeter. Mit einem Kleinkalibergewehr. Waffen, die auch bei der Bundeswehr verwendet werden. Bei dieser Entfernung müssen wir davon ausgehen, dass der Schütze definitiv kein Anfänger war. Wir erstellen eine Liste mit den registrierten Haltern solcher Gewehre in Düsseldorf und Umland.«

»Der Schütze könnte somit bei der Bundeswehr sein, oder er hat gedient«, sagte Menden. »Andererseits gibt es solche Gewehre auf dem Schwarzmarkt. Wir suchen auch Sportschützen. Durchkämmen wir die Schützenvereine der Umgebung. Mal sehen, ob jemand mit der Familie in Verbindung steht.«

»Und wenn es einer von uns war?«, warf Müller ein, und ein Murmeln entstand.

»Mit welchem Motiv?«, fragte Menden nach, und das Murmeln wurde lauter.

»Rache. Ein durchgeknallter Kerl, der rausgeflogen ist. Irgend so ein verrückter Vogel. Mit Neid auf Bessergestellte wie Ellerbeck. Knöpfen wir uns doch jene vor, die uns unrühmlich verlassen haben«, schlug Müller vor.

»Guter Ansatz, der Job ist Ihrer. Legen Sie los!«, rief Menden ihm zu.

Müller nickte und machte sich eine Notiz auf seinem Block.

Was, wenn der Schütze tatsächlich eine professionelle Ausbildung genossen hatte? Bei Polizei oder Bundeswehr gewesen war? Ein Waffennarr? Jemand, der Ellerbeck gar nicht wegen seines Vermögens tötete, sondern schlichtweg, weil er zu den oberen Zehntausend gehörte?

»Die Ehefrau war gestern nicht befragungsfähig, das holen wir heute Nachmittag nach. Aber Fräulein Specht hat die Tochter nach der Tat befragen können. Schildern Sie Ihren Eindruck.«

Ich stand auf und schaute schnell zu Johannes. Er sah mich aufmerksam an. »Auf mich wirkte Michaela Ellerbeck gefasst und schockiert zugleich. Sie hatte ein schlechtes Gewissen, wegen der Ereignisse vom Vortag.« Ich berichtete, wie Lilli und ich sie mit gefälschtem Ausweis aufgegriffen und nach Hause gebracht hatten.

»Sieh einer an, das junge Ding ist nicht von schlechten Eltern«, sagte Müller.

Menden sah ihn nicht an und sprach zu mir. »Ignorieren Sie Herrn Müllers verzweifelte Versuche, Aufmerksamkeit zu erheischen, und fahren Sie fort.«

Lachen in der Runde.

Ich sprach weiter. »Michaela war sauer und ging, so erzählte sie, grußlos zu Bett. Am nächsten Tag ist sie gegen elf aufgestanden und hat ihren Vater erst wieder gesehen, als er aus dem Taxi stieg und erschossen wurde. Vor ihren Augen. Sie fühlt sich schuldig, dass sie im Streit zu Bett ging. Unversöhnt. Es war kein einfaches Gespräch mit ihr, sie öffnet sich nur zögerlich. Beruhigungsmittel hat sie verweigert.«

»Wieso hat denn nicht unser Psychologe die Befragung durchgeführt, sondern unsere Kollegin?«, fragte Müller. »Wieso schicken wir die Weiber da hin? Ich dachte, die sollen Kaffee kochen.«

Menden ließ sich nicht aus der Ruhe bringen. »Meine Herren, Johannes Wegener ist Kriminalpsychologe und nicht ermittelnder Beamter. Und, das hatte ich vergessen zu erwähnen, die Tochter hat ausschließlich nach Fräulein Specht verlangt, da sie sich vom Vorabend kannten. Und so wie es aussieht, will Michaela Ellerbeck nach wie vor auch nur mit Kollegin Specht sprechen. Damit ist es hinreichend erklärt, nicht wahr?«

Johannes räusperte sich. »Ich ordne das mal ein, soweit mir die Fakten bekannt sind. Die Ermordung des Opfers vor den Augen der Familie ist eine zusätzliche Demütigung. Und ein Machtbeweis des Täters. Es soll zeigen: Seht her, ich kann euch zerstören. Ich habe die Macht über euch. Das könnte bedeuten, dass der Täter in der Vergangenheit von Ellerbeck gekränkt wurde. Und das bildet wiederum ein mögliches Motiv.«

Müller schaute ihn mit einem belustigten Zug um den Mund an. »Hört gut zu, wir beschäftigen jetzt auch einen Hellseher. Wo ist Ihre Glaskugel, Doktor?«

»Müller, nun lass mal stecken, wir arbeiten hier zusammen an dem Fall«, sagte der Pressesprecher Silbermann und zwirbelte seinen Bart. »Gab es in der Vergangenheit Drohungen gegen die Familie? Anzeichen von Entführung?«

»Nein, keine, von denen wir wissen. Wir befragen heute die Ehefrau und starten die Befragung der Mitarbeiter in der Firma, der engsten Vertrauten und Freunde der Familie. Das sind einige Personen. Da ist viel zu tun. Wir haben direkt am Samstag die Nachbarschaft befragt, aber in dem Wohngebiet bleiben die Familien eher für sich.« Menden deutete auf seine Mitarbeiter in der Mordkommission, Müller und Lenzian. »Prüfen Sie zusammen mit dem Kommissariat für Wirtschaftskriminalität die

Konten und Besitzverhältnisse. Sonstige Spendenempfänger oder Anfragen, die er abgelehnt hat. Durchleuchten Sie die Besitzverhältnisse, Beteiligungen. Zahlungen. Mahnungen. Zuletzt getätigte Transaktionen. Gibt es Geschäftspartner, die Ärger machten?«

»Was ist mit der Ehefrau? Hat sie ein Motiv?«, fragte Stutenbrock, der baumlange Kollege aus der Mord.

»Auf den ersten Blick nicht. Wir befragen sie heute Nachmittag und nehmen sie unter die Lupe.« Ein Raunen ging durch die Runde. Menden hob zur Beruhigung beide Hände in die Luft. »Wir ermitteln in alle Richtungen. Nehmen Sie das in die Info für die Presse mit auf.« Menden deutete mit dem Kinn in Richtung Pressesprecher. Er stand da wie ein Leuchtturm. Unverrückbar. Unaufgeregt. Wenn er unter Druck stand, dann zeigte er das in dem Moment nicht.

»An die Arbeit. Ich zähle auf euch. Auch auf Sie, Herr Müller.« Er zeigte mit dem Finger auf ihn, und Müllers Augen blitzten auf.

»Ich will auch an dem Mordfall mitarbeiten«, sagte Lilli mit mauligem Tonfall zu mir, als ich zurück in der Sitte war und ihr berichtete.

»Keine Sorge, ich werde dich auf dem Laufenden halten.«

»Wie schrecklich für die Tochter«, erwiderte sie. »Die Ermordung des eigenen Vaters mit anzusehen. Was macht das mit einem jungen Menschen?«

Da triffst du bei mir den Nagel auf den Kopf.

»Der Chef möchte dich sprechen, Lucia«, sagte Sabine Meier, die junge Sekretärin der Sitte, zu mir und sah mich mit ihrem leicht überheblichen Blick an. Wir mochten uns nicht besonders gut leiden, was aber eher an ihr lag. Ich starrte auf ihre blonden, wie Zuckerwatte auftoupierten Haare, den dramatischen Lidstrich und den pinken engen Pullover. Sabine wollte auffallen. Sie war zwanzig Jahre jung und seit Herbst letzten Jahres die neue Sekretärin bei der Sitte. Ihre Vorgängerin war in Pension gegangen. Lilli und ich würden bis Ende März hier die Station

unserer Ausbildung absolvieren und anschließend auf eine Fortbildung gehen.

Lilli senkte die Stimme. »Wusste gar nicht, dass es Drachen
in dem zarten Alter gibt.«

»Sie kann es nicht leiden, dass hier noch mehr Frauen rum-
springen.«

»Konkurrenz belebt das Geschäft«, erwiderte Lilli. »Bis später.«

Der Chef der Sitte war Armin Rodewald, so ein fröhlicher
Gert-Fröbe-Typ, der gern eine Spur zu laut sprach und zu laut
lachte und sekundenschnell einen roten Kopf und regenwurm-
dicke Halsadern bekam. Er trug ein weißes Hemd mit einer
schwarzen Krawatte. Auf der Nase saß ein vergoldetes rundes
Brillengestell. Das einst volle Haar war nur noch als lichter
Haarkranz vorhanden. Seine Stimme dröhnte.

»Ah, Fräulein Specht, kommen Sie herein. Schließen Sie die
Tür.« Er saß hinter seinem Schreibtisch, zündete sich eine Zigarette an und deutete auf eine offene Schachtel HB. »Auch
eine?«, fragte er.

»Danke, nein.«

»Zu stark oder zu schwach?« Er schmunzelte.

»Weder noch. Einfach nicht meine Marke. Ich bevorzuge
Gauloises.«

»Oh, die französischen Zigaretten. Natürlich, à la Denöff.«
Er lachte ein schepperndes Lachen, und seine Augen lachten
mit, umgeben von einem Kranz von Fältchen.

Rodewald war ein gemütlicher Chef, was ein Wunder war, bei
dem Aufgabengebiet. Die Sitte hatte ich falsch eingeschätzt. Ich
dachte, was früher noch ein Verbrechen gegen die Sittlichkeit
darstellte, sei heute längst gang und gäbe. Wenn im Sommer
Studenten nackt im Park in der Sonne lagen, FKK betrieben, so
rief das keinen Skandal mehr hervor. Pornografie war erlaubt.
Unsittliche Schriften? Was sollte das sein? Aber jetzt war Winter. Niemand lag nackt im Schnee. Dafür prüften wir heimliche
Glücksspielspelunken, die Einhaltung der Sperrstunde, aber vor
allem Sexualstraftaten, von denen es statistisch gesehen immer

mehr gab. Und die Prostitution blühte mehr denn je. Die Kehrseite der Medaille.

»Die laufenden Ermittlungen im Fall Ellerbeck haben hohe Priorität, da arbeiten Sie in der SoKo weiterhin mit. Der Bitte von Kollege Menden komme ich in dem Punkt gerne nach. Wenngleich wir in dieser Woche noch ein paar Aufgaben hier in der Sitte haben, bei denen ich Sie eingeplant habe.«

»Das verstehe ich vollkommen. Sie meinen die Überprüfung der Wohnheime für Prostituierte hinter dem Bahnhof.«

Er nickte. »Genau. Mit den vielen Gastarbeitern wird das jedes Jahr schlimmer. Seien Sie froh, dass Sie in Düsseldorf sind, in Köln schicken manch frisch angekommene türkische Gastarbeiter die Frauen direkt auf die Straße.«

»Wie viele Gastarbeiter sind denn aktuell in Köln?«

»Um die vierzigtausend. Natürlich schickt nicht jeder seine Frau auf den Strich.« Er öffnete den Schrank hinter sich, holte die Whiskeyflasche heraus und schenkte in ein benutztes Glas ein. Trank einen Schluck. »Die Kollegen in Köln kommen mit der Arbeit gar nicht hinterher. Aber egal, wir sind hier in Düsseldorf. Die Überprüfung in den Tanzlokalen und Bars läuft weiter. Fräulein Hofmann und Sie scheinen mir eine gut eingespielte Combo für diese Aufgabe zu sein. Ich will sagen, das bedeutet doppelte Arbeit. Fühlen Sie sich dem gewachsen?«

Ich sah ihn irritiert an. »Zweifeln Sie daran?«

Er sog an der Zigarette. »Mitnichten, aber ich habe eine Fürsorgepflicht. Wenn Sie bei mir arbeiten, will ich, dass Sie gut ausgebildet werden. Apropos. Da gab es gerade einen Anruf einer Nachbarin. Es geht um ein minderjähriges Kind, die Mutter scheint ihrer Fürsorgepflicht nicht nachkommen zu können, und es wurde der Verdacht von sexuellem Missbrauch geäußert. Da gehen wohl Männer ein und aus. Überprüfen Sie das zusammen mit Fräulein Hofmann.« Er schob mir eine Notiz zu und blies den Rauch aus.

»Natürlich, wir kümmern uns direkt«, erwiderte ich.

Sein Telefon klingelte, aber er ignorierte es. »Schicken Sie mir Knapp und Steger rein.« Seine Wangen waren gerötet von dem Whiskey. »Die müssen heute Abend diese neue Spielhölle in der Altstadt hochnehmen. Da gehen Sie mir aber nicht mit.« Er hob tadelnd einen Finger.

»Warum nicht? Da könnte ich doch einiges lernen.«

Rodewald hatte einen Ruf. Er war einer, der früher allein eine Kneipe leer gemacht hatte, erzählten mir die Kollegen. Zack. Bumm. Bäng. Protokolle schreiben hingegen war nicht sein Ding gewesen, er traf mit seinen kräftigen Fingern meistens zwei Buchstaben statt nur einen. Aber durchgreifen und dafür sorgen, dass Ruhe und Ordnung herrschten, war genau seine Sache.

»Fräulein Specht, das ist zu gefährlich. Die Kerle dort fackeln nicht lange. Was glauben Sie, was die mit Ihnen machen, wenn Sie da so mir nichts, dir nichts reinspazieren und denen erzählen, dass Sie jetzt alle wegen unerlaubten Glücksspiels festnehmen? Die lachen Sie aus!«

»Warum? Sehe ich so lustig aus?« Ich setzte mich aufrecht hin und schlug die Beine übereinander.

Er schüttelte den Kopf und lachte laut. »Quatsch! Weil Sie eine Frau sind! Die nehmen Frauen nicht ernst. Frauen sind in deren Welt entweder Serviererinnen oder Huren.« An seinem Hals sprangen dicke rote Adern hervor, und sein Gesicht lief rot an.

Ich fuhr mir durch die Haare. »Dann wird es aber Zeit, dass die Herren es lernen«, erklärte ich in ruhigem Tonfall.

Wir verstehen uns. Keine Frage.

Rodewald lachte und trank das Glas leer. »Das haben Sie gut erkannt. Die Männer sind hier das Problem. Aber an denen werden Sie sich die Zähne ausbeißen, Fräulein Specht. Glauben Sie mir das.«

»Also, darf ich mit?«

Er schlug mit der Faust auf den Tisch, dass das Glas einen Satz machte. »Nein, auf keinen Fall! Und jetzt raus mit Ihnen.«

Ich ging zurück zu meinem Schreibtisch. Auf dem Weg blieb ich bei Knapp und Steger stehen.

Martin Knapp war ein kleines, freches Milchgesicht, Anfang

dreißig, mit einem braunen Schnurrbart; ein Schürzenjäger ohne Jagdschein, vor dem mich Ruth schon gewarnt hatte. Er saß an seinem Schreibtisch, die Füße über die Ecke der Tischplatte gelegt. Frank Steger, rotblond, mit wulstigen Lippen und dicken Fingern, verheiratet, ein Kind, lümmelte mit einer Arschbacke auf der anderen Ecke der Schreibtischplatte. Sie hatten die Köpfe zusammengesteckt, rauchten und schwadronierten über Frauen.

Als ich mich zu ihnen stellte, hörten sie schlagartig auf zu sprechen. Steger straffte die Schultern, nickte mir zu und setzte ein schiefes Grinsen auf. Knapp sah mich mit seiner jungenhaften Visage und dem Bart an. Eine absurde Mischung, die mich jedes Mal erheiterte. Er drehte sich auf seinem Bürostuhl, die Beine weit gespreizt, und stellte auf Säuselton.

»Na, Fräulein Specht, heute Abend schon was vor?«

»Oh ja, das habe ich. Übrigens, solche wie Sie esse ich zum Frühstück«, konterte ich.

Steger lachte laut, er mochte einen frechen Zungenschlag.

Knapp dagegen nicht. Er verengte seine Augen zu Schlitzen. »Schade, ich dachte, ich könnte das Dessert sein«, erwiderte er und zog eine Augenbraue hoch. Nach dem Motto: Na, komm schon, nun zier dich nicht.

Steger erklärte es ihm. »Martin, ich glaube, du bist nicht die Kragenweite von Fräulein Specht.«

Knapp sah ihn entrüstet an. »Was? Wieso das denn?«

Steger lachte. »Na, weil ich es bin.« Er sah mich an. »Gehen wir heute Abend einen trinken?«, fragte er mich unverfroren.

Die Kollegen der Sitte waren anders als die der Mordkommission. Sie sahen uns Frauen als hübschen Schmuck des Alltags, und wir waren das Objekt der Begierde. Durften uns täglich Sprüche anhören und wurden angeflirtet. Auch mal angefummelt. Aber das hatte Knapp nur einmal gewagt und mich am Hintern beiläufig berührt. Mein Blick war vernichtend gewesen, und er hatte als entschuldigende Geste die Hände erhoben und war gegangen. Insofern hatte Rodewald nicht ganz unrecht. Für uns Frauen hieß das: konsequent siezen und kontern. Und die Kollegen brauchten viel Kontra.

»Meine Herren, ich kann Ihnen beiden versichern, Sie stehen am untersten Rand der Liste der Männer, mit denen ich unbedingt einen Abend verbringen möchte. Und die Liste ist lang. Sehr lang.«

»Na, immerhin stehen wir auf der Liste«, gab Steger klein bei.

»Sie sind ja noch ein paar Wochen bei uns«, erklärte Knapp und zwirbelte seinen Bart. »Vielleicht ergibt sich ja noch etwas. Man weiß ja nie.«

Ich lachte. »Ich weiß nur eins: Der Chef will, dass Sie zusammen die Spielspelunke in der Altstadt hochnehmen. Er verlangt nach Ihnen.«

»Was, heute Abend?«

Sie sahen sich gegenseitig irritiert an.

»Muss das sein? Das reicht doch noch am Mittwoch.«

»Mist, ich hatte heute was vor.«

»Viel Erfolg«, wünschte ich, winkte im Gehen und hörte noch, wie sie sich beschwerten, als hätten sie beide heute Strafarbeiten aufgebrummt bekommen.

Mein Schreibtisch stand am Ende des Raums am Fenster. Er war ordentlich und aufgeräumt, ein Überbleibsel aus meiner Zeit als Sekretärin. Den Überblick zu bewahren, schien mir eine überlebenswichtige Fähigkeit zu sein. Ich sah es sofort. Auf meinem Schreibtisch lag etwas, das dort nicht hingehörte. Gleich neben der Schale mit den Stiften, deren Spitzen alle in eine Richtung zeigten. Es war ein zusammengefalteter Streifen Papier, auf dem ein grünes Bonbon lag.

Ich legte das Bonbon zur Seite – auf keinen Fall würde ich es essen –, entfaltete das Papier und starrte darauf. Mit Schreibmaschine geschrieben stand dort:

Süßen Start in die Woche

Ich faltete das Papier wieder zusammen, öffnete die Schublade und legte es zu den anderen vier Zetteln. Das war der Teil meiner Arbeit, den ich nicht mochte. Meinen heimlichen Verehrer seit ein paar Tagen und das Spiel, das er mit mir spielte. Ich hatte keinen blassen Schimmer, wer sich dahinter verbarg.

Wie von Rodewald beauftragt, gingen Lilli und ich dem Hinweis der Nachbarin nach und fuhren ins Arbeiterviertel nach Oberbilk. Dort fanden wir eine Frau vor, die uns die Tür einen Spalt öffnete. Sie wirkte wie eine, die weder die Zeit noch die Kraft hatte, sich um ihr Äußeres zu kümmern. Die dunklen Augen blickten mich erschöpft an. Ihr schmales Gesicht war im Grunde hübsch, aber sie sah unendlich müde aus.

Dein Leben ist beschissen. Ich kann es sehen. Aber ich glaube, dass es für deine Tochter noch schlimmer ist.

Wir zeigten ihr unsere Dienstmarken, und sie sah erstaunt darauf.

»Gisela Küppers?«, fragte Lilli.

»Ja«, flüsterte sie.

»Specht und Hofmann. Polizei Düsseldorf. Können wir reinkommen?«

Im Hintergrund hörten wir eine Wasserspülung rauschen. Die Frau schob die Tür weiter zu und quetschte sich in den schmalen Spalt. Sie senkte die Stimme.

»Ach, vielleicht könnten Sie ein anderes Mal wiederkommen.« Sie sah mich mit großen, bettelnden Augen an. »Hab gerade Besuch. Passt gerade nicht so gut.«

Ich stellte meinen Fuß in die Tür. »Frau Küppers, wir verkaufen Ihnen keinen Staubsauger und kommen auch kein zweites Mal wieder, wenn es Ihnen besser passt. Wir haben eine Anzeige wegen Kindesmissbrauch vorliegen, und es gibt jetzt zwei Möglichkeiten: Wir kommen rein und regeln das, oder Sie kommen mit aufs Revier. Sie können es sich aussuchen.«

Aus dem Hintergrund kam die genervte Stimme eines Mannes. »Wann geht's denn los? Ich habe nicht den ganzen Tag Zeit.«

Lilli sah Frau Küppers ernst an. »Denken Sie an Ihr Kind.«

Die Worte verfehlten ihre Wirkung nicht. Gisela Küppers trat einen Schritt zur Seite und gab die Tür frei.

Eine Stunde später saßen wir auf dem Revier und vernahmen Gisela Küppers. Ihre Tochter war mit ihren neun Jahren direkt in staatliche Obhut gekommen.

»Der Mann, den wir in Ihrem Schlafzimmer angefunden haben, wer war das?«, fragte ich.

»Der kommt öfters, meist am Monatsanfang. Zahlt gut. Und bringt ihr manchmal was Süßes mit.«

»Und wofür bezahlt er?«

Sie hielt einen Moment inne und sah mich verwundert an.

»Na, für das Rummachen mit meiner Tochter. Deswegen waren Sie doch da, oder nicht?«

»Seit wann geht das so?«

Gisela Küppers sah mich aus tränenverschleierten Augen an. »Seit einem Jahr. Seit Lieses Vater abgehauen ist, das Schwein. Hat mich alleingelassen. Ich habe einen kaputten Arm.« Sie zeigte mir ihren linken Arm, der einen unnatürlichen Winkel hatte und nicht auszustrecken war. Mittig verlief eine rötliche Narbe. »Ergebnis seiner Liebe. War betrunken. Hinterher tat's ihm leid. Is gut, dass er wech is.« Sie wischte sich mit dem Ärmel über die Nase. »Die Arbeit in der Fabrik reicht kaum für uns beide.«

»Wie hat das angefangen?«, fragte ich.

»Erst wollten die Männer nur mich. Und dann hat einer Liese gesehen und gesagt, für die zahle ich dir was extra. Da kam mehr Geld zusammen als inner Fabrik. Von dem Geld wollte ich uns ein besseres Leben ermöglichen. Eine andere Wohnung. Ein schönes Bett. Rote Lackschuhe für Liese. Die hat sie sich gewünscht. So glänzende.«

Du wirst deine Tochter eine sehr lange Zeit nicht sehen.

»Daraus wird jetzt erst mal nichts. Sie ist minderjährig. Und Sie werden angeklagt und verurteilt werden.«

Gisela Küppers nickte schwach. Kaute auf ihrer Lippe. »Was wird mit ihr geschehen?«

»Sie wird in staatliche Obhut kommen oder zu einer Pflegefamilie.«

Sie flüsterte: »Bringen Sie sie bitte nicht in ein Heim. Kein

Heim. Versprechen Sie mir das. Ich war selbst in einem Heim, und es war die Hölle.«

»Das kann ich Ihnen nicht versprechen.«

»Wer hat mich denn eigentlich verpfiffen?«

»Jemand aus der Nachbarschaft«, antwortete ich.

In Gisela Küppers' Gesicht regte sich etwas. Sie sah mich finster an. »Das war bestimmt die Gerda«, presste sie zwischen den Zähnen hervor. »Diese blöde Kuh. Das hat sie mit Absicht gemacht, damit die Männer zu ihr gehen und nicht zu mir.« Da flammte Wut in ihr auf. Wut auf die Nachbarin, die ihr wohl das Geschäft vermasselt hatte.

»Was macht die Gerda denn?«, fragte ich scheinheilig.

»Die hat 'ne behinderte Tochter, die sie den Männern anbietet wie aufm Markt, aber meine Tochter ist hübscher, da isse neidisch. Und jetzt hat se mich verpfiffen. Oh, das zahl ich ihr heim. Der dreh ich den Hals um.«

»Den letzten Satz habe ich nicht gehört«, erwiderte ich. »Aber den Rest schon. Wir werden uns Ihre Nachbarin vorknöpfen.«

Wer hätte das gedacht? Zwei Fliegen mit einer Klappe.

Zum Mittagessen traf ich mich wie verabredet mit Johannes Wegener. Allerdings in der Kantine des Präsidiums, nicht im Trompeter, wo die Wände Ohren hatten. Ich fuhr mit dem Paternoster in das Untergeschoss. Die Kantine sah aus wie eine Schankstube, teilweise holzvertäfelt, mit einfachen dunkelbraunen Tischen und Stühlen. Immerhin waren die Wände mit Wandmalereien des historischen Düsseldorfs verziert. Das Problem der Kantine war: Das Essen schmeckte fad. Trotzdem war der Raum gut gefüllt, denn es war zugleich günstig. Zigarettenrauch kräuselte sich zur Decke. Stimmengewirr und Lachen lagen in der Luft. Johannes stand in seinem schwarzen Rollkragenpullover am Eingang. Unschlüssig, aber schmuck.

»Hier geht's ja zu wie in einer Altstadtkneipe«, sagte er zur Begrüßung. »Fehlt noch, dass geschunkelt und deutsches Liedgut geschmettert wird.«

»›Wo man singt, da lass dich ruhig nieder. Böse Menschen haben keine Lieder.‹ Hat meine Mutter stets gesagt.«

Er sah mich mit zusammengeschobenen Augenbrauen an. »Wie pathetisch.«

Wir steuerten einen freien Tisch in der hinteren Ecke an, wo bedient wurde und wir ungestört sein würden. Toni winkte uns von ein paar Tischen weiter zu, wo er mit Renate und den Kollegen von der Wirtschaftskriminalität saß. Die Runde sah kurz auf, einer rief: »Ach, die Denöff«, gefolgt von einem »Oh, là, là«, und dann vertieften sie sich wieder in ihre Gespräche. Renate, die einzige Frau in der Runde, saß mit verschränkten Armen da und rollte mit den Augen. Ich sah ihr an, wie gern sie bei mir gesessen hätte.

»Du bist im Präsidium bekannt wie ein bunter Hund«, sagte Johannes. »Woher kommt's?«

»Ach, das waren wir sechs Frauen eigentlich von Anfang an. Aber seit der Sache im Fernsehen scheint mich jeder zu kennen.«

Er runzelte die Stirn.

»Ein Beitrag im Dritten, im WDR. Bei ›Hierzulande – Heutzutage‹. Über die neuen Kriminalistinnen, und ausgerechnet mich haben sie gezeigt, beim Kampfsport, beim Schießen und im Dienstkäfer mit dem Kollegen Steger.«

Er lächelte. »Habe ich verpasst. Du warst schon im Fernsehen, da hast du mir etwas voraus.«

Die Kellnerin kam zu uns an den Tisch. Er bestellte das Gulasch mit Nudeln und ich die Kartoffelsuppe.

»Nur eine Suppe? Mehr nicht?« Johannes sah mich mit einem mitleidigen Blick an.

»Ich habe keinen so großen Hunger. Hatte noch eine Stulle dabei.«

Das war gelogen. Ich musste sparen, denn ich gab mein ganzes Geld für Kosmetik und Kleidung aus. Und für Drinks in schicken Bars, wo ich mit Toni, Mieze und Ruth regelmäßig hinging und feierte. Und ich brauchte Geld für die regelmäßigen Friseurbesuche, um die Catherine-Deneuve-Frisur aufrechtzuerhalten. Früher hatte ich mir die Haare oft selbst gefärbt und geschnitten. Aber ich fand, dass diese Zeiten vorbei waren. Also sparte ich am Essen und an den Heizkosten.

Ich war mir unsicher, wo ich bei dem Gespräch mit Johannes beginnen sollte. Das Essen kam zügig, und ich rührte in der Kartoffelsuppe, die nur mit einigen Spritzern Maggi genießbar war.

Johannes lachte. »Ich sehe schon, das Essen hier ist keine gute Grundlage für ein anständiges Gespräch. Das machen wir beim nächsten Mal besser.« Er zwinkerte mir mit beiden Augen zu.

Ich mochte sein Lachen. »Tut mir leid«, erwiderte ich.

»Warum entschuldigst du dich?«

Ich legte den Löffel weg. »Ich weiß nicht, wo ich beginnen soll.«

Er legte ebenfalls das Besteck zur Seite, stellte die Ellbogen auf die Tischplatte und faltete die Hände zusammen. »Lucia, dieses Gespräch ist vollkommen informell und vertraulich. Ganz gleich, was du sagst, es bleibt hier an diesem Tisch. Ruth hat gesagt, es geht um deine Mutter.«

Die alte Plaudertasche.

»Ja, meine Mutter wurde angegriffen und flüchtete, wurde von einem Laster angefahren. Die Polizei hat den Fall damals nicht gelöst. Ich will herausfinden, wer es war, der sie attackiert hat.«

Jetzt ist es raus.

Johannes sah mich aufmerksam an und nahm seine Gabel wieder in die Hand. »Du willst mit meiner Hilfe ein mögliches Täterprofil erstellen?«

Ich nickte. Sog die Oberlippen ein und kaute darauf. »Geht das denn?«

»Erzähl mir die Details, die du weißt«, sagte er, sah an mir vorbei und überprüfte offenbar, ob uns jemand zuhörte. Sein Blick kehrte nach einem kurzen Moment zu mir zurück. »Leg los.« Er spießte mit seiner Gabel Nudeln auf und aß bedächtig, während ich sprach.

Ich erzählte ihm, was ich bis zu diesem Zeitpunkt wusste.

Meine Erinnerung, wie es damals gewesen war, und die Fakten aus der Altakte, die ich mit Mieze angesehen hatte. Den Bericht der Rechtsmedizin, die Protokolle und Zeugenbefragungen. Davon, dass es mir schwerfiel, diese Akte zu Ende zu lesen.

»Verständlich. Du kannst die professionelle Distanz nicht wahren.«

»Sollte ich es also besser sein lassen?«, fragte ich ernst.

»Möchtest du es sein lassen und willst, dass es jemand für dich entscheidet? Geht es darum? Eine Entscheidungshilfe? Dass dir jemand sagt: Lass die Vergangenheit doch ruhen, das macht deine Mutter auch nicht wieder lebendig. Die Polizei hat doch ermittelt und den Täter nicht geschnappt. Soll ich das sagen? Aber die Frage ist: Könntest du es wirklich sein lassen?« Er sah mich mit einem tiefen Blick an. »Oder willst du lieber diese Variante: Du willst Kriminalistin werden und hast das Gespür dafür, und natürlich willst du den persönlichen Fall knacken. Wenn nicht du, wer dann? Weil es dich umtreibt und nicht loslässt. Träumst du von damals?«

»Ja«, erwiderte ich und war den Tränen nahe.

»Ist es immer der gleiche Traum?«

Ich nickte.

»Eine Traumatisierung. Eine Erinnerung, die sich festgesetzt hat. Dein Hirn verarbeitet die Sequenz nicht. Spielt sie immer wieder ab.«

So fühlt es sich an. Genau so.

Ich weiß nicht, was mich in dem Moment ritt, aber ich musste es ihm erzählen. »Einmal hat sich die Erinnerung verändert«, erzählte ich, und er horchte auf. »Ich habe LSD genommen und den Täter gesehen«, platzte ich heraus.

Seine Mimik fror ein. Er beugte sich mir entgegen, aber nicht schockiert, sondern mit wachen Augen und angehaltenem Atem. »Du hast *was*?«

Mir schoss das Blut in die Wangen. Ich erzählte ihm von dem Trip auf der Feier der Hippies, meiner Recherche letztes Jahr im Mordfall Lena. Von der Erinnerung, die sich plötzlich veränderte, erweiterte um eine einzige Sekunde. Eine winzige, entscheidende Sekunde. Als ich das Gesicht des Mannes sah. »Ich könnte ein Phantombild von ihm zeichnen«, sagte ich. »So exakt habe ich das Bild im Kopf.«

»Mach das. Das ist wichtig, auch wenn es erst mal nur eine Äußerlichkeit ist. Und du musst diese Akte durchgehen und die Stelle finden, wo der Hinweis auf den Täter zu finden ist. Auf seine Persönlichkeit. Sein Verhalten. Seinen Tick. Seine Vorgehensweise. Sein Muster im Angriff.«

Ich führte meinen Daumen an meine Lippen und biss vorsichtig auf den Fingernagel. »Das, was wir in dem Kurs für Kriminalpsychologie gelernt haben, kann ich nicht anwenden. Es ist mir alles zu theoretisch. Ich habe kaum mit einem wahren Täter gesprochen, dafür fehlt mir schlichtweg die Erfahrung.«

»Die Polizei ist oft noch sehr vorsichtig darin, Psychologen und Täter zusammenzubringen. Was hast du gelernt in deinem Kurs?«

»Die Tätertypen: Hang-Täter, Entwicklungstäter, Krisentäter. Situationstäter. Überzeugungstäter. Welcher war es denn bei meiner Mutter? Soll ich mir einen aussuchen? Das bringt mich nicht weiter.« Ich kratzte nachdenklich mit dem Löffel über den Tellerboden meiner Suppe.

»Das sind Beschreibungen ihres Verhaltens. Die Kriminalpsychologie entwickelt sich an dem Punkt weiter, denn diese Typologie ist veraltet. Es geht im Grunde um etwas anderes. Es geht um das Warum, das Motiv, nicht nur um das Wie.«

Jetzt horchte ich auf.

Johannes erzählte. »Ich war in den USA an der Uni, für ein Gastsemester. Sie arbeiten gerade daran, ein Verständnis für den Täter zu bekommen, aber das ist nicht einfach. Viele Polizisten wollen das nicht wissen. Sie wollen die Täter erwischen und einbuchten. Fertig.«

»So wie der Kollege Müller?«

Johannes lächelte gequält. »Ja, er ist kein Freund meiner Profession.«

»Müller findet auch Studieren vertane Zeit. Er ist bei der Polizei, seit er sechzehn ist.«

»Also aus dem Schützengraben in die Wachstube?«

Wir lachten.

»Das erklärt einiges«, sagte Johannes. »Vermutlich ein Bildungskomplex.«

»Lesen hilft.«

Johannes schob seinen Teller zur Seite. Ich ertappte mich dabei, dass ich auf seinen Ehering starrte.

»Zurück zu dem Täter in deinem Fall. Nehmen wir mal an, die Polizei hat recht und es war ein Triebtäter. Dann gibt es zwei Möglichkeiten. Er sieht sein Opfer, entscheidet sofort und greift es an. Dieser Täter hat einen Opfertypus. Er sucht sich ähnliche Opfer aus, weil sie ihm etwas bedeuten, etwas in ihm auslösen. Und er erkennt die Schwachstellen seiner Opfer, meist körperliche Attribute: klein, zarter Körperbau, aber auch die Art, wie sie sich bewegen. Er sieht darin Unsicherheiten und mangelndes Selbstbewusstsein. Es gibt Täter, die mir gesagt haben, dass sie an der Art, wie jemand geht, erkennen können, ob es ihr nächstes Opfer wird.«

»Meine Mutter war das Gegenteil. Recht groß für eine Frau. Selbstbewusst. Aufrechter Gang.«

»Das ist deine Wahrnehmung. Der Täter sieht etwas anderes. Er beobachtet. Sucht die Schwachstelle seines Opfers und schlägt zu.«

»Das wiederum passt zum Polizeibericht. Laut Polizei hat der Mann meine Mutter im Schutz des Abbruchhauses beobachtet. Seine Fußabdrücke waren im Staub und daneben Zigarettenkippen. Bierflaschen.«

Mir kam mit einem Mal ein Gedanke. Merkwürdig, dass ich daran vorher nie gedacht hatte. Erst Johannes hatte mich auf diese Spur geführt. Meine Kopfhaut juckte.

»Er könnte ein Kunde gewesen sein. Einer, der im Friseursalon war«, sagte ich. »Er könnte sie also bereits vorher gekannt haben.«

»Das ist der zweite Typus«, bestätigte Johannes. »Der Täter kennt sein Opfer. Es ist ihm nicht fremd. Er baut eine lose Beziehung auf, umkreist sein Opfer, beobachtet es. Wenn er zuschlägt, dann in dem für ihn richtigen Moment und sehr entschieden.«

Ich musste schlucken. »Ja, aber warum tut er das?«

Johannes hob das Kinn. »Das ist genau der Punkt, auf den ich hinauswill. Was ist sein Motiv? Die Antwort führt zum Täter.«

»Was ist, wenn die Polizei nicht recht hatte und es kein Triebtäter war? Wenn es ihm gar nicht darum ging?«

Die Mittagspause war längst vorüber. Die anderen Tische hatten sich bereits geleert. Auch Toni und Renate waren verschwunden.

»Dann fangen wir bei der Täteranalyse von vorne an«, antwortete Johannes. »Dann ist die Sache komplett anders gelagert.« Er sah auf die Uhr. »Vertagen wir uns.«

Mit schwirrte der Kopf von unserem Gespräch, und ich musste an die frische Luft, auch wenn die kein bisschen frisch war, sondern immer noch streng nach Winter roch, nach Briketts und Holz und den Abgasen der Autos, die am Präsidium vorbeirauschten. Mit schnellen Schritten ging ich einmal um den Block. Auf den freigeschaufelten Wegen, während das Streusalz unter meinen Schuhen knirschte, rauchte ich dabei zwei Zigaretten und dachte nach. Zurück im Präsidium rief ich auf dem Weg zum Verhörraum von einem Flurapparat Mieze in der Vermisstenabteilung an.

»Du hast im Café gesagt, dir sei was aufgefallen, als du die Akte angesehen hast. Können wir weitermachen? Vielleicht heute Abend?«

Mieze war einverstanden. Meine Aufregung wuchs. Ich hatte den Eindruck, dass ich durch das Gespräch mit Johannes einen großen Schritt weitergekommen war.

Um Punkt fünfzehn Uhr saßen wir im feudalen Wohnzimmer der Ellerbecks und warteten auf die Hausherrin. Wir waren in kleiner Besetzung dort. Menden, im schicken blauen Anzug, der die Befragung von Charlene Ellerbeck vornehmen wollte. Ruth in einem grauen Kostüm mit schwarzem Rolli und ich in einem Soft-Karorock und weißen Stiefeln bis zum Knie. Ein Aufnahmegerät war auf dem Wohnzimmertisch aufgebaut, ein zusätzliches in der angrenzenden Bibliothek. Eine Haushälterin mit matronenhaftem Körper kam herein und servierte stumm Kaffee und Tee. Neben die Zuckerdose stellte sie ein Silberkännchen mit Sahne, dazu Zitronenscheiben und Spritzgebäck. Ich starrte etwas ungläubig darauf. Das war wie in einem Café. Von zu Hause war ich anderes gewohnt, da konnte ich froh sein, wenn die Tasse keine Katscher hatte. Sahne gab es nur an hohen Feiertagen, und fein zu servieren passte nicht zu den Kohlekumpels. Mir kam es vor, als seien wir zu einem gediegenen Kaffeekränzchen geladen, aber nicht zur Ermittlung in einem Mordfall.

»Brauchen Sie sonst noch etwas?«, fragte die Haushälterin in die Runde.

»Nein, danke«, antwortete Menden und kratzte seinen dichten Bart.

»Die gnädige Frau kommt gleich«, sagte sie und verschwand in der Küche. Die antike Tischuhr auf dem Kaminsims schlug dreimal. Wir sahen uns erwartungsvoll an. Keiner von uns wagte, sich etwas zu nehmen.

»Nun greifen Sie schon zu. Wenn wir nichts nehmen, ist es unhöflich. Aber machen Sie es sich dabei nicht gemütlich.«

Ich schenkte mir einen Tee ein und trank ihn mit einem Schnitz Zitrone. Ruth nahm sich Kaffee mit Sahne. Menden aß mit drei Bissen einen der Spritzkringel und stürzte eine Tasse schwarzen Kaffee hinterher.

»Von mir aus können wir anfangen«, sagte er dann.

Wie aufs Stichwort kam Charlene Ellerbeck mit hoch erhobenem Kopf die Treppe herunter. Wir stellten im Reflex die Tassen auf dem Wohnzimmertisch ab und standen auf. Es war ein hollywoodreifer Auftritt. Die Witwe trug einen engen schwarzen Rock und eine brombeerfarbene Seidenbluse. Ihre schwarzen Haare glänzten. Mir fielen ihre äußerst großen Augen auf und der glitzernde Schmuck an den Ohren und am Hals. Das war kein moderner Blechschmuck, das war feinste traditionelle Juwelierware. Sie wirkte auf eine natürliche Weise mondän.

»Entschuldigen Sie die Verspätung«, sagte Charlene Ellerbeck und gab erst Menden und dann Ruth und mir die Hand. Ich stellte mich vor, und sie nickte mir wissend zu. Ihre Hand war erstaunlich weich und schmal, ich spürte die Sehnen und Knochen in meiner Handinnenfläche. Menden erklärte ihr, wie die Befragung vonstattengehen würde.

»Frau Ellerbeck, die Befragung werde ich zusammen mit meiner Kollegin Fräulein Bellroth durchführen. Sie wird bei uns zur Kriminalistin ausgebildet. Wir zeichnen die Befragung auf. Sollten Sie eine Pause benötigen, sagen Sie jederzeit Bescheid. Fräulein Specht steht für eine weitere Befragung Ihrer Tochter bereit.«

Charlene Ellerbeck sah prüfend auf das Aufnahmegerät, das bereitstand. »Ja, gut«, sagte sie mit einem gräflichen Tonfall. »Meine Tochter kommt gleich. Ich gebe mein Kind in Ihre Hände, Fräulein Specht, seien Sie nachsichtig mit ihr, das Ganze nimmt sie sehr mit. Sie will nur mit Ihnen sprechen, ich weiß nicht, warum.«

Menden räusperte sich. »Darauf nehmen wir natürlich Rücksicht.«

Frau Ellerbeck nahm auf dem Sofa Platz und schlug die Beine übereinander. »Einen Tee mit Zitrone, bitte«, sagte sie zu Menden und legte beide Hände auf das Knie.

Ich hielt die Luft an, und Menden zuckte zusammen. Er nahm eine der leeren Tassen mit Untertasse, befüllte sie mit Tee aus der Kanne und hielt dabei den Deckel fest. Sein Blick war stoisch. Ungerührt. Fast beiläufig. Er nahm mit der Silbergabel eine Scheibe Zitrone auf und reichte Charlene die Tasse, die in seinen riesigen Händen wie eine Puppentasse aussah.

Charlene ließ die Tasse einen winzigen Moment zwischen den beiden schweben, gerade so lange, dass ich stutzig wurde, ob er etwas falsch gemacht hatte.

Sie lächelte ihn an und nahm ihm die Tasse mit einer eleganten Geste ab. »Verbindlichsten Dank.«

Ruth startete das Aufnahmegerät. Menden begann.

»Seit wann sind Sie mit Ihrem Mann Theo Ellerbeck verheiratet?«

Charlene Ellerbeck sah ihn nicht an, nippte an dem dampfenden Tee. Machte ein nachdenkliches Gesicht. »Seit vier Jahren. Wir haben uns bei einem Empfang in Brüssel kennengelernt, wo ich herkomme. Ich habe dort für eine Stiftung gearbeitet. Es war Liebe auf den ersten Blick, und wir haben sechs Monate später geheiratet. Er hat Michaela von Anfang an wie sein eigenes Kind betrachtet.«

»Wer und wo ist Michaelas Vater?«, fragte Menden.

Gute Frage. Ich weiß, worauf du hinauswillst. Ein verschmähter Vater? Ein ehemaliger Partner, der auf Rache aus ist?

Sie ließ ihre Hand zur Decke schweben und einmal um die eigene Achse kreisen. »Perdu. Verschwunden. Eines Tages war er weg. Das hat mich aber ehrlich gesagt nicht verwundert. Er war nicht so der Familienmensch. Serge war Pilot.«

»War?«

»Er flog eine kleine Sportmaschine in Afrika. In Tansania. Flog Tiere und Safarijäger. Das Leben in Brüssel war nichts für ihn, und er ging wieder nach Tansania und schrieb mir einen langen Brief, wie sehr er seine Freiheit bräuchte, dass es ihm leidtäte. Was Männer so schreiben, wenn sie das Joch der Verantwortung auf ihren Schultern spüren. Fadenscheinige Gründe. Im Grunde Gesülze. Ich habe den Brief nicht beantwortet. Nachdem wir hierhergezogen waren, erhielt ich einen Anruf von der Firma, für die er flog, dass die Maschine bei schlechtem Wetter abgestürzt sei, in den Bergen. Sie haben ihn nie gefunden. Aber warum interessiert Sie das?«

Ich starrte auf das Tonband, das sich gleichförmig drehte, und wagte nicht, Menden anzusehen.

»Ich möchte ein Gefühl für Ihre Lebenssituation bekommen. Der Fall Ihres Mannes Theo Ellerbeck ist ungewöhnlich, er fällt aus dem Rahmen.«

»Aus Ihrem Rahmen oder aus meinem Rahmen?«

»Sein Tod ist nicht wie eines der üblichen Verbrechen aus

Habgier oder sonstigen niederen Gründen, sondern wirkt wie ein Racheakt. Eine Hinrichtung, wenn Sie so wollen. Seit wann leben Sie hier, in diesem Haus?«

»Von Anfang unserer Beziehung an.«

»Gehen Sie einer Arbeit nach?«

Sie schüttelte leicht den Kopf, als sei das eine absurde Frage.

»Wo war Ihr Ehemann am Samstag, bevor er nach Hause kam?«

Sie zuckte mit den Schultern. »Keine Ahnung. Samstags hat er frei und kann machen, was er will. So wie ich auch.«

Frei wovon?

»Wie würden Sie die Ehe zwischen Ihnen beiden beschreiben?«

Charlene Ellerbeck stellte die leere Teetasse auf dem Wohnzimmertisch ab. »Theo war ein außergewöhnlicher Mensch. Wertschätzend. Liebevoll. Wir haben eine Ehe auf Augenhöhe geführt und uns viele Freiheiten erlaubt.«

In dem Moment kam Michaela die Treppe herunter. Staksig, eine Hand am Handlauf. Alles an ihr war schwarz-weiß. Ihr hell geschminktes Gesicht, das enge schwarze Kleid und die weißen Strumpfhosen. Die Augen stark getuscht. Der helle Lidschatten.

»Was redest du da? Was denn für Freiheiten?«, fragte sie mit heller, fast überschnappender Stimme.

Die Stimme ihrer Mutter war so weich wie die Sofakissen. »Chérie, da bist du ja. Fräulein Specht wartet bereits auf dich.«

»Das weiß ich«, erwiderte sie mit schnippischem Tonfall. »Aber ich war noch nicht so weit.« Michaela ging auf mich zu, ignorierte Menden und Ruth, als seien sie gar nicht im Raum. »Können wir? Gehen wir in die Bibliothek.«

Sie ging voraus und hielt mir die Tür der Bibliothek auf. Schloss sie, und wir nahmen auf den beiden Sesseln Platz, die an einem erkalteten Kamin standen. Das Kassetten-Tonbandgerät stand auf dem Mahagonitisch davor.

»Solche Stiefel würde ich auch gern anziehen«, sagte Michaela und deutete auf mein Schuhwerk. Ihr Gesicht hatte etwas Maskenhaftes mit dem vielen Make-up, wie in einem Stummfilm.

»Warum tun Sie das dann nicht?«, fragte ich erstaunt.

»Meine Mutter sagt, es gehört sich nicht. So läuft eine Dame nicht herum.«

Ich lächelte. »Nun, diese Art von Stiefeln ist in diesem Winter der letzte Schrei. Warum sollten Sie das nicht anziehen dürfen?«

»Weil nur Nutten solche Stiefel tragen, sagt meine Mutter. Ich soll flache, feine Schuhe tragen.« Sie sah mich herausfordernd an.

Es schien ihr nicht peinlich, solche Worte vor mir in den Mund zu nehmen. Sie wollte mich offenbar testen. »Nun, ich arbeite für die Sitte, und ich habe Kontakt zu Prostituierten, was Ihre Mutter womöglich nicht hat. Und ich kann Ihnen versichern, dass sie diese Stiefel gewiss nicht tragen.«

Ein Lächeln huschte über ihr Gesicht. Damit war das Thema abgehakt, und ich hatte einen Fuß in der Tür.

»Wie geht es Ihnen heute? Konnten Sie schlafen?«, fragte ich, um zum eigentlichen Thema zurückzukommen.

»Geht so. Ich begreife das alles noch nicht. Es wirkt wie ein komischer Traum. Ein Spuk.«

So siehst du auch aus. Wie ein Gespenst.

»Ja, das kann ich gut nachvollziehen. Ich würde Ihnen gern ein paar Fragen stellen. Gab es in den letzten Tagen vor seinem Tod Anrufe oder Post, die Sie irritiert hat? Gab es Streit? Oder hat Ihr Vater bekümmert gewirkt?«

Michaela dachte nicht lange nach, sondern schüttelte sogleich den Kopf. »Nein, er war wie immer. Mein Vater war nicht nervös oder so was. Er hat viel gearbeitet und war oft nicht da. So häufig haben wir uns auch gar nicht gesehen, wir gingen uns eher aus dem Weg. Aber er wollte stets alles wissen. Wo gehst du hin? Mit wem triffst du dich? So 'nen Kram.« Sie rollte mit den Augen. »Das ging mir auf den Wecker. Ich war deswegen oft weg. Bei meinem Freund oder bei Helga, meiner Freundin.«

»Uns ist wichtig zu erfahren, ob an dem Tag, an dem es passiert ist, etwas anders war. Haben Sie etwas Ungewöhnliches bemerkt? Ganz gleich was.« Ich ließ die Frage einen Moment im Raum stehen.

Michaelas Blick glitt an mir vorbei. Sie dachte nach, und ich fuhr fort.

»Beschreiben Sie mir, wie das war, als Sie in der Küche standen. An was erinnern Sie sich? Fangen Sie an einem Punkt der Erinnerung an. Sie stehen in der Küche. Gehen Sie in diesen Moment hinein.«

Wie im Unterricht gelernt. Erinnerungen hervorholen.

Michaela stand auf, ihr Blick war nach innen gerichtet, sie war in der Erinnerung. Sie begann zu erzählen und hantierte dabei mit ihren Händen in der Luft, tat kleine Schritte vor und zurück.

»Ich stehe in der Küche und will mir einen Tee kochen, weil mir kalt ist. Der Wasserkessel steht auf dem Herd, und ich warte auf das Pfeifen. Aus der Schublade hole ich einen Teebeutel. Kamillentee. Ich mag Kamillentee nicht so besonders, aber der, den ich sonst trinke, ist aus. Ich sehe aus dem Fenster. Ein Auto fährt vor. Es ist ein Taxi, auf dem Dach ist das gelbe Taxi-Schild. Es hält vor unserem Haus, der Motor läuft, ich sehe die Abgase, die hinten herauskommen, und überlege mir noch, dass der weiße Schnee davon dreckig wird. Ich denke: Wer ist das? Bekommen wir Besuch? Die Tür hinter dem Fahrer öffnet sich. Mein Vater steigt aus. Er hat seinen hellbraunen Mantel an. Der ist mit einem Knopf geschlossen. In der Mitte. Er sieht noch mal in das Innere des Taxis und sagt etwas. Der Wasserkessel pfeift neben mir. Und mein Vater schlägt die Autotür zu. Das Taxi fährt an, und er geht auf die Auffahrt zu. Er geht langsam. Er hat diese braunen italienischen Schuhe mit Ledersohle an, und der Boden ist rutschig. Er geht wie auf Eiern. Und dann plötzlich sieht es aus, als ob er tanzt. Auf der Stelle. Sein Körper zuckt, er wirft die Arme hoch. Dann fällt er vornüber, einfach so, er fällt um wie ein gefällter Baum. Das hätte ich nicht gedacht, dass es so aussieht, wenn jemand erschossen wird. Das kennt man ja sonst nur aus Filmen. Er liegt da, und ich sehe die Einschusslöcher auf seinem Rücken. Löcher in dem teuren Mantel. Das Blut. Und da war …«

Michaela hielt inne, erwachte aus ihrer Trance der Erinnerung. Stand unschlüssig da und sah mich erstaunt an. Nur das schleifende Geräusch des Aufnahmegeräts war zu hören. Ich spürte, da war noch etwas, das sie mir mitteilen wollte, aber ich wollte sie nicht drängen.

Sie starrte auf das Aufnahmegerät und atmete scharf durch die Nase ein. »Da war noch jemand im Taxi. Eine Person«, sagte sie leise. »Ich weiß nicht, wer es war, das konnte ich nicht erkennen, die Sonne blendete mich.«

Bingo.

»Michaela Ellerbeck hat jemanden im Taxi gesehen. Die Person saß hinten. Ich habe es auf Band. Sie weiß nicht, ob es ein Mann oder eine Frau war, aber sie hat die Umrisse gesehen.«

Wir waren zurück im Präsidium. Saßen mit den Kollegen Lenzian und Müller im Konferenzraum der Mordkommission und besprachen die Zeugenbefragungen vom Nachmittag.

»Wir knöpfen uns den Taxifahrer vor, sobald er endlich auftaucht, die Fahndung läuft bereits«, sagte Menden. »Womöglich steckt er in der Sache mit drin.«

»Seine Frau weiß nicht, wo er ist, sie hat von ihm seit Samstagmorgen nichts mehr gehört«, erklärte Ruth. »Ich frage mich, wer die zweite Person im Taxi sein könnte.«

»Vielleicht ein Bekannter? Ein Nachbar? Sie treffen sich zufällig in der Stadt und beschließen, gemeinsam ein Taxi zurück zu nehmen?«, rate ich.

Menden kratzte sich den Bart. »Wo ging Ellerbeck Samstag hin, wenn er freihatte? Was tat er dann? Liegt darin der Schlüssel für die Tat?«

Lenzian hob die Hand. »Unsere Befragung von Freunden ergab, dass er Kunst sammelte. Ellerbeck war gern auf Vernissagen und war Stammkunde bei der Galerie Bertold Bosch am Grabbeplatz. Am Donnerstag ist dort wieder eine Vernissage. Ziemlich modernes Zeug, keine Seerosen oder christliche Szenerien. Ist eher was für die intellektuelle Birne.«

Menden zog eine Augenbraue hoch. »Guter Hinweis. Die

Kolleginnen Bellroth und Specht mischen sich bei der Vernissage unters Volk und hören sich in Sachen Ellerbeck um. Aber dezent, bitte. Von den Herren geht keiner mit.«

»Aber warum nicht? Ich will auch mal Sekt saufen mit den schicken Leuten«, meckerte Kollege Müller.

»Weil man Ihnen drei Kilometer gegen den Wind ansieht, dass Sie bei der Kripo sind. Deswegen.«

Müller schmollte und verschränkte die Arme vor der Brust. Ruth und ich schauten uns an, ich sah die glitzernde Freude in ihren Augen, und wir nickten unisono.

»Wir sind dabei«, sagte sie. »Kein Problem.«

Außer, dass ich keinen blassen Schimmer von moderner Kunst habe.

6

An diesem Montagabend, direkt nach der Arbeit, besuchten Lilli und ich wieder unseren Italo-Kollegen Toni beim Boxtraining, das in der Trainingshalle auf dem Gelände des Präsidiums stattfand. Einer kleinen, ungeheizten Halle mit großen Fenstern, in der es nach Schweiß und Testosteron roch. Während das Kampftraining für alle in der Ausbildung Pflicht war, war Boxen nur für Männer. Toni hatte diesen Sport für sich entdeckt. Er war groß gewachsen, aber er fand sich zu schmal, wollte Muckis haben. Lilli und ich gingen manchmal nach Dienstschluss vorbei und sahen zu, wie die Jungs mit ihren dicken Boxhandschuhen aufeinander losgingen.

Der Trainer, Heinz Kunz, ein pensionierter Polizeibeamter, war kompakt gebaut, mit stattlicher Brust, kräftigen Waden und kurz geschorenen grauen Haaren. Ein Kumpeltyp, der in seinem froschgrünen Trainingsanzug am Rand des Rings stand, leicht nach vorne gebeugt, und Anweisungen brüllte oder umherlief und Tipps am Sandsack gab. Alle nannten ihn nur »der Kunz«, und alle mochten ihn. Neben den Umkleideräumen war sein kleines Büro, über dessen Tür ein Schild mit der Aufschrift »TRAINER« prangte. Davor standen ein gasbetriebener Heizstrahler und ein paar alte Klappstühle, auf denen wir Damen in unseren Mänteln jedes Mal saßen. Kunz reichte stets seinen starken Friesentee mit einem tüchtigen Schluck Rum, den er in dem winzigen Räumchen kochte. Dabei lief ein Transistorradio und dudelte Musik. Kunz war der größte Fan seines Gebräus und nippte selbst beständig an seiner blechernen Tasse.

Wir saßen vor dem Heizgerät und sahen Toni zu, wie er einen Sandsack bearbeitete, der an einer dicken Kette von der Decke hing. Er trug eine gelbe Trainingshose, sein Oberkörper war nackt und glänzte vom Schweiß. Sein Gesicht war von der Anstrengung rot angelaufen.

»Es fasziniert mich«, sagte Lilli neben mir, »wie die Männer sich verausgaben dürfen, mal alles rauslassen. Das gibt's bei uns im Sauerland auch, da heißt es Prügelei, auf jeder Kirmes oder jedem Schützenfest. Ab einem bestimmten Alkohollevel. Aber das hier ist anders. Kontrollierter. Präziser.«

Toni schlug auf den Sandsack, sodass Schweißtropfen durch die Luft stoben.

Lilli fuhr fort. »Zumal die Schlägerei meistens wegen Frauen angezettelt wird. ›Du hast meine Frau angesehen, du Hurensohn‹«, äffte Lilli einen Mann nach. Wir lachten beide. »Als ob wir nicht auf uns selbst aufpassen könnten. Ich habe von meiner Heimat und den Männern so die Schnauze voll. Okay, irgendwann hätte ich gern wieder einen Mann, aber nicht jetzt. Gerade darf mir keiner zu nahe kommen.« Sie holte tief Luft.

Ich weiß, was jetzt kommt.

»Ich bin die Frau ohne funktionierende Gebärmutter. Damit scheiden schon mal fünfundneunzig Prozent der Interessenten aus.«

Lilli lachte über ihren eigenen Scherz, der im Grunde keiner war. Sie brachte es so locker rüber, aber ich wusste, dass sie darüber zutiefst frustriert war, keine Kinder bekommen zu können. Sie hatte im Sauerland als Kindergärtnerin gearbeitet. Eine Familie zu gründen war lange Zeit ein großer Wunsch gewesen, aber im Sauerland war sie nicht glücklich geworden. Auch ihr war es in der Heimat zu eng geworden.

»Willst du Kinder?«, fragte sie mich mit einem Mal.

»Nein«, antwortete ich spontan und starrte auf Toni. »Ich will erst mal mich selbst finden. Meinen Weg gehen. Karriere machen. Ich will auf eigenen Beinen stehen und für mich selbst sorgen.«

»Wie modern! Und das Ganze ohne Mann. Du traust dich was. Renate wäre stolz auf dich.«

Toni tänzelte auf der Stelle und bearbeitete im fliegenden Wechsel mit der Faust den Sandsack. Links. Rechts. Links. Rechts.

Kunz kam mit zwei dampfenden Tassen in der Hand zu uns.

»So, die Damen. Einmal das Lebenselixier.« Er überreichte jeder von uns eine Tasse.

»Sie sind großartig!«, rief Lilli.

Der Alkohol des Rums stieg mir direkt in die Nase.

Kunz grinste uns an. Er mochte es, wenn wir vorbeikamen und den Männern beim Training zusahen.

»Sascha, deine Deckung!«, rief er plötzlich quer durch den Raum. »Wo ist deine Deckung, verdammt noch mal! Halt ihn auf Distanz. Schneller Schlag. Aus der Schulter. Ja, so ist es besser.« Er schüttelte verständnislos den Kopf und sah uns an. »Ich sag es euch, wie eine Horde Kindergartenkinder. Alles musste dreimal sagen.«

Ich pustete in den heißen Tee. »Tut dem Hirn womöglich nicht so gut, wenn's regelmäßig eins draufgibt, oder?«

»Da haste recht. Andererseits: Wenn du richtig trainierst und dich zu verteidigen weißt, passiert das nicht. Alles eine Frage der Technik.«

»Warum dürfen nur Männer das?«, fragte Lilli. »Boxen. Was, wenn ich mitmachen will?«

Kunz stellte sich aufrecht hin, straffte die Schultern mit einem erstaunten Gesichtsausdruck und besah Lilli von oben bis unten. Die schmale Lilli, klein, aber wacker, die eine Hand zur Faust ballte, eine kleine Faust, und sie unheilvoll vor seiner Nase hin und her schwenkte. Ich musste über Lillis gespielt ernstes Gesicht lachen.

Kunz räusperte sich. »Ich hab bislang nur eine Frau trainiert, die sah anders aus, aber das heißt nichts. Du musst fit sein. Ausdauersport machen. Weißte, was ich meine?« Er schlürfte an seinem Tee. »Du bist ja auch beim Kampfsport, für Körperspannung und Kraft. Also warum nicht? Ich muss dir allerdings kleine Handschuhe besorgen.« Er ergriff Lillis Handgelenk und besah sich ihre Faust. »Eines kann ich jetzt schon sagen: In den Ring würde ich dich nicht lassen. Da kommt so einer wie der kleene Müller und fegt dich um. Mit einem Schlag.«

Er deutete mit dem Kopf zum Ring, in dem der nervende

Kollege Müller um einen Mann herumtänzelte, der verzweifelt versuchte, die wuchtigen Schläge von Müller abzuwehren.

»Sascha, lass dir nichts gefallen!«, brüllte Kunz. Sascha sah herüber zu ihm, und eine Sekunde später flog er der Länge nach zu Boden. »Aus! Aus! Aus!«, brüllte Kunz und rannte zum Ring. »Was habe ich dir gesagt? So wird das nie was! Himmel noch eins.«

Wir tranken Tee und sahen nach Toni, der in dem Moment vom Sandsack abließ, auf uns zugelaufen kam und dabei die Handschuhe auszog. Er stand dampfend wie ein Pferd vor uns und strahlte über beide Ohren. Ich musste gestehen, Toni sah verdammt sexy aus.

»Ciao ragazze«, rief er und lachte, »schön, dass ihr vorbeischaut.« Er nahm ein Handtuch aus seiner Sporttasche und wischte sich das Gesicht trocken.

»Hast ja ganz schön Muckis bekommen«, meinte Lilli.

Toni spannte stolz seinen Bizeps an, und Lilli befühlte ihn.

»Nicht schlecht. Das wird was. Die Frauen werden dir in Scharen hinterherlaufen.«

»Das tun sie doch bereits, oder nicht?«, erwiderte ich.

Toni lächelte unsicher. Bei aller Breitbeinigkeit und obwohl sich das regelmäßige Training bereits abzeichnete, war er in seinem Inneren doch noch schüchtern.

»Na, wollen die Damen mal richtige Muskeln spüren? Von einem richtigen Kerl?«, sagte Müller plötzlich neben uns, presste seine Hände in Bauchhöhe zusammen und flexte seine Brustmuskeln.

Ich hatte ihn schon während meiner Station bei der Mord unangenehm gefunden. Er hatte ein grobes Gesicht und dichte Augenbrauen und war einer der Männer, die mit einer dauerhaften Nervosität ausgestattet waren und wie aufgezogen durchs Leben liefen. Müller ließ keinen Moment aus, um sich zu produzieren. Andererseits war er ein Polizist, der vollkommen unerschrocken agierte und keinerlei Manschetten hatte. Er stand grinsend da und sah mich auffordernd an. Für einen Moment durchzuckte es mich: Was, wenn Müller der Kollege war, der mir diese Zettelchen schrieb, die ich seit einiger Zeit immer wieder auf meinem Schreibtisch fand?

»Ich muss schnell duschen, dauert fünf Minuten«, rief Toni und schnappte seine Trainingstasche. »Bin gleich wieder da.«

»Fünf Minuten? Typisch Männer. Wir brauchen mindestens das Dreifache«, sagte Lilli. »Beeil dich, damit wir ins Füchschen kommen. Mir ist schon schlecht von Kunz' heißem Lebenselixier.«

»Wir sehen uns«, rief Müller, zwinkerte mir zu und folgte Toni in Richtung der Duschen.

»Dein neuer Verehrer?«, fragte Lilli mich mit erstauntem Tonfall.

Ich sah Müller nach, wie er mit wiegendem Schritt verschwand. Mein Bauchgefühl verhieß nichts Gutes. Müller war nicht der Einzige, der mir nachstellte. Mir zuzwinkerte. Mich anquatschte. Aus Kunzens Radio drang der Song »Till I kissed you« an mein Ohr, den ich gern mochte, und John Kincade sang: *»Never knew what I missed. Till I kissed you.«*

»Lilli, ich muss dir was erzählen«, sagte ich und sah sie von der Seite an. »Und du musst es für dich behalten.« Ich erzählte von den kleinen Nachrichten, die ich auf meinem Schreibtisch gefunden hatte. Die heimlichen Annäherungsversuche, die ich nicht weggeworfen, sondern gesammelt hatte, weil mir mein Instinkt sagte: Heb sie auf, als Beweismittel. »Das Schlimmste daran finde ich die Deckung, hinter der sich der Mann befindet.«

»Meinst du, es ist einer aus der Sitte?«, sagte Lilli. »Das wäre zu offensichtlich, oder nicht?«

»Und wie kommt er sonst an meinen Schreibtisch? Und wann legt er die Zettel ab?«

»Die Räume sind nicht verschlossen. Im Grunde kann es jeder aus dem Präsidium sein«, erklärte Lilli.

Da hast du wiederum recht. Das macht es aber nicht einfacher.

»Ich komme mir vor wie eine Beute, die eingekreist wird.«

Lilli runzelte die Stirn. »Ist das ein makabrer Scherz? Oder von einem, der Frauen nicht im Präsidium haben will? Dich verunsichern will?«

Womit wir wieder bei Müller wären.

»Ein schlechter Scherz wäre mir ehrlich gesagt das Liebste. Irgendwann bei einem Feierabendbier mit den Kollegen käme es zur Sprache, und sie würden es zugeben, und ich würde sagen: Ihr Affen, ihr habt euch damals einen schlechten Scherz mit mir erlaubt. Und dann würden wir gemeinsam darüber lachen und Schwamm drüber. Aber ehrlich gesagt: An diese Lösung glaube ich nicht wirklich.«

Lilli machte ein nachdenkliches Gesicht. »Vielleicht ist der Schreiber schüchtern und nicht so ein Draufgänger, anders als die anderen Männer. Sieh es mal so, er findet dich gut und will es dir zeigen, auf seine Art. Ein heimlicher Verehrer, wie spannend. Ich wünschte, ich hätte einen«, sagte sie und legte sofort die Hand auf den Mund. »Ich nehme das zurück. Kein Mann im Moment, bitte.« Sie senkte die Stimme und beugte sich mir konspirativ entgegen. »Wir behalten es für uns und sagen niemand etwas. Und du darfst es dir nicht anmerken lassen, dass es dich aufregt.«

Lilli erstaunte mich immer wieder. Hinter der lieblichen, oft auch mädchenhaften Fassade steckte ein Mensch, der verschwiegen sein konnte und strategisch dachte.

Plötzlich stand Toni neben uns, die Haare glänzten noch feucht, seine Sporttasche in einer Hand. Ein Schwaden Tabac Original wehte zu uns herüber. Toni strahlte uns an. »Worüber redet ihr?« Sein Blick wanderte amüsiert von einer zur anderen.

Lilli konterte direkt. »Nichts, was dich was angeht, Hase.«

»Ich finde es sowieso heraus. Gehen wir?« Er lächelte.

»Du hast dir ein großes Bier verdient«, sagte Lilli. »So fleißig, wie du heute warst.«

Kunz stellte sich zu uns, wir gaben ihm unsere leeren Tassen zurück und verabschiedeten uns. Er senkte die Stimme und zwinkerte uns zu.

»Die Jungs geben sich immer extraviel Mühe, wenn ihr da seid. Lilli, beim nächsten Mal legen wir zwei los.«

7

Dienstag, 3. März 1970

Am nächsten Morgen fand wieder die Morgenrunde der SoKo »Freischütz« statt. Menden rief »Guten Morgen, fangen wir an!« über das Gemurmel der Kollegen im Raum hinweg, und es genügte, um die Truppe sofort zum Verstummen zu bringen.

»Bevor wir uns über mögliche Motive des Täters austauschen, will ich ein aktuelles Bild der Lebenssituation des Opfers. Wer war Theo Ellerbeck? Starten wir mit der Finanzsituation. Wittig, Sie beginnen.«

Der Kollege Klaus Wittig aus der Wirtschaftskriminalität, auch Koteletten-Klaus genannt, wegen seiner tiefdunklen und breiten Koteletten, stand auf, neben ihm saß Toni, der dort gerade seine Station absolvierte. »Wir ermitteln in alle möglichen Richtungen. Alte Feinde, windige Geschäftspartner. Schulden. Krumme Geschäfte. Wir überprüfen alle Geschäftskonten und die Privatkonten, aber bislang konnten wir wenig Auffälliges finden. Das kann dauern, bis wir alles durchgearbeitet haben. Es sind einige Konten in Deutschland, aber auch in Luxemburg.«

Mendens Gesicht wurde streng. »Irgendetwas müsst ihr gefunden haben, ihr könnt nicht mit leeren Händen hierherkommen.«

Die Runde war still. Wittig begann zu schwitzen. »Nur eines vielleicht. Regelmäßige Überweisungen nach Tansania, obwohl es keine geschäftlichen Beziehungen dorthin gibt.«

Ich wurde hellhörig. Ruth und ich tauschten Blicke aus.

Menden hatte offenbar den gleichen Gedanken wie wir. »Wohin gingen die Überweisungen? An eine private Charterfirma?«

Wittig sah ihn erstaunt an. »Ja, Tansania Aviation Centre in Dodoma. Aber Ellerbeck hat sie nie genutzt, ist nie mit ihnen geflogen, seine Frau auch nicht. Es gibt keine Buchungen von

Flügen, lediglich eine monatliche Überweisung von achthundert Dollar.«

Serge. Der Pilot und Vater von Michaela.

»Dollar. Harte Währung. Die ist viel wert in so einem Land. Wann hörten die Überweisungen auf?«

Wittig machte kreisrunde Augen. »Nie. Die Überweisungen sind ein Dauerauftrag und laufen seit vier Jahren. Unbefristet.«

Menden stützte die Hände auf die Tischplatte und berichtete von den Gesprächen mit Frau Ellerbeck und was sie über den Erzeuger von Michaela erzählt hatte.

»Überweisungen für einen Toten?«, fragte Lenzian.

»Was ist, wenn er gar nicht tot ist?«, fragte Ruth.

»Von welchem Konto gingen diese Überweisungen?«, fragte Menden.

»Einem Nebengeschäftskonto, das wir am interessantesten finden. Monatlich wird eine Dividende auf dieses Konto überwiesen. Darüber laufen verschiedene Ausgaben. Konsumgüter. Immobilienmieten von privaten Wohnungen. Spenden.«

»Was für Spenden?«, hakte Menden nach.

»Kultureinrichtungen in Düsseldorf. Das neue Theater. Die Akademie der Künste.«

»Hört, hört, der studentische Aufstand wird mitfinanziert«, rief Müller dazwischen, aber keiner lachte.

»Das ist spekulativ, Herr Kollege«, erwiderte Menden. »Wittig, fahren Sie fort.«

»Es gab auch Spenden an die Polizei, aber das hatten Sie schon erwähnt. Einige Sachspenden, Super-8-Kameras und Projektoren, und er zahlte in den Ausbildungsfonds ein.«

»Ich will in diesem Fall volle Transparenz. Diese Unterstützungen sind keine geheimen Zuwendungen, die ihm einen Vorteil verschafft haben. Sie gehören zum Gesamtbild des Opfers.«

Wittig fuhr fort. »Ellerbeck verfügt über ein stattliches Vermögen. Aktienfonds. Immobilien. Beteiligungen an anderen Firmen. Bargeld. Gold in beträchtlicher Höhe. Sein Vermögen wird auf rund acht Millionen D-Mark geschätzt. Für die Tochter befindet sich eine Million Mark auf einem Treuhandkonto, den

Zugang erhält sie, wenn sie volljährig ist. Charlene Ellerbeck hat uns eine Kopie seines Testaments gezeigt: Die Tochter ist die Alleinerbin im Todesfall. Sie selbst hat ein eigenes privates Konto, das monatlich gefüllt wird. Es beläuft sich aktuell auf 720.325 D-Mark.«

Pfeifen. Raunen.

»Ein hübsches Haushaltsgeld, das werde ich meiner Frau nicht erzählen«, sagte Lenzian, und ein paar stimmten ihm zu.

»An Geld mangelt es keinem in der Familie«, ergänzte Wittig und nickte Menden zu, als Zeichen, dass er mit seinen Ausführungen fertig war.

»Danke, Wittig. Machen wir weiter in der Runde. Fragen wir die Kriminaltechnik bezüglich der neuesten Erkenntnisse.«

Herbert Kassner strich seine Krawatte glatt. Unsere Kollegin Petra saß neben ihm und reichte ihm zwei Fotos aus einer Akte. Das Licht schien seitlich auf ihr Gesicht, und ich bemerkte, dass sie stärker geschminkt war als sonst. Petra hatte viel Kummer mit ihrem Mann, dem Staatsanwalt, sie hatten ein Kind, und er wollte dringend noch eines, sie aber nicht. Er drohte ihr sogar, die Freigabe für die Ausbildung zur Kriminalistin zurückzuziehen. Petra tat souverän und versicherte uns, dass sie die Sache im Griff habe. Aber ich hatte meine Zweifel und beschloss, sie bei nächster Gelegenheit darauf anzusprechen.

Kassner ergriff das Wort. »Wir haben noch etwas gefunden. Vielleicht ist es nebensächlich.« Er hielt eine Fotografie hoch.

Ich kniff die Augen zusammen, um es zu erkennen. Es war die Fotografie aus einem Mikroskop. Eine Vergrößerung.

»Die Kollegin, Frau Möbius, hat das bei einer Untersuchung des Mantels auf der Vorderseite gefunden. Genauer gesagt: am Revers.«

Im Raum war Stille. Menden nickte Petra zu. Sie stand auf, in ihrem wollenen Karokostüm, und hob eine Klarsichthülle hoch. »Ein blondes langes Haar. Fünfundzwanzig Zentimeter lang.«

Getuschel.

»Ein Haar? Und was sollen wir damit?«, fragte Müller in die Runde.

Petra konterte direkt. »Ehrlich gesagt, wenn mein Mann ein solches Haar auf seinem Mantel hätte und damit nach Hause käme, wäre ich sehr alarmiert, Herr Kollege.«

Die Runde lachte.

»Weder die Ehefrau noch die Tochter haben blondes Haar«, erklärte Ruth.

Menden nickte ihr zu. »Ein Haar ist ein Haar. Und es ist womöglich ein Hinweis auf die Person, die mit im Taxi saß. Gute Arbeit. Fahren Sie fort.«

»Ist es echt?«, fragte Ruth dazwischen.

Petra sah triumphierend in die Runde und machte eine Pause. »Nein, es ist ein Kunsthaar.«

»Ach«, rief Müller.

»Wer verwendet solche Perücken?«, fragte Menden.

»Oh, zum Beispiel wir und der STERN«, riefen Ruth und ich und lachten unisono.

Die anderen sahen uns irritiert an.

»'tschuldigung, war ein Scherz unter Kolleginnen«, erklärte Ruth und senkte den Kopf.

»Prostituierte«, sagte Müller.

Ich sah ihn an. »Nun, der Kollege Müller scheint sich gut auszukennen.«

Wieder ein Lachen, aber Müller grinste nur.

Ich fuhr fort. »Die Prostituierten hinter dem Bahnhof, mit denen wir bei der Sitte zu tun haben, verwenden Perücken bei ihrer Arbeit. Wir befragen sie. Womöglich ergibt das eine Spur.«

»Vielleicht hat er die Perücke selbst getragen«, sagte Toni, der bislang still gewesen war.

Alle Augen waren auf ihm. Teilweise belustigt, teilweise erstaunt. Was für eine Vorstellung. Ein Mann wie Ellerbeck trug Damenperücken? Hatte er ein Geheimnis?

Toni zuckte mit den Schultern und sah beschämt auf die Tischplatte. »War nur so ein Gedanke.«

Mendens Gesicht sprach Bände. Er hob beide Augenbrauen an. »Und ein sehr guter. Finden wir heraus, ob Theo Ellerbeck eine Seite hatte, die bislang niemand kannte. Denken Sie in alle Richtungen, jeder Hinweis ist erlaubt. Weitermachen.«

Zum Mittagessen trafen wir Frauen uns im Trompeter. Heute waren wir nur zu fünft, Ruth war in Sachen Ellerbeck unterwegs. Rosi wedelte uns beim Hereinkommen zu sich.

»Meine Täubchens, es gibt noch einen Vierertisch am Fenster für euch. Das Tagesgericht für alle? Hühnerfrikassee mit Reis.«

Wir nickten, schälten uns aus den Wintermänteln und setzten uns. Mittlerweile wusste Rosi, was jede von uns mittags trank. Petra ein Alt, Renate eine Sinalco und Mieze, Lilli und ich eine Afri Cola. Bis das Essen serviert wurde, überbrückten wir die Zeit mit Rauchen. Selbst Renate hatte angefangen zu rauchen. Mentholzigaretten. Für die sie regelmäßig aufgezogen wurde.

»Da kannst du ja direkt ein Eukalyptusbonbon lutschen.«

Renate blies den Rauch laut aus und legte ein Buch auf den Tisch. »Das müsst ihr lesen«, sagte sie und tippte darauf.

Ich drehte den Kopf, um den Titel lesen zu können. »Marlen Haushofer. ›Die Wand‹«, las ich vor.

»Worum geht's?«, fragte Lilli und besah den Buchtitel.

»Um eine Frau, die in den Bergen lebt. Ein befreundetes Ehepaar besucht sie und geht ins Tal, kommt aber nicht zurück. Sie macht sich auf die Suche, aber kommt nicht weit. Sie stößt gegen eine unsichtbare Wand. Sie ist eingekreist. Eingesperrt.«

»Was für eine Wand?«, fragte Lilli.

Petras Blick wechselte von Renate zu mir und zurück.

»Erzählt mir lieber von dem Ellerbeck-Fall, ich will alles wissen«, bat Mieze, die ebenfalls nicht zur SoKo gehörte. Renate machte ein säuerliches Gesicht, weil niemand ihrer Buchempfehlung folgte.

»Leihst du es mir?«, fragte ich von der Seite, und sie nickte, und die säuerliche Miene verschwand.

Wir berichteten reihum und tauschten uns über den aktuellen Fall aus. So hielten wir es seit Anbeginn unserer Ausbildung: Wir erzählten uns beim Mittagessen von der Arbeit, und was am Tisch geredet wurde, blieb auch am Tisch. Auf diese Weise lernten wir permanent voneinander und schulten uns abseits der Ausbildung in der Behörde.

»Ich würde zu gern die Ehefrau befragen«, sagte Mieze und blies den Rauch durch die Nasenlöcher aus. »Da kribbelt es mir in den Fingern.« Sie war unsere Verhörspezialistin, selbst die Ausbilder staunten über ihr Talent bei der Gesprächsführung. »Wissen wir mehr über das Verhältnis des Ehemanns zur Ehefrau? Klingt nach einer interessanten Familienkonstellation.«

Ich hatte Petra während des Gesprächs beobachtet. Sie sah müde aus, trotz des kaschierenden Make-ups. Sie wirkte abwesend auf mich, und zugleich überspielte sie das und tat, als hörte sie zu, aber in Wahrheit war sie woanders. Bei dem Wort »Familienkonstellation« sah sie mich an, und ich erkannte in ihrem Blick, dass wir reden mussten.

»Ich muss mal eben um die Ecke«, sagte ich und stand auf.

»Ich komm mit«, meinte Petra in beiläufigem Tonfall und schnappte ihre Handtasche. Wir gingen nebeneinanderher, und als wir die Toilette betraten, prüfte Petra, ob jemand in einer der Kabinen war. Die Luft war rein. Wir waren unter uns.

»Woher weißt du es?«, fragte sie.

»Dass wir reden müssen? Du bist stärker geschminkt als sonst, ich sehe so was. Außerdem muss ich dir nur in die Augen sehen.«

Sie atmete einmal laut aus. »Lucia, ich erzähle es dir, aber nur dir. Weil man ja vor dir nichts geheim halten kann.« Sie stellte ihre Handtasche an dem Spiegel ab und kramte eine Puderdose hervor. Besah sich im Spiegel.

»Was ist passiert?«, fragte ich und lehnte mich an die Wand neben ihr an.

»Es ist gerade schwierig.«

»Was genau?«

»Alles. Unsere Ehe. Unsere Tochter. Der Kinderwunsch meines Mannes.«

»Komm schon, so ist es seit einem Jahr. Deinem Mann schmeckt deine Unabhängigkeit nicht.«

Sie begann, ihr Gesicht abzupudern. »Wenn es nur das wäre. Am Anfang hat er noch damit angegeben: ›Meine Frau wird

Kriminalistin. Ich bin der Staatsanwalt, und zusammen sind wir wie ein Duo aus einer Fernsehserie.‹«

»Nur dass das nicht das deutsche Fernsehen ist, sondern die Realität. Dein Mann ist ein Träumer.«

»Er ist ein Idiot. Meine Schwiegermutter, dieser Drachen, hat ihm den Floh ins Ohr gesetzt, dass die Entwicklung des Kindes leidet, wenn die Mutter abwesend ist. Sie wird im Mai sechs und kommt im Herbst in die Schule, Herrgott noch mal.« Petra wandte den Kopf und sah mich an. »Fällt dir etwas auf?«

Ich musterte ihr Gesicht. »Nein«, antwortete ich. »Du hast es gut überschminkt. Tut es weh?«

Sie starrte mich ungläubig an. Petra gehörte zu dem Typ Frau, die keine Miene verzog, wenn es im Inneren schmerzte. Ich griff nach ihrer Hand und drückte sie, und ihre Augen füllten sich mit Tränen.

»Ich bin so unglücklich«, flüsterte sie, als würde das Haus einstürzen, wenn sie es laut ausspräche.

Diese Wahrheit war schlimm für Petra. Für sie, die Anwalts-gehilfin, die einen gut aussehenden Anwalt geheiratet hatte, mit dem sie eine bildhübsche Tochter hatte und in einem modernen kleinen Haus mit Garten wohnte, in das sie uns nie einlud, aus Angst davor, dass wir sie als blöde, verwöhnte Schickse ab-stempeln würden.

»Es war bestimmt ein Versehen. Es geht vorbei«, erklärte Petra, zupfte ein Taschentuch aus dem Ärmel hervor und tupfte ihre Nase trocken. Sie war mit einem Mal schrecklich blass ge-worden. »Wir haben uns gestern wieder mal gestritten. Waren beide nicht nüchtern. Wein und Whiskey, und er hat die Fach-bücher aus der Kriminaltechnik vom Tisch gefegt, eines ist da-bei kaputtgegangen. Ich bin ausgerastet. ›Das sind nicht meine Bücher‹, habe ich gerufen, ›die gehören mir nicht!‹ – ›Aber du gehörst mir!‹, hat er geantwortet. ›Ich gehöre nur mir selbst!‹, habe ich zurückgebrüllt. ›Ich mache, was ich will!‹« Sie machte eine Pause und sah mich an. Befühlte mit ihren Fingerspitzen die linke Wange. Sie sprach leise. »Seine Hand kam so schnell, so schnell konnte ich nicht kucken.«

Ich löste ihre Hand von der Wange. »War es das erste Mal? Sei ehrlich.«

Sie nickte.

»Was hast du getan? Wie hast du reagiert?«

Jetzt wurde ihre Stimme wieder fest. »Na, was denkst du? Was wir gelernt haben. Zack, und ein Schlag in die Kronjuwelen. Muss wehgetan haben. Sehr weh.« Sie nickte zur Bestätigung. Ihr Gesicht wurde streng. »Er spricht seitdem kein Wort mehr mit mir. Unsere Tochter will er heute zu seiner Mutter bringen, bis die Wogen geglättet sind und wir eine tragfähige Lösung haben.« Sie klappte den Puder zu und warf ihn in die offene Handtasche.

»Wie schnell kann man sich heutzutage scheiden lassen?«, fragte ich.

Petra schnaubte. »Das wäre eine komplette Kapitulation. Lucia, ich weiß nicht, ob ich das kann. Das alles aufgeben?«

»Aber so kann es doch nicht weitergehen«, sagte ich mit entrüsteter Stimme.

»Er hat gesagt, dass er die Arbeitsgenehmigung für die Polizei widerrufen wird. Dann muss ich die Ausbildung abbrechen, und der Traum vom Beruf der Kriminalistin wäre ausgeträumt.«

Ich bringe ihn um.

Petras Augenbrauen schoben sich vor Wut zusammen. »Aber das ist mein Berufsleben, das lass ich mir nicht von meinem Ehemann kaputtmachen, wegen eines blöden Paragrafen.«

»Wir brauchen einen Plan«, verkündete ich und prüfte ihr Gesicht. Sie hatte wieder etwas Farbe bekommen.

Petra nickte. »Ja, das brauchen wir, in der Tat. Lass uns zurückgehen. Und behalte es bitte für dich.«

»Sei dir gewiss«, erwiderte ich, und wir gingen zu den anderen zurück an den Tisch und taten, als ob nichts gewesen wäre.

Am Nachmittag war ich in Sachen »blonde Perücke« unterwegs. Ausgerechnet mit dem milchgesichtigen Knapp, der einen halben Kopf kleiner war als ich, schickte mich Rodewald zu den Prostituierten hinter den Bahnhof, um herauszufinden, ob jemand Theo Ellerbeck kannte und er an seinem Todestag gesehen worden war. Knapp saß neben mir im Käfer und strich sich nachdenklich über seinen Schnäuzer, als ich den Dienstwagen zwischen zwei kniehohen Schneehaufen sauber einparkte.

»Purer Zufall«, bemerkte er und sah aus dem Fenster, um den Abstand zum Bordstein zu prüfen.

Ich ließ das unkommentiert.

Wir stiegen aus. »Ich sage Ihnen, wie wir vorgehen, Schätzchen«, sagte er zu mir über das Autodach hinweg.

»Ich bin nicht Ihr Schätzchen, Herr Knapp.« Ich warf die Tür fester zu als nötig. Es schepperte ordentlich. »Ich bin Ihre Kollegin, und wir arbeiten hier zusammen. Nicht mehr und nicht weniger.«

Knapp zog eine Zigarettenpackung hervor. »Ach, machen Sie sich locker, war 'n Scherz.«

Wer's glaubt, wird selig.

»Dass ihr Frauen immer so verspannt sein müsst. Wir gehen jetzt rüber zu Lotte Zielinski. Kennen Sie Lotte?«

»Nein, ich habe nur von ihr gehört. Bislang waren die Besuche der Bordelle und Wohnheime nur den männlichen Kollegen vorbehalten.«

Ich sagte es absichtlich mit einem gewissen Unterton, denn ich hatte schon etwas läuten hören über Kollege Knapp. Er schnalzte einmal mit der Zunge, zündete sich eine Kippe an und inhalierte die ersten beiden Züge tief.

»Lotte führt das Dirnenwohnhaus, das direkt am Bahndamm liegt. Ich bin mir seit Jahren sicher, dass sie Dreck am Stecken hat, und ich bekomme sie noch dran. Das schwöre ich. Das geht alles nicht mit rechten Dingen zu.«

Knapp hatte ein merkwürdiges Verhältnis zu Frauen. Er flirtete auf Teufel komm raus, konnte vermutlich selten einen Treffer erzielen, riss blöde Sprüche und sprach Frauen grundsätzlich sämtliche Fähigkeiten ab, die mit logischem Denken einhergingen. In meinen Augen war er ein Idiot und schied als Schreiber der kleinen Nachrichten an mich aus. Meine Mutter hätte gesagt: Mit Idioten darfst du nicht verhandeln.

Wir gingen über das knirschende Streusalz den Gehsteig entlang.

»Heißt bei uns nur ›HdB‹. Hinter dem Bahndamm«, erklärte Knapp. »Die Deutsche Bahn hat an dem letzten Bahnsteig 'ne Sichtblende hochgezogen, damit da keiner rüberlinsen kann. Das Hurenpack ignoriert unsere Sperrbezirksverordnung. Das wird dein nächster Job sein, die Weiber in der Stadt aufzustöbern, die dort unbefugt anschaffen gehen. Wenn die uns männliche Beamte sehen, nehmen die sofort Reißaus. Die riechen 'nen Bullen fuffzig Meter gegen den Wind und kennen die Jungs von der Sitte bereits in- und auswendig.«

Er lachte selbst über seinen Scherz, und als er bemerkte, dass ich keine Miene verzog, warf er die angerauchte Zigarette auf den Boden und drückte sie mit dem Schuh aus. »Bleiben Sie hinter mir.«

Als ob ich deinen Schutz nötig hätte.

Wir standen vor einem schmucklosen Wohnhaus mit vielen Fenstern. Die meisten waren mit einfachen Gardinen verhängt. Bei ein paar hingen Strümpfe und Mieder auf der Vorhangstange. In keinem brannte Licht, obwohl heute ein trüber grauer Wintertag war. Nur im Erdgeschoss, hinter gerafften samtenen Vorhängen, war es beleuchtet. Auf der Türklingel stand nur ein Name: »Zielinski«.

»Dieses Haus und das Bordell daneben gehören der Zielinski. Aber so nennt sie niemand, alle nennen sie Lotte. Hier wohnen viele Mädchen, und da würden einige Männer gern mal rein, aber sie hütet das Wohnheim wie ein Fuchs seinen Bau.«

Du möchtest ganz besonders gern rein.

Knapp klingelte. Die Türklingel war ein lang gezogenes »Ding-Dong«, ein einladender, sanfter Ton. Wenige Sekunden später wurde die Tür geöffnet.

»Tach, Lotte. Bereit für einen Besuch?«, rief Knapp und trat einen Schritt höher auf die nächste Stufe.

Lotte Zielinski war eine barocke Erscheinung und stand in einem roten Kleid, die Hände in die fülligen Hüften gestemmt, im Türrahmen. Sie war die Art Frau, an der niemand vorbeikam und die sich Dingen grundsätzlich in den Weg stellte. Ich schätzte sie auf um die sechzig. Sie hatte kräftige, fleischige Wangen, die leicht hingen, und einen rot bemalten üppigen Mund, der alles zu verschlingen drohte. Lackschwarze Haare, die zu einem gewaltigen Nest aufgetürmt waren. Ihre dunklen Augen waren groß, mit dramatisch getuschten Wimpern. Sie blickte skeptisch auf uns herab. An ihren Fingern funkelten große bunte Ringe. Vor ihrem Busen baumelte eine Lesebrille an einer Kette um den Hals. Ihr Blick verdunkelte sich, und sie sah Knapp streng an. Ihr Blick wechselte zu mir.

»Ich nehm gerade niemand auf, alles besetzt. Schönen Tach noch«, verkündete sie mit knarzender Stimme und wollte schon die Tür schließen, aber Knapp hatte den Schuh dazwischen.

»Nicht so hastig. Ich will dir niemand bringen, das hier ist meine Kollegin in Ausbildung, Fräulein Specht. Wir haben ein paar Fragen. Handelt sich um einen Mordfall. Könnte mit deinen Mädchen zu tun haben.«

Sie sah über ihn hinweg und blickte mich genau an. Ein kleines Lächeln erschien auf ihrem Gesicht. »So weit ist es also gekommen, dass sich die Sitte jetzt um Mordfälle kümmert. Gehen euch die Männer bei der Polizei aus, dass ihr die Frauen reinholt, die eure Arbeit machen?«

Ich hob meine Dienstmarke hoch. »Lucia Specht. Darf ich reinkommen, Frau Zielinski?«

Sie taxierte mich, und es dauerte keine zwei Sekunden, da öffnete sie den Türspalt. »Na, da will ich mal nicht so sein.« Es war klar: Das hier war ihr Regiment.

Mein Haus. Meine Regeln.

Lotte Zielinski führte uns in einen angrenzenden Raum, der aus einem Esszimmer mit einer Küche bestand, die mit einem Paravent abgetrennt war. Das Esszimmer sah aus wie das einer russischen Zarenfamilie, großbürgerlich und überladen mit Samt und Pomp. Auf dem großen Mahagonitisch war ein feines blau-weißes Kaffeeservice gedeckt, und kleine Kerzen brannten in Haltern, die Engel darstellten, die die Kerzen mit beiden Händen festhielten und verzückte Gesichter machten.

Es duftete nach frisch gekochtem Kaffee. Die Sitzbank und die vier Stühle waren mit weinroten Samtkissen ausstaffiert. Von der Decke hing ein Kristalllüster, der leise klirrte, als Lotte Zielinski die Tür schloss. Auf der Fensterbank saß mindestens ein Dutzend Puppen in verschiedenen Kleidern und mit starren Gesichtern.

»Nehmen Sie Platz.« Sie bemerkte meinen erstaunten Gesichtsausdruck. »Hätten Sie nicht gedacht, dass es hier so aussieht, was. Kaffee?«

Ich nickte. »Wie funktioniert das hier, Ihr Wohnheim, Frau Zielinski?«

»Nenn mich Lotte, nix Frau Zielinski, das klingt furchtbar.« Sie deutete auf einen Stehsekretär an der Wand neben der Tür, auf dem im Schein einer kleinen Leselampe ein Buch aufgeschlagen lag. »Ich habe achtundvierzig Zimmer. Fast jedes Mädchen hat ihr eigenes Zimmer, manche teilen sich auch eines. Sie zahlen wöchentlich ihre Miete. Frühstück ist inklusive. Keinerlei Herrenbesuch. Außer Fernando, der mit Frauen ohnehin nichts anzufangen weiß und der Hausmeister ist. Jedes meiner Mädchen quittiert ihr Kommen und Gehen in diesem Buch. An diesem Zimmer hier kommt niemand vorbei.« Sie zeigte auf sich. »An mir kommt keine vorbei. Wenn Sie also wissen wollen, wer wann zuletzt hier war, kann ich Ihnen helfen.«

Knapp nahm Platz und drückte sich gegen die weichen Kissen. »Ich würde gern mit den Mädchen sprechen, es geht um den vergangenen Samstag, und da ich Polizist bin, machen Sie sicherlich eine Ausnahme.«

Lotte schenkte mir Kaffee ein, und ihre Armreifen klimperten. »Lass mal hören. Worum geht's?«

Ich legte das Foto von Theo Ellerbeck auf den Tisch. Lotte setzte ihre Brille auf, hob das Kinn und besah sich die Fotografie. Es war ein Foto der Ellerbecks von der Eröffnung des Schauspielhauses.

»Ach ja«, sagte sie, »stand in der Zeitung. Gemeine Sache, jemand rücklings zu erschießen. Solche Anzugträger kennen wir hier.«

»Wusste ich es doch!«, rief Knapp und schlug sich mit der flachen Hand auf den Oberschenkel. »Der Hund. Natürlich geht der ins Bordell und lässt die Puppen tanzen.«

Lottes Augen verengten sich. »Das habe ich nicht gesagt.«

»Und? War er nebenan im Bordell?«, fragte Knapp.

»Vielleicht«, antwortete sie. »Wir führen ja kein Gästebuch, hier herrscht Diskretion, aber wir kennen unsere Kunden«, sagte sie und spielte mit der Brille um ihren Hals.

»Tragen Ihre Damen blonde Perücken?«, fragte ich. »An seinem Mantel wurde ein Haar gefunden. Blond. Kunsthaar.«

Mit der Zunge befeuchtete Lotte ihre Lippen. »Ja, da gibt es ein paar Damen, die ihre Haarfarbe ändern. Warum?«

»Er könnte Kontakt zu einer der Frauen gehabt haben, bevor er ermordet wurde. Uns hilft jeder Hinweis, mit wem er zu tun hatte.«

»Lassen Sie mir das Foto da, ich höre mich um und melde mich morgen bei Ihnen.«

Knapp stöhnte und fuhr sich mit der flachen Hand über den Mund. »Lotte, geht das nicht schneller?«

»Das *ist* schnell.«

Ich legte Lotte eine Karte mit der Telefonnummer der Sitte auf den Tisch.

»Schätzchen, die Nummer kann ich auswendig«, sagte sie und lächelte mich an. »Aber nix für ungut.«

Eine junge blonde Frau in einem offenen grünen Mantel, kurzem Rock und dünnen Strümpfen kam herein. »Tach«, sagte sie mit piepsiger Stimme, sah kurz zu uns, stellte sich an den Stehtisch und schrieb in das Anwesenheitsbuch.

»Belinda, wie geht es dir?«, fragte Lotte.

»Besser, danke.«

»Noch einen Kaffee?«

»Nein, ich muss los. Bin spät dran.«

»Pass auf dich auf«, sagte Lotte, und Belinda warf ihr einen Luftkuss zu und verschwand. Kurz darauf ging die Haustür.

»Was ist mit ihr passiert?«, fragte ich besorgt.

Ein brutaler Freier? Ein Überfall?

I.L. CALLIS

DOCH DAS MESSER SIEHT MAN NICHT

KRIMINALROMAN

emons:

emons: **Tel. 0221-56977-0 · info@emons-verlag.de**

Bitte senden Sie mir das aktuelle Verlagsprogramm zu

Ich möchte den Newsletter von emons: **per E-Mail erhalten**

Ich habe Interesse an Krimis aus folgender Region:

f **Besuchen Sie uns auch auf www.facebook.com/EmonsVerlag**

Name

Straße

PLZ/Ort

E-Mail

emons: **verlag**
Cäcilienstraße 48

50667 Köln

Lotte lächelte. »Das arme Ding hatte einfach nur die Grippe. Auch Huren werden krank.«

»Oh, natürlich«, sagte ich und schämte mich ein wenig.

»Ich melde mich. Versprochen«, sagte Lotte Zielinski.

Am Abend, kurz vor dem Schießtraining im Keller des Präsidiums, schaute ich bei Mieze in der Vermisstenabteilung vorbei.

»Du siehst müde aus«, sagte sie und hämmerte in die Schreibmaschine.

»Viel los im Moment. Und ich möchte Frühling haben. Und was haben wir? Schneeberge und ein Grad plus. Ich hasse den Winter. Für das Wochenende wurde erneuter Schneefall angesagt. Im Sauerland ist der Andrang so groß, dass sie die Straßen sperren.«

Ich nahm auf einem Stuhl neben ihrem Schreibtisch Platz und seufzte laut.

»Ich mag's gern, wenn es kalt ist, muss ich gestehen. Warte, ich hab's gleich.« Ihre Augen wanderten über den getippten Text, dann zog sie das Blatt Papier mit einem lauten Ratschen aus der Maschine, legte es in eine Akte und klappte den Deckel zu. »Fertig.«

»Ich habe mit Johannes gesprochen, wegen der Sache mit meiner Mutter.«

Mieze hob eine Augenbraue. »Interessant. Was hat er erzählt?«

Ich berichtete ihr von unserem Gespräch, und Mieze hörte aufmerksam zu.

»Ich finde ja«, sagte sie, »der hat was Geheimnisvolles an sich. Lässt sich nicht in die Karten schauen. Man weiß nie, was er gerade denkt.«

Da hat sie einen Punkt.

»Der ist anders als die Kollegen hier im Präsidium«, stimmte ich zu. »Hat studiert, war in den USA. Die meisten haben es gerade mal von Castrop-Rauxel nach Düsseldorf geschafft.«

»Immerhin!«, rief Mieze, und wir lachten.

Ich sah auf die Uhr. »Ich muss leider gleich runter, zum Schießen. Aber wir wollten noch mal wegen der Akte meiner Mutter sehen.«

»Kein Problem, ich muss auch gleich los, bin heute mit meinem Mann verabredet, aber beim nächsten Mal komme ich mit. Versprochen. Ich wollte dir eine Sache zeigen. Hast du die Akte gerade da?«

Ich legte sie auf den Tisch.

Mieze klappte sie auf und zog Fotos heraus. Legte eines vor mich hin. »Schau dir bitte diese Aufnahme an. Schau auf den Hals. Fällt dir etwas auf?«

Es war das schwarz-weiße Foto meiner toten Mutter aus der Rechtsmedizin, von oben aufgenommen. Liegend. Kopf und Oberkörper waren zu sehen. »Was meinst du?«, fragte ich.

Mieze deutete mit einem Finger auf eine Stelle wenige Zentimeter unterhalb des Ohres. »Diesen kleinen runden Fleck.«

Ich nahm das Foto hoch und besah es mir genauer. »Was ist das?«

»Das habe ich mich auch gefragt. Ich hatte erst nur die Messerstiche und das Blut wahrgenommen und dass sie an dem Ohr keinen Anhänger trug und das Ohrläppchen eingerissen ist.«

»Ja, die hatte sie von meinem Vater zum Geburtstag bekommen. Sie muss einen im Kampf verloren haben.«

Mieze tippte wieder auf das Foto meiner Mutter. »Weißt du, wie der Fleck am Hals an der Stelle für mich aussieht? Wie ein Knutschfleck.«

Kann das sein? Jetzt, wo sie es sagt …

Mieze sah mich skeptisch an. »Tut mir leid, aber es war mir aufgefallen, und ich dachte, ich sag es dir. Im rechtsmedizinischen Bericht taucht das nicht auf.«

Ich sah Mieze einen Augenblick lang an und dachte nach. »Vielleicht sind es auch Würgemale.«

»Kann sein. Wie gesagt: Vielleicht irre ich mich.«

Wenn das stimmt …

»Ich frag den Zick mal«, erwiderte ich. »Danke, dass du das so ernst nimmst. Und entschuldige, wenn ich so überreagiere, aber es fällt mir nicht leicht, mich mit diesem Fall zu beschäftigen.«

»Das weiß ich doch. Wenn ich noch was tun kann, sag Bescheid.«

Wir standen auf, und ich verstaute die Akte wieder in meiner Handtasche.

»Ist dir sonst noch was aufgefallen? Bei den Zeugenbefragungen? Erinnerst du dich noch an den Fall, bei dem der Täter später am Tatort war, der Polizei zugesehen hat und so tat, als sei er ein Schaulustiger?«

»Du glaubst, dass der Täter vielleicht unter den Zeugen steckt?«

»Möglich ist alles, oder nicht?«

Sie nickte zur Bestätigung. »Ich schaue die Zeugenaussagen noch mal durch, vielleicht finde ich was. Das wird aber teuer für dich. Ich erwarte Kuchen. Sehr viel Kuchen.« Sie zwinkerte mir zu.

»Sollst du bekommen«, sagte ich und umarmte sie zum Abschied.

Beim Schießtraining auf der Anlage im Keller des Präsidiums traf ich Ruth wieder. Wir beide waren die einzigen Frauen, die zu Beginn der Ausbildung entschieden hatten, dass wir an der Waffe ausgebildet werden wollten. Unser Ausbilder, Dirk Jansen, ein großer blonder Typ mit graublauen, ernsten Augen, schaute zu, wie ich ein Magazin leer ballerte, auf den Knopf der Zuganlage drückte und der Pappkamerad an der Seilwinde auf uns zugesaust kam. Ich nahm die Schutzbrille ab, und wir inspizierten das Ergebnis.

»Wenn ihr diese Ruhe, die ihr jetzt beim Schießen habt, wenigstens zu fünfzig Prozent in einer realen Situation hinbekommt, könnte ich beruhigt schlafen«, erklärte er und deutete auf die Einschusslöcher. »In einer realen Situation habt ihr ordentlich Puls. Eure Atmung geht schnell. Stellt euch vor, ihr rennt einem Einbrecher hinterher. Ihr seid zwar gut im Training, aber der Typ bleibt nicht stehen, der rennt weiter. Also müsst ihr stehen bleiben und zielen. Auf die Beine, ihr wollt ihn ja nur an der Flucht hindern. Müsst die Atmung kontrollieren. Zielen. Abdrücken. In drei Sekunden, und der Schuss muss sitzen. Nächste Woche simulieren wir das. Erst Seilspringen, dann schießen.«

»Seilspringen kann ich prima«, meinte Ruth. »War Tagesprogramm an der Sporthochschule.«

Jansen hob eine Augenbraue. »Ich nehme Sie beim Wort, Fräulein Bellroth. Wann bringen Sie mir die anderen Damen? Wenn schon gleichberechtigt ausbilden, dann richtig«, erklärte er.

»Mieze überlegt es sich noch«, erwiderte Ruth.

»Lilli ist ausgebildete Kindergärtnerin, sie hadert mit der Waffe«, fuhr ich fort. »Renate wiederum könnte eine Kandidatin sein. Als Frau die Waffe zur Entmannung der Polizisten zu nutzen, gefällt ihr ziemlich gut.«

Wir lachten, und Jansen spannte ein neues Blatt eines Pappkameraden ein. »Keine Frau, die im Dienst eine Waffe trägt, macht damit einen männlichen Polizisten kleiner, das ist Unsinn. Sie machen dieselbe Ausbildung und sollten zu allen Einsätzen befähigt sein, und dazu gehören auch brenzlige Situationen und Ihre Verteidigung.«

Ruth und ich sahen ihn an und nickten unisono. So sahen wir es auch. Und genau so hatte Jansen es auch vor der Kamera gesagt, als die Leute vom WDR vor wenigen Wochen zu Besuch gewesen waren. Aber sein Hinweis war schließlich herausgeschnitten worden. Nur der Behördenleiter erzählte mit schnurrender Stimme, wie wichtig es sei, dass Frauen als Quereinsteiger genauso ausgebildet würden wie Männer. In Wahrheit hatten sie uns die Entscheidung zur Ausbildung an der Waffe überlassen. Die Zeitungen und das Fernsehen jedoch machten aus der Bewaffnung eine große Sache. Der WDR filmte mich beim Schießtraining und sendete den ganzen Beitrag eine Woche später. Ich war aufgeregt gewesen und hatte meinen Vater und Henning angerufen.

»Ich komme heute Abend im Fernsehen!«, rief ich in den

Hörer. Sie hatten seit vier Monaten ein Gerät im Wohnzimmer stehen.

»Jetzt mach ma halblang. Heiratste 'nen Prinzen, oder was?«, erwiderte mein Bruder und verfiel in schallendes Gelächter.

»Du Idiot. Ich meine es ernst. Hier war eine Mannschaft vom WDR und hat mich gefilmt. Den ganzen Tag.«

»Beim Kaffeekochen oder beim Fingernägellackieren?«

»Ich hasse dich. Gib mir Papa.«

»Meine Güte, darf man nicht mal einen Scherz machen?«, brummte er. »Also, wann wird's gezeigt?«

»Heute Abend. Bei ›Hierzulande – Heutzutage‹. Im Dritten.«

»Der Fernseher läuft die ganze Zeit, wir können es nicht verpassen«, meinte mein Bruder und rief nach meinem Vater.

»Wer ist das?«, hörte ich seine knarzende Stimme im Hintergrund. Er hasste es, wenn er fernsah und ans Telefon gerufen wurde.

»Deine Tochter. Sie ist heute im Fernsehen.« Henning nahm den Hörer wieder an sich. »Wäre schön, wenn du mal zum Putzen kommen könntest. Hier sieht es aus wie bei Hempels unterm Sofa.«

Ich überlegte, ob ich einfach auflegen sollte.

»Gib mir den Hörer!«, rief mein Vater. Es raschelte in der Leitung. »Lucia, wieso bist du im Fernsehen? Ich denke, du bist bei der Polizei? Hast du was angestellt?«

Ich seufzte einmal laut und erklärte es ihm in wenigen Sätzen.

»Also, ich hoffe, du hast was Anständiges angezogen und dich frisiert.«

»Natürlich! Denkst du, ich gehe in Sack und Asche, wenn das Fernsehen kommt?«

»Na, dann ist gut.«

Dass ich hektisch in die Stadt gefahren war und mein Geld für neue Kleidung auf den Kopf gehauen hatte, musste ich ihm ja nicht auf die Nase binden.

»Deine Mutter wäre stolz auf dich. Das sage ich dir«, flüsterte er in den Hörer.

Das ließ mich einen Moment sprachlos werden. »Ich rufe die Tage wieder an, schönen Abend euch«, sagte ich, verabschiedete mich und legte auf.

Jansen stand zwischen uns und sagte etwas, das er beim Fernsehdreh noch nicht gesagt hatte: »Es wird nicht mehr lange dauern, dann wird es eine gesetzliche Waffenpflicht für Männer und Frauen geben. Wartet es ab.«

»Sie wissen, dass einige Kollegen nicht wollen, dass Frauen an der Waffe ausgebildet werden«, gab Ruth zu bedenken.

»Klingt für mich nach einem Egoproblem«, erwiderte Jansen und lächelte dabei. »Aber ich bin nur der Ausbilder hier.« Er hob abwehrend beide Hände, nickte uns zu und ging weiter zur nächsten Schießbahn.

Ruth rückte ihre Schutzbrille zurecht. »Übrigens, ich muss dir noch was sagen. Morgen früh kommt Charlene Ellerbeck mit ihrer Tochter in die Rechtsmedizin.«

»Warum das?«, fragte ich.

»Sie will ihren toten Mann sehen.«

Ich zuckte mit den Schultern. »Hat das nicht noch Zeit, bis der Leichnam freigegeben ist?«

»Offensichtlich nicht. Die Tochter kommt mit, und daher möchte Menden, dass du dabei bist. Er glaubt, dass du etwas über Charlene herausfinden kannst. Er hält einiges von dir.«

Sie konzentrierte sich auf den Pappkameraden am Ende des Schießstandes.

»Was herausfinden? Was meinst du damit?«

»Es gibt da einen blinden Fleck«, sagte sie und hob die Waffe an.

»Welchen?«, fragte ich.

Ruth legte beide Hände um die Waffe und zielte. »Erzähle ich dir nachher. Beim Bier, jetzt muss ich mich konzentrieren«, sagte sie, drückte ab, und ohne mit der Wimper zu zucken, feuerte sie das Magazin leer.

8

Mittwoch, 4. März 1970

In der Morgenrunde der SoKo »Freischütz« setzte ich mich in die Nähe von Helmut Zick, dem Rechtsmediziner, dem ich das Foto meiner Mutter zeigen wollte. Zick hätte der kleine Bruder von Udo Jürgens sein können. Zum einen sahen die beiden sich erstaunlich ähnlich, mit den längeren kastanienbraunen Haaren, zum anderen hatten beide dieses verschmitzte Lächeln und die gleiche frivole Aura, und prompt fiel mir Jürgens' aktueller Gassenhauer »Anuschka« ein, den sie gerade im Radio rauf- und runterspielten.

Anuschka. Liebe braucht die ganze Welt.
Und ich hab festgestellt.
Mir tut sie immer gut.

An Liebe dachte ich bei Zick wahrlich nicht, weil ich wusste, dass er den Tag damit verbrachte, in kalten, toten Körpern zu wühlen. Zick trug modische Hemden mit runden Kragenspitzen, Pullunder mit schrägen Mustern und dazu enge Hosen mit Schlag und spitzen schwarzen Lederstiefeln, die teuer aussahen. Wenn er ins Präsidium kam und keinen weißen Kittel trug, wirkte er wie jemand, der sich in der Tür geirrt hatte. Sein herbes Parfüm wehte hinterher, und er summte stets ein Lied, wenn er über den Gang lief.

Nachdem Menden die Runde eröffnet hatte, hob Zick die Hand und begann mit seinen Ausführungen zur Obduktion von Theo Ellerbeck. Er hob das Blatt etwas weiter weg von seinen Augen, die er zusammenkniff.

»Na, wird es doch Zeit für eine Brille?«, rief ein Kollege, gefolgt von einem mehrstimmigen Lacher.

Zick blinzelte in die Runde. »Ist schon in der Mache. Ihr werdet euch wundern, was für ein schickes Modell ich ausgesucht habe«, verkündete er. »Neben den offensichtlichen Schusswunden haben wir bei der Obduktion am Rücken Spuren gefunden. Striemen. Könnten von Peitschenhieben kommen.« Er hielt ein paar Fotos hoch.

»Na, ratet mal, wo die herkommen!«, rief Müller dazwischen.

»Laus mich der Affe, wenn der nicht hinter dem Bahndamm war.« Er sah zu mir und nickte bestätigend.

»Noch haben wir keine Rückmeldung, dass er dort war, aber wir bekommen voraussichtlich heute eine Antwort«, erklärte ich in sachlichem Ton.

Menden nickte nur knapp. »Weiter, bitte«, rief er Zick zu.

»In seinem Magen fanden wir anverdaute Reste von Sahnetorte und Champagner. Klingt lecker, oder?« Zick hatte selbst den größten Spaß bei seinen Ausführungen und grinste. Hob das Blatt näher an seine Augen. »Entsprechend fanden wir Alkohol im Blut, eins Komma zwei Promille, und jetzt wird es toxikologisch, Freunde: beträchtliche Spuren von Psylocibin. Der Konsum erfolgt in der Regel in Form von psilocybinhaltigen Pilzen und bewirkt einen psychedelischen Rausch mit visuellen Halluzinationen. Farbrausch. Ähnlich einem LSD-Rausch, jedoch kürzer.«

»Ich sehe Farben«, stöhnte Müller und erntete einen Lacher damit.

»Theo Ellerbeck mit einer Hippiedroge? Das passt so gar nicht zu ihm«, warf Ruth dazwischen.

»Bedeutet, unser Opfer hat vor seiner Ermordung nicht nur Kuchen gegessen, sondern sich auch einen Trip genehmigt«, erklärte Menden. »Was uns zu der Frage führt: Was hat Theo Ellerbeck an dem Tag getan und mit wem?«

»Wer weiß, ob er das freiwillig genommen hat«, sagte ich.

»Ist das eine Droge, mit der Sie jemand umbringen können?«, fragte Menden.

»Nicht wirklich«, antwortete Zick. »Wenn es überdosiert wird, kann es Psychosen oder psychische Störungen auslösen.«

»Dann kommste nach Grafenberg und nie wieder zurück«, meinte Müller.

»Wo bekommt man diese Pilze in Düsseldorf?«, fragte Ruth.

Menden unterbrach das Gespräch. »Ich denke, wir binden hier mal die Kollegen von Drogen und Rauschgift mit ein. Fräulein Bellroth, wenn Sie das übernehmen? Fahren wir fort.«

Nach der morgendlichen Runde, die keine weiteren nennenswerten Ergebnisse erbracht hatte, heftete ich mich beim Rausgehen an die Fersen von Zick, der pfeifend zum Paternoster lief. Ich eilte ihm hinterher, bis ich auf gleicher Höhe war, und sprach ihn von der Seite an.

»Herr Zick. Darf ich Sie was fragen?«

»Aber Lucia, wir sind doch längst beim Du angekommen. Schon vergessen?«

»Entschuldigung.« Ich spürte, wie mir die Wärme in die Wangen schoss. Das »Du« kam mir bei Zick merkwürdig vor. »Könntest du einen Blick auf dieses Foto werfen? Ich bräuchte deinen fachlichen, professionellen Rat.«

»Komm, wir fahren zusammen nach unten.« Er deutete auf den Paternoster, vor dem wir in dem Moment zum Stehen kamen. Eine der hölzernen Kabinen senkte sich langsam auf unsere Höhe herab. Wir stiegen flugs ein und stellten uns nebeneinander. Ich hielt ihm das Schwarz-Weiß-Foto meiner Mutter hin. Nun hatte er sechs Etagen Zeit.

»Das Licht ist schlecht hier drin«, sagte er und hielt die Aufnahme gegen die Glühbirne, die über uns brannte.

»Das am Hals, rechts, was ist das? Dieser kleine Fleck hier. Ist das ein Würgemal?«, fragte ich und zeigte darauf.

»Ich brauche wirklich eine Brille«, sagte Zick, kniff die Augen zusammen und betrachtete aufmerksam das Foto. »Nach einem Würgemal sieht das nicht aus. Ich müsste es bei besserem Licht ansehen, mit einer Vergrößerungsmöglichkeit. Kann ich es mitnehmen?«

Ich zögerte einen Moment. Es war das einzige Foto aus der Akte. Wenn Zick es verschlampte, gab es diese Aufnahme nicht mehr. Und somit verlor ich womöglich auch ein Beweismittel. Er bemerkte offenbar mein Zögern.

»Keine Sorge, ich passe darauf auf. Das ist kein neuer Fall, sondern ein alter, das sehe ich an der Art der Aufnahme. Bist du momentan nicht bei der Sitte?«

Ich musste ziemlich blöd aus der Wäsche geschaut haben, denn Zick lachte, öffnete seine Aktentasche und schob das Foto hinein. »Du hörst von mir. Bleibt unter uns.« Er zwinkerte mir zu.

Und was kostet mich das?

Die Kabine war im Erdgeschoss angekommen, und Zick sprang als Erster hinaus. Ich hinterher. Als er durch die Drehtür ging, winkte ich ihm nach, aber er sah sich nicht mehr um.

Ich ging zurück zur Sitte, zu meinem Schreibtisch. Lilli hob den Kopf, als ich hereinkam. Sie war mit dem Kollegen Steger über Fotos von Personen gebeugt, die nachts in einer Bar gemacht worden waren. Ich wollte Ruth anrufen und ihr sagen, dass ich sie später abholen würde, für den Besuch von Charlene und Michaela Ellerbeck in der Rechtsmedizin. Ich nahm den Hörer ab, und da bemerkte ich es. In der Wählscheibe steckte ein zusammengerolltes Stück Papier. Ich nahm es heraus, entrollte es. Dort stand, wieder mit Maschine getippt:

Was beschäftigt Dich?

Meine Augen suchten den Raum ab, aber niemand sah in meine Richtung.

Was mich beschäftigt? Wo soll ich da anfangen?

Ich wollte aufschreien: Wer von euch Arschgeigen legt mir diese Zettel hin? Aber ich beherrschte mich, zog die Schublade auf und erinnerte mich an Lillis Worte: »Er findet dich gut und will es dir zeigen, auf seine Art.«

Aber will ich das?

Ich warf den Zettel zu den anderen und schmiss die Schublade zu, dass es krachte. Ein paar Kollegen schauten hoch. Fragende Gesichter.

»Pardon, zu schwungvoll heute Morgen«, rief ich zur Entschuldigung, während mir mit einem Mal ziemlich warm wurde im Gesicht. Mir kam eine Idee. Ich spannte ein Blatt Papier in meine Maschine ein und tippte die Worte von dem Zettel ab. »Was beschäftigt Dich?« Legte den kleinen Zettel daneben, kniff die Augen zusammen und verglich die beiden. Kramte eine Lupe aus meiner Schublade und überprüfte die Druckintensität der Buchstaben. Die Abstände. Das »W« war anders, der Abstand einen Hauch breiter.

Ich bemerkte, dass jemand vor meinem Schreibtisch stand, und hob den Kopf. Es war Rodewald. Er rauchte und betrachtete mich amüsiert. Wenn er lachte, verschwanden seine kleinen Augen in Schlitzen.

»Fräulein Specht, wenn Sie heute so schwungvoll sind: Würden Sie am Abend die Sexuallokalrunde übernehmen? Kollege Knapp ist verhindert. Sie gehen mit Fräulein Hofmann los.«

Heute Abend bin ich auf die Geburtstagsparty von Renate eingeladen. Die wird dann wohl ohne mich stattfinden.

»Natürlich«, antwortete ich.

Rodewald drückte die Zigarette mit drei festen Stößen in dem Aschenbecher auf meinem Schreibtisch aus. »Ich würde selbst mitkommen, aber meine Frau ist unpässlich.« Er wandte sich zum Gehen.

»Was hat Ihre Frau denn?«, fragte ich.

Rodewald blieb in der Bewegung stehen und sah mich irritiert an.

Falsche Frage? Zu neugierig?

Ich wollte mich schon entschuldigen, da sog er die Unterlippe geräuschvoll ein.

»Migräne«, sagte er und runzelte die Stirn. »Es geht ihr nicht gut.« Er sah mitleidig drein. »Schreiben Sie die Überstunden von heute Abend auf. Ich will keinen Ärger mit dem Polizeidirektor bekommen. Nicht dass es noch heißt, ich würde Sie ausbeuten.«

Er wartete meine Antwort nicht ab, hob einmal das Kinn und verschwand wieder.

Das Telefon klingelte, ich zerknüllte den Papierbogen und warf ihn in den Papierkorb. Perlenohrring-Sabine aus dem Vorzimmer war dran.

»Frau Zie-lins-ki will dich sprechen«, sagte sie in ihrem leicht hochnäsigen Tonfall und sprach den Namen mit Verwunderung aus.

Mein Hirn machte sofort einen Satz. »Bitte durchstellen. Danke«, erwiderte ich. Es klickte in der Leitung. »Guten Tag, Frau Zielinski«, sagte ich.

»Du sollst doch Lotte zu mir sagen«, erwiderte die dröhnende, rauchige Stimme von Lotte Zielinski. »Hast du einen Moment für Tante Lotte?«

»Aber natürlich.«

Sie hustete in den Hörer. Ich hörte, wie sie einen Schluck trank. Nun war ihre Stimme klarer. »Also, ich habe mit meinen Mädels gesprochen. Aber um der Wahrheit die Ehre zu geben: Es kann sich keine an euren Millionär erinnern. Letztlich ist das ein Durchschnittsgesicht. Solche kommen jeden Tag zu uns und möchten unsere Dienste haben. Es bleibt nicht jeder im Gedächtnis.«

»Verständlich, danke für die Rückmeldung. Einen Versuch war es wert.«

»Eines solltest du wissen. Und das sage ich nur dir. Weil du eine Frau und bei der Polizei bist. Bei uns gehen viele Männer ein und aus. Und sie kommen aus allen Schichten und aus allen Berufen. Sie kommen mit dicken Brieftaschen oder auch nur mit der Wochenlohntüte.«

Ich hörte es ihrer Stimme an. Da war noch etwas, was sie mir mitteilen wollte. »Ich bin ganz Ohr. Dies ist ein vertrauliches Gespräch«, sagte ich leise und drückte den Hörer fester an mein Ohr.

»Dein Kollege ist kein Unbekannter. Der ermittelt nicht nur bei uns. Der geht auch in die Horizontale. Eines der Mädchen hat es mir gebeichtet.«

Das ist verboten. Dafür könnte ich dich dranbringen, Knapp.

Für einen Moment herrschte Stille in der Leitung. Ich konnte hören, wie Lotte eine Zigarette anzündete.

»Ich sag's mit Hölderlin«, fuhr sie dann fort und inhalierte. »›Komm! Ins Offene, Freund.‹« Sie atmete den Rauch laut aus. »Auf Wiedersehen.«

Klicken in der Leitung.

Ich hängte ein, legte die Hände flach auf die Tischplatte. Atmete einmal tief ein und aus.

Hölderlin? Was ist hier nur los, Leute?

Charlene und ihre Tochter Michaela Ellerbeck betraten gegen elf Uhr das Foyer der Rechtsmedizin, wo Arthur Menden, Ruth und ich bereits auf sie warteten. Charlene in einem weit schwingenden Cape mit einem mexikanischen Muster darauf, das ihr die Aura einer Zauberin gab. Mit glitzerndem Schmuck an Fingern und Hals. Sie sah uns aus großen, aufgerissenen Augen an und steuerte schnurstracks auf Menden zu. Michaela entdeckte mich, und ihr Gesicht wirkte erleichtert. Sie trug einen Afghanenmantel in Ocker mit gelben Nähten und umlaufendem weißem Lammfell. Die Haare zum Pferdeschwanz gebunden, kam sie auf mich zugestürmt und bremste wenige Zentimeter vor mir ab, als sei ihr in dem Moment klar geworden, dass ich eine Polizistin war und nicht ihre neue Busenfreundin.

Apropos. Ich sollte Helga befragen. Ihre Freundin.

Ich streckte Michaela meine Hand entgegen, und sie nahm sie mit leichtem Griff. Ihre Handinnenflächen waren feucht. Sie war nervös.

»Keine Sorge, es geht ganz schnell«, sagte ich.

»Haben Sie meinen Vater gesehen? Sieht er schlimm aus?« Sie verzog den Mund vor Abscheu.

Ich schüttelte leicht den Kopf. »Er sieht aus, als würde er schlafen«, log ich.

Michaelas große Augen waren wie bei Twiggy geschminkt, mit falschen Wimpern, die stark getuscht waren. Sie schaute scheu zu Menden und Ruth, als wollte sie mit denen nichts zu tun haben.

»Bitte kommen Sie mit«, sagte Menden zu den Ellerbecks und breitete seine Hände aus. »Wir führen Sie zum Sektionssaal. Wir haben keine Eile.«

Für mich gab es einen klaren Auftrag nach dem, was Ruth mir gestern nach dem Schießtraining beim Feierabendbier gesagt hatte. In der Mord hatten sie in kleiner Runde spekuliert, und Menden hatte gesagt, dass es genau eine Person gebe, die für ihn nicht greifbar sei. Die er nicht verstehen würde. Und das war Charlene Ellerbeck. Die Ehefrau. Die Witwe, die nicht weinte. Die immer perfekt geschminkt war. Die nicht hinter dem Berg hielt mit Auskünften über ihr Leben und ihr Intimleben. Die auf alles eine Antwort wusste. Nur nicht auf die Frage, was ihr Mann an seinem Todestag getan hatte oder mit wem er verkehrte. Darüber wusste sie nicht Bescheid. Konnte das sein? Oder verheimlichte sie uns was? Gab es ein Geheimnis, das auch nach dem Tod von Theo Ellerbeck niemand erfahren sollte?

Ruth hatte mir gesagt: »Versuche doch mal, über Michaela was über Charlene herauszufinden. Die Tochter klebt ja förmlich an dir.«

»Vermutlich sieht sie in mir eine Art ältere Schwester.«

In dem angrenzenden kahlen Vorraum, der hell erleuchtet war, stand der abgedeckte Leichnam von Theo Ellerbeck auf einer fahrbaren Bahre bereit. Ruth, Menden und ich stellten uns nebeneinander auf und verschränkten die Finger vor dem Bauch.

»Worauf warten wir?«, fragte Charlene Ellerbeck und zog ihre Tochter zu sich heran.

Michaela sah mit einem verstörten Ausdruck zu Boden. Sie hatte die Schultern hochgezogen und machte einen Buckel wie eine sizilianische Witwe.

Ich sehe es dir an. Du willst hier nicht sein.

»Wir warten auf den Rechtsmediziner«, erklärte Menden ruhig.

Wie aufs Stichwort öffnete sich die Tür, und Zick kam hereingetänzelt. Charlenes Gesicht hellte sich für einen winzigen Moment auf. Zick begrüßte uns freundlich und professionell, der weiße Mantel stand offen, und jeder von uns konnte seine Alltagskleidung darunter sehen. Charlenes Augen wanderten von seinem Kopf runter zu den Schuhen und wieder zurück, und sie bedachte ihn mit einem feinen Lächeln. Ihre großen Augen bekamen einen Glanz. Sie klimperte mit den Lidern, als könnte sie ihre spontane Begeisterung damit wegblinzeln. Unsichtbar machen für die anderen.

Mich streifte plötzlich eine Erinnerung an meine Mutter. Keine Ahnung, wo die auf einmal herkam.

Es war ein halbes Jahr vor Mamas Tod gewesen, gegen die Mittagszeit. In unserer Küche war der Abfluss kaputt, das Abwaschwasser stand darin und lief nicht ab. Meine Mutter versuchte es mit einem Pömpel, senkte den roten Gummipfropfen immer wieder in das trübe Wasser und pumpte, dass es über den Rand des Beckens spritzte. Aber das Wasser lief nicht ab.

»Da hilft alles nix. Der Klempner muss her«, sagte sie.

Sie ging ans Telefon, setzte sich auf den kleinen Schemel und wählte eine Nummer. Ich starrte in das schmutzige Wasser, stupste die Salatreste an, die darin schwammen, und im Radio sang Caterina Valente.

Tschau, tschau Bambina. Dein Herz ist frei.
Die schönen Stunden sind nun vorbei.

Eine Stunde später klingelte es. Meine Mutter band sich die Schürze ab. Stellte sich ins Bad, zupfte an ihren Haaren, sprühte eine Haarsträhne fest und legte mit einer geübten Handbewegung Lippenstift auf.

»Nun steh nicht rum und halt Maulaffen feil«, sagte sie zu mir, während sie in den Spiegel blickte. »Mach dem Herrn auf.«

Es klopfte an unserer Wohnungstür, und ich öffnete. Der Mann war breit, hatte blonde Haare und leuchtend blaue Augen, trug einen Blaumann, der an den Knien ausgeblichen war.

»Na, kleines Fräulein, ich bin der Lutz. Ist bei euch der Abfluss verstopft?«

Ich stand wie angewurzelt da und war unfähig, mich zu bewegen. Seine Ausstrahlung, die Kraft, die Unterarme und der bullige Körper übten eine Faszination auf mich aus.

»Steh nicht im Weg, Lucia«, bat meine Mutter und zog mich ein wenig zu Seite. »Bitte kommen Sie herein.«

Lutz, der Handwerker, sah meine Mutter an, und sein Gesicht leuchtete. Ich kannte das. Mein Bruder bekam es, wenn der Eisbecher serviert wurde. Mein Vater, wenn es unerwartet zu dem vierten Bier einen Schnaps gab. Und Lutzens verstärkte sich, als meine Mutter auf ihren silbernen Hausschuhen mit Absatz vor ihm entlangspazierte, beide Hände anhob und die Frisur an ihrem Hinterkopf befühlte. Ihr Gang war anders als sonst. Die Beine setzte sie leicht überkreuzt auf und wackelte mit ihrem Hinterteil. Es sah für mich aus wie ein Tanz. Ich drückte mich an die Wand des Flurs und sah dem Spektakel zu.

Lutz folgte meiner Mutter mit schweren Schritten und schleppte einen metallenen Werkzeugkoffer hinter sich her, der bei jedem Schritt klapperte. Ich hörte sie scherzen in der Küche, das helle Lachen meiner Mutter, gefüttert von einem tiefen Gurren, wie die Tauben es taten. Lutz' Stimme sagte Dinge wie »Dann wollen wir mal«, »Was für ein Malheur«, »Gut, dass ich da bin«, »Sie Ärmste, lassen Sie mich mal ran«. Und meine Mutter erwiderte: »Ich helfe Ihnen beim Ärmelhochkrempeln, sonst werden die ja noch ganz nass.«

Ich stand im Flur, und eine Stimme in mir sagte: Geh nicht in die Küche. Lass die beiden allein. Und so blieb ich, wo ich war, bis Lutz mit einem verschmitzten Lächeln und seiner klappernden Werkzeugkiste wieder an mir vorbeiging und »Tschüss, Kleines« sagte, während meine Mutter im Türrahmen der Küche stand und ihre Haare richtete.

Zicks Stimme drang an mein Ohr. Er sagte etwas von der Hautfarbe von Toten. Ich war wieder in der Rechtsmedizin und schaute zu Michaela, die nach wie vor auf die Bodenkacheln starrte. Zick sprach weiter, aber ich hörte nicht hin, sondern beschäftigte mich mit der Frage, was ich tun würde, wenn mein Ehemann unter solch brutalen Umständen zu Tode gekommen wäre.

Wie würde ich reagieren?

Wie Michaela, die das alles grausam und quälend fand? Die am liebsten woanders gewesen wäre? Die da stand, mit einer Körpersprache, die keinen Zweifel zuließ und in mir Mitgefühl erzeugte? Oder wie Charlene, die mit einer fast kaltschnäuzigen Distanz die Sache durchzog und sich nicht in ihr Inneres schauen ließ?

Zick stand am Kopfende der Bahre. Faltete das weiße Tuch sachte um, bis Ellerbecks Kopf und Hals freilagen. Er trat einen Schritt zurück und verschränkte die behandschuhten Finger ineinander.

Charlene drückte den Arm ihrer Tochter, die aus ihrer Lethargie erwachte und den Kopf hob, und zog sie näher an den Leichnam heran.

»Mein Zuckerstück. Mon petit chouchou, ich liebe dich doch so sehr. Das weißt du doch. Mein Heiland. Mein Kämpfer. Ach, Theo. Warum musste es so enden?« Charlene streckte den Arm aus, und mit den Fingerspitzen berührte sie seine Stirn und strich mit einer sanften Geste über sein Haar. »Sie haben ihn falsch frisiert«, sagte sie laut und begann mit beiden Händen, die Frisur zu ordnen. »Der Scheitel muss links sein, nicht rechts. Das sieht man doch.« Sie wühlte in den Haaren des Toten.

»Mama, nun lass das doch«, schimpfte Michaela. Aber Charlene verausgabte sich weiter. Michaela riss an einem ihrer Arme. »Hör auf!«, rief sie. »Das interessiert jetzt keinen mehr, ob dein Mann die Haare falsch liegen hat.«

Zick machte der Sache ein Ende. Seine Hand schnellte vor, ergriff ein Handgelenk von Charlene und hielt es fest. Sie hörte augenblicklich auf, in den Haaren zu wühlen.

»Frau Ellerbeck. Der Leichnam wird, nachdem er freigegeben ist, einem Bestatter zugeführt. Dort wird er dann vorbereitet für die Bestattung. Sie können dort alle Ihre Wünsche äußern. Seine Kleidung, sein Haar. Seien Sie unbesorgt.« Er ließ das Handgelenk wieder los.

Charlene sah verstört in die Runde. »Verzeihen Sie. Aber ich weiß nicht, wie ich von meinem Mann Abschied nehmen soll. Er hat mir viel bedeutet. Sehr viel.«

Menden und Ruth sahen sie erstaunt an. Michaelas Blick war auf mich geheftet. Sie schien kaum zu atmen, wirkte so konzentriert, dass eine winzige Geste von mir genügt hätte, um etwas in ihr in Gang zu setzen.

»Möchten Sie noch einen Moment allein sein?«, fragte Menden.

Michaelas Blick blieb starr. Charlene sah einmal zu ihrer Tochter, versuchte, sie am Arm zu sich zu ziehen, aber sie war stocksteif.

»Nein, Sie haben recht«, antwortete Charlene Ellerbeck mit einem Schmelz in den Augen, der sofort verschwand, kaum dass sie erneut zu ihrer Tochter sah. »Komm. Wir gehen«, sagte sie. Und es klang wie ein Befehl.

Michaela drehte sich staksig um und trottete mit mechanischen Schritten hinter ihrer Mutter her. Menden und Ruth folgten den beiden in den Vorraum.

»Ich komme gleich nach«, rief ich ihnen hinterher und wandte mich an Zick, der mit einem Summen auf den Lippen die Bremsen der fahrbaren Bahre löste.

»Ich wollte nur mal fragen …«, begann ich und merkte, wie unterwürfig ich klang.

»Du willst wissen, was mit dem Mal am Hals ist. Auf deinem Foto. Komm mit in mein Büro.« Zick schob die Bahre durch eine Schwingtür und rief einen Assistenten herbei. »Zurück in die Kühlung«, befahl er, und der Kollege übernahm.

Zick sah über die Schulter zu mir, ob ich ihm auch folgte. »Hier lang.« Seine Ledersohlen klapperten auf den Fliesen, als wäre es ein Tanzboden. Er ging vor, durch einen Flur und zu einer offenen Tür.

Sein Büro war ein fensterloser Raum mit hohen Regalen, die mit Akten und Büchern gefüllt waren. Er ging zum Schreibtisch, wo eine Lampe brannte und einen großen Lichtkegel auf die Schreibtischplatte warf. Zick ließ sich auf dem Stuhl nieder, zog eine Schublade auf und holte das Foto und eine Lupe hervor. Mir fielen seine sorgsam manikürten Fingernägel auf. Ich setzte mich ihm gegenüber, und er hielt die Lupe über das Foto.

»Dieser Fleck, den du meinst, das ist ein Bluterguss.« Er deutete mit dem Zeigefinger darauf.

Ich sah durch die Lupe den vergrößerten Hals meiner Mutter. Den ovalen Bluterguss unterhalb des Ohres.

»Woher kommt der?«, fragte ich. »Ich meine, wie ist er entstanden?«

»Die anderen Male unten am Hals sind klassische Würgemale. Sie sind schwach. Die Tote wurde vermutlich nicht intensiv gewürgt«, sagte Zick und sah zu mir hoch. »Ehrlich gesagt, sieht das für mich auf dem Foto wie ein klassischer Knutschfleck aus. Du weißt, wie so was entsteht?«

Wer denn nicht?

»Unterdruck. Das Blut zieht sich zusammen. Die Kapillaren platzen, und es entsteht diese typische Farbe.« Er schob mir das Foto wieder zu. Sah mich aufmerksam an. »So weit meine Beurteilung anhand dieser Aufnahme.«

Ich nahm das Foto wieder an mich und verstaute es in meiner Handtasche. Ließ den Verschluss zuschnappen. »Wie kann ich mich erkenntlich zeigen?«

Zick beugte sich mir entgegen und sah belustigt drein.

Mein Kopf summte.

Aaaanuschka, wie kannst du nur so sein?

»Eine gute Flasche Rotwein. Gerne einen französischen. Die Wahl überlasse ich dir.«

Ich starrte ihn einen Moment an, bis ich begriff. Lachte einen befreienden Lacher und sprang auf.

»Geht klar. Bekommst du. Danke für deine Hilfe. Das weiß ich sehr zu schätzen.«

Ich ging zurück zu den anderen in den Vorraum. Menden lehnte an der Ausgangstür und rauchte. Blickte auf die Straße, wo Charlene an der offenen Fahrertür ihres geparkten orangefarbenen Porsches gerade ihr Cape abnahm und es auf den Rücksitz warf. Michaela stand ein paar Meter entfernt und rührte sich nicht.

»Wo warst du?«, fragte Ruth.

»Musste noch was mit Zick besprechen. In einer anderen Sache«, raunte ich ihr zu.

Ruth nickte wissend.

Mendens Stimme hallte durch den Flur. »Ich frage mich, ob die beiden sich wirklich mögen. Sind alle Töchter so mit ihren Müttern?«, fragte er und blies den Rauch in die kalte Winterluft.

»Nennt sich Pubertät. Die schlimmsten Jahre meines Lebens«, erklärte Ruth.

Die Jahre, die ich mit meiner Mutter nie hatte.

Wir stellten uns neben ihn. Fetzen des Streitgesprächs der beiden waberten vom Straßenrand zu uns herüber: »Dann fahr ich jetzt.« – »Dann tu das doch endlich. Es ist mir egal, wie du nach Hause kommst.« – »Ich scheiße auf dein Zuhause.«

Michaela stand mit dem Rücken zu uns und stapfte wütend mit dem Fuß auf. Charlene sah sie über das Autodach ihres Porsches an und hob drohend einen Finger in die Höhe.

»Ich warne dich!«, rief sie zum Abschied.

Kein: Pass auf dich auf. Sei pünktlich zu Hause. Brauchst du Geld? Hast du Hunger?

Sie warf sich hinter das Steuer. Die Fahrertür fiel laut zu. Der Motor heulte auf, und mit einem tiefen Wummern fuhr sie los und ließ Michaela stehen, die von einem Bein auf das andere trat und den Kopf in den Nacken legte. Einzelne Schneeflocken schwebten aus dem trüben Himmel nach unten. Sie streckte die Zunge heraus und fing sie auf. Einige Flocken blieben in ihren Haaren und auf dem Pelzbesatz des Afghanenmantels hängen.

Menden sog an der knisternden Zigarette. »Was ist Ihnen aufgefallen?«, fragte er mich.

»Die Witwe mochte Zick.«

»Wirklich?«, sagte Ruth. »Woran hast du das bemerkt?«

»Da war eine Regung in ihrem Gesicht. Die kenne ich. War nur eine Sekunde. Sie versuchte, es zu verbergen.«

Ruth und Menden tauschten einen Blick aus. Ein »Habe ich es doch gesagt«-Blick von Ruth.

Ich fuhr fort. »Und die Witwe trägt keinen Ehering mehr. Aber den gleichen Schmuck, den sie an den anderen Tagen getragen hat.«

Menden hob eine Augenbraue an. »Gut beobachtet. Was noch?«

»Ich würde sagen: Michaela ist mit der Situation überfordert. Und ja, sie kann ihre Mutter nicht leiden. Interessant finde ich, dass sie das gemeinsame Leid nicht zusammenschweißt, sondern trennt. Und: Sie sagte zu ihrer Mutter, ich zitiere: ›dein Mann‹. Sie sagte nur einmal: ›mein Vater‹. Im Gespräch mit mir. Wenn andere dabei sind, distanziert sie sich von ihrem Stiefvater.«

»Wohl keine enge Bindung. Oder eine alterstypische pubertäre Distanz? Hat Johannes gesagt. Ich habe mich mit ihm unterhalten«, erklärte Menden, nahm einen letzten Zug von der Zigarette und deutete mit der brennenden Kippe am ausgestreckten Arm in Richtung der frierenden, wartenden Michaela.

»Bohren Sie tiefer, Fräulein Specht. Und kommen Sie erst zurück, wenn Sie auf Öl stoßen. Oder auf Gold. Beides soll mir recht sein.«

Er lachte über seinen eigenen Scherz und zwinkerte mir zu.

Ich ging nach draußen und stellte mich neben Michaela. »Ist wieder kalt heute. Holt Sie jemand ab?«, fragte ich.

Sie hatte die Hände tief in den Manteltaschen vergraben, die Schultern hochgezogen. Auf ihrer Nasenspitze landete eine Schneeflocke und schmolz.

»Ja, er kommt gleich.« Sie blickte zu Boden und stupste mit ihrer Stiefelspitze einen vereisten Schneeklumpen an.

»Warum möchten Sie nur mit mir sprechen?«

Sie starrte auf ihre Fußspitzen. »Weil Sie mir zuhören. Und ich mag Sie. Ist das doof?«

»Nein, das ist in Ordnung. Sagen Sie, wie war das eben, Ihren toten Vater zu sehen?«

»Er ist nicht mein Vater«, antwortete sie schnell, und im nächsten Moment machte sie ein ertapptes Gesicht. Sie hob den Kopf und sah geradeaus auf den fließenden Verkehr. »War merkwürdig. Sah wie ein Fremder aus. Leblos. Nur so eine Hülle. Ohne Inhalt.«

Sie sagte es mit einer Abgeklärtheit, die ich hart fand.

Aber vielleicht ist es deine Art, mit dem Schmerz umzugehen. Wer bin ich, dich dafür zu verurteilen?

»Werden Sie ihn vermissen?«

»Vielleicht«, sagte sie und rümpfte dabei die Nase.

»Und Ihre Mutter? Wird sie ihn ebenfalls vermissen?«

Michaela sah mich an. Für einen Moment suchte sie etwas in meinem Gesicht. Einen Gedanken. Eine Falle. Einen Hinterhalt?

»Meine Mutter vermisst niemanden. Die liebt nur sich selbst.«

Das ist hart.

Ein Auto fuhr mit lautem Hupen vor. Ein grasgrüner Ford Capri.

»Babe!«, rief Michaela laut und riss die Arme in die Höhe. Ihre Laune explodierte förmlich. Die getrübte Stimmung war mit einem Mal vollkommen verschwunden. Die Beifahrertür schwang auf, und das Gesicht eines jungen Mannes erschien, mit längeren dunkelblonden Haaren, kantigen Gesichtszügen, einem ausgeprägten Kinn und einer kurzen Nase. Aus den Lautsprecherboxen wummerte »Come together« von den Beatles.

Come together. Right now. Over me.

»Wer ist das?«, fragte ich Michaela.

»Mein Freund Gerd.« Sie strahlte mich an und stürmte auf ihn zu, als hätte die Welt in einer Sekunde alles Böse verschluckt.

Mädchen, du bist ja total verschossen in den Typen.

»Steig ein, Babe, es ist viel zu kalt!«, rief Gerd aus dem Auto und spielte mit dem Gas. Michaela quiekte vor Freude. An seinem ausgestreckten Arm, mit dem er sie herwinkte, baumelte ein breitgliedriges silbernes Armband. »Wer ist die Frau?«, rief er und deutete auf mich.

»Das ist Fräulein Specht von der Kripo.«

Er pfiff einmal laut. »Nicht schlecht, Frau Specht!«, rief er und lachte.

»Bis bald!«, rief Michaela mir zu, als hätten wir uns in einer Bar auf einen Drink getroffen. Sie zog die Beifahrertür zu. Er gab Gas, hupte einmal und drängelte sich in den fließenden Verkehr ein.

Wenigstens einer, der sich um Michaela kümmert.

Ich sah dem Wagen nach und dachte an das, was Zick gesagt hatte. Der Gedanke an den Knutschfleck am Hals meiner Mutter.

Benutz deinen kriminalistischen Verstand. Denk nach. Bau Hypothesen auf.

Wenn es wirklich ein Knutschfleck war, musste sie den von dem Angreifer bekommen haben. Ich stellte mir die Szene vor, wie er sie festhielt. Ein kräftiger Mann, der sie im Griff hatte, wie sehr sie sich auch wehrte. Der nicht zimperlich war, sie schlug, festhielt wie ein Tier, das um sein Leben strampelte. Der sie küsste, in den Nacken, auf den Hals. An ihr saugte, mit seinem gierigen Mund.

Das war die eine Möglichkeit.

Die andere ließ mich die Luft anhalten. Was, wenn meine Mutter den Mann gekannt hatte? Wenn es gar kein fremder Angreifer gewesen war? Was, wenn meine Mutter absurderweise ein Techtelmechtel und den Mann nach der Arbeit getroffen hatte? Ich konnte es mir nicht vorstellen, denn die Ehe meiner Eltern wirkte auf mich liebevoll. War da Platz für einen Fremden? Eine Liaison?

Keine Wertung. Alle Hypothesen zulassen.

Vielleicht trafen sie sich in dem Park, und die Sache eskalierte. Sie wollte nicht. Er wollte. Sie wollte weg. Er zwang sie zu bleiben. Sie sagte Nein. Er schlug sie. Zückte das Messer. Riss an ihrer Kleidung. Wollte sie, hier und jetzt. Raserei. Sie schlug um sich. Rannte weg. Er hinterher. Sie schaffte es durch das Gebüsch. Blind vor Angst. Stolpert auf die Straße. Er stand im Gebüsch. Sah zu, wie sie flüchtete. Vor den Lkw lief.

Und ich kenne dein Gesicht.

Die Polizei hatte damals, 1959, die Theorie verfolgt, dass der Angreifer der Triebtäter sein musste, der in dem Sommer jungen Frauen in Parkanlagen auflauerte. Ein Serientäter, den sie bis heute nicht gefunden hatten. Also fragte ich mich jetzt: Wenn meine Mutter den Mann gekannt hatte, wer hätte sie vorher mit ihm zusammen gesehen haben können? Wer?

Ich machte schnell einen Abstecher zur Kriminaltechnik, zu Jens Gaude und Petra. Petra saß über eine offene große Schublade gebeugt und studierte Karteikarten. Haare und Make-up saßen perfekt, ich roch sofort ihr Parfüm. Sie benutzte Shalimar.

Ich hatte mir vom Munde Geld für ein neues Parfüm abgespart, und es fehlten nur noch wenige Mark, dann würde ich ins Kaufhaus fahren und mir endlich das der Deneuve holen. Chanel No 5, wie ich aus der BUNTE erfahren hatte. So wollte ich duften.

»Hallo, Petra, ich störe nur ungern, aber ist Jens da?«, fragte ich.

»Ach, Lucia, ich habe dich gar nicht gehört.« Sie stand auf und umarmte mich schnell, deutete auf die Karteikarten. »Wir haben in dem Taxi, in dem Ellerbeck vorgefahren ist, Fingerabdrücke gefunden. Wie ungewöhnlich, ich weiß. Die könnten zu der Begleitperson führen, wenn diese bereits in unserer Datei erfasst ist. Für welche Delikte auch immer. Wer weiß, welche Freunde Theo Ellerbeck hatte.«

»Das wird dauern, oder? Der Abgleich.«

»Ja, aber ehrlich gesagt macht mir das gar nichts aus. Es ist ein Segen, hier zu arbeiten. Diese Ruhe, du kannst dir nicht vorstellen, wie sehr ich mich danach gesehnt habe.«

Hinter mir kam jemand zur Tür herein. »Frau Möbius!«, rief die dröhnende Männerstimme. Ich drehte mich um. Er war Kassner, der Leiter der Kriminaltechnik. »Fräulein Specht, mit Ihnen hatte ich gar nicht gerechnet. Ich wollte die Damen nicht stören. Wenn Sie gleich eine Minute in mein Büro kommen würden?«, sagte er zu Petra und verschwand wieder.

Sein Gang war breitbeinig und schwer. Kein Wunder, er war ein Brocken. Aber ein äußerst freundlicher.

»Bin sofort da!«, rief Petra ihm nach und zu mir gewandt: »Wir sehen uns heute Abend bei Renate?«

»Auf jeden Fall. Lilli und ich kommen aber erst später dazu. Einsatz im Sexlokal.«

Petra grinste breit. »Bleibt sauber, Mädels. Da kommt Jens.«

Jens kam kauend, mit einer Brötchentüte in der Hand, herein.

»Lucia braucht deine Hilfe«, sagte Petra zu ihm. »Aber mit leerem Mund«, ermahnte sie ihn und meinte zu mir: »Verrohung der Sitten in der Kriminaltechnik.« Sie ging in Richtung der offenen Bürotür von Kassner.

Jens kaute schneller, bis sein Mund leer war. »Womit kann ich dienen?« Er strahlte mich an. Jens hätte mir auch ein Auto auseinander- und wieder zusammengebaut, wenn ich ihn darum gebeten hätte.

»Kannst du dir das Schriftbild einer Schreibmaschine ansehen?«, fragte ich.

»Mein Lieblingsthema. Komm mit.«

Er führte mich in einen Nebenraum und schob die Schiebetür mit dem Milchglas zu. Wir nahmen an einem großen Arbeitstisch Platz. Ich griff in meine Tasche, rollte den kleinen Zettel auseinander und legte ihn auf den Tisch. Er starrte darauf.

»Das ist etwas heikel«, sagte ich. »Ich habe mich gefragt, ob du prüfen kannst, ob es eine Schreibmaschine aus dem Haus ist.«

Jens sah mich erstaunt an, so belämmert, dass ich fast lachen musste. Ich konnte sehen, wie die Gedanken durch seinen Kopf flitzten.

»Ich schaue es mir an und melde mich schnell bei dir. Einverstanden?«

»Sehr einverstanden. Und du hast einen bei mir gut.«

Sein Gesicht hellte sich auf.

»Vielleicht ein Mettbrötchen oder so?«, bot ich ihm an.

Seine Miene verdunkelte sich wieder, und er schob die Augenbrauen zusammen.

»War ein Scherz«, sagte ich. »Ich werde mich revanchieren. Versprochen.«

Als ich Jens' sehnsüchtiges Gesicht sah, wurde mir etwas klar. Ich dachte an Charlene Ellerbecks Miene, als sie Zick gesehen hatte. Ich lag falsch. Es war kein Blick der Aufmerksamkeit gewesen, des Begehrens. Es war nicht der Blick einer Frau, die einen attraktiven Mann sah. Es war der Blick, der entsteht, wenn zwei Dinge zusammenfallen. Die Erinnerung und die Realität. Charlene kannte Zick. Sie hatte ihn wiedererkannt. Die beiden waren sich nicht zum ersten Mal begegnet.

Ich sollte sehr bald mit Zick Rotwein trinken.

Nach einem schnellen Mittagsessen im Trompeter fuhren Lilli und ich zu dem Gymnasium, auf das Michaela und ihre Freundin Helga Schüttler gingen. Wir stellten uns ans Schultor und warteten auf den Schulschluss. Das Gymnasium war ein Gründerzeitgebäude mit hohen Fenstern, Verzierungen an den Fassaden und braunen Holztüren, groß wie Scheunentore. Wir rauchten und starrten auf den leeren Schulhof.

»Ich bin nie gern zur Schule gegangen«, sagte ich. »Wir hatten einen fiesen Lehrer, der gern mit dem Lineal Schläge auf die flache Hand austeilte. Ich habe damals gelernt, mich unsichtbar zu machen.«

»Das kommt mir bekannt vor«, sagte Lilli. »Im Sauerland waren sie auch nicht zimperlich. Meistens mussten die Jungs dran glauben. In der Ecke stehen oder draußen vor dem Fenster, im Winter ohne Mantel. Ich bin froh, dass diese Schulzeit vorbei ist. Blieb meistens verschont. Im Gasthof meiner Eltern sahen sich alle wieder, bei Stammtischen, Geburtstagen, Kommunionen, Hochzeiten und Beerdigungen. Unsere Lehrer wollten es sich mit meinem Vater nicht verscherzen.«

»Glück gehabt.«

»Wie man's nimmt.«

»Sag mal, als du Helga letztes Wochenende nach Hause gebracht hast: Ist dir da was aufgefallen? Wie war sie?«

»Helga hat Respekt vor ihren Eltern, hat die Schultern hochgezogen, als sie an ihrem Vater vorbeiging. Der Vater ist Zahnarzt, Praxis im Erdgeschoss. Er entschuldigte sich, dass er momentan viel arbeiten müsste und sich mehr um seine Tochter kümmern sollte. Die Mutter stand hinter ihm und sagte nichts. Als wir die Treppe nach unten gingen, blieben wir auf dem Absatz stehen und lauschten. Aber da war kein Geschrei. Es war alles still.«

Die Glocke der Schule ertönte. Dreizehn Uhr. Ein schriller Ton. Ich zählte bis zehn, dann brach der Tumult los. Die großen Holztüren wurden aufgerissen, und die Schüler rannten auf den Hof. Je jünger, desto schneller. Warfen die Ranzen von sich, stürzten sich auf den Schnee und verfingen sich in einer

Schneeballschlacht. Je älter die Schüler waren, desto langsamer kamen sie aus dem Schulgebäude. Schritten an den tobenden Unterklässlern vorbei und stellten sich zum Rauchen in eine Ecke.

»Da ist sie«, rief Lilli und lief ohne Hast auf sie zu, ich hinterher.

Helga hatte einen ähnlichen Afghanenmantel wie Michaela an und trug ihre braunen Haare offen. Sie sprach mit einer Mitschülerin und bemerkte uns erst nicht. Als Lilli sie ansprach, tauschte sie Blicke mit der Freundin und begleitete uns dann mit bekümmerter Miene zum Schultor.

Ich setzte ein freundliches Gesicht auf. »Wir haben nur ein paar Fragen an dich. Lass uns ein paar Meter gehen.«

»Ja, natürlich«, erwiderte Helga. Folgsam. Artig.

Interessant, dass du Michaelas Freundin bist. Aber vielleicht ist es gerade der Gegensatz, der eure Freundschaft ausmacht.

»Wie lange seid ihr schon befreundet, Michaela und du?«, fragte ich.

»So seit drei Jahren. Wir wurden zusammengesetzt, und am Anfang fanden wir uns blöde. Aber dann stellten wir fest, dass wir dieselben Platten hörten.«

»Bist du manchmal bei Michaela zu Gast?«

»Nee, eigentlich nicht. Ihre Eltern sind wie meine, voll die Regierung. Ihre Mutter ist anstrengend, aber ihr Vater ist nett. Ich wünschte, meiner wäre so.« Sie sah zu Boden. »Das ist schrecklich mit ihrem Vater«, sagte sie leise.

»Hatte Michaela Probleme mit ihren Eltern?«

Helga sah auf. »Auch nicht mehr als ich mit meinen«, antwortete sie. »Der übliche Stress. Wann kommst du nach Hause? Hast du deine Schulaufgaben gemacht? Wohin gehst du? Du schminkst dich zu viel.« Sie verdrehte genervt die Augen.

»Kennst du den Freund von Michaela?«

»Gerd? Ja klar. Er ist cool.« Sie strahlte mich an.

»Der ist etwas älter als Michaela.«

»Etwas älter? Der ist voll alt. Der ist schon sechsundzwanzig!«

»Und fährt ein schickes Auto, woher hat er das?«

»Gehört ihm. Er handelt mit Autos. Manchmal fahren wir damit abends durch die Stadt, drehen die Musik auf und schreien aus dem Auto.« Sie legte schnell die Hand vor den Mund. »Das darf man doch, oder?«

»Das hängt von der Musik ab«, meinte Lilli mit gespielt strenger Miene.

»Ich denke, da hat die Polizei nichts dagegen«, entgegnete ich, und Helgas Gesicht entspannte sich wieder. »Seit wann sind die beiden zusammen?«

»Seit letztem Sommer. Haben sich im Schwimmbad kennengelernt. Das geht echt schon lange mit ihnen.«

Natürlich. In dem Alter ist ein halbes Jahr eine halbe Ewigkeit.

»Hast du einen Freund?«, fragte Lilli.

Helga sah sie erschrocken an. »Nein«, sagte sie.

»Hat Michaela etwas über ihren Vater erzählt? Gab es Dinge, die dir im Nachhinein komisch vorkamen?«

Helga sah mich einen Moment lang an. Schüttelte dann den Kopf. »Nein, wir haben uns eigentlich nie groß über ihren Vater unterhalten.«

»Und über ihre Mutter?«

»Nein, über die auch nicht. Die ist ja nie da.«

Der freundliche Vater. Die abwesende Mutter, die sich eigentlich nur für sich selbst interessiert. Die Ehe scheint vor allem eine Fassade gewesen zu sein.

»Lass uns zurückgehen«, sagte ich, und wir drehten um und liefen wieder zur Schule. »Danke für deine Zeit, das war sehr nett von dir.«

Helga eilte zu den anderen auf den Schulhof zurück, und ich sah ihr nach.

»Sie wird es Michaela erzählen, wenn sie sich wiedersehen«, bemerkte Lilli.

»Soll sie ruhig. Michaela kann nicht immer mauern. Irgendwann muss sie die Hosen runterlassen und mehr erzählen aus ihrem goldenen Käfig.«

9

Am Abend fand Renates Geburtstagsfeier statt. Da Lilli und ich von Rodewald die Kontrolle der Sexuallokale zugeteilt bekommen hatten, kamen wir erst gegen elf dazu. Bereits auf der Treppe hörten wir die Musik, die aus dem Dachgeschoss in den Flur schallte. Die Party war im vollen Gange. Wir klingelten, und als ich gerade dachte, diese zarte Klingel würde keiner hören, öffnete uns eine junge Frau in einem fast durchsichtigen Kleid und mit dramatischem Make-up die Tür zu Renates Wohngemeinschaft.

»Ihr müsst die Sex-Polizei sein«, sagte sie und lachte so sehr, dass der Inhalt ihres Weinglases auf den Boden schwappte.

»Polizei. Dies ist eine Durchsuchung. Stellen Sie sich an die Wand. Die Hände hoch!«, rief Lilli so streng, dass sogar ich zusammenzuckte.

Die junge Frau hörte auf zu lachen, erstarrte, und es dauerte zwei lange Sekunden, bis sie es verstand.

»War ein Scherz. Wo gibt's hier was zu trinken?«, fragte Lilli, schob mich hinein und warf die Wohnungstür hinter uns ins Schloss. »Wir haben wohl was aufzuholen. Ich besorg uns mal was«, sagte sie.

Wir schälten uns schnell aus den Wintermänteln und schmissen sie auf den Kleiderberg neben der Toilette. Im Flur stand ein knutschendes Pärchen eng umschlungen. Vor der Toilette warteten zwei Frauen, eine hämmerte mit der Faust auf die Tür und rief: »Luise, jetzt beeil dich mal, ich muss schiffen!«

Toni kam aus einem Nebenzimmer und balancierte konzentriert ein Tablett mit benutzten Gläsern vor sich.

»Was machst du da? Ist die Party schon vorbei?«, fragte ich.

Sein Kopf fuhr herum, er strahlte mich an. »Oh, ciao bella«, rief er mit übertriebenem Italoschmelz in der Stimme. »Du siehst aus: fantastico!« Er beugte sich vor, küsste mich auf die Wange, und die Gläser klirrten dabei. »Schöne Grüße von Petra, es tut ihr leid, sie ist schon weg, sie war nur kurz da. Grande miseria«, berichtete er. »Und Mieze tanzt seit zwei Stunden im Wohnzimmer. Come il diavolo!«

»Und Ruth?«

Er legte den Kopf schief. »Ja, Ruuuth«, sagte er und sprach es sehr langsam aus. »Ruth ist mal wieder verschwunden.« Er sah mich mit so einem Na-du-weißt-schon-Gesicht an. »Aber nicht allein. Mehr sag ich nicht.«

Ruth, geht das wieder los?

»Und wo ist das Geburtstagskind?«, fragte ich und behielt die schwankenden Gläser im Auge.

Er deutete mit dem Kopf in Richtung Wohnzimmer. »Nebenan. Tanzen.«

Im Wohnzimmer war es so warm, dass das Kondenswasser die Scheiben herunterlief. Auf Kissen am Boden und dem Sofa lümmelten Menschen, rauchten, tranken, lachten. Eine kleine Gruppe stand am Plattenspieler und diskutierte die nächsten Lieder, die gespielt werden sollten. Auf dem Wohnzimmertisch sah ich Dutzende leerer Flaschen, volle Aschenbecher und eine Vase mit einem bunten Blumenstrauß. In der Mitte des Raumes tanzten einige Gäste, Glas und Kippe in der Hand, und grölten den Refrain des Songs mit.

I can see clearly now the rain is gone.

Renates Art zu tanzen erinnerte mich an eine Dokumentation über afrikanische Stämme und deren rituelle Tänze. Sie musste bereits beschwipst sein, denn normalerweise tanzte Renate nicht. Eine kleine Frau mit leuchtenden roten Wangen stampfte vor ihr die Füße rhythmisch in den Wohnzimmerboden und sah sie dabei verträumt an. Mieze und ihr Verlobter, der Feuerwehrmann, schwangen das Tanzbein, und ich beneidete sie darum, wie harmonisch sie waren. Ihre Bewegungen flossen ineinander, und Mieze warf ihren roten Lockenkopf in den Nacken und lachte.

Lilli drückte mir ein Schnapsglas und eine Flasche Pils in die Hand. »Hau weg«, sagte sie, und wir kippten den Klaren hinunter, der fies brannte.

Ich verzog angewidert das Gesicht. »Was ist das?«

»Doornkaat.«

Wir stießen mit den Bierflaschen an und tranken beide einen großen Schluck aus der Pulle.

»Schon besser. Ein Pils. Wie in der Heimat«, sagte ich.

»Ich kann diese Alt-Plörre nicht mehr sehen.«

Der Song endete. Renate entdeckte uns, stieß einen Quieker aus und stürmte auf uns zu, schlang ihre langen Arme um uns und rief: »Oh, schön, dass ihr da seid! Und danke sehr für den Büchergutschein.« Wir gratulierten und küssten sie auf jede Wangenseite. Renate kicherte glücklich und legte ihre Arme um unsere Schultern. »Wie war euer Abend? So eine Schweinerei, dass ihr ausgerechnet heute unterwegs sein musstet. Kommt mit in die Küche. Ich brauche was zu trinken. Mein Mund ist trocken wie die Wüste Gobi.«

In der Küche stand Toni mit einer brennenden Kippe im Mundwinkel am Spülbecken und spülte Gläser ab. Aus dem Wohnzimmer drang »Summer in the City« an mein Ohr, und zwei junge Frauen, die am Fensterbrett eng beieinandersaßen, sprangen auf und liefen Hand in Hand hinaus. Lilli füllte drei Schnapsgläser, und wir kippten sie mit einem »Auf dich!« weg, knallten die Gläser auf den Tisch und schüttelten uns. Es war genau das, was wir nach diesem Abend brauchten.

»Habt ihr noch Hunger?«, fragte Renate und zeigte auf das Büfett auf dem Küchentisch, aber da war nicht mehr viel zu holen. Eine einzige kleine Bulette, groß wie ein Pingpongball, lag auf einem Teller. Dazu ein kläglicher Rest eines rheinischen Kartoffelsalats. Immerhin gab es noch Salzstangen und Paprikachips.

»Na, da greift mal tüchtig zu«, sagte Toni über seine Schulter hinweg, und wir lachten. »Gib mir die letzte Frikadelle, per favore!«, rief er.

Ich nahm sie mit spitzen Fingern, stellte mich zu Toni, und als ich sie ihm gerade in den leicht geöffneten Mund schieben wollte, kam seine Zunge hervor, leckte über meine Finger, und er sog die Bulette in seinen Mund. Als seine Zungenspitze meine Finger berührte, ging ein Schauer über meinen Rücken.

Toni schloss genießerisch die Augen, rief: »Delicioso!« Er stellte das letzte Glas in das Abtropfgitter, warf das Geschirrhandtuch auf den Stuhl und zog mich mit leichtem Griff an der Hüfte zu sich heran.

»Trinken wir noch was zusammen, bella?«

Ich fühlte mich etwas überrumpelt, aber ich kannte Toni. Wenn er angetrunken war, wurde er gern körperlich, und das störte mich nicht, denn Toni war ein Kumpel für mich. Außerdem sauste mir gerade der Alkohol ins Gehirn und löste Schranken, die zu dieser Tageszeit keiner mehr brauchte.

»Toni-Maroni!«, rief Lilli, füllte schnell ihr Schnapsglas und reichte es ihm. Er nahm es, grinste und trank es in einem Zug aus.

»Erzählt von eurem Einsatz, ihr Sex-Agentinnen!«

»Oh ja! Das will ich hören!« Renate klatschte in die Hände.

Eine sehr schlanke Frau mit langen blonden Haaren und schiefen Augen, die ihr etwas Fischhaftes gaben, umarmte Renate von hinten und küsste sie auf den Hals. Weitere Partygäste drängten in die Küche.

»Es war furchtbar«, begann Lilli. »Diese Sexlokale sind schrecklich. Will ich eine Kneipe haben, in der Penisse von der Decke hängen? In der Frauen im Rock breitbeinig auf Barhockern sitzen, damit die ganze Welt dein Gynäkologe sein kann? Nein!«, rief sie, und alle lachten schallend.

Ein blonder Wuschelkopf steckte den Kopf durch die Tür. »Gibt's hier schmutzige Witze?«

Lilli erzählte weiter, und die Schnapsflasche wurde herumgereicht. »Sexlokale sind neue Lokale, in denen ihr euch austoben könntet. Mit Pornoheftchen und Filmen und mit Plastikdildos zum Anfassen. In allen Größen. Da ist keiner der Gäste unter dreißig, das kann ich euch sagen. Die meisten sind Paare.«

»Erzähl von den Heften. Was steht da vorne drauf?«, warf ich ihr zu, und sie schenkte mir ein verschwörerisches Lächeln.

»Na gut. Wollt ihr es wissen?«, rief sie, und die ganze Küche brüllte laut: »Jaaaaa!«

Lilli nahm einen Schluck Bier. »Ihr habt es nicht anders gewollt. In diesen Heften erfahrt ihr alles, was ihr wissen müsst. Hört zu. Die Hitparade der besten Überschriften. Nummer eins: ›Für jeden Penis einen Orden‹.«

»Ja, wohlverdient«, rief eine männliche Stimme.

»›Ferien sind zum Bumsen da‹«, erzählte Lilli weiter.

»Wozu sonst!«

Lautes Lachen.

»Es geht weiter, Leute«, rief Lilli über das Lachen hinweg. »Was haltet ihr davon: ›Ich schlief mit fünftausend Männern‹. Na?«

»Hast du nicht!«, rief eine Brünette, und wir brüllten vor Lachen, dass die Scheiben klirrten.

»Noch einen, komm schon!«, rief Franz, der Mitbewohner von Renate. »Weil's gerade so schön ist!«

Lilli hob beschwichtigend die Hände. Sie hatte alle diese Schweineheftchen durchgeblättert, während wir an der Bar gesessen und nach Minderjährigen Ausschau gehalten hatten. Lilli hatte ein phänomenales Gedächtnis.

»Mein Favorit der Schlagzeilen war in den St. Pauli Nachrichten: ›Brunstgeschrei und Bettgeräusche‹. Na, bei wem klingelt's da?«

Einer ahmte laut einen röhrenden Hirsch nach, und eine weitere Lachsalve entlud sich.

»Freiheit für das Establishment!«, rief eine Rothaarige dazwischen und küsste ihre Freundin auf den Mund.

Johlen.

»Und zu guter Letzt, und dann wollen wir uns alle wieder beruhigen: ›Und mittags wird gebumst‹. So, Leute, Ende der Vorstellung. Prost.«

Die Partymeute grölte und klatschte laut Beifall.

»Bumsen! Bumsen!«, skandierte ein schlaksiger Typ mit großem Adamsapfel.

Einer reichte Lilli ein randvolles Schnapsglas, ein braunhaariger Typ mit grünen Augen, nicht besonders groß, aber mit kräftigen Oberarmen, und verwickelte sie sofort in ein Gespräch. Fraß sie bereits mit Blicken auf.

Wenn da mal nichts passiert.

Die Show war vorbei. Die belustigte Truppe in der Küche löste sich auf und verteilte sich wieder in der gesamten Wohnung. Jemand drehte die Musik nebenan lauter.

»Diese Hefte gibt's mittlerweile an jedem Kiosk. In der Schmuddelecke«, sagte Toni zu mir, und wir stießen mit einem weiteren Bier an. »Die gab's früher nur unter dem Tresen.« Er unterdrückte einen Rülpser.

»Mir ist diese Offenherzigkeit zu viel«, erklärte ich ihm. »In den Sexlokalen laufen dänische Pornofilme auf Fernsehern, und da sitzen Männer, starren darauf und greifen sich unverhohlen in den Schritt. Auf dem Gang zum Klo hörst du französisches Liebesgesäusel vom Band aus Lautsprechern. Dagegen ist ›Je t'aime‹ ein Kindergartenlied.«

»Aber du wolltest doch Französisch lernen«, sagte Toni lachend.

»Aber doch nicht so!«, rief ich.

Toni packte seine Zigaretten aus und bot mir eine an. Wir rauchten, bliesen den Rauch aus den Mundwinkeln und glucksten, und er legte mir beschützend eine Hand um die Taille. Eine Reviergeste, die sagte: Die gehört mir. Nicht anfassen. Pfoten weg.

Ich fand es nicht unangenehm, die Partymenschen hier waren eh nicht so mein Schlag. Renates Freunde kamen aus dem Studentenmilieu und aus der Frauenbewegung. Jedenfalls lag Tonis Hand auf mir und bewegte sich nicht.

Vermutlich war es der Mangel an Sauerstoff.

Die Luft war zum Schneiden. Rauch hing in dicken Schwaden in der kleinen Küche. Der Alkohol sauste in meinem Kopf herum wie eine Flipperkugel. Tonis Hand war warm. Er erzählte mir etwas, gespickt mit seinen Italovokabeln, halb geflüstert in mein Ohr.

Ich verstand nur die Hälfte, so laut war es. Als »Whole lotta Love« von Led Zeppelin aus dem Wohnzimmer erklang, Tonis Haare mich an meinem Ohr kitzelten und sein Geruch in meine Nase kroch, wandte ich ganz leicht den Kopf. Sah ihm in die Augen, legte meine Lippen auf seine, schloss die Augen und wartete ab, was passierte.

Teil 2

Der Kampf der Geister

1

Donnerstag, 5. März 1970

Als am nächsten Morgen der Wecker klingelte, schreckte ich hoch und stellte mit Erstaunen fest, dass ich in meinem Bett lag. Ich hatte keine Ahnung, wie ich nach Hause gekommen und was nach dem Kuss passiert war. Ich hatte diesen fragmenthaften Film des Abends in meinem Kopf, der an den Rändern verschwommen war. Dazwischen: ein wildes Durcheinander von Bildern und Tönen, von Sekundenmomenten, die in meinem Hirn zu einem merkwürdigen Durcheinander geschnitten waren, das ich nicht deuten konnte.

Ich quälte mich ins Bad, restaurierte mich im bohrend hellen Licht des Spiegelschranks, verfluchte den Doornkaat, trank ein Alka-Seltzer und zog mich ganz in Schwarz an. Wohl wissend, dass wir heute nach der Arbeit direkt auf die Vernissage gehen würden. Ein Wollkleid mit schwarzem Rolli darunter. Legte einen knallroten Lippenstift auf und erschien kurz vor acht Uhr pünktlich im Präsidium. Es kam nicht selten vor, dass wir Aspiranten am Mittwochabend nach Dienstschluss anständig becherten und am nächsten Tag verkatert im Unterricht saßen. Trotzdem war ich eine der Ersten im Unterrichtsraum.

In der ersten Stunde stand Polizeigeschichte auf dem Plan, die ein pensionierter Polizist und Historiker lehrte. Der Arme musste morgens stets die Alkoholfahnen der ersten Reihe ertragen. Nach und nach trafen alle Kollegen ein und setzten sich auf ihre Plätze. Nur ein paar wenige waren nüchtern. Renate hatte heute freigenommen. Ruth war freigestellt wegen der Ermittlung zu Theo Ellerbeck, aber Lilli fehlte. Der Platz neben mir blieb unbesetzt.

Petra war recht gut gelaunt und flüsterte mir zu, dass sie gestern Abend ein ernstes Gespräch mit ihrem Mann gehabt hätte.

»Es war zäh, aber wir fanden beide, dass es ein Anfang war. Warten wir es ab. Es ist noch nicht aller Tage Abend.«

»Gut. Ich freue mich für dich.«

»Du hast gestern bisschen tief ins Glas geschaut, was?«, bemerkte Petra und studierte mein Gesicht.

Mieze war am fittesten von uns allen und warf schwungvoll ihren Schal über die Schulter.

»Ich sollte mich aufs Tanzen verlegen wie du«, sagte ich, als ich ihre pfirsichpralle Haut und das Strahlen in ihren Augen sah.

»Dafür ist es nie zu spät. Wie war dein Abend sonst so?« Sie grinste.

Ich kann den Hinterhalt riechen.

»Soweit ich mich erinnern kann, ganz gut.« Ich räusperte mich und kramte in meiner Tasche nach einem Eukalyptusbonbon.

Mieze lächelte mich an. Ein paar Sekunden lang. Sagte nichts und nickte mir nur zu. Als Toni um die Ecke bog, sah ich instinktiv hoch. Sein Haar saß für seine Verhältnisse unordentlich, die Augen waren klein und verquollen, und ich sah ihm an, dass er noch nicht lange wach war. Seine Wohnung lag nur wenige Gehminuten vom Präsidium entfernt. Seine Augen suchten die Köpfe im Raum ab, bis sie bei mir landeten und sich unsere Blicke trafen. Mir wurde sofort schlecht. Das war der Moment, vor dem ich mich seit dem Erwachen gefürchtet hatte. Er dauerte nur den Bruchteil einer Sekunde. Millisekunden, die mir sagen sollten, ob ich einen großen Fehler begangen hatte. Tonis Blick traf mich wie ein blendender Lichtstrahl, der vorbeizog.

Er rief ein heiseres »Buon Giorno« in die Runde und setzte sich auf den letzten freien Stuhl in der ersten Reihe, zog die Winterjacke aus und saß still. Hob den Kopf und sah interessiert nach vorne, während der Dozent die Stunde begann. Ich war so nervös, dass ich mit einem Fuß auf- und abwippte, bis mir Mieze, die neben mir saß, ihre Hand aufs Knie legte.

»Alles halb so wild. Eure Knutscherei in der Küche hat kaum einer mitbekommen. Waren alle betrunken.«

Mein Herzschlag verdoppelte sich.

Zur zweiten Stunde erschien Lilli, aufgedreht und fröhlich, und flüsterte mir ins Ohr: »Wir müssen reden. Jetzt.« Sie zerrte mich wie eine Schulkameradin an der Hand über den Flur zur Damentoilette. Besah sich im Spiegel, während sie mit mir sprach. »Wie sehe ich aus?« Ihre Wangen leuchteten. Die Augen strahlten.

»Recht frisch, Fräulein Doornkaat, aber du bist zu spät«, erwiderte ich.

»Ging nicht früher. Ich musste noch nach Hause. Ich konnte ja schlecht in meinen Abendklamotten hier auftauchen.«

Mein Mund klappte auf.

»Mund zu, gibt Durchzug!«, rief Lilli. »Er heißt Holger. Studiert Medizin. Küsst gut und kann tanzen. Ein guter Hüftschwung. In allen Lagen.«

»Du klingst wie Ruth.«

»Wenn schon. Das musste sein. Und ich bereue es kein bisschen.«

»Trefft ihr euch wieder?«

»Das will ich mal hoffen.«

»Der war nicht sonderlich groß. So wie du.«

»Wenigstens bekomme ich bei dem keine Genickstarre. Nun zu dir.«

Mir schoss das Blut in die Wangen.

Lilli fuhr fort. »Wie war denn die Party noch? Wir haben den polnischen Abgang gemacht, ich hoffe, du bist nicht sauer deswegen.«

Ich besah mein Spiegelbild. Die Ringe unter den Augen. Horchte in mich hinein, aber da war nicht viel, außer Resten von Alkohol, die in kreisenden Bewegungen durch mein Hirn stapften. Mir war heiß und kalt zugleich.

»Lilli, ich erinnere mich an nichts.«

Toni ignorierte mich während des Vormittags im Unterricht, was mich irritierte. Dafür kamen erste Erinnerungssplitter zurück, die ich nicht verstand. In meiner Erinnerung waren da

Toni und ich. Aber wir waren nicht in der Küche. Wir waren woanders.

Zwischen den Unterrichtsstunden war wenig Zeit, sodass ich Toni nicht ansprechen konnte. Dem Unterricht selbst konnte ich kaum folgen. Ich lutschte ein Eukalyptusbonbon nach dem anderen, bis mein Gaumen wund war. Je weiter es auf den Mittag zuging, umso miserabler fühlte ich mich.

Als es schließlich zwölf Uhr war und Mittagspause, strömten wir alle aus dem Unterrichtsraum, gingen die Treppe hoch in Richtung Ausgang. Mieze, Lilli und ich wollten zum Trompeter Mittag essen, Petra bog direkt in die Kriminaltechnik ab. Toni ging voraus, und ich drängte mich an den anderen auf der Treppe vorbei, holte auf und zupfte ihn am Ärmel, aber er blieb nicht stehen.

»Lucia«, sagte er, als sei es eine vollkommene Überraschung, mich zu treffen.

Kein »Ciao bella«. »Principessa«. Niente.

»Toni, ich weiß nicht, was da gestern in mich gefahren ist. Aber, also, es tut mir leid …«

Er blieb mitten auf der Treppe stehen. Die anderen liefen wie ein Schwarm Fische um uns herum.

»Es tut dir leid?«

Mir stockte der Atem. Er sah mich ernst an. Wütend. Traurig. Eine explosive Mischung. Ich schluckte hohl.

Er fuhr fort. »Das ist alles? Es tut dir leid?«

»Nein, so meinte ich das nicht, ich kann mich nicht erinnern.«

Tonis Blick war der schrecklichste Blick, den mir je ein Mensch geschenkt hatte. Seine dunklen Augenbrauen schoben sich zu einem einzigen Balken zusammen. »Du kannst mich mal«, zischte er, stapfte weiter und ließ mich stehen.

Ich hätte heulen können, aber ich riss mich zusammen.

»Der beruhigt sich schon wieder«, sagte Lilli neben mir und legte mir beruhigend ihre Hand auf die Schulter. »Lass uns Mittag essen.«

Im Trompeter bekam ich ein ordentliches Kateressen, das mir Rosi mit einem mitleidigen Blick servierte. Zwei große Frikadellen, viel Senf, mit einem rheinischen Kartoffelsalat, der vor Fett nur so schmatzte, und ein »Stützbier«, wie Mieze es nannte.

»Ein leicht aufgewärmter Kater erträgt sich besser«, erklärte sie und trank solidarisch eins mit. Wir saßen an einem kleinen Tisch, und ich versuchte, aus meinen Erinnerungsfetzen schlau zu werden.

Ruth kam wenig später dazu, ebenfalls leicht blass um die Nase, und berichtete aus dem Morgentreffen der SoKo. »Leute, dieser Fall entwickelt sich merkwürdig weiter«, sagte sie, trank von Lillis Cola einen Schluck und verzog den Mund. »Wir haben heute Vormittag mit Charlene gesprochen, wegen der Überweisungen von dem Geschäftskonto an diesen Flugdienst und den Erzeuger von Michaela. Sie ist aus allen Wolken gefallen. Sie hat nicht gewusst, dass ihr Mann den Kindsvater seit Jahren bezahlt. Wofür auch immer.«

»Schweigegeld?«, fragte Lilli.

»Sieht so aus, oder? Sie hatte ihm früher mal geschrieben und ihn gebeten, Michaela zu schreiben. Die sei ja schließlich auch sein Kind. Aber es kam nie eine Antwort. Nun weiß sie, warum. Theo Ellerbeck hat dafür gesorgt, dass er die einzige Vaterperson in Michaelas Leben ist.«

»Der Millionär und Gentleman, der so um seine Tochter bemüht ist«, sagte ich. »Wer weiß, was der Gentleman sonst noch ausgeheckt hat.«

Ruth sah mich nachdenklich an. »Heute Abend ist diese Vernissage, Lucia. Wollen wir mal sehen, was die feinen Freunde von Theo Ellerbeck über ihn wissen. Wie ich sehe, bist du bereits im existenzialistischen Schwarz gekleidet. Muss ich mich noch umziehen?« Sie zeigte auf sich, den blauen Pullover und die Bluejeans.

Ruth und Renate trugen fast nur noch Hosen. Petra, Lilli, Mieze und ich wählten nach wie vor Kleider und Röcke aus.

»Bleib, wie du bist. Wieso bist du eigentlich gestern so schnell von Renates Party verschwunden?«, fragte ich und zündete mir eine Zigarette an.

»Recherche in der Altstadt.« Ruth bekam ihr Essen serviert, biss mit großem Appetit in die erste Frikadelle und kaute lange. »Die sind gut«, sagte sie mit halb vollem Mund, wischte mit der Serviette über ihre Lippen und schob ihren Teller zur Seite. Senkte die Stimme. »Der Kollege Lenzian hat herausgefunden, dass es ein paar ehemalige Polizisten und Bundeswehrangehörige gibt, die rausgeflogen und von der Bildfläche verschwunden sind. Keine Meldeadresse. Nichts. Aber die treffen sich abends in einer Kneipe in der Altstadt. In so einer Spelunke. ›Zum Jupp‹. Wie eine Herde, die immer wieder zum Wasserloch trabt. Ich sollte mich gestern dort mal unauffällig umsehen. Die nehmen Frauen nicht als Gefahr wahr. Ist aber nix passiert. Ich habe versucht, den Barkeeper etwas auszuhorchen. Der war entweder vollkommen doof oder roch den Braten.« Ruth biss in die zweite Frikadelle und spülte mit einem frischen Alt nach.

Ich beugte mich ihr entgegen. »Nur mal so eine Theorie: Was ist, wenn Michaelas Erzeuger den Hals nicht voll genug bekommen hat und Theo Ellerbeck erpressen wollte?«

»Und ihn ermorden lässt?« Ruth ließ das Glas sinken. »Davon hat er nichts. Er bekommt kein Geld.«

»Ja, aber was ist denn, wenn der Mord gar nicht geplant war? Das Ganze schiefging? Es eigentlich eine Einschüchterung sein sollte? Eine Warnung.«

Was ist, wenn nichts so ist, wie es scheint?

Nach dem Essen ging Ruth direkt zurück in die Mordkommission, und ich machte einen Abstecher zu Johannes. Ich musste zweimal klopfen, bis ein schwaches »Herein« nach draußen drang. Vorsichtig öffnete ich die Tür.

»Störe ich?«

Johannes saß in einem schwarzen Rolli hinter seinem Schreibtisch und sah mich erstaunt an. Ich hob die Nase, roch sein Eau de Toilette, das in der Luft hing. Ein würziger Duft mit Zitrusfrüchten, gepaart mit einer blumigen Note, die sofort eine Sehnsucht nach Frühling weckte.

Johannes bemerkte es. »HABIT ROUGE von Guerlain, um die Frage direkt zu beantworten. Und du störst nicht, komm rein.« Er stand auf und riss einen Stapel Papiere zu Boden. Ich wollte helfen, aber er wehrte es mit ausgestreckter Hand ab, kniete am Boden, schob die Blätter schnell zusammen und legte sie auf seinen Schreibtisch. Deutete auf den Stuhl davor. »Standest du schon länger vor der Tür? Ich bin manchmal in meiner eigenen Welt und bekomme dann nichts mit.«

Ich war neugierig. Meine Augen suchten den Schreibtisch ab. Links und rechts von der Schreibmaschine standen Stapel von Büchern, die auf den ersten Blick psychologische Fachbücher zu sein schienen. Ein Notizbuch lag offen aufgeschlagen da, und auf dem eingesammelten Stapel loser Papiere bemerkte ich obenauf ein Blatt mit einem merkwürdigen Klecksbild.

Ich zeigte darauf. »Was ist das da? Ausgelaufene Tinte?«

»Das? Das ist ein Rorschach-Test. Pass auf«, sagte er, nahm das Blatt hoch, sodass ich daraufsehen konnte. »Schau dieses Gebilde an und nenne mir die erste Assoziation, die dir in den Sinn kommt.«

Ich starrte auf das Blatt. »Schwarze Vögel. Krähen. Dunkle Gesichter mit hohlen Augen. Totenköpfe.«

Johannes sah mich ernst an. Räusperte sich. »Interessant. Andere sehen darin Tauben, die sich küssen.«

»Oh. Was sagt das über mich? Wozu dient der Test?«, fragte ich.

»Um zugrunde liegende Denkmuster zu erkennen. Aber dafür müssten wir mehr Tests machen, mit einem ist es nicht getan.« Er legte das Blatt Papier über ein Buch und verdeckte den Titel damit.

Ich reckte den Hals. »Du liest Romane in deiner Arbeitszeit?«

Bestimmt große Literatur, an die ich mich nicht heranwage.

»Erwischt, Frau Kriminalwachtmeister.« Er hob das Buch hoch und zeigte mir den Titel.

Johannes Mario Simmel. »Und Jimmy ging zum Regenbogen«.

»Ein tolles Buch«, rief ich freudig. »Genau mein Geschmack.«

Johannes' Gesichtszüge entspannten sich. »Nichts verraten, es ist spannend, bin gerade auf der Hälfte. Ich lese das zur Entspannung, es lenkt mich ab.«

Wovon?

Er fuhr fort. »Und ich muss unbedingt mal nach Wien. Warst du schon dort?«

»Nein, bislang habe ich es nur bis nach Dänemark geschafft. Ich wollte diesen Sommer nach Frankreich, nach Paris und Avignon.«

»Sur le pont d'Avignon«, sang Johannes mit einer hellen, klaren Stimme.

»Mais oui. Pourquoi pas?«

»Sprichst du Französisch?«

»Ich sag mal so: Ich versuche, den Französisch-Kurs an der Volkshochschule wenigstens alle vierzehn Tage zu besuchen, aber ich hinke mit dem Vokabelpauken hinterher, mein Passé composé ist mies. Die Arbeit für die Sitte macht mir leider gerade häufig einen Strich durch die Rechnung.«

»Verstehe«, erwiderte er nachdenklich und ließ einen Bleistift durch seine Finger gleiten. Mir fiel in dem Moment auf, dass er keinen Ehering mehr trug. An dem Ringfinger war eine helle Stelle.

Ist es das, was dich umtreibt?

»Aber sag mal, was kann ich denn für dich tun?«, fragte er.

»Als wir uns am Montag trafen, sprachen wir darüber, dass es mehrere Tätertypen gibt. Der zweite Typus ist der, der sein Opfer kennt, ihm nahe ist und es beobachtet. Ich habe darüber nachgedacht. Was ist, wenn auch meine Mutter den Täter kannte? Er kein Unbekannter für sie war?«

Johannes sah mich aufmerksam an. »Das würde bedeuten, dass es ein komplett anderes Motiv gab. Zum Beispiel Eifersucht. Aber was ich mich frage: Warum hatte der Mann ein Messer dabei?«

Ja, warum eigentlich? Hat er mit Widerstand gerechnet?

»Gute Frage. Was für eine Sorte Männer ist das, die stets ein Messer mit sich führt?«, dachte ich laut.

Johannes nickte. »Ein Mensch, der Angst hat. Der stets das Gefühl hat, sich verteidigen zu müssen, und Bedrohung aus seinem Umfeld fürchtet. Oder jemand, der es gewohnt ist, seine Interessen durchzusetzen und notfalls auch mit Gewalt oder mit einem Messer. Ein Messer schüchtert ein. Viele Menschen erstarren beim Anblick eines Messers und lassen alles mit sich machen, wenn sie nur verhindern, gestochen zu werden. Es macht sie gefügig. Viele fürchten sich mehr vor einer Messerklinge als vor dem Lauf einer Waffe, weil sie wissen, welchen Schmerz bereits ein Schnitt in den Finger erzeugt. Die Vorstellung, dieses Messer schneidet in uns hinein, führt selten zu einem Widerstand, eher zu einer Passivität. Der Angreifer hat seine Waffe also richtig gewählt. Und sie ist leise und leicht zu transportieren. Unauffällig.«

Ich ließ seine Worte im Raum stehen und langsam zu Boden schweben. In meinen Kopf einsinken.

»Er könnte ein Kunde gewesen sein. Einer, der im Friseursalon war«, sagte ich. »Womöglich ging er dort seit Jahren ein und aus. Er könnte sie also gekannt haben und sie ihn.« Ich stand abrupt auf. »Ich werde am Wochenende nach Essen fahren. Ich muss herausfinden, wer der Mann in meiner Erinnerung ist. Und jetzt habe ich auch eine Idee, wo ich beginne. In dem damaligen Friseursalon meiner Mutter.«

Mit diesem Gedanken ging ich zurück in die Sitte, wo niemand war. Alle waren ausgeflogen. Ich wusste, dass es den Friseursalon von damals immer noch gab, eine der Angestellten hatte ihn übernommen, aber ich war nie wieder dort gewesen. Ich mied diesen Ort wie der Teufel das Weihwasser und wollte auch nie wieder in der Nähe des Unfallorts sein.

Mein zweiter Gedanke war, ob ich jetzt, wo keiner da war, das Gesicht des Mannes aus meiner Erinnerung zeichnen sollte. Ein Phantombild. Ich lief zu meinem Schreibtisch, zog eine

Schublade auf, holte ein weißes Blatt Papier hervor, spitzte einen Bleistift und wollte gerade die Kopfform malen, da bemerkte ich in meinem Augenwinkel, dass in der Telefonwählscheibe ein zusammengerollter Zettel steckte.

Hört das nie auf?

Ich rupfte den Zettel heraus und entrollte ihn.

Bin ich zu unpoetisch?

»Ja! Bist du!«, rief ich, zerknüllte das Papierchen und warf es in den Papierkorb.

Warum geht dieser Mann nicht direkt auf mich zu? Was hat er zu verheimlichen? Und was glaubt er, was diese Zettel mit mir machen?

Ich zog wütend die Schublade auf und warf alle aufgehobenen Zettel in den Papierkorb. Da kam mir ein Gedanke.

Wenn du diese Zettel ausschneidest, wird es Reste von dem Blatt Papier in deinem Papierkorb geben.

Ich drückte mich aus dem Stuhl hoch und schlenderte zu den Schreibtischen von Knapp und Steger. Starrte in ihre Papierkörbe. Kniete nieder und schob den Papiermüll mit zwei Fingern zur Seite. Nichts. Das Übliche. Notizen. Eine Busfahrkarte. Ein falsch getippter Vorgang. Ein Zeitungsausschnitt. Eine Werbebeilage, die für Pelze warb. Ich nahm mir direkt die anderen Papierkörbe vor.

Diesmal war ich schon weniger vorsichtig, nahm die ganze Hand, schob den Papierabfall auseinander. Aber auch hier nichts. Jetzt war es mir egal, jetzt wollte ich es wissen. Ich ging zu jedem Papierkorb, selbst zu dem von Lilli. Aber in keinem fand ich ein Blatt, aus dem jemand einen schmalen Streifen herausgeschnitten hatte.

Ich schaute zum Büro von Rodewald. Durch die Glasscheibe seiner Tür sah ich seinen verwaisten Schreibtisch. Er schloss nie ab, das wusste ich. Er war nicht so ein Geheimniskrämer, wie Potthoff es gewesen war. Ich drückte die Klinke nach unten, betrat sein Büro, das nach abgestandenem Rauch roch, und ließ die Tür offen stehen. Sein Schreibtisch war recht aufgeräumt. Ein Stapel mit dunkelgrauen Aktenmappen lag mittig. Daneben Stifte. Ein Notizblock. Ein Whiskeyglas mit eingetrocknetem Rest am Boden. Sein Papierkorb war bis oben voll. Ich griff mit beiden Händen in den Papiermüll und wühlte darin.

Und erschrak, als ich hinter mir eine Stimme hörte.

»Was suchen Sie da, Fräulein Specht?«, dröhnte sie.

Ich hielt in der Bewegung inne, die Hände im Papiermüll, und erstarrte. Es war seine Stimme. Rodewald. Er stand hinter mir.

Verdammter Mist. Was sage ich jetzt?

Ich sah über die Schulter zu ihm, und mein erster Gedanke war: Ich muss Zeit schinden, um aus dieser misslichen Situation herauszukommen.

»Ich habe Sie gar nicht hereinkommen hören«, sagte ich.

»Das habe ich bemerkt, Fräulein Specht.« Rodewald sprach meinen Namen sehr deutlich aus. »Sie wühlen ja in meinem Papierkorb wie ein Maulwurf in meinem Garten. Was hoffen Sie denn, darin zu finden?«

Er sah mich misstrauisch an.

Ich atmete leise aus. Stand langsam auf. »Ich … habe neulich, als ich bei Ihnen im Büro war … einen Ohrring verloren. Und ich dachte, vielleicht ist er mir in den Papierkorb gefallen.«

Endlose Sekunden starrte Rodewald mich an. Sein Gesicht hatte eine rote Färbung bekommen. »Na, dann wollen wir mal sehen.«

Er trat neben mich, packte mit einer Hand den Papierkorb und leerte den Inhalt auf seinem Schreibtisch aus.

Ich starrte auf den Berg Altpapier. Mir war es unglaublich peinlich, und ich wäre gern im Erdboden versunken.

»Suchen wir ihn doch zusammen«, meinte er und nahm jeden noch so kleinen Fitzel Papier in die Hand, drehte und schüttelte ihn, warf ihn schließlich zurück in den Papierkorb. »Was für ein Ohrring war es denn?«

Ich schluckte. Räusperte mich. »Ähm, das … war so einer mit einem orangenen Stein. Der an einem längeren Faden hängt.«

Ich stellte mich neben ihn und begann ebenfalls, die Papiere durchzusehen.

Als wir den letzten Schnipsel in den nun wieder gefüllten Papierkorb warfen, sagte Rodewald: »Das war wohl nix. War es ein besonderer Ohrring? Ein Erinnerungsstück?«

Den Ohrring gibt es nicht mal. Den habe ich erfunden.

»Nein, nichts Besonderes. Nur Modeschmuck. Ich mochte ihn gern, das ist alles. Bitte entschuldigen Sie, dass ich Sie nicht vorher gefragt habe. Ich wollte damit keinen falschen Eindruck erwecken.«

Er wischte den Gedanken mit einer Handbewegung zur Seite. »Machen Sie sich keine Gedanken.« Ein freundliches Grinsen erschien auf seinem Gesicht. Er sah auf seine Armbanduhr. »Müssen Sie nicht bald los? Zur Vernissage? Mögen Sie Kunst überhaupt?«

»Ja, aber ich kenne mich ehrlich gesagt nicht aus.«

Er lachte, dass sein Bauch wackelte. »Kenne ich. Wenn es schön ist, gefällt es mir. Viel Erfolg heute Abend.«

2

Ich war noch nie auf einer Vernissage gewesen. Umso aufgeregter war ich, als wir auf den vom Schnee freigeschaufelten Wegen über den Grabbeplatz auf die hell erleuchtete Galerie Bertold Bosch zuschritten, wo sich am Einlass bereits eine Schlange gebildet hatte. In dem trüben Winterwetter wirkte die Galerie wie eine verheißungsvolle lichte Welt. Ich hatte Bammel, dass ich bei Gesprächen nicht würde folgen können, weil mir schlichtweg der Hintergrund fehlte. Zwar las ich Artikel in der Zeitung und im SPIEGEL über die angesagten Künstler, wusste von Beuys und Richter, aber die meisten Namen, die mir geläufig waren, kamen aus der Pop-Art-Bewegung der USA, wie Andy Warhol, Robert Rauschenberg oder Jasper Johns.

»Tja, sind alles Männer«, meinte Ruth. »Und was ist mit den Frauen? Wo sind die? Die stehen im Schatten der Männer. Außer vielleicht Georgia O'Keeffe und Niki de Saint Phalle.«

Mit Kunst kannte Ruth sich gut aus. Sie ging gern ins Creamcheese, wo es viel Kunst und Performance gab, starke Drinks, verrückte Musik und Männer und Frauen, die eben nicht der bürgerliche Durchschnitt waren. Ruth quasselte dort mit blutjungen Kunststudenten, um sie schließlich in ihrer möblierten Wohnung und dem massiven Eiche-Rustikal-Ehebett zu vernaschen, was die meisten wohl »cool« fanden, ohne zu wissen, dass sie gerade mit einer Polizistin in die Federn stiegen.

»Die Galerie ist ganz neu. Ziemlich hip. Die Adresse für Kunst in Düsseldorf«, erklärte Ruth, als wir in der Schlange anstanden.

»Kommen wir denn da so einfach rein?«

»Lucia, wir stehen auf der Gästeliste. Übrigens kommt Petra dazu. Bei dem Theater, das sie gerade zu Hause hat, wäre das eine willkommene Abwechslung.«

Wir betraten das Foyer, und zwei freundliche Hostessen

nahmen uns unsere Mäntel ab und brachten sie zu einer improvisierten Garderobe, die aus langen fahrbaren Kleiderständern bestand. Hier drin war es gut geheizt. Es roch nach verschiedenen Parfümnoten, nach Amber und Patchouli, Vetiver und Veilchen, die schwer in der Luft hingen.

Petra stürmte von der Seite auf uns zu. Sie sah umwerfend aus, in einem orangefarbenen knielangen Wollkleid und engen weißen Stiefeln. An den Ohren baumelten weiße breite Plastikkreolen, und sie hatte hellen, schimmernden Lidschatten aufgetragen.

»Ich war extra noch beim Friseur«, rief sie fröhlich, und wir lobten ausgiebig ihre neue Frisur mit der Außenwelle. Auch wenn Ruth sich aus Frisuren und Make-up nicht viel machte, schien sie beeindruckt. Ich konnte sehen, wie wichtig Petra unsere Bestätigung war und wie gut es ihr tat, dem Ehetheater zu entfliehen. »Ich bin bereit«, sagte sie und hakte sich bei mir unter. »Der Mann ist mit dem Kind bei seiner Mutter. Es herrscht Waffenstillstand, und jetzt habe ich frei.«

Von dem Veilchen an ihrer Wange war nichts mehr zu sehen.

Wir betraten diese Arena der Künstler, der Mäzene, der Reichen und Verrückten, der Kunstinteressierten und der Wichtigtuer, und ich staunte, weil ich selten so viele glamourös gekleidete Menschen auf einem Haufen gesehen hatte. Was die Frauen hier anhatten! Minikleider in Mintgrün und Maxis mit bunten Ornamenten, die bis zu den Knöcheln reichten. Maxi! Die neue Gegenbewegung.

Und die Männer! Kräftige Farben waren das Nonplusultra. Enge Hemden in einem Apfelsinenorange, in Zitronengelb, mit engen Hosen, die jedes Gramm zu viel anzeigten. Und trotzdem passte ich in meinem schwarzen Kleid, mit dem dick aufgetragenen roten Lippenstift und den kräftig getuschten Augen gut dazu.

Ich beobachtete einen fülligen Mann in einem apfelgrünen Dreiteiler, der eine Frau mit erstaunlich hochtoupierten Haaren mit einem schrillen »Oh, hellooo, daaaarling!« begrüßte und ihr links und rechts Küsse auf die Wange hauchte, als sei sie aus

Porzellan. Daneben stand eine Frau in einem silbernen Cape, die darunter nur eine enge schwarze Korsage und halterlose Strümpfe trug. Ihr Gesicht war übertrieben geschminkt, und ihre Fingernägel waren gefährlich spitz, wie bei Nosferatu. An jedem Finger ihrer Hand blitzten bunte Ringe auf in dem Licht. Sie war ein Kunstwerk für sich, und wenn ein Fotograf vorbeikam, posierte sie und setzte eine übertriebene Mimik auf. Sie sprach kein Wort, stand nur da und ließ sich bestaunen.

Mir stand der Mund offen, und zugleich war ich wie berauscht. Petra schien sich ebenfalls wohlzufühlen. Ruth hatte sich umgezogen, stemmte in ihrer ungarisch bestickten Bluse mit Puffärmeln und der Bluejeans mit Schlag eine Hand in die Hüfte und kniff die Augen zusammen.

»Hier ist was los, meine Zeit. Wo ist die Bar? Ich brauche 'nen Drink. Und wir haben einen Auftrag, Mädels, nicht vergessen.«

Kaum hatte Ruth es ausgesprochen, stand ein hochgewachsener Kellner, etwa unser Alter, mit einem Tablett voller Sektgläser neben uns.

»Sie kommen wie gerufen«, sagte Ruth, schnappte sich ein Sektglas und trank es in einem Schluck leer. Er sah sie erstaunt an. »Nun schau nicht gleich so sauer. War zum Warmwerden gedacht.« Sie nahm sich ein weiteres Glas von seinem Tablett. »Das trinke ich langsamer. Versprochen.«

»Bedeutet das, in zwei Schlucken statt in einem?«, erwiderte er.

Wir lachten, und er versorgte uns mit Getränken. Dann deutete er mit dem Kopf hinter sich. »Da hinten ist übrigens eine kleine Bar aufgebaut, falls es zu lange dauert, bis ich wiederkomme.«

Wir tranken und betrachteten das bunte Treiben. Beobachteten die Bussi-Begrüßungen und den Zeitungsfotografen, der Menschen zusammenschob und ablichtete, und einen Künstler, der in seiner mit Farbklecksen verschmierten Latzhose neben einem Bild posierte, das nur aus einem runden roten Kreis bestand.

»Wo fangen wir an?«, fragte Petra. »Ich meine, ein paar Gesichter wiederzuerkennen. Von Einladungen meines Mannes. Reiche Menschen, die Kunst kaufen, aber selten etwas davon verstehen. Kunst wird da verkauft, wo Geld verdient wird, sagt Bertold Bosch, da ist er hier in Düsseldorf genau richtig. Auch wenn die Käufer lediglich ihre Wartezimmer verschönern wollen.«

»Ich habe nicht mal ein Telefon, geschweige denn einen Fernseher«, warf ich ein.

»Bin ich Krösus?«, rief Ruth und nippte an ihrem Sekt.

Ich deutete mit meinem Glas auf die Menge. »Das ist jedenfalls die Welt von Theo Ellerbeck und seiner Frau.«

»Ist die heute da?«, fragte Petra.

Ruth schüttelte den Kopf. »Nein, sie hatte gesagt, dass sie im Moment auf öffentliche Auftritte verzichten würde.«

»Wo war noch mal diese Bar?«, fragte Petra und zeigte demonstrativ auf ihr leeres Glas.

Ruth zeigte in die Richtung. »Folgt mir. Und denkt daran: Wir wollen mehr über Theo Ellerbeck herausfinden. Ich muss über diesen Besuch einen Bericht schreiben, wenn da nichts Brauchbares drinsteht, macht Menden mich einen Kopf kürzer.«

Petra und ich nickten ihr militärisch-zackig zu. »Jawoll.«

Ruth verdrehte die Augen. »Dann mal los, ihr fleißigen Emma Peels.«

Wir schlenderten hintereinander in Richtung der Bar, und ich stellte meine Ohren auf Empfang. Wenn sich irgendwo ein Gesprächsanker ergab, würde ich versuchen, mich einzuklinken. Ich blieb bei einer Runde von vier Damen stehen, die viel Schmuck um den Hals trugen, und lauschte ihrem Gespräch.

»Habt ihr das gehört? Der Bosch hat in einem Sargladen seine erste Kunst verkauft. Ist das nicht verrückt? Ein Schwabe.«

»Ja. Aber er selbst ist recht still. Redet nicht besonders viel.«

»Dafür ist er trinkfest. Das ist auch was wert.«

»Wo ist er denn eigentlich?«

»Dahinten steht er. In dem schneeweißen Anzug mit der weißen Weste und der schwarzen Krawatte. Fesch. Sehr fesch.

Das muss man schon sagen. Wer ist denn die Frau neben ihm, die mit dem Pelzmantel? Meine Güte, die Ärmste muss doch schwitzen, so warm, wie es hier ist.«

»Du, ich glaube, die hat darunter gar nichts an.«

»Gut, dass mein Mann nicht da ist.«

Ich ging weiter und schob mich durch die Besucherschar, betrachtete die Kunst an den Wänden, die von kleinen weißen Lampen angestrahlt wurde, die in einem Gestänge von der Decke hingen, lauschte Gästen, die sich entweder über die Kunst oder über ihre Liebesprobleme austauschten. An einer Wand entdeckte ich schließlich ein Bild, das mich stutzen ließ.

Das kommt mir bekannt vor. Moment mal.

Es brauchte einen Augenblick, bis ich verstand, woher. Mein Hirn suchte und fand prompt die Antwort: Ein ähnliches Bild hing im Wohnzimmer der Ellerbecks. Auf der Leinwand waren Farbschlieren, die wie große Flammen weich und ausladend nach oben züngelten. Ein Teil des Bildes war angeflammt worden und hatte Brandflecken. Ich stellte mich neben den Mann, der das Kunstwerk betrachtete, und legte den Kopf schief. Erst nach rechts und dann nach links.

»Was sehen Sie darin?«, fragte er mich, ohne mich anzuschauen.

»Wie bitte?«

»Na, spricht das Bild zu Ihnen?«

Jetzt sah er mich durch eine schwarze, eckige Hornbrille an, die seine Augen einrahmte wie ein Fernseher. Seine zurückgekämmten blonden Haare schimmerten von der Pomade. Er sah aus wie jemand, der im Kunstbetrieb verhaftet war.

Ich sehe gar nichts außer grünem Gekleckse auf schwarzem Grund. Und Ruß. Was mich an meinen ersten Mordfall erinnert.

»Ich sehe Brandflecken«, sagte ich. »Also gab es Feuer. Und wo Feuer ist, da ist kein Sauerstoff. Leblosigkeit. Tod.«

Er sah mich irritiert an. »Teuerste. Sehen Sie darin weibliche Anatomie?«, fragte er, und ein leicht genervter Unterton schlich sich in seine Stimme.

»Sie meinen … Das ist eine …«

»Eine Vulva. Genau. Finden Sie auch, dass dieses Bild ein Geschlecht hat?«

»Ja, vor allem ein ziemlich angebranntes Geschlecht.«

Er wackelte mit dem Kopf. So eine Geste, die Menschen machen, die sagen wollen: »Ja, möglich, aber nicht die richtige Antwort«. »Das ist ein Feuerbild von Otto Piene. Es heißt ›Elmsfeuer‹«, erklärte er.

Keine Ahnung, was das heißt.

»Ja, sicherlich«, erwiderte ich. »Aber wer kauft denn so etwas? Kaufen eher Männer oder Frauen verbrannte Vulven?«

Jetzt lächelte er und zeigte auf den roten runden Kleber, der neben dem kleinen Schild prangte. »Das hier ist bereits verkauft. Das hätte den Ellerbeck aber geärgert, dass ihm einer den Piene wegschnappt.«

»Der Ellerbeck? Der vor seinem Haus erschossen wurde?«, fragte ich scheinheilig.

Der Mann beugte sich mir entgegen und tuschelte: »Schreckliche Sache. Die beiden waren ein tolles Paar. Seine Charlene, hinreißend, sage ich Ihnen. Es wird gemunkelt, dass es eine zornige Geliebte im Hintergrund gab. Von mir haben Sie das aber nicht«, sagte er mit verschwörerischem Gesichtsausdruck und grinste mit einem Mal übertrieben breit. »Kannten Sie die Ellerbecks?«

Zornige Geliebte.

»Nur flüchtig.«

»Wenn ich das sagen darf: Sie wären sein Typ gewesen.«

»Wie meinen Sie das?«

»Er mochte blonde Frauen. Mondäne, elegante Frauen.«

»Aber er war mit einer schwarzhaarigen Frau verheiratet.«

Er lachte. »Ja, das war etwas ganz anderes. Das war die große Liebe. Wie heißen Sie?«

»Lucia. Lucia Specht.« Ich streckte ihm die Hand entgegen.

»Ich bin Thomas Hollstein. Angenehm.« Er schüttelte meine Hand. »Was machen Sie beruflich?«

»Ich verkaufe Parfüm, in einem Kaufhaus«, log ich.

»Oh, das ist ja formidable. Sie sehen auch irgendwie französisch aus, erinnern mich an Catherine Deneuve. Ich handele mit Antiquitäten. Falls Sie mal eine Empirekommode oder dergleichen benötigen, rufen Sie mich an.«

»Sind Sie mit den Ellerbecks befreundet?«

Er wackelte mit dem Kopf nach links und rechts. »Sagen wir mal so, wir sind gut bekannt. Ich war mal auf einer Party bei ihnen zu Hause, die beiden haben gern gefeiert. Ich sage Ihnen, nachts gingen alle sturzbetrunken in den Pool. Nackt. Die Party war ein einziger Rausch. Das ist ja jetzt vorbei.«

Ich senkte die Stimme. »War seine Frau denn eifersüchtig auf diese Geliebte?«

»Ach was, die beiden liebten das. Es war wie ein Sport unter ihnen. Jeder hatte sein kleines Affärchen nebenher. Die beiden waren wirklich sehr miteinander verbunden.«

»Aber wer sollte ihn dann ermorden?«

Hollstein zuckte mit den Schultern. »Eine gute Frage. Darum muss sich jetzt wohl die Kriminalpolizei kümmern.«

»Was wäre denn Ihr Verdacht?«

Er sah mich einen Moment lang an und sagte nichts. Und ich hatte schon Angst, meine Maskerade würde jeden Augenblick auffliegen.

»Ich meine«, sagte ich, »ein Gönner und Mäzen wie er, der viel Geld für das Schauspielhaus spendet, wer sollte dagegen etwas haben?«

»Fragen Sie mal die Studenten in Düsseldorf, die nicht zur Premiere geladen wurden. Die standen draußen und haben Schilder mit der Aufschrift ›BONZENSCHWEINE‹ hochgehalten.«

»Sie meinen, alle, die nicht zu den oberen Zehntausend gehören, hätten ein Motiv?«

»Ich glaube, dass sich da jemand gerächt hat. Ich vermute, Theo Ellerbeck ist jemandem auf die Zehen gestiegen, und diese Person dachte sich: Na warte!« Er deutete auf mein leeres Glas. »Ich denke, Sie könnten was Stärkeres vertragen als diese Puffbrause. Wollen wir zur Bar?«

Hollstein verwickelte mich in ein Gespräch über Kommoden, die er aus einem abbruchreifen Haus gerettet hatte. Ich hörte nur halb hin, und als er fragte, ob ich einen Martini wollte, sagte ich schnell: »Ja, bitte«, und suchte mit den Augen die Gesichter der Gäste nach Petra und Ruth ab.

Plötzlich hörte ich eine Stimme neben mir.

»Wen haben wir denn da? Schau an. Die kleine Deneuve vom Rhein.«

Die Stimme ließ mich erschaudern. Ich kannte sie. Sogar ziemlich gut. Ich tat in dem Moment, was Mieze mir beigebracht hatte: Wenn du von jemandem entdeckt wirst, bewege dich ganz langsam. Sei nicht hektisch, das signalisiert Schwäche. Du zählst bis drei, und dann wendest du langsam den Kopf und siehst der Person direkt in die Augen.

Eins. Zwei. Drei.

»Hallo, Eric. Quelle surprise.«

Er zog eine Augenbraue nach oben. Lächelte. Ich sah seine Grübchen, seinen schön geschwungenen Mund.

»Verdammt, ich hätte dich nicht gehen lassen sollen. Wenn ich gewusst hätte, dass ein solches Potenzial in dir steckt. Mon dieu! Schau dich an. Très belle«, erwiderte er.

Eric sah gut aus. Er trug ein schlichtes weißes Hemd, einen Knopf zu weit aufgeknöpft, das einen Blick auf seine blanke Brust freigab, und einen lila Seidenschal, der wie bei Helmut Berger lose um seinen Hals hing. Sein Parfüm, Vetiver, kroch in meine Nase, und Erinnerungen an die Abende und Nächte mit ihm kamen auf und versetzten mir einen Stich.

Wir sahen uns an, und keiner sagte etwas. Ich denke, in dem Moment hatten wir beide Bilder von der winzigen gemeinsamen Vergangenheit im Kopf. Er ging einen Schritt auf mich zu und küsste mich dreimal abwechselnd auf die Wangen.

»Tu es très jolie«, hauchte er. Seine Hüfte berührte fast meine. Er schob eine Hand hinter mein rechtes Ohr in den Nacken. Seine Finger waren warm, und ich merkte, dass mein Widerstand in Sekunden bröckelte. Seine Lippen näherten sich meinen.

»Eric?«, fragte eine helle Frauenstimme neben ihm. »Wer ist das?«

Er ließ die Hand sinken. Trat einen halben Schritt zurück. »Bella, schau, wen ich getroffen habe. Das ist Lucia. Sie wird das nächste Bond-Girl werden, an der Seite von Sean Connery. Ich beneide ihn jetzt schon.«

»Wirklich?«, rief sie aufgeregt. »Das ist ja der Wahnsinn!« Sie küsste mich auf die Wange.

Bella. Das ist nicht dein Name. Den hat er dir gegeben.

Bella war schmaler und kleiner als ich, mit langem blondem Haar und einer Stupsnase. Etwa mein Alter. Ihre Augen waren puppengroß, mit Wimpern, die endlos erschienen. Sie trug ein graues Wollkleid, ihre Beine steckten in weißen Strumpfhosen, dazu trug sie glänzend rote Schuhe mit einem hohen klobigen Absatz.

»Erzähl, wann beginnen die Dreharbeiten? Und wo spielt der neue Bond? Lass mich raten: Monte Carlo? Paris? London?«

Eric, dass du wirklich auf solche Frauen stehst, beschämt mich.

»Das darf ich nicht verraten«, erwiderte ich. »Geheimhaltungsklausel. Du verstehst, Bella. Was machst du? Studierst du? Lass mich raten. Philosophie?«

Eric wurde blass. Bella sah mich entgeistert an.

»Stimmt. Woher weißt du das? Meine Güte, du bist gut. Richtig gut.« Sie schaute Eric freudestrahlend an. »Warum hast du mir nie von Lucia erzählt, Eric?«

Ja, Eric, warum eigentlich nicht?

Eric legte seinen Arm um sie. »Cherie, ich möchte dir noch so viel erzählen, aber ich komme gar nicht dazu, weil du mich immer wieder ablenkst. Mit deinen unglaublichen Talenten.«

Ich kotze gleich.

Sie schlang ihre Arme um ihn, sah zu ihm hoch und strahlte ihn an. Er umarmte sie und küsste sie auf den Mund.

Du hättest mich nicht weniger demütigen können.

»Hallo, Lucia, da bist du ja«, ertönte es neben mir.

Die Stimme kannte ich. Ich vergaß völlig, was Mieze mir beigebracht hatte. Mein Kopf schnellte herum, und ich sah in das Gesicht von Johannes Wegener. Mein Blick wanderte von seinem Kopf zu den Schuhen und zurück. Weiße Schlaghose und weißer Rolli, dazu ein dunkelblaues Samtsakko.

»Was machst du denn hier?«

»Du bist nicht die Einzige, die auf eine Vernissage gehen darf.«

Wir waren unschlüssig, wie wir uns begrüßen sollten. Die Hand zu geben fand ich merkwürdig, als wären wir Geschäftspartner oder er mein Vorgesetzter. Ihn auf die Wange zu küssen wäre zu viel des Guten und auch ein falsches Signal. Ich fasste ihn zur Begrüßung an den Oberarm. Legte meine Hand um seinen Bizeps. Was ich fühlte, war äußerst fest, und meine Finger tasteten die Muskulatur ab. Ich ließ los, und Johannes sah mich freudig-belustigt an.

»Ich bin Eric«, sagte Eric. Seine Hand schnellte vor, und Johannes schüttelte sie. Ich sah, dass beide den festen Griff des anderen erwiderten. »Wer bist du?«, fragte Eric, ließ Johannes' Hand nicht los und taxierte ihn. Den Kopf aufrecht. Leicht nach vorne geneigt. Angriffslustig.

»Ich bin Hannes.«

»Aha. Und was machst du?«

»Ich schaue mir hier die Kunst an.«

Eric ließ die Hand los. Lachte kurz, aber es war ein falsches Lachen. »Nein, ich meine: Was arbeitest du?«

»Das willst du doch gar nicht wissen. Dich interessiert etwas ganz anderes.«

Touché. Jetzt wird es spannend.

Bella schob sich zwischen die beiden. »Ich bin Bella. Hi! Du bist bestimmt ein Kollege von Lucia. Spielst du auch in dem Bond mit? Als Bösewicht?« Sie kicherte, und Johannes sah mich mit gerunzelter Stirn an.

Ich schenkte ihm einen »Spiel jetzt einfach mit«-Blick. Er kapierte es sofort.

»So ist es«, antwortete er. »Wir spielen zusammen, Lucia und ich.« Er sah Eric tief in die Augen. »Es ist sogar eine Sexszene zwischen uns geplant. Steht alles im Drehbuch.«

Aus Erics Augen kamen nun giftige Pfeile. Johannes legte seinen Arm leicht um meine Hüfte, eine Geste, die Eric in seine Schranken verweisen sollte. Eric tat im Reflex das Gleiche mit Bella, und ich musste mit einem Mal lachen, so absurd fand ich die gesamte Situation. Nur Johannes lachte mit, und sein Gesicht explodierte dabei förmlich.

Ich würde dich gern öfters lachen sehen.

»Oh, du hast Zuwachs bekommen«, sagte Thomas Hollstein plötzlich neben mir, hielt zwei Martinigläser in den Händen und schaute nervös in die Runde. Ich nahm ihm ein Glas ab.

»Danke, das ist sehr nett.«

In Erics und Johannes' Gesichtern schoben sich wie auf Kommando die Augenbrauen zusammen.

Thomas schnalzte einmal mit der Zunge. »Also, wenn ich gewusst hätte, dass so viele gut aussehende Männer dazukommen, hätte ich ein ganzes Tablett voller Martinis gebracht. Cheerio.«

Wir stießen an und schlürften den eiskalten Martini.

»Ich sause geschwind und hole Nachschub. Nicht weglaufen«, rief Thomas, stieß einen Zeigefinger in Richtung Decke und verschwand wieder zur Bar.

»Schönen Abend noch«, sagte Eric zerknirscht, eine Art Kapitulation, und zog die gaffende Bella mit sich.

»Die Ratten verlassen das sinkende Schiff«, murmelte Johannes. »Ging das lange mit euch beiden?«

Ich nahm einen Schluck von dem Martini. »Nein, nicht wirklich. War eher eine Kollision.«

»Was hast du mit ihm angestellt? Ich meine, der Mann ist schreiend eifersüchtig. Du hast ihn gekränkt, und jetzt will er dich besitzen.« Johannes' Augen ruhten auf mir.

»Mag sein. Aber mich kann man nicht besitzen«, sagte ich, und er nickte zufrieden.

Wir tranken mit Thomas weitere Martinis, und die beiden unterhielten sich über Möbeldesign. Ich lächelte, nickte zustimmend, schlürfte an dem Getränk und ließ den Blick schweifen. Über die Frauen mit den exaltierten Kleidern und dem auffälligen Schmuck und die reichen Damen, die wie alle reichen

Frauen aussahen. In Chanel-Kostümen mit Handtaschen, hochhackigen Schuhen, Perlenohrringen, Goldketten und blitzenden Diamanten. Ich sah Petras Kopf zwischen den Gästen auftauchen wie ein Hund, der durch hohes Gras hüpft, und ich hob den Arm und winkte ihr zu.

»Du glaubst es nicht. Aber ich habe was herausgefunden«, sagte sie aufgeregt. »Komm mit.«

»Ich bin gleich wieder da«, erklärte ich den beiden Herren, und sie nickten und redeten weiter.

Petra zog mich am Ärmel zur Seite. »Pass auf. Ich war auf der Toilette, da hörte ich ein Gespräch mit, als ich in der Kabine saß. Zwei Frauen unterhielten sich, leise, es sollte keiner mithören, aber ich habe Ohren wie Rhabarberblätter. Die eine fragte die andere, wie es ihr nach Theos Tod nun gehe. Und die andere antwortete: ›Ich werde es überleben. Jetzt, wo Theo tot ist, weiß ich, wie sehr ich ihn geliebt habe. Mehr, als ich dachte.‹«

Ich hielt Petra am Arm fest. »Das ist nicht dein Ernst. Und hast du sie gesehen? Wie sieht sie aus?«

Petras Wangen leuchteten vor Aufregung. »Als ich aus der Kabine kam, sind sie gerade durch die Tür gegangen. Hab sie nur von hinten gesehen. Beide blond. Schulterlange Haare. Schwarze, enge Kleidung. Die eine trug Rock, die andere Hose. Ich erkenne sie wieder, ganz bestimmt.«

Wir schlängelten uns durch die Menschenmasse. Unsere Köpfe rotierten auf unseren Hälsen wie ein Radar. Nebenbei erzählte ich Petra schnell von dem Gespräch mit Thomas und seinem Verdacht von der zornigen Geliebten.

Petra nickte mir zu. »Wenn das keine heiße Spur ist, fresse ich einen Besen.«

Wir waren beide wie elektrisiert und schwammen durch das Publikum, umschifften Paare und Kleingruppen, wichen brennenden Zigaretten in langen Zigarettenspitzen aus. Ich sah die Blicke von Frauen und Männern, die mich im Vorbeigehen abtasteten. Blicke, die lüstern waren, kokett, hochnäsig, abwehrend. Einladend. Neugierig.

»Wo sind die beiden? Und vor allem, welche der beiden Frauen ist es?«

»Ich würde sie an der Stimme wiedererkennen. Sie hatte eine recht markante Stimme für eine Frau.«

Wir kamen zum hinteren Bereich der Galerie, und da stand ein Pulk von Menschen zusammen. Reckte die Hälse. Quasselte aufgeregt. Ich hörte die Stimme eines Mannes, der sagte: »Meine Damen und Herren, Mesdames et Monsieurs, Ladies and Gentlemen. Einen Applaus für Apollonia Stark.«

Beifall brandete auf. Pfiffe gellten. Wir sahen uns fragend an. Die ersten Töne von »White Rabbit« von Jefferson Airplane erklangen. Nicht meine Musik, zu psychedelisch. Ich war in diesem Winter verrückt nach Motown Sound und vor allem nach Tom Jones.

One pill makes you larger. And one pill makes you small.

Ich zog Petra an der Hand hinter mir her durch das Gedränge, bis wir ganz vorne standen. Vielleicht fünf Meter entfernt von uns stand eine weiße Damenhandtasche aus Leder auf einem steinernen Sockel. So eine, wie die reichen Damen sie hier trugen, mit Chanel-Emblem und glänzendem Kettenband.

»Bitte treten Sie noch einen halben Meter zurück«, rief der Mann in dem weißen Anzug, und jetzt erkannte ich ihn, es war Bertold Bosch, der Galerist. Neben ihm stand eine junge Frau. Etwa mein Alter. Blond, die langen Haare zu einem Pferdeschwanz gebunden. Sie sah zu dem Pulk Menschen herüber und hob das Kinn an, wie Zirkusartisten es tun, bevor sie sich ihren Applaus erarbeiten und dabei siegesgewiss sind. Weil sie wissen, was sie können.

»Ist sie das?«, flüsterte ich Petra zu.

»Ich bin mir nicht sicher. Sie hat die Haare zusammengebunden.«

»Apollonia, bitte«, sagte Bosch.

Apollonia trug den Kopf hoch auf dem schlanken Hals. Sie hatte einen hautengen schwarzen Anzug und darüber ein weißes Cape an. Ihre Arme waren darunter verborgen. Sie vollführte mit dem Körper eine halbe Drehung in Richtung des Sockels, das Cape flog auf, und sie hob den rechten Arm hervor und streckte ihn zur Decke aus. Ein Raunen ging durch die Meute. Der Song von Jefferson Airplane walzte weiter durch den Raum, und die Leute wippten mit dem Kopf im Takt des Beats, der sich nun steigerte. Apollonia hielt eine Pistole in der Hand. Schwarz. Glänzend.

»Das ist keine Attrappe«, sagte ich zu Petra. »Die ist echt.«

»Halten Sie sich die Ohren zu, wenn Sie Ihr Trommelfell behalten wollen!«, rief uns Bosch in letzter Sekunde zu, und wir steckten die Finger in die Ohren.

Apollonia drückte den Abzug und feuerte schnell hintereinander acht Schüsse auf die weiße Handtasche. Petra zuckte zusammen. Alle acht Schüsse trafen. Sie ließ die Waffe sinken und zeigte wie ein Zauberer, der eine Jungfrau durchgesägt hatte, auf die Handtasche, aus deren Einschusslöchern eine rote Flüssigkeit sickerte, die wie Blut aussah und in langen Schlieren den Sockel herunterlief. Die Menge johlte. Fotoblitze irrten durch den Raum.

Was für ein Mumpitz.

»Nieder mit der Bourgeoisie!«, rief Apollonia mit einer rauen, dunklen Stimme und hielt eine Faust kämpferisch in die Höhe. »Kill the rich!«

»Das ist sie«, rief Petra aufgeregt, »ganz sicher! Das ist die Frau von der Toilette. Das ist ihre Stimme.«

In dem Moment kam Ruth angelaufen. Wir erzählten ihr, was soeben passiert war, und Petra berichtete ihre Toilettengeschichte. Wir steckten die Köpfe zusammen, während die angetrunkenen Gäste der Vernissage die schießwütige Apollonia frenetisch feierten.

»Was machen wir jetzt?«, fragte Petra. »Lassen wir sie direkt verhaften?«

»Und sorgen für Tumult und sprengen die Party? Besser nicht«, erwiderte Ruth. »Wir finden heraus, wie sie mit richtigem Namen heißt und wer hinter dieser Maskerade steckt«, sagte sie und beobachtete Apollonia, die in ihrem weißen Cape für die Fotografen posierte. Das Blitzlicht flammte im Stakkato auf, und die Meute klatschte und buhte gleichzeitig, während von Jefferson Airplane die letzten Töne erklangen.

»Was weißt du über sie?«, fragte ich. Ich sah Ruths Gesicht an, dass sie etwas beschäftigte.

»Das ist 'ne Kunststudentin, an der Akademie. Kommt wohl aus einem reichen Stall, hat mir ein Gast erzählt. Und ich habe mich mit unserem Kellner unterhalten. Er hat schon bei den Ellerbecks auf ihren privaten Partys bedient. Wollte mir erst gar nichts erzählen, aber ich habe ihn in eine Ecke gezogen.« Ruth lächelte.

Das Lächeln kannte ich. »Das hast du nicht wirklich gemacht«, sagte ich entrüstet.

Ruth zuckte mit den Schultern. »Ich habe ihm meine Dienstmarke gezeigt. Da lief das Gespräch mit einem Mal.«

»Damit ist unsere Tarnung futsch«, bemerkte Petra.

»Und was machen wir jetzt mit der schießwütigen Apollonia?«, fragte ich.

»Wir berichten Menden davon und statten der Dame morgen einen Besuch ab. Finden wir heraus, ob die Möchtegern-Göttin auch noch auf andere Dinge schießt. Zum Beispiel auf Menschen.«

3

Freitag, 6. März 1970

Apollonia Stark hieß mit bürgerlichem Namen Hildegard Stark. Sie war vierundzwanzig Jahre alt, stammte aus einer reichen Leverkusener Familie und wohnte in der Altstadt, unweit der Kunstakademie. Sie hatte gerade einen Zyklus abgeschlossen, in dem sie auf Gegenstände des bürgerlichen Lebens schoss, um damit ihre Verachtung für das Establishment zum Ausdruck zu bringen. Dafür wurde sie gefeiert, und sie liebte es, bei Happenings auf Gegenstände zu schießen, in denen Farbbeutel platziert waren.

Diese Fakten berichteten wir der SoKo am Freitagmorgen.

»Und wenn es gar keine Farbe war?«, fragte Lenzian. »Sondern Blut?«

»Überprüfen wir«, rief Menden. »Die Tasche wird sichergestellt und untersucht.« Er war hocherfreut über die Ergebnisse unserer Undercover-Aktion und sparte nicht mit Lob in der morgendlichen Runde. »Das ist mal moderne Kriminalarbeit, meine Herren«, verkündete er. »Die Damen haben die Aufgabe sehr gut gelöst.«

Ich sah in die Gesichter der männlichen Kollegen, die versteinert aus der Wäsche schauten, Mendens Begeisterung über unsere Arbeit nicht teilten und deren Stirnen sich in Falten legten, je länger er sprach. Menden entschied, dass Ruth und ich zu Apollonia fahren und sie befragen sollten, während ein Kollege in Uniform im Dienstwagen vor der Tür wartete. Nur für den Fall, dass die schießwütige Apollonia flüchtete.

»Nur das am Rande, Herr Menden«, sagte ich. »Ruth und ich nehmen beide am Schießtraining teil und sind mit Dienstwaffen ausgestattet. Wir könnten uns durchaus verteidigen.«

»Eben! Flintenweiber!«, rief Müller. »Jahrelang sind wir mit der Weiblichen Kriminalpolizei bestens zurechtgekommen.« Er sah auffordernd in die Runde, und ein paar Kollegen nickten verhalten. »Die Frauen haben stets gute Arbeit gemacht, waren korrekt und unterstützend. Die haben sich nichts rausgenommen und wollten auch nicht plötzlich auf unseren Stühlen sitzen. Das war gut getrennt und hat hervorragend funktioniert. Und jetzt bilden wir Frauen an der Waffe aus. Was zum Henker soll das?«

»Herr Müller. Es ist eine Entscheidung des Innenministeriums, und es ist ein Experiment«, ging Menden dazwischen.

»Was glaubt ihr eigentlich, wie degradiert sich nun die Damen der WKP fühlen? Ihr macht sie zu Kolleginnen zweiter Klasse!«, rief Müller uns zu, und auf seiner Stirn quoll eine Y-Ader hervor.

»Degradiert waren sie vorher schon!«, rief Ruth ihm entgegen, und das Getuschel in der Runde wurde lauter. »Die Frauen haben keinerlei Aufstiegschancen und werden schlechter bezahlt als ihr Männer. Ergo ist ihre Arbeit offensichtlich weniger wert, oder? Das ist keine Gleichberechtigung. Das ist Unterdrückung. Sie wollen ja nur nicht, dass eine Frau besser ist als Sie, weil Ihr männliches Ego das nicht verträgt.«

Damit platzte ein Knoten, und es wurde mit einem Mal laut wie bei einem Stammtisch. Grölen. Rufen. Ein paar klatschten Beifall. Jemand rief »Bravo!«. Ruth und Müller keiften sich weiter an, aber das ging in dem Trubel unter. Renate rief mit kämpferischem Gesicht: »Wir lassen uns von euch gar nichts mehr gefallen, so ist das nämlich!« Ich sah zu Toni, aber er schien immer noch zu schmollen und schaute mich nicht an.

Menden stand auf und hob beschwichtigend die Hände. »Aber meine Herren, meine Damen. Ich bitte Sie. Beruhigen wir uns wieder.«

Langsam kehrte wieder Ruhe ein. Müller und Ruth waren rot im Gesicht, und ich konnte die Kriegserklärungen förmlich vor mir sehen.

Menden sprach weiter: »Wir arbeiten hier an einem Mordfall, für den der Polizeipräsident zur Ergreifung des Täters eine Belohnung von zehntausend Mark ausgesetzt hat. Ja, die Info ist neu, das geht heute Vormittag an die Presse.«

Pressesprecher Silbermann nickte in die Runde.

Menden fuhr fort. »Das wird zusätzliche Arbeit bringen, weil noch Hinweise aus der Bevölkerung eintreffen, aber das kennen wir. Und Sie echauffieren sich hier über Geschlechterdebatten, weil die Kolleginnen bewaffnet sind, damit sie sich im Zweifelsfall verteidigen können. Das ist nur konsequent im Sinne einer Gleichbehandlung. Tut aber nichts zur Sache. Das können Sie von mir aus in der Teeküche diskutieren. Aber nicht hier.«

Müller schoss senkrecht von seinem Stuhl hoch, sodass der umkippte und zu Boden polterte. »Dann sollen sie doch auch allein zum Einsatz gehen, wie wir Männer das machen!«, rief er in die Runde und zeigte mit dem Finger auf uns.

Ruths Gesicht war rot angelaufen vor Wut, und sie stand ebenfalls auf.

»Hinsetzen! Alle beide!«, brüllte Menden. Er stand, seine prankenhaften Hände bedrohlich in die Höhe gereckt, und seine Stimme dröhnte so laut durch den Raum, dass die Fensterscheiben klirrten. »Wir sind hier nicht im Zirkus. Sie benehmen sich jetzt und stellen Ihre Animositäten hintenan. Bellroth und Specht befragen die Verdächtige und genießen mein vollkommenes Vertrauen für ihre Arbeit. Ob Ihnen das passt oder nicht, ist mir wurscht, Herr Müller. Sie sind Polizist. Also hören Sie auf zu diskutieren und erledigen Sie Ihre Arbeit.«

Apollonia Stark reagierte auf das vierte Klingeln. Es war kurz vor elf, als Ruth und ich vor ihrer Wohnungstür standen und sie uns öffnete. Ein Nachbar aus dem Erdgeschoss hatte uns ins Haus gelassen und neugierig auf unsere Dienstmarken geschaut.

»Sind die echt?«, fragte er, und Ruths Blick war so vernichtend, dass er kleinlaut zum Treppenabsatz zeigte und »dritter Stock« murmelte. Er sah uns hinterher, während wir die Treppenstufen nach oben stiegen und aus seinem Sichtfeld verschwanden.

Apollonia stand in einem roten Kimono in der Tür. Ihre Haare waren nicht mehr blond, sondern straßenköterbraun, ungekämmt, und in den Augenrändern hingen Reste von Mascara. Der Geruch von kaltem Zigarettenrauch schlug uns entgegen.

»Wer seid ihr denn?« Sie musterte uns von oben bis unten und stemmte die Hand in die Hüfte. »Ich verkaufe nichts. Meine Kunst ist nicht käuflich. Ich bin nicht käuflich.«

Ruth lächelte freundlich. »Wir sind die Polizei, und Sie haben jetzt zwei Möglichkeiten: Wir befragen Sie hier zu Theo Ellerbeck, oder Sie steigen unten in den Polizeiwagen und wir führen die Unterhaltung im Präsidium fort. Sie können es sich aussuchen.«

»Ist das ein Scherz?«, fragte Apollonia, konnte sich aber offenbar nicht entscheiden, ob sie es amüsant finden sollte oder ob es doch ernst gemeint war. Sie ging barfuß zum Fenster, das zur Straße zeigte, und sah hinunter.

Ruth und ich traten ein und schlossen die Wohnungstür hinter uns.

»Schon gut. Reden wir. Ich muss mir was anziehen, mir ist kalt«, sagte Apollonia und stapfte aus dem Raum. »Warten Sie, ich bin gleich wieder da«, rief sie hinterher. »Setzen Sie sich.«

Es war warm, und wir zogen unsere Wintermäntel aus. Setzten uns an den runden weißen Designertisch mit den vier Plastiksesseln. Ich sah mich um, und auf einem Tisch am Fenster entdeckte ich eine blonde Langhaarperücke auf einem Styroporkopf. Das musste sie sein. Ruth nickte, und ich knipste eine Haarsträhne ab und packte sie in einen Beweismittebeutel in meiner Manteltasche. Ich hörte eine Schranktür knarzen und das Geräusch von Beinen, die schnell in Hosen fuhren. Zwei Minuten später stand Apollonia im dicken Pullover, mit Bluejeans und hastig hochgesteckten Haaren vor uns.

»Wasser?«, fragte sie und deutete auf eine Karaffe. »Gibt nur Kranengold. Sonst nix.«

»Bei Ihnen fließt jeder Pfennig in die Kunst, nicht wahr?«, sagte ich.

Apollonia Stark kniff ein Auge zusammen. »Sie kenne ich doch? Sie waren gestern auf der Vernissage. Was haben Sie dort gemacht?«

»Kunst angesehen«, antwortete ich. »Was denn sonst?«

»Und Sie sind beide von der Polizei? Zwei Frauen?«

»Ja, wir sind von der Kripo, so ist es. Fangen wir an«, forderte Ruth sie auf und nahm einen Schluck von dem Wasser, das Apollonia ihr hingestellt hatte. »Fräulein Stark ...«, begann sie.

Apollonia ging dazwischen. »Können wir diesen Fräulein-Scheiß lassen? Ich bin kein Fräulein. Ich war nie eines, und ich werde auch nie eines sein. Sagen Sie einfach Apollonia zu mir. Okay?« Sie lehnte sich in dem Stuhl zurück und legte den Kopf schief. So eine schnutige Brigitte-Bardot-Pose.

»Nun gut, Apollonia. Ich komme ohne Umschweife zum Thema. Wo waren Sie letzten Samstag, was haben Sie gemacht und mit wem?«

Apollonia sog die Luft laut durch die Nasenlöcher ein. »Das sind drei Fragen auf einmal. Aber gut. Ich war in meinem Atelier. Dann kam Theo mich besuchen. Gegen elf. Wir haben Champagner getrunken, Sahnetorte gegessen und Pilze genommen. Wir haben gebumst. Schon mal probiert? Wenn wir dann beide zum Orgasmus kommen, ist es eine Verschmelzung, eine transzendentale Erfahrung. Gegen vierzehn Uhr ist er wieder gefahren. Ich bin dann noch bis zum Abend geblieben und habe gearbeitet, weil ich danach immer so inspiriert bin.«

Ich sah, welchen Genuss es ihr bereitete, uns zu schockieren. Sie wollte, dass wir angewidert waren von ihrer Frivolität. Ihrer Freizügigkeit. Aber wir verzogen keine Miene, ich machte mir Notizen, und Ruth fuhr mit der Befragung fort.

»Gibt es jemanden, der bezeugen kann, dass Sie in Ihrem Atelier waren?«

Apollonia stellte das Wasserglas ab. »Ja, bestimmt. Irgendjemand kommt immer vorbei, steckt den Kopf durch die Tür und will was. Farbe. 'nen Pinsel. 'nen Fick. 'nen Joint. Keine Ahnung, wer da war, kann mich nicht erinnern. Fragen Sie mal rum. Ich habe Farben gesehen und Bilder. Alles sprudelte aus mir hervor. Das ist auch in euren Hirnen drin. Kennt ihr Aldous Huxley? ›Doors of Perception‹?« Sie sah uns auffordernd an, aber Ruth und ich zuckten nur mit den Schultern. Apollonia fuhr fort. »Jeder Mensch ist in jedem Augenblick fähig, sich all dessen zu erinnern, was er bislang erlebt hat. Und all das, was im Universum passiert. Ist das nicht großartig?«

Und ich dachte, Haschisch rauchen sei das große Ding.

»Macht euch das Angst? Oder wollt ihr es mal versuchen? Ich hätte noch was da.« Sie zeigte mit dem Daumen hinter sich.

»Ich habe vor gar nichts Angst«, erwiderte Ruth. »Aber hier geht es nicht um mich, sondern um Sie. Sie werden verdächtigt, am Mord von Theo Ellerbeck beteiligt zu sein. Warum können Sie so gut schießen?«

Apollonia stellte den Ellbogen auf die Tischplatte und legte das Kinn in die Handinnenfläche. »Mein Großvater ist Jäger. Hat es mir beigebracht. Auf Rehe schießen und auf kleine Hasen, die meinen, wenn sie zickzack rennen, dass sie davonkommen. Aber niemand kommt davon.«

Apollonia gab sich düster, doch es wirkte auf mich wie eine eingespielte Rolle, eine Maske, die sie trug, um sich zu schützen.

Ruth setzte ein ernstes Gesicht auf. »Ich muss Sie das fragen: Haben Sie Theo Ellerbeck am Samstag vor seinem Haus niedergeschossen?«

Apollonia lachte einmal laut auf. »Nein, natürlich nicht, warum sollte ich so etwas tun? Der Mann war mein Liebhaber, finanzierte meine Kunst und ging mit mir auf die Kö, um diese teuren Sachen zu kaufen, damit ich Sie kaputt schießen konnte. Theos Humor war grenzenlos. Ich hatte keinen Grund, ihn zu erschießen. Sein Tod bringt mir rein gar nichts. Außer Kummer.«

»Besonders kummervoll wirken Sie nicht auf mich«, warf ich ein.

»Wie ich trauere, lassen Sie bitte meine Sorge sein«, schoss sie zurück.

Ohne Zweifel: Apollonia war eine selbstbewusste junge Frau, die sich nichts gefallen ließ.

»Was hat es mit dieser blonden Perücke auf sich?«, fragte ich und deutete darauf.

»Das ist Teil meiner Identität als Künstlerin. Sie komplettiert mich.«

»Tragen Sie diese auch bei anderen Gelegenheiten?«

Apollonia setzte ein süffisantes Grinsen auf. »Natürlich. Theo mochte es gern, wenn ich sie trug. Beim Sex. Oder wenn wir ausgingen.«

»Hatte Theo Ellerbeck neben Ihnen noch andere Liebhaberinnen?«, fragte ich.

»Oh ja. Theo war sehr umtriebig.«

»Störte Sie das?«

Apollonia räusperte sich. »Nein, weil mir die Idee der Monogamie vollkommen zuwider ist.«

»Kennen Sie die anderen Frauen?«

Sie schüttelte den Kopf. »Nein, das hat mich nicht interessiert. Ich kann auch nicht sagen, wie viele es sind. Aber es gibt sie.«

»Letzten Samstag, als Theo Ellerbeck Sie verlassen hat, erinnern Sie sich an den Moment? Wissen Sie, ob er noch jemand anschließend getroffen hat? Hat er irgendwas erwähnt? Was er noch vorhat?«

Apollonias kämpferische Miene bekam Risse. Sie dachte womöglich an die letzten Minuten und den Abschied von Theo, denn ihr Blick ging ins Leere.

»Er sagte, er wolle noch etwas besorgen und dann nach Hause fahren«, sagte sie, blinzelte einmal, dann verschwand die Erinnerung aus ihrem Gesicht, und sie sah uns wieder mit klarem Blick an. »An mehr kann ich mich nicht erinnern. Es tut mir leid.«

»Das ist ein schwaches Alibi«, sagte Menden, als wir ihm in seinem Büro von der Befragung berichteten.

Ruth lehnte am Türrahmen. Ich saß auf dem Stuhl vor Mendens Schreibtisch, wo letztes Jahr noch Potthoff gesessen hatte.

»Es ist leider eines«, erklärte Ruth. »Wir haben Studenten befragt, ob jemand Apollonia Stark gesehen hat, und zwei haben es bestätigt. Ich glaube nicht, dass wir sie weiter als Verdächtige führen sollten. Sie hat kein Motiv.«

»Das Haar lassen wir abgleichen mit dem vom Mantel, aber ich bin mir sicher, dass es identisch ist«, warf ich ein.

»Der Fall wird immer vertrackter«, meinte Menden nachdenklich, stand auf und sah aus dem Fenster in den trüben Himmel. »Ruth hat mir von Ihrer Theorie erzählt, dass der Mord kein geplanter Mord war, sondern eine Erpressung, die aus dem Ruder lief.« Er drehte sich um.

Ich setzte mich aufrecht. »Es war nur ein Gedanke.«

»Natürlich war es das. Aber so sieht unsere Arbeit nun mal aus: dass wir uns Gedanken machen. Theorien entwickeln, seien sie noch so abstrus. Wir nennen es das Dilemma der falschen Grundannahme«, erklärte Menden. »Hat sich eine plausible Theorie verfestigt, werden andere Möglichkeiten vernachlässigt. Wir könnten in diese Falle getappt sein. Das bedeutet, dass wir am Montagmorgen in der SoKo-Sitzung andere Richtungen andenken müssen. Wir werden nicht rausfinden, was Ellerbeck besorgt hat, als er das Atelier seiner Geliebten verlassen hat. Der Einzige, der uns helfen kann, ist der Taxifahrer. Franz Strobel. Und der ist immer noch unterwegs, weiß der Kuckuck, wo er steckt.«

»Was ist, wenn Apollonia selbst mit im Taxi saß? Wenn sie dabei zugesehen hat, wie ihr Geliebter erschossen wurde?«, sagte ich.

»Mit welchem Motiv? Sie profitiert nicht von dem Tod.«

»Alles für ihre Kunst?«, bemerkte ich spitz.

»Jetzt gehen die Gäule mit dir durch«, sagte Ruth und legte mir von hinten ihre Hände auf die Schultern.

»War ein Schuss ins Blaue«, sagte ich.

»Ist es das nicht immer?«, erwiderte Menden und lächelte.

Als ich in die Sitte zurückkam, hielt mir Sabine eine Notiz hin. Sie streckte dafür nur den Arm aus und sah mich dabei nicht an. Ich hasste sie dafür, dass sie Lilli und mich von oben herab behandelte.

Du sitzt auf einem hohen Ross, Fräulein.

Ich stellte mich vor ihren Schreibtisch und wartete, bis sie aufsah, aber sie blickte mit gesenktem Kopf stur auf ihre Illustrierte, die vor ihr auf dem Schreibtisch lag. Tipps für schöne Fußnägel im Frühling.

Ernsthaft? Während der Arbeitszeit?

Sie wedelte mit dem Zettel herum, locker aus dem Handgelenk, nach dem Motto »Nun nimm ihn schon«. Aber ich neigte nur den Kopf, las, was darauf stand, und ging wieder zur Tür.

»Die Bibliothek ist übrigens im Erdgeschoss, falls du mal richtigen Lesestoff brauchst«, rief ich ihr zu, und nun sah sie hoch, das Gesicht vor Wut zusammengeschoben.

»Was ist jetzt mit dem Zettel?«, fragte sie genervt.

Ich zuckte mit den Schultern und lief aus dem Raum. »Steck ihn dir sonst wohin«, murmelte ich im Weggehen.

»Das habe ich gehört, Lucia!«, rief sie mir hinterher.

Dann muss ich es ja nicht wiederholen.

Ich ging in die Kriminaltechnik zu Jens. Er stand am Labortisch, untersuchte etwas mit dem Mikroskop und sah nur knapp hoch. Schaute wieder durch das Okular. »Petra und der Chef sind zu Tisch.« Mit der Rechten kritzelte er eine Notiz auf einen Block neben sich. Seine Schrift war vollkommen unleserlich und sah aus, als hätte ein Blinder versucht, eine Landkarte zu zeichnen.

»Ich habe gerade deine Nachricht von Sabine bekommen. Du hast aber nicht wegen mir mit deiner Mittagspause gewartet, oder?«, fragte ich.

Jens schob seinen Drehhocker zur Seite und trat einen Schritt auf mich zu. Legte den Kopf schief. »Würde das etwas ändern?«, fragte er. In seinen Augen explodierte ein Feuerwerk der Hoffnung.

»Ach, Jens.«

Wie kann ich ihm nur klarmachen, dass er keine Option für mich ist?

»So eine schlechte Partie bin ich nicht. Auf mich kannst du dich verlassen.«

»Das weiß ich, Jens, daher arbeite ich auch gern mit dir zusammen.«

Sein Blick verdüsterte sich. »Okay, ich habe nicht so viel Muckis wie Toni, aber ich kann ein anständiges Essen zaubern.«

»So, was denn?«, fragte ich, halb neugierig und halb belustigt. Er trat einen Schritt näher heran und senkte die Stimme. »Kennst du dieses neue Nudelgericht, das gerade alle so toll finden? Pasta Primavera? Mit frischem Gemüse und Käse? Hast du das schon gegessen?«

»Nein, ist das was Neues beim Italiener?«, fragte ich.

»Pah! Ab sofort kommt der Italiener zu dir nach Hause. Frühlingspasta. Primavera! Du verstehst? Gemüse, Sahne, Käse und dazu die Nudeln, alles zusammenrühren und fertig.« Er machte eine Simsalabim-Geste, als hätte er aus einem Zylinder ein Kaninchen gezaubert.

»Das klingt nicht gerade nach leichter Frühlingskost. Nee, Jens, lass gut sein. Aber wenn du deine Kochkünste verfeinert hast, melde dich wieder. Du bekommst noch eine Chance.«

»Okay, dann Spargel in Kochschinken eingerollt. Mit Remoulade.«

Ich kann das Foto im farbenfrohen Kochbuch förmlich vor mir sehen.

»Nein«, sagte ich tonlos.

»Ich hätte da eine raffinierte Idee. Wir streuen Käse darauf und packen das Ganze in den Ofen. Wie wäre es damit?«

»Vielleicht bleibst du doch besser bei Käseigeln und Russisch-Ei. Deine Küche ist echt schlimm.«

Jens machte ein betretenes Gesicht. »Es gäbe Asti Spumante dazu. Wenn du magst. Oder, wenn du willst, einen Chianti, die in diesen hübschen Bastdingern eingepackt sind. Danach stecken wir Kerzen rein und lassen sie runtertropfen.« Er sah mich freudestrahlend an und nickte aufgeregt. »Ich könnte eine Fruchtbowle machen!«, rief er. »Mit Obst aus der Dose.«

»Du machst es nur noch schlimmer«, sagte ich.

Jens musste laut lachen. »Wie kann ich eine Frau wie dich glücklich machen?«

»Wolltest du mir nicht was ganz anderes erzählen?«, fragte ich ausweichend, aber Jens war nicht zu bremsen.

»Was isst du gern, Lucia?«

»Französische Küche. Zwiebelsuppe. Coq au Vin. Tarte Tatin.«

Jens verstummte. Er starrte mich an. Atmete ein und aus. Blinzelte.

»Auch Austern und Froschschenkel? Das isst du? Das ist widerlich.« Er schüttelte angewidert den Kopf und zog ein Blatt Papier von dem Labortisch. »Da wir kulinarisch nicht zusammenkommen, bekommst du hier das Ergebnis meiner Untersuchung der Schreibmaschinenschrift.«

Ich sah auf das Blatt und das getippte Schriftbild. Daneben klebte der kleine Zettel, den ich ihm gegeben hatte. »Es ist identisch, oder nicht?«

»Ja«, bestätigte er. »Ich habe mir die Schriftmustersammlungen diverser Schreibmaschinen-Modelle geschnappt, anhand derer konnte ich die verwendete Maschine leicht identifizieren.«

»Wenn du doch nur so gut kochen könntest«, murmelte ich und verglich weiterhin die Buchstaben, mein Auge sprang hin und her. Kein Zweifel. Vollkommen identisch.

»Es gibt im Haus nur einen Schreibmaschinentyp, der dieses Schriftbild erzeugt«, erklärte er und machte eine Pause. Hob eine Augenbraue an und ließ mich schmoren.

»Tu das nicht mit mir«, sagte ich, und er rollte mit den Augen. »Na gut«, fuhr ich fort, »ich lade dich auf eine Currywurst ein. Einverstanden?«

»In eurer Etage gibt es einen Matrizenraum, in dem steht eine solche Schreibmaschine. Eine Olivetti. Sie erzeugt genau dieses Schriftbild.«

»Und wer hat Zugang zu dem Raum?«

»Eigentlich nutzen ihn nur die Sekretärinnen.«

Laus mich der Affe. Schreibt Sabine die Zettel, um mich zu ärgern? Steckt hinter dem Ganzen gar kein heimlicher Verehrer?

Vor meinem inneren Auge sah ich, wie ich Sabine mit einem schweren Gegenstand den Kopf einschlug und Blut spritzte, und für einen Moment gab ich mich dieser Gewaltphantasie hin. Mein Gesicht dazu musste entsprechend gewesen sein, denn Jens sah mich skeptisch an.

»Alles in Ordnung?«, fragte er mich.

»Du hast mir sehr geholfen, Jens. Ich erhöhe auf zwei Currywürste.«

Er lächelte schüchtern und zog die Schultern hoch, ließ sie wieder fallen. Eine Geste wie ein kleiner Junge, der ein hübsches Bild gemalt hat, aber nur ein Lob bekommt und keine Tafel Schokolade.

»Was wirst du nun tun?«, fragte er.

»Ich werde mich mal mit unserer Sekretärin unterhalten«, erklärte ich.

Und ich muss clever vorgehen, wenn ich herausfinden will, wer im Matrizenraum sein Unwesen treibt.

»Wir hatten einen schlechten Start heute«, sagte ich einlenkend und stand vor Sabines Schreibtisch. »Tut mir leid, dass ich gerade so miesepetrig war.«

Sabine sah hoch, und ihr Gesichtsausdruck hätte nicht schlimmer sein können. »Was willst du?«

»Ich wüsste gern, was du gegen mich hast«, sagte ich ohne Umschweife.

Sie war perplex. Nestelte an einem Knopf ihrer Bluse. »Aber … aber ich habe gar nichts gegen dich.« Sie sah mich irritiert an.

»Aber auch nichts für mich, oder? Also, was ist es?« Ich setzte mich mit einer Pobacke auf die Ecke ihres Schreibtischs, und sie rutschte unruhig auf ihrem Stuhl hin und her. »Was ist es? Spuck's schon aus, Sabine.«

Sie holte Luft. Verengte die Augen zu Schlitzen. »Knapp sagt, du würdest falsch ermitteln, deine Methoden seien fragwürdig und du würdest damit dem Ansehen der Sitte schaden. So.«

Wie bitte?

Jetzt war ich perplex. »Das sagt er? Wann hat er dir das erzählt?«

Sie hob kokettierend das Kinn. »Gestern Abend. Wir waren essen.«

»Ihr geht essen? Warum?«, rutschte es mir heraus.

Sabine runzelte die Stirn.

»Ich meine, ich wusste nicht, dass ihr euch näher kennengelernt habt. Ist der Nagellack eigentlich neu? Steht dir gut. Prima Farbe.«

Sabine besah ihren Nagellack und freute sich sichtlich über mein Lob. »Shocking Blue. Der neueste Schrei.«

Du bist so durchschaubar. Du suchst nach 'nem Polizisten als Mann und nimmst dir den ollen Knapp, der jeder Nutte hinterherläuft. Eines ist sicher: Du schreibst diese Zettel nicht.

»Der Knapp ist vollkommen in Ordnung«, log ich.

Sabines Gesicht hellte sich auf. »Ja, das finde ich auch. Ein richtiger Gentleman.«

Das ist mir bislang entgangen.

»Sag mal, während wir hier so nett plaudern, dieser Matrizenraum, ganz am Ende des Flurs, gibt es da einen Schlüssel? Da kann doch jeder rein, oder?«

»Wieso willst du das wissen?«, fragte Sabine und taxierte mich dabei.

»Ach, ich suche nur nach einem Raum, wo ich mal in Ruhe tippen kann. Manchmal isses mir hier zu laut. Lilli und ich würden uns ab und zu gern mal zurückziehen. Unter uns sein. Du verstehst?«

Sabine strahlte mich an. »Natürlich. Der Schlüssel hängt dort neben der Tür am Brett.«

Wo ihn jeder nehmen kann.

»Danke dir. Das schaue ich mir direkt an«, sagte ich, lief zur Tür und nahm den Schlüssel vom Brett. Er hing an einem Stück dünner Paketschnur.

»Und du findest den Nagellack wirklich schön?«, fragte Sabine, als ich im Türrahmen stand.

Ich hielt inne. »Ja, ich finde, der passt sehr gut zu dir.«

Und das ist nicht mal gelogen.

Der Raum war am Ende des langen Flurs. Neben den Räumen der Sitte waren auf dieser Etage noch die Büros der Abteilung für Wirtschaftskriminalität, wo Renate und Toni gerade arbeiteten. Ich steckte den Kopf durch die Tür, und als Renate mich sah, sprang sie von ihrem Schreibtisch auf und lief auf mich zu. Schnappte mich am Ärmel und zog mich in den Flur.

»So eine stürmische Begrüßung hätte ich jetzt nicht erwartet.«

»Was hast du mit Toni gemacht? Der ist vollkommen neben sich. Spricht kaum noch ein Wort.«

Ich atmete einmal laut aus. »Wenn ich das wüsste! Von dem vielen Schnaps hatte ich einen Filmriss und kann mich an nichts erinnern. Er ist sauer auf mich, aus welchen Gründen auch immer, und geht mir aus dem Weg. Was ist auf deinem Geburtstagsfest passiert?«

Renate legte ihren dünnen Arm um mich. Damit hatte ich nicht gerechnet, sie war sonst nicht die Frau für Nähe. Sie drückte mich an sich, neigte den Kopf und legte ihre Schläfe auf meine.

»Das war die schönste Geburtstagsparty, die ich je hatte. Soll ich dir sagen, warum? Ich lag mit zwei Frauen gleichzeitig im Bett. Nackt! Und hatte Sex.« Sie kicherte.

Mir schwant Übles.

»War ich eine der beiden?«, fragte ich, hob den Kopf und sah sie an.

Renate lachte laut auf. »Quatsch, du warst mit Toni in einem Zimmer verschwunden. Ihr habt euch eingeschlossen. Für ziemlich lange Zeit.«

»Ich war mit Toni ... Aber was ...«, begann ich. Das brachte mich nicht weiter. »Wo ist er heute? Ist er da?«

»Heute ist er unterwegs. Wegen eines Anlagebetrugsdelikts. Versuch es doch am Wochenende bei ihm. Oder Montag? Wenn ich ihn sehe, sage ich ihm, dass du mit ihm reden willst. Das wird schon wieder.«

Ich küsste Renate auf die Wange. »Du bist wunderbar.«

Im Matrizenraum stand die Luft. Das fensterlose Zimmer war eine bessere Abstellkammer mit Deckenbeleuchtung. Links war das Matrizengerät, in einem Regal stapelte sich Papier und

kreisrunden Wasserfleck auf seiner Krawatte, und rief mich zu sich.

»Schließen Sie die Tür«, forderte er mich auf.

Das verheißt nichts Gutes.

Er öffnete seinen Schreibtischschrank und holte eine Flasche Weinbrand hervor.

»Auch einen?«, fragte er.

»Nein danke. Ist noch zu früh für mich.«

»Sie erlauben?«

»Natürlich.« Ich wusste nicht, ob es an mir lag, aber Rodewald schenkte sich nur einen winzigen Schluck ein. Weniger als die anderen Male.

»Hab gehört, es lief gestern gut bei der Vernissage, und Sie konnten eine Verdächtige ausmachen.«

Wenn er mit Lob beginnt, kommt nun das Donnerwetter. Ich sollte ihm zuvorkommen.

»Ich bin etwas eingespannt, was die Ermittlungsarbeit in dem Fall von Theo Ellerbeck angeht«, erklärte ich.

»Was wollen Sie mir damit sagen, Fräulein Specht?«

»Dass meine Arbeitszeit für die Sitte in dieser Woche deutlich kürzer ausfiel als gewünscht.«

Rodewald nahm einen Schluck aus seinem Glas und lehnte sich zurück. »Wissen Sie, was ich an Ihnen mag? Ich kann Sie einsetzen wie einen Mann. Das hätte ich nicht gedacht, als Sie und die anderen Damen zur Kripo kamen.«

»Ich weiß, was jetzt kommt«, sagte ich.

Er hob die linke Augenbraue an. »Und das wäre?«

»Dass Sie mich auch behandeln sollten wie einen Mann«, erklärte ich.

Er fuhr sich mit der flachen Hand über seine Fastglatze und lachte. Dann erstarb sein Lachen, und er beugte sich mir entgegen. Ich konnte den Alkohol in seinem Atem riechen. »Knapp hat sich bei mir über Sie beschwert. Sie würden Ihre Arbeit nachlässig machen, merkwürdige Methoden anwenden und sich lieber mit anderen Dingen beschäftigen. Wissen Sie, was er damit meint?«

Dieser blöde Sack.

»Nein, nicht im Geringsten. Mein Vorgehen ist streng nach Lehrbuch.«

»Das glaube ich Ihnen. Ihre Berichte sind vorbildlich. Ich regele das. Sprechen Sie ihn nicht darauf an. Sie haben diese Woche genügend Überstunden angesammelt, machen Sie heute früher Schluss. Nächste Woche möchte ich, dass Sie noch mal Lotte und das Wohnhaus der Prostituierten aufsuchen und etwas für mich herausfinden.«

»Was denn?«

»Es gibt ein Gerücht, dass Kollegen der Sitte dort verkehren. Das geht nicht. Das ist nicht erlaubt.«

Tante Lotte hat es mir bereits gesteckt. Ich weiß es.

Rodewalds Blick war freundlich. »Wenn Sie etwas wissen, können Sie mir das gerne sagen. Es ist bei mir gut aufgehoben.«

Ich zögerte.

Soll ich Kollege Knapp in die Pfanne hauen? Oder steckt Knapp mit Müller unter einer Decke, und sie wollen uns Frauen diskreditieren?

»Danke für Ihr Vertrauen«, sagte ich. »Aber jetzt muss ich noch eine Zeugenbefragung zu Ende tippen, bevor ich in den Feierabend gehe.«

Und mich auf die Spur im Fall meiner Mutter mache.

4

An diesem Ort war ich seit dem Tod meiner Mutter nicht mehr gewesen. Mehr noch als vor den Fotos ihres Leichnams hatte ich mich davor gefürchtet, diese Straße zu betreten, wo der Friseursalon war und der kleine Park. Der Tatort. In der Kriminalpsychologie gibt es die Theorie, dass Mörder wieder an den Ort ihrer Tat zurückkehren, um ihre Tat noch einmal zu erleben. Das gilt nie für die Opfer.

Nie wieder war ich zu der Stelle gelaufen, wo es passiert war, wo sie aus dem Gebüsch gesprungen kam und vor meinen Augen auf dem Asphalt ihren letzten Atemzug tat. Dieses Wiedersehen hätte eine hässliche Narbe der Erinnerung aufgerissen, wie mit einem Reißzahn, und zu einer klaffenden Wunde verunstaltet.

Das Präsidium hatte ich kurz nach meiner Unterredung mit Rodewald im Stechschritt Richtung Bahnhof verlassen, denn ich musste im Salon sein, bevor er schloss. Ich hatte Glück, ein Zug stand abfahrbereit auf dem Gleis, und rund vierzig Minuten später war ich in Essen-Hauptbahnhof angekommen. Im Zug hatte ich auf einem eingesteckten Blatt Papier das Phantombild des Mannes gezeichnet, der mir bei dem Hippie-Trip erschienen war. Ein Gesicht, das ich auswendig kannte. Die kräftigen Augenbrauen, die gebrochene Nase, krumm wie ein Ast. Das breite Kinn. Der stechende Blick aus grauen Augen.

Als ich mich der Straße näherte, in der der Friseursalon lag, brach mir der Schweiß unter meiner weißen Wollmütze aus. Ich sog hektisch die kalte Winterluft durch die Nase ein und stapfte über Schneehaufen und knirschendes Streusalz. Meine Beine waren mit einem Mal schwer und schmerzten, als wollten sie mich aufhalten. Als sei mein Körper klüger als mein Geist und wüsste, was gut für mich war.

Von Weitem sah ich die hell erleuchtete Fensterfront des Friseursalons, dessen Licht warm und einladend auf den schmutzigen Gehsteig schien. Mich fröstelte mit einem Mal, und mein

Nacken war unter dem Schal feucht. Ich erinnerte mich an die Eröffnung des Salons, drei Jahre vor der Tat, im Mai. Es war einer der ersten richtig warmen Tage des Jahres gewesen. Ich blieb auf der anderen Straßenseite stehen und starrte auf die Fensterfront, und in meinem Kopf schob sich die Erinnerung an die Eröffnung vor dieses Bild:

Die Eingangstür hatte weit aufgestanden und war mit einem Stein beschwert worden, damit sie nicht zufiel und das Glöckchen zum Klingeln brachte, das am Türstock hing. Auf dem kurzen Empfangstresen thronte ein üppiger Blumenstrauß aus roten Tulpen in einer weißen Porzellanvase aus unserem Wohnzimmerschrank. Mutter stand am Tresen und erwartete die Gäste. Die auftoupierten Haare saßen perfekt. Ich roch das Taft und ihr blumiges Parfüm. Schön war sie, in ihrem geschlitzten, engen türkisfarbenen Rock, den Strümpfen und den hochhackigen Schuhen, in denen sie so aufrecht und würdevoll stand. Der weiße Gürtel um ihre Taille, die passende Jacke in Türkis, die ihre Oberweite betonte, aber nur den Blick auf ihre Perlenkette lenkte, die auf ihrem Dekolleté lag. Ich saß auf einem Hocker hinter dem Tresen, eine Flasche Limo mit Strohhalm in den Händen, und sah zu, wie sich der Salon langsam füllte. Mutter war nervös gewesen, wie eine Schauspielerin vor dem Auftritt, aber kaum kamen die ersten Gäste, verströmte sie Ruhe und Gelassenheit.

In dem Moment der Erinnerung wurde mir klar, wie viel ich doch von ihr hatte. Dieses leicht Prätentiöse und Damenhafte. Kein Wunder, dass ich die Eleganz der Deneuve mochte. Dieses Souveräne. Aber auch das Distanzierte, Unnahbare, gepaart mit der Furcht, jemand könnte eine Schwachstelle bei mir entdecken.

Eine verwundbare Stelle.

Jemand hatte laut gelacht, als ein sehr großer Mann mit seinem Kopf gegen das Glöckchen über der Tür gestoßen war und es hell erklang. Damen mit leichten weißen Handschuhen begrüßten meine Mutter und küssten sie auf die Wange, ohne diese zu berühren.

Rita, damals die Auszubildende, hielt gefüllte Sektschalen auf einem Tablett bereit und verteilte sie mit ernst-konzentriertem Gesicht, weil meine Mutter ihr eingebläut hatte: »Das sind Familienerbstücke, die haben zwei Kriege überlebt. Wenn eines kaputtgeht, erscheint dir der Geist meiner toten Großmutter, also nimm dich in Acht.« Der Geruch von geschmierten Leberwurstbroten mit sauren Gurken lag in der Luft. Es wurde geraucht, getrunken, und ein Mann stand neben meiner Mutter, sagte: »Aber den kennen Sie noch nicht«, paffte eine Zigarre, die hell aufglühte, wenn er daran sog, und erzählte Witze, worauf sie höflich lachte.

Meine Mutter war die perfekte Gastgeberin, sie ging umher, füllte Sekt nach, plauderte, gab Feuer, scherzte. Posierte mit Gästen für das Foto des Zeitungsfotografen, der sich schnell zwei Brote in die Backen schob. Ich sah die leicht neidischen Blicke der Frauen, die sie misstrauisch beäugten, und die glühenden Augen der Männer, denen sie mit schmalem, katzenhaftem Blick antwortete.

Mein Vater saß auf einem Stuhl, rauchte, trank Bier, ausnahmsweise aus dem Glas, und beobachtete seine Frau. Was für ein Geschenk musste sie für ihn gewesen sein? Diese Frau, die sich mit ihm, dem Krüppel mit dem halben Bein, abgab, ihm zwei Kinder schenkte und dafür sorgte, dass der Alltag lief. Diese Frau, die er nicht anbinden durfte, unterdrücken oder festhalten, weil sie sonst weg gewesen wäre.

Ich machte einen großen Schritt über einen Schneehaufen, ging über die Straße und schritt auf »Ritas Haarsalon« zu. Der Name stand in großer Schrift über dem Eingang. Ich drückte die Tür auf und trat ein. Die kleine Glocke war durch eine moderne Klingel ersetzt worden. Der Tresen ging nun über Eck, die Frisierplätze waren anders angeordnet, die Spiegel durch eine Spiegelfront ersetzt worden, die die ganze Wandseite überzog. Ich roch Apfelshampoo, hörte ein helles Lachen, das Föhngeräusche übertönte. Alle Plätze waren besetzt. Mir völlig unbekannte Frauen schnitten den Kundinnen die Haare. Shampoonierten. Färbten. Frisierten. Legten.

»Kann ich etwas für Sie tun?«, fragte mich eine junge Frau. Sie war um die Augen stark geschminkt. Viel Kajal. Mein Blick glitt an ihr herab, an ihrem engen Jeanssuit, den sie trug, und blieb bei den Wildlederstiefeln hängen.

»Es ist alles anders«, sagte ich tonlos, und der Schweiß brach mir aus. Meine Stirn war feucht und kalt. Aus den Lautsprechern erklang der Song »Suspicious Minds« von Elvis, den ich sehr mochte, und ich flüsterte die Textzeile mit: »*We can't go on together. With suspicious minds.*«

Sie sah mich mitleidig an. »Geht es Ihnen gut? Setzen Sie sich, ich bringe Ihnen ein Glas Wasser.«

Ich setzte mich, öffnete den Wintermantel, nahm die Mütze ab und zog die Handschuhe aus. Zwei Frauen beobachteten mich über den Blick im Spiegel.

Alles ist anders. Die Farbe der Tapete. Der Boden. Das Mobiliar. Nichts ist mehr so, wie es mal war.

Die junge Frau kam zurück und reichte mir ein Glas Wasser, und ich trank es gierig aus.

»Besser?«, fragte sie.

»Ja, vielen Dank dafür. Entschuldigung. Die plötzliche Wärme hier drin.« Ich deutete auf meine Schläfe und ließ den Zeigefinger kreisen.

»Kein Problem. Wollten Sie einen Termin machen?«

Mein Hirn schaltete sich wieder ein. Summte laut wie ein Trafo.

»Ist Rita da? Ich müsste sie kurz sprechen, dauert nicht lange«, bat ich, öffnete meine Handtasche, klappte einen kleinen Spiegel auf und zog meinen Lippenstift nach. Eher aus Nervosität und weil ich jetzt keine Zigarette anzünden wollte.

»Ich schau mal eben. Sie ist gerade hinten. Wie ist Ihr Name?«

»Lucia Specht«, antwortete ich.

Kurz darauf winkte sie mich heran und schob eine faltbare Wand zur Seite, zu dem kleinen Raum, in dem Farben und Flaschen gelagert wurden, wo die Mäntel hingen, wo ein kleines Klo war und eine Ecke mit einer Kaffeemaschine. Ich trat ein und erkannte es wieder. Sie schloss die Schiebetür hinter mir, und die letzten Töne von Elvis klangen an mein Ohr.

Well don't you know, I'm caught in a trap.

Wie oft hatte ich hier gesessen und auf meine Mutter gewartet? Schulaufgaben gemacht oder auf ihrem Mantel in der Ecke geschlafen. Eine blonde Frau saß an einem Tischchen, auf dem verschieden große Flaschen mit Färbemittel standen. Ich erkannte auch Rita sofort wieder. Es waren ihre Augen, die weit auseinanderstanden und ihr Gesicht breiter erscheinen ließen, als es ohnehin schon war.

»Meine Güte!«, rief Rita. »Du bist die kleine Specht. Ich glaube es nicht. Du siehst deiner Mutter unglaublich ähnlich.« Sie breitete die Arme aus. »Eine neue Frisur brauchst du jedenfalls nicht. Das sehe ich gleich.« Ohne eine Antwort abzuwarten, drückte sie mich an sich. Ich zählte bis drei, dann versteifte sich mein Körper. Rita bemerkte es und ließ mich los. »'tschuldigung. Für mich bist du immer noch die Kleene. Kannst du dich denn an mich erinnern? Bin jetzt auch über dreißig und was füllig geworden, ich weiß, aber mein Mann mag's. Nimm Platz.« Sie zog einen Hocker hervor und schlug einmal mit der flachen Hand auf die Sitzfläche. »Was führt dich zu mir? Nach all den Jahren. Geht's dir gut?«

Ich nahm Platz. Rita deutete auf eine Afri-Cola-Flasche, und ich nickte. Sie schenkte in ein Glas ein und schob es mir hin.

»Du weißt, was ich jetzt beruflich mache, oder?«, fragte ich.

Ritas linke Augenbraue ging nach oben. »Also hömma, ich arbeite als Friseurin. Hier erfährst du alles über die Menschen.« Sie sah mich triumphierend an. »Du bist bei der Polizei im schicken Düsseldorf. Habe gehört, du warst sogar im Fernsehen. Unsere kleine Specht ist 'ne Berühmtheit. Frau Finke hat es mir erzählt.«

»Deswegen bin ich nicht hier«, sagte ich ernst und nahm einen Schluck von der lauwarmen Afri Cola, schmeckte die Süße auf meiner Zunge. »Entschuldige, wenn ich hier so reinplatze. Ich will dir gar nicht deine kostbare Zeit stehlen, aber es geht um meine Mutter.«

Ritas Miene trübte sich ein. Ich fühlte mit einem Mal eine Distanz zwischen uns.

»Ach, Kind. Lass die Vergangenheit ruhen. Ich bitte dich. Das ist wie lange her? Wir standen damals unter Schock. Alle hier.«

»Du hast damals mit meiner Mutter im Laden gearbeitet. Du kanntest die Kundschaft, die hier ein und aus ging.«

»Ja sicher, aber Herzchen, das ist über zehn Jahre her. Ich habe der Polizei damals alles gesagt. Die haben mich verhört. Mehrfach.« Sie strich ihre Bluse glatt.

»Befragt«, korrigierte ich sie. »Verhört wirst du nur, wenn du auch verdächtigt wirst. Warst du denn verdächtig?«

»Nein! Wo denkst du hin? Bist du irre? Ich war damals sehr jung, gerade mal achtzehn Jahre, als ich hier angefangen habe mit meiner Ausbildung. Deine Mutter war eine ausgezeichnete Lehrerin. Die hat ihr Handwerk verstanden, das kann ich dir sagen. Die wusste, was sie tat.«

»Ja, das glaube ich dir. Kannst du dich an die Kunden von damals erinnern?«

»Ach Gott, ja, sicherlich. Manche kommen ja heute noch. Die Frau Kurittke und die Frau Selig. Die hat noch mal geheiratet, und ihr Mann kommt jetzt auch. Oder die Bertram-Schwestern, erinnerst du dich noch an die? Mit den identischen Bienenstock-frisuren und ihren ausgestellten Kleidern.« Sie lächelte.

Ich drehte das Glas auf dem Tisch um die eigene Achse. »Rita, es gibt etwas, das ich wissen muss, und ich bitte dich, mir ehrlich zu antworten. Ich muss wissen, ob meine Mutter damals einen bestimmten Mann kannte.«

Sie sah mich mit großen Augen an. Mit diesem »Bitte frag mich das nicht«-Gesicht. Ich öffnete meine Handtasche und nahm die Zeichnung hervor. Entfaltete das Blatt und hielt es ihr am ausgestreckten Arm entgegen.

»Kennst du diesen Mann?«

Mein Arm zitterte ein bisschen. Langsam streckte Rita den Kopf nach vorne, wie eine Schildkröte. Ihre Augenbrauen schoben sich zusammen und wieder auseinander. Ich suchte in ihrem

Gesicht nach irgendeiner Regung, die mir zeigte, dass sie ihn erkannte. Ihn schon mal gesehen hatte.

»Ist das ein Phantombild?«, fragte Rita.

»Ja. Erkennst du diese Person?«

Sie schüttelte den Kopf. »Nein, Herzchen. Beim besten Willen nicht. Wer soll das sein?«

Ich faltete das Blatt wieder zusammen und ließ es in der Handtasche verschwinden. Beugte mich ihr entgegen. »Ich werde ihn finden, Rita. Ganz sicher.«

Rita war blass geworden um die Nase. Sie schluckte einmal hohl. Ihre Augen wurden feucht. »Ach, Lucia, quäl dich nicht damit. Das macht deine Mutter auch nicht wieder lebendig.«

Die Falttür hinter mir wurde aufgezogen, und die Kollegin von vorhin streckte den Kopf durch den schmalen Spalt. »Tut mir leid, dass ich euch störe. Aber, Rita, deine Kundin ist da und wartet auf dich.« Sie nickte mir entschuldigend zu.

Rita stand auf und legte mir die Hand auf die Schulter. »Es tut mir leid, Lucia, was damals passiert ist. Aber ich kann dir leider nicht helfen.«

Ich trat aus dem Salon auf die Straße und streifte mir die Handschuhe über. Es war Abend geworden. Ich sog die kalte Luft ein, die nach Kohlen roch, nach Ruß und Dreck, und erkannte diese Luft wieder, die ich jahrelang geatmet hatte. Ich überquerte die Straße und ging auf die Lücke zwischen den Häusern zu, die zu der Grünfläche führte. Dieselbe kleine Gasse, durch die meine Mutter damals gegangen war, an dem heißen Augusttag. Ich ging schnell und entdeckte sofort, dass nichts mehr so war wie damals.

Die Grünfläche war weg. Dort stand jetzt ein Haus. An der Stelle, wo meine Mutter angegriffen worden war, wohnten nun Menschen. Mein Blick blieb bei einem der hell erleuchteten Fenster im ersten Stock hängen. Die Vorhänge waren nicht zugezogen. Ich sah, wie ein Mann das Zimmer betrat und ein Mädchen mit Zöpfen an ihm hochsprang und er es mit beiden Händen hochwarf und sie lachte. Das alles passierte ohne Ton.

Eine Frau trat ans Fenster und sah mich vor dem Haus stehen. Ihr Blick verdunkelte sich, und mit einem grimmigen Blick zog sie den Vorhang vor, und das kleine Theater war beendet. Dort, wo meine Mutter die letzten Minuten ihres Lebens verbracht hatte, saßen nun Menschen bei Tisch, lachten Kinder und legten sich Ehepaare schlafen, wurden Kerzen angezündet und Geburtstage gefeiert.

Ich fragte mich, ob ihr Angreifer wieder hier gewesen war seit ihrem Tod. War er noch mal um den Friseursalon gestrichen? Zwischen den Häusern zur Grünfläche gelaufen? Hatte er sich wieder an derselben Stelle versteckt und eine Zigarette geraucht und sich die Erinnerung an seine Tat zurückgeholt? Daran, wie er ihr aufgelauert und sie unbekümmert und nichts ahnend den Park betreten hatte, während er genau wusste, was in den nächsten Sekunden passieren würde. Unausweichlich. Vorbestimmt. Unverrückbar.

Ich fuhr zu meinem Vater und Henning in Rudis Kneipe. Sie saßen am Tresen; jeder eine brennende Zigarette zwischen den Fingern, ein Bierglas in der Hand und ein Schnapsglas vor sich. Sie lachten laut über dreckige Witze, die ein Mann mit geplatzten Äderchen auf der Nase zum Besten gab. Ich stellte mich stumm zwischen sie, zwischen ihre rundgearbeiteten Rücken, und roch ihren Schweiß. Das Bier. Den Schnaps. Die zwei Saufkumpanen links und rechts bemerkten mich und stupsten Vater und Henning an, und die beiden drehten sich gleichzeitig zu mir. Ihre Gesichter entglitten ihnen vollständig. Mit allem hatten sie gerechnet, mit dem Nikolaus, dem Osterhasen, aber niemals mit mir. Meinem Vater rutschte das Bierglas aus der Hand, und ich fing es geistesgegenwärtig auf.

»Nun wollen wir mal die Gläser heile lassen, oder? ’n Abend, Papa. Tach, Bruderherz.« Ich streckte den Arm aus und stellte das Bierglas auf dem Tresen ab. Mein Vater sah mich an, als sei ich ein Gespenst. Mein Bruder klappte den Mund auf. »Mund zu. Gibt Durchzug«, sagte ich und sah abwechselnd in ihre Augen, sah die hauchfeinen Kohlereste in den Augenrändern, die nie wieder rausgingen und sie so aussehen ließen, als seien sie geschminkt. »Was ist?«, fragte ich. »Freut ihr euch etwa nicht?«

Vater schossen Tränen in die Augen. »Mein Mädchen ist da«, wisperte er, nahm meine Hand und drückte sie.

Sein Kumpel links sagte: »Nu werd ma nicht rührselig, biete deiner Tochter besser wat zu trinken an.«

Ich zwinkerte ihm mit beiden Augen dankbar zu.

»Siehste, die Dame hat Durst. Wie alle hier.«

Vater rief der Wirtin Gerlinde zu: »Bier und Korn für meine Tochter, bitte schön, ja!«

»Das habe ich mir schon gedacht, dass die keine Fanta mehr trinkt«, rief Gerlinde, die Seele des Ladens, die Mutter aller Trinker, und nickte mir zur Begrüßung zu. »Schick siehste aus. Schön, dich mal wieder zu sehen. Wat bisse hübsch geworden«, sagte sie laut über die Köpfe der Männer hinweg. »Und so elegant. Dass du dat bei der Polizei tragen darfst. Weißen Wintermantel. So wat aber auch.«

»Jetzt setz der mal keine Flöhe in den Kopf«, ranzte mein Bruder die Wirtin an. »Die sieht eben so aus, wie sie aussieht. Kommt daher wie 'ne Schneekönigin. Wat willste denn hier so plötzlich, Schwesterherz?«

»Hatte hier in der Gegend zu tun und dachte, ich schau mal vorbei.«

»Soso. Wat gibt's denn hier für dich zu tun?«

»Ein Rechercheauftrag. Und wie geht's euch?«, sagte ich, warf einen Blick auf den Bierdeckel und erfasste die vielen Bleistiftstriche.

Mein Vater nickte. »Wenn ich gewusst hätte, dass du kommst, wären wir essen gegangen.«

»Ach, wenn die Madame ausser Großstadt kommt, wird fein aufgetischt, wat?«

»Jetzt sei nicht so ein Pissel, Henning«, sagte mein Vater. »Zeig mal ein bisschen Respekt vor deiner Schwester.«

Mein Bruder sah betreten zu Boden. Es war selten, dass mein Vater ihn maßregelte und die Verhältnisse klarstellte. Jemand stellte mir einen Barschemel hin, und ich setzte mich zwischen sie, nahm das frisch gezapfte Bier und stieß mit beiden an, rief »Glück auf!« und nahm einen tüchtigen Schluck.

Mein Vater sah anerkennend auf mein halb leer getrunkenes Glas. »Das ist meine Tochter, schaut her«, sagte er mit Stolz in der Stimme.

Wir tranken ein paar Bier zusammen, erzählten uns belanglose Dönekens, bis die Sprache auf den Beitrag im Fernsehen bei »Hierzulande – Heutzutage« im WDR kam und ich immer wieder erzählen musste, wie das so war, »als dat Fernsehen zu dich kam«. Ich berichtete von den Dreharbeiten, und der gesamte Tresen staunte und trank auf mein Wohl, bis es Zeit war, nach Hause zu gehen.

Als wir gemeinsam durch die kalte Nachtluft stapften, bemerkte ich, dass ich anständig einen im Tee hatte. Mein Vater hakte sich bei mir ein und hatte einen Schluckauf. Mein Bruder keuchte Atemwolken in die Luft, als er neben mir über die verrußten Schneereste schlitterte.

»Du bekommst schlecht Luft«, sagte ich zu ihm.

»Quatsch. Das sind die billigen Zigaretten, die teuren vertrage ich besser.«

»Du rauchst Roth-Händle, Henning.«

»Die auch. Stimmt.«

»Warste beim Arzt?«

»Brauch keinen Arzt.«

»Noch nicht. Bist ein bisschen zu jung für 'ne kaputte Lunge.«

»Was willst du jetzt werden, Krankenschwester? Noch 'ne Ausbildung? Ich hab nur Husten, Lucia, jetzt mal nicht den Teufel an die Wand. Das wird schon wieder, das ist der Winter. Im Sommer geht's mir prima. Sag mir lieber, warum du wirklich hier bist.«

Ganz so doof bisse eben doch nicht.

»Ich muss was nachsehen.«

»Ich trau dir nicht«, sagte er zwischen zwei Hustenanfällen.

»Das trifft sich gut, ich dir auch nicht«, erwiderte ich, und Vater bekam einen Lachanfall.

»Kommst du noch mit hoch?«, fragte er, als wir vor der Haustür standen.

»Natürlich, Papa, ich komm mit rein. Ich bleibe über Nacht.«

»Na denn«, sagte mein Bruder und schloss auf.

»Einen trinken wir noch, dann gehe ich zu Bett«, nuschelte mein Vater in der Küche, nahm die Flasche mit dem Klaren vom Regal und stellte drei Schnapsgläser auf den Küchentisch.

Ich setzte mich. »Sieht ja recht manierlich bei euch aus«, sagte ich anerkennend und sah mich demonstrativ um. Henning verkniff sich einen Kommentar. »Lass mich das mal machen«, sagte ich, als ich sah, dass Papa beim Einschenken mehr danebenschüttete als ins Glas, und nahm ihm die Flasche ab.

»Meine Hände wollen manchmal nicht mehr so, wie ich will«, erklärte er und zündete sich eine Zigarette an. Paffte dicke Rauchwolken in die Luft und grinste dabei mit glasigem Blick.

Zu den beiden in die Wohnung zu kommen, war für mich wie der Besuch in einem Museum. Hier änderte sich nichts. Das Geschirr war dasselbe, es hatte die Macken an denselben Stellen. Die Möbel waren unverändert an ihren Positionen, und über allem schien eine dünne Staubschicht zu liegen. Ein Hauch von Vergangenheit konserviert durch Staub.

»Wer macht denn hier sauber?«, fragte ich.

»Die Frau Junker ausm Erdgeschoss«, antwortete mein Vater und führte das Glas zum Mund. »Dein Bruder kann nur dreckig machen, und ich bin zu alt zum Putzen. Prost jetzt. Schön, dass de da bis'.« Er stieß mit mir so fest an, dass der Schnaps über meinen Handrücken lief.

»Dein Zimmer«, sagte mein Vater und deutete zum Flur. »Ist immer für dich da.« Er wartete zwei Sekunden und sah zu meinem Bruder. »Na, kein Kommentar von dir?«, fragte er spitz, und weil Henning schwieg, schob er hinterher: »Gute Nacht, ihr zwei. Meine Kinder.« Dann humpelte er in den Flur, hustete zweimal blechern und summte eine Melodie, die immer leiser wurde, bis sie hinter Türengeklapper verschwand.

»Meine Zigaretten sind alle. Haste noch welche da?«, fragte ich.

Mein Bruder zog eine Schublade am Tisch auf und bot mir eine Zigarette an. »Sind aber nur HB. Hat Mama stets geraucht«, meinte er.

Ich zog eine aus der Schachtel, und er gab mir Feuer. Ich nahm einen tiefen Zug, starrte dabei auf die Glut und blies den Rauch zur Decke. »Henning, ich will die alten Fotoalben ansehen. Die mit den Fotos von Mama.«

Er sah kurz weg und wieder zu mir. Schniefte einmal. »Du kommst doch nicht an einem Freitag zu uns, weil du ein Fotoalbum ansehen willst. Verscheißern kann ich mich alleine.«

Soll ich ihm alles erzählen? Auf keinen Fall.

»Es geht um die Fotoalben und die Zeitungsartikel von der Saloneröffnung.«

»Was? Das ist ewig her. Wieso das denn?«

»Es ist zu kompliziert, Henning. Vertrau mir, bitte, nur dieses eine Mal.«

Er verengte die Augen. »Ich weiß, was du vorhast. Jetzt, wo du bei der Polizei bist, willste den Mann finden, der schuld am Tod unserer Mutter ist.« Er schenkte sich Schnaps nach. »Du wirst ihn nicht finden. Der ist längst über alle Berge. Die ollen Alben sind in deinem Zimmer, in der Kommode. Untere Schublade. Der Schlüssel liegt auf dem Kleiderschrank. Ich habe sie weggepackt, weil Papa sie ständig rausholt und ansieht und stundenlang heult und ich mir das Geplärre nicht mehr anhören kann. Das ertrage ich nicht.« Er verdrehte die Augen.

»Letzte Runde«, sagte ich. »Ist schon spät.« Ich deutete auf die Uhr, die sich dreiundzwanzig Uhr näherte. Wir stießen an, sahen uns tief in die Augen und tranken.

Henning, da ist doch ein schmaler Riss in deiner Seele, durch den Licht scheint.

Mein Zimmer war zu einem Abstellraum geworden. Zwar waren mein Bett, Schrank und Kommode noch da, aber seit ich ausgezogen war, standen hier Kisten mit allerlei Plunder, den mein Bruder noch »versilbern« wollte, wozu er aber aufgrund der häufigen Kneipenbesuche schlichtweg nicht kam. Seit einem Jahr hatte ich nicht mehr hier geschlafen. Es fühlte sich an wie ein Rückschritt, als würde eine Nacht in dem Bett all meine Errungenschaften der letzten Zeit mit einem Schlag vernichten.

Ich öffnete das Fenster und ließ Luft herein, schloss die Kommodenschublade auf und nahm die vier Fotoalben heraus. Bei uns war selten fotografiert worden, entsprechend mager war die Ausbeute, und die Alben endeten häufig auf der Hälfte. »Wenn es wichtig war, daran erinnerste dich später«, hatte es stets geheißen. Ich setzte mich im Schneidersitz auf mein Bett, rauchte eine Zigarette und blätterte die Alben durch. Ein paar Lebensereignisse waren fein säuberlich dokumentiert, ein Album, wie die meisten es hatten. Auf dem Kinderklo sitzend. Ein mit Schokolade verschmiertes Mündchen. Kindergarten. Schulanfang mit der Schultüte. Geburtstagstorten und Sektkelche. Oma mit weinseligem Gesicht. Das frisch bepflanzte Grab von Oma. Meine erste heilige Kommunion, mit weißen Strümpfen, Lackschuhen und einer weißen langen Kerze, die ich mit beiden Händen hielt. All das blätterte ich durch und lächelte dabei.

Und dann stieß ich auf das, was ich erhofft hatte.

Die Einweihung von Mutters Frisiersalon. Samstag, 11. Mai 1956, drei Jahre vor ihrem Tod. Schwarz-Weiß-Fotos in kleinem Format, die eng auf die Seite geklebt waren. Ich sah Mutter mit erhitztem Gesicht und leuchtenden Wangen am Eingang stehen, mein Vater hatte den Arm um sie gelegt, und sie neigte ihm leicht den Kopf entgegen. Glück in einer hundertstel Sekunde festgehalten.

Ich blätterte die Fotos durch und suchte nach *ihm*. Ich sah Menschen, die mit Zigarette in der Hand am Waschbecken Probe saßen und mit weit aufgerissenen Augen und Strohhalmen im Mund Bowle tranken.

Drei Fotos erregten meine Aufmerksamkeit.

Auf allen dreien war ein Mann im Hintergrund zu sehen. Stets nur halb, verschwommen oder im Anschnitt. Er wandte sich vom Betrachter ab, als wollte er nicht erkannt werden. Ich betrachtete sein Gesicht, aber eine Wiedererkennung stellte sich nicht ein. Trotzdem juckte meine Kopfhaut vor Aufregung. Ich schlug die nächste Seite des Albums auf. Der eingeklebte Zeitungsartikel von damals. Das Papier war vergilbt, und der dunkle Klebstoff drückte durch. Unter der Überschrift »Schöne Schnitte für jedermann« waren ein großes und zwei kleine Fotos von der Eröffnung abgebildet. Mutter inmitten ihrer Gäste. Sie stand mit ausgebreiteten Händen zwischen zwei Waschbecken, den Kopf kokett geneigt, ein Bein leicht eingeknickt wie ein Filmstar. Neben ihr und in der Reihe dahinter standen Männer mit schmalen Krawatten und Frauen mit aufgebauschten Frisuren. Ich suchte die Köpfe ab. In der hinteren Reihe zwischen zwei lachenden Gesichtern tauchte ein weiteres Gesicht auf. Unscharf. Ernst.

Ist er das?

Ich kniff die Augen zusammen. Versuchte, das klein gepunktete Zeitungsfoto besser zu erkennen. Zwecklos. *Wenn ich das Original hätte, könnte ich es mit einer Lupe vergrößern.* Ich überflog den Artikel und fand den Namen des Fotografen: Konrad Becker. Ich musste ihn finden.

Ich rauchte vor Aufregung eine Zigarette am Fenster, schlüpfte in einen alten Pyjama und ging zu Bett. Zog mir die Bettdecke hoch bis zum Kinn. Rieb meine Füße aneinander und dachte darüber nach, wie ich Konrad Becker dazu bewegen könnte, mir die Fotos auszuhändigen. Und während ich nachdachte, schlief ich mit einem Mal ein.

5

Samstag, 7. März 1970

Am nächsten Morgen stand ich früh auf und frühstückte mit meinem Vater und Henning. Kaffee mit Milch und zwei große Scheiben Mischbrot, die dick mit Butter und Marmelade bestrichen waren. Wir aßen still, während draußen der Schnee in diagonalen Pfeilen zur Erde niedersauste. Zum Abschied, als die beiden zur Schicht gingen, sah mich mein Bruder mit prüfenden Augen an, aber ich sagte nichts. Ich legte mich nochmals ins Bett und schlief bis elf. Mit einem zweiten Kaffee setzte ich mich an das Telefontischchen im Flur und rief bei der Zeitung an, bat darum, mit Konrad Becker sprechen zu dürfen, und wurde zweimal verbunden, bis ich in der Kulturredaktion landete. Ein Fräulein Schubert war am Apparat, ihre Stimme klang sehr jung, und ich vermutete, dass sie eine Auszubildende war.

»Ist er zu sprechen? Es geht um eine Rechercheangelegenheit.«

»Nein, er kommt samstags meist erst gegen zwei rein«, sagte sie.

»Haben Sie eine private Telefonnummer, unter der ich ihn erreichen könnte? Es wäre mir wichtig, ihn heute noch zu sprechen.«

Ihre Stimme klang mit einem Mal schnippisch. »Wir dürfen grundsätzlich keine Kontaktdaten unserer Mitarbeiter an Fremde herausgeben. Wenn Sie ein Anliegen haben, müssen Sie bitte persönlich vorstellig werden oder noch mal anrufen. Guten Tag.«

Ohne meine Antwort abzuwarten, legte sie auf.

Dann machen wir das doch.

Punkt vierzehn Uhr stand ich am Eingang des Zeitungsgebäudes der WAZ im Südviertel in der Bert-Brecht-Straße.

»Ich will zu Fräulein Schubert. Kulturredaktion. Wo finde

ich die?«, fragte ich den Mann am Empfang durch das ovale Loch, hinter dem er saß. Ich roch Kaffee, sah seine angebissene Brotstulle in der offenen Metallbox und hörte leise »Mendocino« aus dem Transistorradio, das hinter ihm stand. Er gab mir die Glastür frei und rief »Vierter Stock, rechts. Zimmer 421«.

Ich fuhr mit dem Aufzug in den vierten Stock, lief den Flur entlang und kam schließlich zum Sekretariat, dessen Tür weit offen stand. Ich klopfte an dem Türrahmen, und eine junge Frau mit hell geschminktem Gesicht sah von der Schreibmaschine auf.

»Sind Sie Fräulein Schubert?«, fragte ich und trat auf sie zu. Stellte meine Handtasche auf ihrem Schreibtisch ab.

Sie sah mich aufmerksam an. »Ähm, ja, wieso?«

»Ich suche Konrad Becker. Wir haben vorhin telefoniert. Sie sagten, wenn ich etwas von ihm wollte, sollte ich persönlich vorbeischauen. Was soll ich sagen, ich will etwas von ihm. Hier bin ich.«

Ihr Mund klappte auf.

Eine Männerstimme ertönte hinter mir. »Was wollen Sie denn von ihm?«

Ich drehte mich um und stemmte eine Hand in die Hüfte. »Das bespreche ich gern mit ihm persönlich. Und wer sind Sie?«

Der Mann, der lässig im Türrahmen lehnte, war nicht unattraktiv. Schokoladenbrauner Rolli, eine dunkelblaue Trevirahose mit Schlag. Das Haar braun und dicht, das ihm in Wellen über die Ohren reichte. Er verschränkte die Arme vor der Brust und legte den Kopf schief. Unter dem Schnurrbart tauchte ein Lächeln auf und legte eine saubere Zahnreihe frei. Er musterte mich auffällig von oben bis unten. »Schicker Mantel. Wollen Sie sich für das Moderessort bewerben?«

»Es geht um einen alten Artikel, den er geschrieben hat.«

»Na, da bin ich mal gespannt. Ich bin Konrad Becker. Kommen Sie mit in mein Büro. Ist aber nicht aufgeräumt, Lady.« Er zündete sich eine Zigarette an.

Dachte ich es mir doch.

Ich folgte Becker, der in lockeren Schritten vor mir herging und an der offenen Tür stehen blieb.

»Hier hinein«, sagte er und schloss die Tür.

Der Raum war eher eine Art Kaninchenstall. Ein schmales Zimmer mit einem Fenster, in das gerade so ein Schreibtisch längs an die Wand passte, und gegenüber ein Regal, das vollgestopft war mit Zeitungen, Zeitschriften und Büchern. Die Wand über dem Schreibtisch hing voller Schwarz-Weiß-Fotos von Musikern und Sängerinnen im grellen Scheinwerferlicht.

Ein Konzertfotograf.

Becker hatte sich auf einen Drehstuhl gesetzt. Die Beine gespreizt. Er schnippte die Asche seiner Zigarette in einen Glasaschenbecher neben der Schreibmaschine und taxierte mich. Schob mit einer Schuhspitze einen überquellenden Papierkorb zur Seite, damit er meine Schuhe begutachten konnte.

»Also, zur Sache, Schätzchen, worum geht's? Ich hab nicht lange Zeit. Muss heute Abend zu einer Band, die hier spielt. Kennst du RENAISSANCE?«

»Nein, nie gehört. Sind die gut?«

»Na, und ob die gut sind. Die bringen die Hütte zum Wackeln. Was hörst du denn so? Nee, lass mich raten. Dusty Springfield. Bisschen Liebe und Trallala?«

Stimmt. Und ich kann dich jetzt schon nicht leiden.

Aber er war die Quelle für die Fotos, also durfte ich es mir nicht vermasseln.

»Herr Becker, warum ich hier bin: Sie haben im Mai 1956 einen Artikel über die Eröffnung eines Friseursalons in Essen geschrieben.«

Er fing lauthals an zu lachen und krümmte sich dabei auf seinem Stuhl zusammen. »Deswegen bist du hier? Weißt du, wie lange das her ist? Da war ich gerade zweiundzwanzig und frisch bei der Zeitung, da haben die mich auf jeden dämlichen Termin geschickt. Keine Sau interessiert sich für die Eröffnung eines Frisiersalons. Das ist Füllmasse für die Wochenendausgabe. Unwichtiger Kram. Verstehste?« Er blinzelte. »Warum interessierst du dich für den Artikel?«

»Ach, das soll ein Geschenk sein«, log ich.

Er blies die Luft mit dicken Backen aus. »Und jetzt soll es einen schön gerahmten Artikel von damals geben. Was für eine hübsche Idee«, sagte er tonlos und klatschte zweimal langsam in die Hände. »Bravo. Für so einen Quatsch habe ich keine Zeit. Melde dich am Montag beim Archiv, vielleicht können die dir helfen.«

Er zog eine Zigarette aus der Schachtel und zündete sie an, legte die Füße auf den Tisch. Ich fühlte mich wie ein Schulkind, das jeden Moment einen jähzornigen Gefühlsausbruch bekommen würde.

»Ich brauche den Artikel nicht, der klebt schon zu Hause im Fotoalbum. Ich bin auf der Suche nach einem Gast von damals und hoffe, dass der auf den anderen Fotos zu sehen ist, die es nicht in den Artikel geschafft haben.«

Er sog an der Zigarette. »Spielste jetzt Privatdetektiv, oder was? Und hör mit dem Siezen auf.«

Ich spielte das Spielchen mit. »Ja, klar. Was denkst du denn?«, sagte ich und lachte ein falsches Lachen. »Dass ich mich am Samstag freiwillig in die Stadt aufmache, um dich in diesem muffigen Kaninchenstall zu besuchen? Glaubst du, das macht mir Spaß?«

Er sah mich staunend an, und ich konnte sehen, dass ihm mein freches Mundwerk gefiel. »Du bist eigentlich ziemlich hübsch. Was ist denn die Gegenleistung? Für die Fotos?« Er deutete einmal mit dem Kinn auf seinen Schritt.

Bleib verdammt noch mal cool.

Ich setzte ein ernstes Gesicht auf. »Die Gegenleistung muss der eigentlichen Leistung entsprechen, oder?«

Für einen Moment kam er aus dem Takt und drehte sich auf seinem Stuhl hin und her.

»Und übrigens«, schob ich hinterher. »Wegen der Gegenleistung: Mit Kleinigkeiten gebe ich mich nicht ab. Gibt's die Fotos überhaupt noch?«

Er ahmte das Fauchen einer Katze nach. »Na klar, du wildes Ding. Ich bewahre zu Hause alle Negative auf. Ich mach dir einen Vorschlag: Ich bin heute Abend im Olympia Kino beim

Konzert von RENAISSANCE. Komm doch vorbei. Dann sehen wir mal, was wir danach für dich machen können.«

Na gut. Habe ich eine Wahl?

Ich stand zur vereinbarten Zeit vor dem Olympia Kino, rauchte eine Zigarette und trat von einem Bein auf das andere, weil mir kalt war. Becker ließ mich warten. Immer mehr junge Leute rauschten an mir vorbei und schoben sich in das Foyer des Kinos. Als ich gerade die Zigarette in den Rinnstein warf und noch dachte, dass er mich womöglich versetzen würde, kam er mit wehendem Schal, offenem Mantel und einer Kamera um den Hals um die Ecke gelaufen.

»Hey, Lady, leider hat der vorherige Termin länger gedauert. Die Dame wollte mich nicht gehen lassen, da konnte ich nicht Nein sagen.«

Natürlich nicht.

Wir gaben unsere Mäntel an der Garderobe ab und wurden von einem der Sicherheitsleute zu dem Bereich hinter der Bühne geführt. Während wir Türen durchschritten mit der Aufschrift »RUHE BITTE«, erzählte Becker.

»Hier sind Frank Zappa und seine Mothers of Invention vor zwei Jahren zum ersten Mal in Deutschland aufgetreten. Am Abend vor dem großen Konzert in der Grugahalle bei den Songtagen. So 'ne Musik hatte ich vorher nie live zu hören bekommen. Als er und seine Jungs fertig waren, wollten sie mit einem Taxi zum Hotel. Aber kein Taxi hat angehalten, so zerrupft, wie die ausgesehen haben, mit ihren wilden Frisuren und den Klamotten. Ein Taxi nach dem anderen ist weitergefahren. Frank hat sich totgelacht. Und schließlich hat eines angehalten. Wir haben uns reingequetscht, und ich habe ein Interview mit dem Fahrer gemacht und Fotos geschossen. ›Taxifahrt mit Frank Zappa‹. Das war vielleicht eine Story.« Becker dirigierte mich auf einen leeren Stuhl in der Ecke, zwei Meter von dem geschlossenen Vorhang entfernt. »Hier kannst du dich während des Konzerts hinsetzen. So eine Perspektive auf ein Konzert hast du auch noch nie gehabt, was? Verdankst du natürlich mir.«

»Natürlich. Du bist der Größte. Hat dir das noch niemand gesagt?«

Er lachte laut auf. Eine halbe Stunde später stellte er mich der Band vor. RENAISSANCE kamen aus London. Die Jungs mit langen Haaren und in schwarzen Lederhosen begrüßten mich in ihrem hellen Englisch, und die Sängerin, eine hübsche Frau mit weizenblonden Haaren, Mittelscheitel und ernsten Augen, in einem cremefarbenen Maxikleid, sagte: »Hi, I am Annie«, und umarmte mich zur Begrüßung. »Have fun«, meinte sie, und dann verschwanden sie wieder.

Die Musik war progressiver Rock. Viel Gitarre, aber die langsameren Stücke mochte ich. Vor allem Annies hohe, klare Stimme. Von meinem Stuhl aus sah ich die begeisterten Gesichter des Publikums, die Band, wie sie mit Blicken und Gesten kommunizierten, und dazwischen Becker, der herumturnte und von allen Ecken und Winkeln Fotos schoss und zum Ende des Konzerts bei mir vorbeihuschte, mir hastig einen Kuss auf die Wange drückte und weiterrannte.

Nach dem Konzert gingen wir mit der Band in eine Kneipe in der Nähe, tranken Pils und Schnaps, rauchten, und ich packte mein schlechtes Englisch aus. Wir sprachen über Musik und Filme, und mit jedem Bier wurde mein Englisch besser. Annie saß neben mir, und plötzlich flammte ein Blitz auf. Becker hatte uns beide fotografiert, ließ die Kamera sinken, rief: »Goddesses!«, und Annie und ich lachten.

Zu vorgerückter Stunde quetschte sich Becker zu Annie und mir auf die Bank, legte seinen Arm um mich und zog mich an sich. Küsste mich, nahm meine Hand und legte sie auf seinen Oberschenkel. Ich wollte auf keinen Fall mit ihm in der Kiste landen.

Du tust das wegen der Fotos.

Um mich herum nahm ich Grölen und Lachen wahr, das Klirren von Gläsern, die aneinanderschlugen, und ich sah zu Annie, die ein Lied anstimmte.

Ich hatte einen Plan. »Hey, Annie«, flüsterte ich in ihr Ohr.

Becker hatte starke Schlagseite, als wir aus dem Taxi stolperten und vor seiner Haustür standen.

»Hier lang«, lallte er und hing schwer an mir. Ich legte den Arm um ihn, bugsierte ihn schrittweise zur metallenen Eingangstür, die quietschend aufging. Sein Zuhause war Fotostudio und Wohnung zugleich, mit einer Küchenzeile und einer großen Sofaecke. An der Wand über dem Sofa hingen Schwarz-Weiß-Fotos von Musikern und daneben eines von ihm. Splitterfasernackt. Breitbeinig. Auf einem Hocker sitzend. Mit Sonnenbrille auf der Nase und brennender Kippe im Mundwinkel.

»Jedts trinkn wa abba noch ein«, sagte er, torkelte zum Plattenspieler und legte die Doors auf. Die Nadel kratzte über den Plattenrand, bis sie endlich liegen blieb und »Light my fire« erklang.

Das ist also das Repertoire, wenn es zur Sache gehen soll.

Er drückte mir eine Bierflasche in die Hand, und ich tat so, als ob ich trinken würde. Er setzte seine Flasche an, und mit einem tiefen Schluck zog er ein Drittel des Inhalts in seine Kehle. Ich war nur leicht angetrunken. Die letzten zwei Stunden hatte ich die Schnäpse, mit denen er versuchte, mich abzufüllen, zwar getrunken, aber es war nur Wasser gewesen. Annie hatte es eingefädelt. In meinem schlechten Englisch hatte ich sie gefragt, ob sie mir helfen konnte. So bekam er bei jeder Runde ein Schnapsglas mit Hochprozentigem und ich eines mit Leitungswasser, das Annie mir mit einem Grinsen in die Hand drückte.

Der Alkohol tat Beckers Libido leider keinen Abbruch. Er stellte die Flasche ab, zog mich an sich, presste seinen Unterleib gegen mich und küsste mich auf den Hals. So wanderten wir durch den Raum und landeten auf dem Sofa. Er zog mich zu sich heran, während er gleichzeitig versuchte, mir die Kleider vom Leib zu zerren, und ich versuchte, es zu verhindern. In einem lichten Moment seines alkoholdurchtränkten Hirns bemerkte er meinen Widerwillen, legte eine Hand plötzlich fest um meinen Hals und drückte zu.

»Wenn du diese Scheißfotos willst, musst du auch was dafür tun«, zischte er.

Ich widerstand dem Reflex, ihn mit einem schnellen Handkantenschlag schachmatt zu setzen, und schluckte schwer. Mit seiner freien Hand löste er seine Gürtelschnalle und zog sich Hose und Unterhose in Sekundenschnelle herunter. Ich versuchte, den Kopf wegzuziehen, aber er war viel stärker, und in der nächsten Sekunde klatschte eine so wuchtige Ohrfeige auf meine Wange, dass mein Ohr klingelte. Er legte ein Bein auf meine Schulter und presste damit meinen Kopf zwischen seine Beine, packte meinen Kiefer mit beiden Händen, rief: »Mach jetzt deinen Mund auf«, und während ich würgte, stöhnte er laut, griff in meine Haare, packte sie fester, und ich tastete mit meinen Händen wie eine Blinde nach einem Gegenstand um mich herum. Nach etwas, das mir helfen könnte. Und fand es. Es war ein Buch. Ich ertastete den Buchrücken, spürte den Leineneinband. Es war dick wie ein Ziegelstein, und mit dem holte ich aus.

Becker machte nur ein lautes »Aaah«. Ein geräuschvolles Ausatmen. Alle Spannung wich in einer Sekunde aus seinem Körper, und mein Kopf war wieder frei. Ich löste mich aus seiner Beinschere und rappelte mich hoch.

Du Schwein. Ich hasse dich.

Er lag da wie ein hingeworfenes nasses Handtuch. Hose offen, Mund offen. Die Augen geschlossen. Ein leises Röcheln klang aus seiner Kehle. Ich wog das Buch in meinen Händen.

Mario Puzo. »Der Pate«.

Mille grazie, Mario.

Avanti! Viel Zeit blieb mir nicht, da ich nicht wusste, wann er wieder aufwachen würde. Ich sortierte meine Kleidung und meine Haare, zog meinen Mantel über und schnappte meine Handtasche.

Wo lagerst du deine Fotos? Die Negative?

In einer Ecke des Raumes war das Fotostudio aufgebaut, ein großer Scheinwerfer hing an der Decke, eine weiße Rolle war bis zum Boden heruntergezogen und ausgerollt. Darauf stand ein Barhocker. Zwei Meter entfernt ein Kamerastativ. Daneben ging eine schmale Tür ab. »Nicht eintreten« stand auf einem

Pappschild. Ich sah mich nach dem bewusstlosen Becker um, drückte die Klinke herunter und trat ein. Es war dunkel, ich tastete nach dem Lichtschalter, und ein rotes Licht flammte auf. Seine Dunkelkammer. Mein Blick wanderte über die Flaschen mit den Chemikalien, die Boxen mit den Fotopapieren und die Entwicklerwannen. Daran grenzte ein kleiner Vorratsraum mit einem deckenhohen Metallregal. Ich schaltete das Licht ein. Eine nackte Glühbirne baumelte von der Decke. In dem Regal lagerten Boxen, die allesamt mit Jahreszahlen beschriftet waren.

Schön, dass du ordentlich bist. Das macht die Sache leichter.

Ich fand die Jahre 1956 bis 1960 im unteren Regal. In der Kiste waren ein Dutzend Negative in Papprollen aus dem Jahr 1956. Es würde einige Zeit brauchen, alle durchzusehen, also packte ich alle Negativrollen in meine Handtasche. Ich würde sie mir ausleihen und ihm wiedergeben.

Hinter mir vernahm ich schlurfende Schritte.

»Was machs … du daaa?«, lallte Becker.

Ich sah über meine Schulter. Er stand im Schein der roten Lampe im Fotolabor und hatte seine Hose wieder hochgezogen, der Gürtel baumelte offen daran. Mein Puls machte einen gehörigen Satz nach vorne. Das Licht im Archivraum blendete ihn, und er hob eine Hand schützend vor die Augen.

»Duuu has' mich ohnmächtig gemaacht … Und jetzt klaus' du meine Neegative? Na warte … du …« Er griff nach der Gürtelschnalle, und mit einem festen Ruck zog er den Gürtel aus den Schlaufen seiner Hose, sodass er fast das Gleichgewicht verlor.

»Becker, ich muss nur was nachsehen, und jetzt lass mich gehen.« Ich zog meine Dienstwaffe aus meiner Handtasche und richtete sie auf ihn.

Er schwankte leicht und schob seine Augenbrauen zusammen, weil er offenbar nicht glauben konnte, was hier gerade passierte. Der Gürtel fiel zu Boden. »Du bis' doch 'ne Detektivin.«

Ich stand langsam auf und ging mit gezückter Walther auf

ihn zu. Meine Hände zitterten leicht, und ich hielt die Waffe fester.

Reiß dich zusammen.

»Mo-mo-moment. Ganz sachte, Lady.« Er trat den Rückzug an wie ein Wolf im Wald, hielt dabei Blickkontakt und ging schrittweise zurück, bis wir beide wieder im Wohnzimmer standen.

Mein Mund war trocken, und ich brachte die Worte nur mühsam hervor. »Tut mir leid, Becker, aber die Sache ist mir verdammt wichtig. Ich bring dir die Negative wieder, versprochen.«

Er setzte sich auf die Kante des Sofas. »Schade«, meinte er. »Hätte eine heiße Nacht werden können.«

Das bezweifle ich.

Er verdrehte die Augen, kippte nach hinten und schlief in Sekundenschnelle ein. Ich atmete laut aus, ließ die Waffe sinken. Schweiß brach mir aus. Mit wackeligen Beinen verließ ich so schnell ich konnte sein Appartement und dachte mir noch im Stillen:

Das war bestimmt ein Fehler.

6

Montag, 9. März 1970

Vor dem Treffen der SoKo lief ich zur Kriminaltechnik, in der Hoffnung, Petra dort anzutreffen. Ich hatte nach dem Weggang bei Becker noch mal in meinem alten Kinderbett geschlafen und war nach dem Frühstück, bei dem mich mein Vater und Henning nur verständnislos angesehen hatten, mit dem Zug nach Hause gefahren. Im Schein der Schreibtischlampe hatte ich die zwölf Negativrollen durchgesehen und tatsächlich die von der Saloneröffnung gefunden. Bei drei Fotos dachte ich mir, davon sollte ich einen vergrößerten Abzug haben. Darauf könnte er zu sehen sein. Der Mann, den ich suchte.

Ich hatte Glück, und Petra war schon da, sie saß über Bücher gebeugt und biss in eine Stulle.

»Morgen, Petra, du musst mir helfen«, rief ich erleichtert, griff in meine Manteltasche und fühlte die zwei Negativrollen. Die anderen steckten in der Handtasche. Ich wollte sie Becker schnell mit der Post zurücksenden.

»Lucia!« Sie stand auf und umarmte mich.

Ich sah ihr an, dass sie etwas beschäftigte. »Was ist passiert? Geht es dir gut?«

Petra sah kurz zur Decke und schloss die Augen. Sie war den Tränen nah. »Mein Mann hat mir heute Morgen verkündet, dass er mir, seiner Ehefrau, die Arbeitserlaubnis schriftlich widerrufen wird.«

Mir blieb der Mund offen stehen. »Das hat er nicht getan. Er blufft nur. Er will dich verunsichern.«

Petra schüttelte langsam den Kopf. »Nein, das ist seine Art, mir zu sagen, dass ich ihm gehöre und er über mich bestimmen kann. Er meint, damit würde er unsere Ehe retten.« Sie ballte beide Hände zu Fäusten. »Ich bin so wütend, dass ich heulen könnte.«

»Was wirst du tun?«, fragte ich.

»Zu einem Anwalt gehen und mich beraten lassen. Heute in der Mittagspause. Das lasse ich mir nicht gefallen. Ich lasse mir nicht von meinem eigenen Mann meine Arbeit wegnehmen, auch wenn es das Gesetz erlaubt.« Petra war laut geworden.

»Was kann ich für dich tun?«, fragte ich.

Sie drückte meine Hand. »Vorerst nichts. Aber vielleicht stehe ich eines Abends vor deiner Tür und brauche eine Übernachtungsmöglichkeit.«

»Auf keinen Fall«, scherzte ich.

Petra schnaubte. »Danke dir. Aber deshalb bist du eigentlich nicht gekommen, oder?«

»Kann ich ins Fotolabor? Ich müsste ein Negativ ansehen.«

»Natürlich, komm mit.« Petra ging voraus und führte mich in einen angrenzenden Laborraum. »Weißt du, wie es geht, oder soll ich es machen?«, fragte sie und knipste das Gerät ein. Ein Lichtkegel fiel auf die Unterlage.

Ich reichte ihr den Negativstreifen. »Mach du. Hier, die vierte Aufnahme.«

Sie spannte das Negativ ein, und das Foto wurde direkt auf die Unterlage geworfen. Petra stellte es vorsichtig scharf. Ich starrte auf das Bild. Es war umgekehrt wiedergegeben, was eigentlich hell war, war nun dunkel. Auf dem Foto stand der Mann rechts von meiner Mutter. Alle Gäste jubelten in die Kamera, hielten ihre Gläser hoch, nur er nicht. Er blickte aufmerksam zu meiner Mutter rüber. Ich sah sein Gesicht nur im Profil.

»Kannst du diesen Mann hier größer zeigen?«

Petra veränderte den Ausschnitt des Bildes, und mir stockte der Atem.

Ich glaube, das ist er.

»Kann ich davon einen Abzug haben, bitte? Nur einen.« Ich schluckte einmal laut. Legte die Hand auf meinen Mund.

»Ist dir schlecht?«, fragte Petra.

»Keine Sorge. Mir geht's gut. Das hatte ich nicht erwartet.« Ich lachte unbeholfen. »Das erste Negativ direkt ein Treffer. So was aber auch.«

»Also brauchst du die anderen nicht?«

»Nein, nicht nötig, auf diesem Foto lag meine größte Hoffnung.«

»Jens macht dir gleich einen Abzug.« Sie sah auf ihre Armbanduhr. »Soll ich den in die SoKo-Sitzung mitbringen?«

»Ich hole ihn danach ab.«

»Aber brauchst du das Foto nicht für den Fall Ellerbeck? Ich dachte, du verfolgst hier eine Spur?«

Ich sah Petra direkt in die Augen und schwieg, denn ich wollte sie nicht anlügen, aber sie bemerkte, dass es sich um etwas anderes handelte.

Petra lächelte wissend. »Kannste später hier abholen. Auf Jens ist Verlass.«

Hoffentlich.

Ich musste noch auf die Toilette und kam zwei Minuten zu spät zur SoKo-Morgenrunde. Ich schlich mit gesenktem Kopf, eine Entschuldigung murmelnd, hinein und setzte mich ans Ende des Tisches auf einen freien Platz.

Kollege Lenzian beugte sich zu mir rüber und sagte leise: »Der Taxifahrer hat sich gemeldet, er kommt gleich zur Befragung.«

»Oh, das ist gut«, flüsterte ich, und er nickte.

Ich versuchte zuzuhören, aber meine Gedanken kreisten um den Mann auf dem Foto von der Saloneröffnung.

Wen könnte ich fragen, wer er ist? Wer erkennt ihn?

Mein Bruder war damals bei der Eröffnung des Salons nicht dabei gewesen. Meinen Vater könnte ich fragen, allerdings wollte ich ihn nicht beunruhigen. Rita wäre eine Möglichkeit, auch wenn ich den Eindruck hatte, dass sie sich damit nicht wirklich beschäftigen wollte.

Mein Blick kreiste über die Anwesenden der SoKo, und da fiel mir auf, dass Toni fehlte.

Was ist los mit dir, Toni?

Ruth berichtete gerade, dass der Kellner von der Vernissage heute zu einer Befragung kommen würde und von Apollonia Stark, die wir am Freitag befragt hatten. Und ich dachte an die

Tortenreste in Ellerbecks Magen und an Zick und an die Weinflasche, die ich ihm noch schuldete.

Kollege Müller berichtete, dass sie Samstagabend in der Kneipe Zum Jupp gewesen waren, wo sich ehemalige Polizisten und Bundeswehrler trafen, ihre kleinen Geschäfte ausmachten und Finanzielles bei Bier und Korn regelten. Die Kneipe, die Ruth an Renates Geburtstag vorsondiert hatte.

»Wir haben den Kneipier befragt, aber natürlich hat er nichts mitbekommen und lässt sich auch keinen Waffenschein von seinen Gästen zeigen, wie er uns versicherte. An Namen kann er sich ebenso wenig erinnern. War klar, die stecken alle unter einer Decke«, erzählte Müller und fuhr sich genervt durch die Haare. »Wir klappern unsere Informanten im Milieu ab, aber wenn wir mit zu viel Druck reingehen, verschwinden die wie die Kakerlaken, wenn das Licht angeht. Dann erfahren wir gar nichts.«

»Das Problem ist, dass wir keine Täterbeschreibung haben«, sagte Menden. »Wir haben keine Ahnung, ob der Schütze alt oder jung ist. Wir suchen ein Phantom. Lenzian?«

»Wir haben die Nachbarn der Ellerbecks erneut befragt, ob sie irgendjemand gesehen haben. Eine Person oder ein Auto, das dort normalerweise nicht parkt. Der Schütze muss ja zu der Stelle im Wald gekommen sein, wo wir Reifenspuren fanden.«

»Die Reifen werden auf vielen Automodellen verwendet, daraus lässt sich im Grunde nichts ableiten«, erklärte Kassner.

Petra saß neben ihm und hob Fotos der Reifenspuren im Schnee in die Höhe. Menden machte zu Recht ein zerknautschtes Gesicht. Wir hatten nicht viel. Einen Ex-Freund aus Tansania, der monatlich Schweigegeld bekam, scheinbar tot. Einen unbekannten Schützen, der ein Phantom war. Eine Kneipe, in der der Mordauftrag womöglich abgewickelt worden war.

Wir haben keine heiße Spur.

»Was ist, wenn der Schütze gar kein Mann ist?«, fragte ich in die Stille.

Müller sah mich an. »Ach schau, das Fräulein Specht will sich weitere Lorbeeren einheimsen, während unsereins die richtige

Arbeit macht und sich spätabends in Kneipen auf die Lauer legt.«

Ich sah ihn nicht an, sondern spielte mit meinem Kugelschreiber. »Das wird Ihnen nicht schwergefallen sein, Herr Müller«, sagte ich, woraufhin die Runde in lautes Lachen ausbrach.

»Frauen als Schützen sind ungewöhnlich«, warf Menden ein.

»Aber warum nicht. Müller, gehen in der Kneipe auch Frauen ein und aus?«

Müllers Gesicht wurde rot bis zu den Ohrläppchen. »Ja, was denken Sie denn? Was soll das denn sonst für ein Etablissement sein? Verein der warmen Brüder?«, regte er sich auf. »Natürlich sind da auch Frauen.«

»Auch Schützinnen?«, fragte ich.

Die Runde wieherte, und ich wusste, dass ich damit eine Kriegserklärung von Müller erwirkt hatte. Menden sah mich tadelnd an, auch wenn er mein Paroli durchaus zu schätzen wusste. Ruth schüttelte amüsiert den Kopf über mich.

»Lenzian, Sie unterstützen Müller und weiten die Suche auf Frauen aus, Sportschützen weiblichen Geschlechts. Es wird nur wenige geben, aber die Mühe ist es wert.«

Ruth nahm mich nach Ende der Sitzung zur Seite. Während die anderen bereits losliefen, gingen wir betont langsam in Richtung der Mordkommission. »Ich muss dir was zeigen, komm mit zu meinem Schreibtisch. Du wirst Augen machen. Menden weiß es bereits, aber hat mich gebeten, bis zur Befragung des Taxifahrers still zu sein.«

»Was ist passiert? Was hast du gefunden?«

»Gemach. Ich kann dir nur sagen, es bringt eine neue Richtung in die Ermittlung. Ich befrage gleich noch diesen Kellner. Kommst du bitte dazu?«

»Den Taxifahrer fände ich aber interessanter.«

»Den übernimmt Menden. Wir sollen den Kellner befragen.«

»Was soll der Kellner schon groß wissen?«

Ruth seufzte. »Letztlich gilt, wie wir es gelernt haben: Jede Spur ist wichtig. Lucia, ich will nichts übersehen.«

Ruth und ich betraten die Räume der Mordkommission, die mir wohlbekannt waren. Elke, die Sekretärin, saß hinter ihrer Schreibmaschine und hielt einen Telefonhörer ans Ohr. Sie bemerkte uns nicht und starrte nur ins Leere, nickte und sprach leise weiter mit der Person am anderen Ende.

Schlechte Nachrichten?

Ruth führte mich zu ihrem Schreibtisch, öffnete eine Akte und zog Fotos hervor. Schwarz-Weiß-Fotos der Straße und des Gehwegs vor dem Anwesen der Ellerbecks. Der tote Ellerbeck. Bäuchlings liegend.

»Mir hat das gestern keine Ruhe gelassen, ich glaube, dass wir etwas übersehen haben, also bin ich am Sonntag hierhergefahren und habe mir alles noch mal angesehen. Die Fotos, die Protokolle der Befragungen von Michaela und Charlene Ellerbeck und so weiter. Und da ist mir etwas aufgefallen.«

Mir stellten sich die Nackenhaare auf. »Mach es nicht so spannend.«

»Michaela Ellerbeck hat ausgesagt, dass sie das Taxi vorfahren sah. Sie hat dir genau beschrieben, was sie gesehen hat. Sie konnte sehen, dass der Mantel zugeknöpft war, nur ein Knopf, in der Mitte. Sie sah die Schuhe, die er anhatte, von dem Küchenfenster aus. Von dort sah sie, wie der Vater vor ihren Augen erschossen wurde. Aber sie konnte dir nicht sagen, ob in dem Fond des Taxis ein Mann oder eine Frau saß? Am helllichten Tag?«

»Ich erinnere mich. Sie sagte, sie war geblendet und konnte es nicht sehen.«

Ruth sah mich ernst an, und mir wurde heiß und kalt.

Wir haben was übersehen. Ich habe was übersehen.

»Lucia, ich habe das überprüft. Zum Tatzeitpunkt gab es keine Sonne. Die kam erst später am Nachmittag raus. Genau genommen sechzig Minuten später. Als du eintrafst, schien sie. Erinnerst du dich? Ich habe mit der Wetterstation gesprochen. Und selbst wenn: Um diese Zeit scheint sie nicht auf die Vorderseite des Hauses, wo die Küche ist. Michaela wurde nicht geblendet. Michaela konnte genau sehen, wer in dem Taxi saß.«

Wir standen uns gegenüber und schauten uns direkt in die Augen. Ich kannte Ruths Gesicht. Ich kannte die Nuancen ihrer Mimik. Die winzigen Falten um ihre Augen, wenn sie konzentriert und ernst zugleich war.

»Das ist noch nicht alles, oder? Da ist noch mehr.«

Ruths Augenbrauen schnellten hoch, sie zeigte auf das Foto des toten Ellerbeck. Wie er bäuchlings dalag und die Sohlen der italienischen Schuhe zum Betrachter zeigten. »Was fällt dir auf?«, fragte sie.

Ich brauchte ein paar Sekunden, bis ich es verstand. Bis ich es entdeckte.

Das gibt's doch gar nicht.

»Ruth, du bist brillant. Der Mantel von Ellerbeck ist offen. Die Seiten liegen links und rechts von ihm, wie zwei aufgeklappte Flügel.«

»Genau das ist es. Ich habe den Mantel gestern überprüft in der Kriminaltechnik. Er ist recht neu, die Knopflöcher sind nicht ausgeleiert, wie bei einem alten Mantel. Die sitzen bombenfest. Ich habe es simuliert. Der Mantel öffnet sich nicht, wenn du nach vorne fällst.«

Ich stellte mir vor, wie Ruth den Mantel trug und sich vornüber flach auf den Boden fallen ließ. Mir kribbelte gehörig die Kopfhaut in dem Moment.

Ruth beugte sich mir entgegen. »Ich glaube, dass Michaela Ellerbeck uns nicht die Wahrheit gesagt hat. Sie weiß mehr. Wir werden sie noch mal befragen. Und wir sollten den Kurs der Befragung ändern. Menden geht mit. Wir sollen sie uns vorknöpfen. Du und ich. Heute, direkt nach der Schule.«

Vor der Befragung des Kellners um neun Uhr dreißig hatte ich noch Zeit, zu meinem Schreibtisch bei der Sitte zurückzukehren. Mein erster Blick ging zum Schlüsselboard, ob jemand im Matrizenraum war, aber er hing dort. Ich begrüßte Sabine fröhlich, die nicht glauben konnte, dass ich es ernst meinte.

Lilli saß an ihrem Schreibtisch und strahlte mich an. »Du siehst müde aus«, begrüßte sie mich. »Schicker Rolli. Weiß steht dir.«

»Danke. Ja, meine Haut ist weiß wie Schnee in diesem furchtbaren Winter. Wenn ich Schwarz trage, sehe ich aus wie scheintot. Ich will jetzt endlich Frühling und Sonnenschein, wir haben Anfang März. Das ist ein Wetter wie im tiefsten Winter, wann ist das endlich vorbei?«

»Mittwoch soll es Sonnenschein geben. Und Ende der Woche zehn Grad. Kannst du dir das vorstellen?«

»Nein, ehrlich gesagt nicht. Ich könnte einen Kaffee vertragen«, erwiderte ich. »Was gibt's bei dir Neues? Was macht dieser Mann von der Party?«

»Das erzähle ich dir beim Mittagessen. Nur so viel, der Medizinmann ist keine schlechte Partie. Hab das Wochenende mit ihm verbracht. Wo warst du da eigentlich?«

»In der Heimat. Bei meinem Vater und meinem Bruder.«

»Das ganze Wochenende? Sonst hältst du es doch maximal einen Abend bei den beiden aus.«

»Ja, das stimmt, merkwürdig, oder? Hat sich so ergeben.«

»Ich bin ganz froh, dass ich im Moment nicht ins Sauerland fahren muss. Und kann. Pass auf, heute Abend geht es los, meine erste Boxstunde. Du kommst doch, oder?«

»Auf jeden Fall.«

Wir zwinkerten uns zu, und ich ging zu meinem Schreibtisch, grüßte im Vorbeigehen die Kollegen Knapp und Steger, die wieder ihre Köpfe zusammengesteckt hatten, rauchten und in Akten blätterten.

Ihr Halunken.

»Na, schickes Wochenende gehabt mit Frau und Kind?«, sagte ich mit ironischem Unterton. Ich konnte es mir nicht verkneifen.

Steger sah zu mir auf, mit einem Mund, der an ein Karpfenmaul erinnerte. »Stimmt es, dass Sie sich gar nichts aus Männern machen, Fräulein Specht?«, schoss er zurück.

Wie bitte?

Die beiden feixten mich an.

»Ist das eine Aufforderung, es zu widerlegen?«, fragte ich.

Knapp zischte: »Wusste ich es doch, dass mit der was nicht

stimmt. Steckt mit der Renate Schucht unter einer Decke. Im wahrsten Sinne des Wortes.«

»Zuschauen würde ich aber mal«, meinte Steger, und Knapp schlug ihm begeistert auf die Schulter. »Ja, das ist was anderes, mein Freund.«

Sie lachten, und ich stand nur mit ernster Miene da.

Knapp legte den Kopf schief. »Vielleicht ist das gut für Sie, dass Sie an Männern kein Interesse haben, denn wenn Sie schwanger werden, ist doch Schluss mit der Kripo, oder? Dann gehören Sie an Heim und Herd.«

Ich dachte an Petra. Was für ein Kampf es für sie war, ein Kind zu haben und zugleich diese Ausbildung wahrzunehmen. Wie viele Steine ihr in den Weg geworfen wurden. Wie sehr ihre Ehe sie eingrenzte. Ein Kind kam für mich nicht in Frage und eine Ehe ebenfalls nicht.

Ich stemmte die Hände in die Hüften. »Das lassen Sie mal mein Problem sein«, sagte ich zu den beiden. »Aber eines kann ich Ihnen versichern: Wenn ich ein Kind bekommen sollte, wird keiner von Ihnen der Vater sein. Drei kalte Winter nicht.«

Touché, wie der Franzose so sagt.

Die beiden lachten die Peinlichkeit weg, und ich ließ sie stehen und ging zu meinem Schreibtisch. Atmete einmal tief durch. Wieder ein Spießrutenlauf, den ich gemeistert hatte. Im Telefon steckte diesmal kein Briefchen meines Verehrers, vermutlich hatte er endlich aufgegeben. Ich war erleichtert und griff nach dem Stapel mit den Akten, denn ich wollte mir eine Gesprächsstrategie für die heutige Befragung überlegen. Michaela würde vermutlich wieder nur mit mir sprechen wollen, und wir mussten jetzt einen Schritt weiterkommen. Ich zog die Akte aus dem Stapel, schlug sie auf und bemerkte, dass etwas in der Schreibmaschine steckte.

Ein zusammengerolltes Stück Papier. Zwischen zwei Tasten. Dem Z und dem U.

Ich holte tief Luft und zupfte es aus der Tastatur. Entrollte es.

Frauen wie Du sollten nicht allein sein.
Ich beschütze Dich.

Am liebsten wollte ich laut rufen: Ich brauche keinen Schutz! Aber wen sollte ich anschreien? Ich zerknüllte das Papier und wollte es gerade in den Papierkorb werfen, da kam mir ein Gedanke. Vielleicht sollte ich es mit Rodewald besprechen. Was, wenn der Kollege Knapp doch dahintersteckte und es einer seiner schlechten Scherze war, mit denen er mich kleinkriegen wollte? Rodewald wäre ziemlich sicher auf meiner Seite. Ich ging in das Vorzimmer zu Sabine, weil ich sah, dass Rodewalds Büro verwaist war.

»Ist Rodewald heute nicht da?«

»Nein, er hat sich krankgemeldet für heute.«

»Wann kommt er wieder? Hat er was gesagt?«

»Irgendeine Rückengeschichte, ist womöglich morgen wieder im Dienst«, erwiderte Sabine.

Dann eben morgen.

Der Kellner von der Vernissage hieß Erwin Breuer und war größer als in meiner Erinnerung. Ohne seine Kellnermontur sah er wie ein Student aus. In weiten Hosen, einem dicken blauen Wollpullover und mit unsortierten Haaren saß er im Verhörraum. Beide Unterarme auf den Tisch gelegt. Ich wollte gerade eintreten, aber Ruth gab mir ein Zeichen, im Flur zu warten. Sie schloss die Tür von außen und hielt die Klinke fest.

»Elke, unsere Sekretärin, will mit dir sprechen«, sagte sie leise zu mir. »Du sollst gleich zu ihr kommen. Ich weiß nicht, was es ist, aber es schien dringend zu sein. Ich fange schon mal an, und du kommst nach, okay? Keine Sorge, ich nehme alles auf Tonband auf.«

Ich nahm den Paternoster zur Mordkommission, sprang hinaus und lief zu Elke. Sie sah bekümmert aus, blickte sich hastig um, ob uns auch niemand zuhörte, und winkte mich zu sich heran. Ich kam näher und konnte ihr Parfüm riechen. Das Haarspray. Ich sah auf ihre roten Wangen.

»Hast du schon gehört, was mit Toni passiert ist?«, flüsterte sie und drückte meine Hand.

Ich sah den Kummer in ihren Augen. Elke warf so schnell nichts aus der Bahn, die war hart im Nehmen.

»Nein, was ist mit ihm passiert?«, fragte ich erstaunt und wollte schon sagen: Den habe ich doch letzte Woche noch gesehen, der war mit mir auf einer Feier, auf der ich ihn geküsst habe.

Elke holte so tief Luft, dass sich ihr matronenhafter Oberkörper aufblähte. »Es gibt ein Gerücht, das gerade die Runde macht. Habe ich von einem Kollegen gehört, der Nachtdienst hatte.«

»Ist ihm was zugestoßen?«

Sie wackelte mit dem Kopf. »Sagen wir mal so: Es könnte schwierig für ihn werden.« Sie spreizte den kleinen Finger ihrer rechten Hand und hob ihn in die Höhe. Ich blickte verständnislos darauf.

Was heißt das?

»Elke, bitte sag mir, was passiert ist«, flüsterte ich.

Elke flüsterte zurück: »Er wurde heute Nacht aufgegriffen. Im Park. Am Schwanenteich.« Sie senkte betroffen den Blick. »Wer hätte das gedacht, unser Toni«, fügte sie hinzu.

»Ich verstehe nur Bahnhof.«

Elke nahm einen Schluck aus ihrer Kaffeetasse, sah mich mit großen Augen an und fuhr leise fort: »Gestern Abend wurden ein paar Homosexuelle am Schwanenteich verprügelt. Das ist ein Treffpunkt. Nachts. Für Sex.« Ihre Augen wurden kreisrund. »Die Polizei kam, und Toni war auch dort. Er war in die Schlägerei verwickelt. Sie haben ihn ebenfalls festgenommen.«

»Was? Was erzählst du da?«, rief ich erschrocken und trat einen Schritt zurück.

Das kann nicht sein. Toni ein 175er? Ein Homo?

Ich dachte an unser erstes Kennenlernen, zu Beginn der Ausbildung, wie er da bereits mit mir geflirtet hatte. An die vielen Male, wenn wir ausgingen, wir zusammen waren. Er um mich herumscharwenzelte, mir Komplimente machte und ich mir das eine oder andere Mal dachte, ob da mehr sein könnte. Andere waren eifersüchtig auf unsere Verbindung. Auf das, was wir miteinander hatten. Und schließlich der Kuss auf der Party bei Renate.

»Elke, das kann nur ein Missverständnis sein. Er wollte bestimmt nur helfen. Wo ist er jetzt?«, fragte ich.

»Sie haben die Personalien aufgenommen und ihn heute Nacht wieder gehen lassen.«

Deswegen war er nicht in der SoKo-Morgenrunde.

»Ist er schon zum Dienst erschienen?«

»Nein, er ist noch nicht aufgetaucht. Hat sich aber auch nicht krankgemeldet. Lucia, du musst etwas tun. Ihr seid doch befreundet. Das Gerücht wird sich in Windeseile durch die Flure tragen, wie Saharasand, den bekommst du aus den Ritzen nie wieder heraus. Ein schwuler Polizist? Das gibt's nicht.«

Ich nahm Elkes Telefon und wählte Tonis Nummer zu Hause. Er wohnte mit einem anderen Kollegen zusammen, eine Art Junggesellenbude, aber der Anruf blieb unbeantwortet. Ich legte auf und wählte die interne Rufnummer. Renate ging an den Apparat.

»Renate? Hast du was von Toni gehört?«

Stille. Renate räusperte sich. Ihre Stimme war gefasst. »Ist gerade reingekommen. Wäre gut, wenn du vorbeikommen könntest. Und damit meine ich: jetzt sofort.«

Der Paternoster war mir zu lahm. Ich nahm das Treppenhaus, rannte die Treppen hinauf, keuchte dabei, stellte fest, dass ich nicht besonders fit war und zu viel rauchte, und lief mit klopfendem Herzen den Flur entlang. Ich sah die beiden schon von Weitem, wie sie zusammen vor der Tür zu ihren Büros standen. Sie redeten leise miteinander.

»Toni«, keuchte ich und erschrak, als ich ihn aus der Nähe sah.

Toni sah nicht mehr so aus, wie ich ihn in Erinnerung hatte. Sein Gesicht war deformiert von Schwellungen. Das linke Auge war zu einem schmalen Schlitz zugeschwollen, das andere war blutunterlaufen und merkwürdig verzogen. Am Kinn prangte ein großes weißes Pflaster, Schürfwunden an der Stirn. Sein Haar lag ungeordnet, und seinem Körper fehlte jegliche Spannung. Er hob eine bandagierte Hand, an der die Fingerspitzen oben herauslugten.

»Rate mal, wie der andere aussieht«, versuchte er, einen Scherz zu machen.

»Oh, Toni.« Ich wollte ihn umarmen, aber er wich zurück.

»Bitte nicht, Lucia. Es ist schon kompliziert genug.«

»Warst du bei einem Arzt?«

»Ja, das war ich.«

»Wieso bist du nicht zu Hause geblieben?«, fragte ich und sah aus dem Augenwinkel, wie Renate vor Aufregung ihre Hände knetete.

»Wozu? Ich werde mich nicht verstecken«, antwortete er mit bockigem Unterton. »Ich habe nichts Unrechtes getan.«

Renate strich ihm mit einer Hand besänftigend über die Schulter.

»Was ist denn passiert?«, fragte ich.

»Lange Geschichte«, erwiderte er nonchalant, aber seine Augen füllten sich mit Tränen. Renate knabberte nervös auf einem Fingernagel. Er versuchte ein Lächeln, aber es misslang.

»Bin da in was reingeraten.«

»In was?«

Ich starrte ihn an. Die Party kam mir in den Sinn. Der Kuss. Die Erinnerung an etwas, was wir getan hatten, das aber im Dunkeln lag, nicht greifbar war. Toni seufzte einmal tief, sah zu Renate, die eine Sekunde nicht reagierte und ihm dann aufmunternd zunickte.

»Ich war gestern Abend am Schwanenteich«, begann er und sah zu Boden. Rang nach Worten. »Da gab es eine Schlägerei. Es war gegen einundzwanzig Uhr dreißig. Da tauchte plötzlich eine Horde Männer auf, sieben Männer. Waren wohl vorher auf einer Zechtour in der Altstadt gewesen und riefen: ›Jetzt gehen wir Homos klatschen!‹ Also stürmten sie die Wege und das dahinterliegende Gebüsch und verdroschen, wen sie vorfanden.

Schlugen einfach drauflos. Auch auf mich. Viele sind heulend weggerannt. Aber ich nicht! Ich habe zurückgeschlagen. Die haben kein Recht dazu, mich zu verprügeln. Haben natürlich nicht damit gerechnet, dass ich Kampfsport kann.«

»Und boxen«, ergänzte ich.

Ein kleines Lächeln erschien auf Tonis Gesicht. »Aber das machte es nicht besser, es war eher wie Öl ins Feuer schütten. Ein Passant rief die Polizei. Die löste den Tumult auf und nahm alle mit auf die Wache. Mich eingeschlossen. Ende der Geschichte.«

»Aber du hast nicht gegen das Gesetz verstoßen«, sagte ich. »Das war Notwehr. Selbst wenn.«

Renate schob sich zwischen uns. »Ja, aber die Gesellschaft schert sich nicht um neue Gesetze, Lucia. Der Paragraf 175 mag seit letztem Jahr entschärft sein, aber du glaubst doch nicht, dass deswegen die Menschen anders denken. Ein Homo ist ein Parasit in der Gesellschaft für sie. Er beleidigt ihr moralisches Empfinden. Ein Homo ist ein Perverser.«

Ich sah, wie Toni bei dem Wort Homo zusammenzuckte, als stünde jemand mit einer Peitsche hinter ihm. In dem Moment fielen die Dinge an ihren Platz, und das Bild von Toni fügte sich für mich zusammen: Er mochte Frauen, aber er liebte Männer. *Wie habe ich das übersehen können?*

Renate fuhr fort. »Früher wurden sie ins KZ gesteckt, jetzt verachtet und ausgegrenzt. Die will keiner haben. Nicht im Betrieb. Nicht in der Mietwohnung und schon dreimal nicht bei der Polizei. Einen schwulen Polizisten, das darf es nicht geben.«

Ich sah, wie Tonis Blick sich trübte und wie sein Gesicht lang wurde.

»Das ist das Ende meiner Karriere. Die endet, bevor sie begann«, sagte er trocken. »Porca miseria.«

»Halt mal, nicht so schnell«, erwiderte ich. »Es ist nichts entschieden. Keiner hat dich verurteilt. Alle werden dich darauf ansprechen, das wird ruckzuck die Runde machen, aber wir überlegen uns eine Lösung.«

»Es gibt keine andere Lösung als die Flucht nach vorne«, bemerkte Renate. »Du stehst das durch«, meinte sie zu Toni. »Ich steh dir bei.«

Ich nahm Toni mit beiden Händen an den Schultern und hielt ihn fest. »Hast du bei der Vernehmung gesagt, dass du homosexuell bist?«

Er schüttelte schnell den Kopf. »Natürlich nicht. Der eine Kollege hat mich schräg von der Seite angesehen, aber ich habe gesagt, dass ich da durchgelaufen bin, die Schlägerei gesehen habe und zu Hilfe gekommen bin.«

»Sehr gut. Sag niemandem etwas. Gib nichts zu. Du bleibst bei dieser Version.«

»Sie werden mir nicht glauben. Es klebt wie Hundescheiße an meinem Schuh«, erwiderte er.

Ich fuhr fort. »Wir regeln das, hörst du? Du verlierst nicht deine Anstellung hier, das verspreche ich dir.«

Tonis Augen wurden feucht. Er schlang plötzlich seine Arme um mich. Hielt mich fest, klammerte sich an mich. Ich spürte seine Schultern an meinen, seine Hände auf meinem Rücken, seinen Körper, den er gegen mich drückte. Seine Wärme.

Und in dem Moment erinnerte ich mich wieder an die Party.

Als hätte jemand einen Lichtschalter betätigt, kam meine Erinnerung an den Abend zum Vorschein. Und das, was nach dem Kuss geschehen war.

Die Tür zum Büro wurde geöffnet, der Chef der Abteilung für Wirtschaftskriminalität trat heraus und sah uns drei zusammenstehen. Toni nahm direkt Haltung an und straffte die Schultern.

»Toni, komm rein. Wir sollten uns unterhalten«, sagte der Chef mit ernstem Gesichtsausdruck. »Und Sie, Fräulein Schucht, zurück an die Arbeit. Sie werden nicht fürs Quatschen auf dem Flur bezahlt.«

Ich lief zurück zu Ruth. Sie lehnte vor der Tür des Vernehmungsraumes mit der Schulter an der Wand und rauchte eine Zigarette.

»Tut mir leid, dass es so lange gedauert hat.«

Sie hob beschwichtigend die Hand und blies den Rauch in die Luft. »Das Gespräch ging flott, er war recht redselig. Ist bereits gegangen.«

»Was hat er gesagt? War was Brauchbares dabei?«

Ruth feixte. »Ja. Er hatte Sex mit Charlene Ellerbeck. In ihrem Swimmingpool. Im Sommer, nach einer Party letztes Jahr.«

»Wie bitte?«

Renate drückte die Zigarette in dem Aschenbecher neben der Tür aus. »Der Typ ist ein Gigolo. Damit verdient er sich seinen Unterhalt. Er kellnert bei privaten Feiern, und wenn sich mehr ergibt im Laufe des Abends, wenn der Champagner sprudelt und die Drogen kreisen, ist er bereit mitzumachen. In beide Richtungen, wenn du verstehst. Natürlich gegen Geld. So verdient er sich zu seinem Kellnergehalt noch eine hübsche Stange dazu. Tut mir leid, den Witz konnte ich mir nicht verkneifen.«

»Er sieht gar nicht so aus. Eher wie ein Student.«

»Er nennt es seine ›Tarnung‹. Damit ihn auf der Straße niemand erkennt, kleidet er sich wie ein wilder Student, mit unordentlichen Haaren und Wollpullover.« Ruth schnalzte mit der Zunge. »Die Sache hat aber auch sein Gutes. Er berichtete, dass Charlene auf Kerle aus der Arbeiterschicht steht. Nicht auf die reichen Schnösel. Interessant, oder? Die Frau, die mit einem reichen Mann aus der Oberschicht verheiratet ist, mag vor allem die einfachen Jungs. Wir wissen also, wo wir weitersuchen sollten.«

Ich zündete mir eine Zigarette an. »Womöglich, weil diese Kerle sie hofieren und auf ein Podest stellen, in der Hoffnung, ein Stück vom Reichtum abzubekommen. Einen Schluck aus der Pulle. Die sind ihr untergeben und machen alles mit. Und Theo Ellerbeck wusste das und akzeptierte ihren Umgang.«

»Anscheinend«, erwiderte Ruth und sah auf die Uhr. »Die Befragung des Taxifahrers müsste gleich beendet sein.«

Wir gingen den Flur entlang und bogen nach links ab. Die

Tür zu dem Befragungsraum im Erdgeschoss, in dem Menden und ein Kollege saßen und den Taxifahrer befragten, war noch verschlossen.

Ruth legte ein Ohr an die Tür und lauschte. »Die sind noch dabei. Wir warten hier.«

»Was sagt er?«, flüsterte ich und stand direkt hinter ihr.

Ruth machte eine »Sei still«-Handbewegung und lauschte weiter. »Ich glaube, die sind fertig«, sagte sie, trat schnell zwei Schritte zurück, zog mich mit, und wir lehnten uns ans Geländer. Eine Sekunde später öffnete sich die Tür. Kollege Lenzian entdeckte uns, und ich versuchte, in seinem Gesicht zu lesen, aber da war nichts. Er schaute uns nur ernst an.

»Glück sieht anders aus«, raunte ich Ruth zu.

»Lass dich von Lenzians Miene nicht täuschen.«

Ein Mann erschien in der Tür und füllte sie fast aus. Der Taxifahrer war ein kräftiger Kerl mit lichten Haaren und einem hochroten Kopf. Er hob die Hand zum Abschied, murmelte etwas, das ich nicht verstand, und ging ganz gemächlich den Flur entlang. Ohne jegliche Eile.

Ruth und ich sahen ihm nach. »So sieht keiner aus, der Dreck am Stecken hat. Die versuchen, so schnell wie möglich rauszukommen«, meinte sie. »Aber so, wie der geht, hat er nichts zu befürchten.«

»Genau so ist es«, brummte es hinter uns.

Ruth und ich drehten die Köpfe. Menden verschränkte die Arme vor der Brust und schüttelte nur den Kopf. Er sah müde aus, die Falten um seine Augen wirkten tiefer.

»Es ist fast schon peinlich. Der Mann hatte Streit mit seiner Frau gehabt, und um ihr einen Denkzettel zu verpassen, ist er nach der letzten Schicht für ein paar Tage zu seinem Bruder nach Hamburg abgehauen. Auf die Reeperbahn. Die Sau rauslassen. Hat sich fünf Tage betrunken und vergnügt. Als er am Sonntagabend zurückkam, hat seine Frau ihm gesagt, dass er zur Polizei muss. Zeugenvorladung. Ich mach es kurz: Er schwört Stein und Bein, dass in dem Taxi außer Ellerbeck niemand gesessen hat. Er hat ihn in der Nähe der Kunstakademie aufgenommen und bis vor die Tür gefahren. Sie haben unterwegs nicht gesprochen, nirgends gehalten und sind schnurstracks zur Villa gefahren.«

»Moment mal, soll das heißen, dass wir die ganze Zeit einer Person nachjagen, die es nicht gibt?«

Menden blähte die Backen auf und ließ die Luft geräuschvoll entweichen. »So sieht es aus.«

»Sagt er die Wahrheit?«, fragte ich. »Vielleicht schauspielert er nur gut?«

Menden sah mir direkt in die Augen. »Da gibt es kein Vertun. Oder?« Er schaute rüber zu Lenzian, der zur Bestätigung nickte. »Wir haben ihn auf links gedreht. Der Mann sagt die Wahrheit, da bin ich mir sicher. Da saß niemand im Taxi mit Ellerbeck.«

»Das bedeutet, Michaela hat gelogen«, sagte ich tonlos. »Sie hat uns einen Bären aufgebunden.«

Menden sah mich an. »Ja, das denke ich auch. Und die Frage lautet: Warum?«

Johannes Wegener saß an seinem Schreibtisch und faltete die Hände zusammen, als würde er damit seine Gedanken sortieren können. Wir standen in seinem Zimmer.

»Michaela Ellerbeck ist womöglich traumatisiert von dem Erlebten. Sie hat mit angesehen, wie ihr Vater umgebracht wurde. Erschossen. Vor ihren Augen.«

»Und deswegen erfindet sie eine Person im Wagen?«, warf Menden ein.

»Es kann sein, dass sie sich falsch erinnert«, erklärte Johannes.

»Aber wie soll das gehen? Warum eine Person im Taxi sehen, die nicht da war?«, fragte ich.

»Sie erfindet eine Realität, phantasiert, damit sie damit klarkommt, was passiert ist. Ist sie in psychologischer Betreuung?«

»Nicht dass ich wüsste«, erklärte ich. »Sie hat jegliche medizinische Behandlung abgelehnt. Michaela jetzt zwangsweise einem Psychologen vorzusetzen würde nichts bringen, denke ich. Ich bin ja die Einzige, mit der sie spricht.«

»Ich müsste mir selbst ein Bild von ihr machen, ob es Hinweise auf eine akute Erkrankung gibt. Eine Ferndiagnose wäre vollkommen unseriös.«

»Und nicht zu vergessen«, begann Ruth, »dass wir noch nicht mal sicher wissen, ob Michaela die Erschießung ihres Vaters überhaupt mit angesehen hat. Womöglich war sie gar nicht dabei und hat das alles erfunden.«

»Wie das?«, fragte Johannes.

Ruth berichtete von ihrem Test mit dem Mantel und dem vermeintlichen Sonnenstand zum Zeitpunkt des Mordes.

Aber warum tut Michaela das? Was will sie damit bezwecken?

»Sie hat uns auf eine falsche Fährte geführt«, sagte Menden trocken. »Und wenn ich es mir recht überlege, führt sie uns an der Nase herum.«

»Ich wäre nicht so streng in meinem Urteil«, sagte Johannes.

Menden blickte einmal in die Runde. Sah auf seine Uhr. »Es ist halb zwölf. Ich würde sagen, ihr holt Michaela Ellerbeck jetzt aus dem Unterricht raus. Und dann befragt ihr sie, im Beisein von der Mutter und Johannes. Und dann sehen wir weiter. Die Sache gefällt mir nicht.«

Ruth und ich fuhren mit einem Dienstwagen zu Michaelas Schule und parkten den Käfer in einer Seitenstraße zwischen kniehohen Schneehaufen. Charlene Ellerbeck hatten wir vor unserer Abfahrt telefonisch informiert. Sie berichtete uns, dass Michaela heute Morgen ganz normal zur Schule gefahren sei, aber dass es in letzter Zeit öfters vorkomme, dass sie schwänzen würde. Es sei schwierig, »das Mädchen in dem Alter zu kontrollieren, und ich habe keine Zeit, mich jeden Tag darum zu kümmern, dass sie ihre Hausaufgaben macht. Es wird Zeit, dass sie aufs Internat kommt.«

Ausgeprägte Mutterliebe.

Wir gingen zur Schuldirektorin, erklärten die Sache und baten darum, dass Michaela direkt aus der Klasse genommen würde. Die Direktorin, eine hagere Person mit schmaler Nase, strengem Dutt und hochgestelltem Blusenkragen, sagte: »Lassen Sie mich kurz telefonieren«, und zog sich für ein paar Minuten in ihr Zimmer zurück. Als sie wieder herauskam, sagte sie nur: »Gehen wir. Ich zeige Ihnen den Weg.«

Wir folgten ihr, und unsere Schritte hallten von dem blanken Linoleumboden wider. »Und die Damen sind also bei der Kripo«, sagte die Direktorin auf dem Weg zum Klassenzimmer. »Wie kann ich mir das vorstellen? Sie sehen nicht aus, als würden Sie zur Polizei gehören.«

»Wir sind in Ausbildung zur Kriminalwachtmeisterin. Drei Jahre lang. Gleichberechtigt mit den Männern.«

Sie blieb kurz stehen und ließ die Worte wirken. »Das ist ja mal was Neues. Gefällt mir. Schauen Sie, hier ist das Klassenzimmer. Wenn Sie eben warten würden, bitte? Die Klasse ist wegen des Todes von Herrn Ellerbeck ohnehin schon verstört.«

Sie klopfte an, nickte uns zu und zog die Tür auf. Verschwand im Klassenraum. Wir hörten noch, wie die Lehrerin ihren Unterricht unterbrach und »Oh, Frau Direktorin Heinemann« zwitscherte. Dann schloss sich die Tür.

Ruth sah mich an und äffte die Lehrerin nach. »Oh, Frau Direktorin Heinemann.«

Sekunden später öffnete sich die Tür wieder, und Frau Heinemann trat allein in den Flur. Ihr Blick wechselte zwischen uns beiden. »Michaela ist nach der letzten Pause nicht in den Klassenraum zurückgekehrt.« Sie reckte ihren dürren Hals.

»Kann es sein, dass sie noch auf dem Schulgelände ist?«, fragte Ruth.

»Vielleicht auf der Toilette?«, schlug ich vor.

»Gibt es noch andere Ecken, wo die Mädchen sich treffen? Heimlich rauchen? Irgend so eine Ecke?«, fragte Ruth, und Frau Heinemanns Gesicht entglitt ihr für einen Moment wie ein glitschiger Fisch.

»Nicht dass ich wüsste«, entrüstete sie sich. »Vor allem nicht draußen und nicht bei dieser Kälte. Auf dem Gelände herrscht striktes Rauchverbot.«

Als ob sich irgendjemand daran hält.

Ruth und ich suchten die Gänge und Toiletten auf jeder Etage ab. Schauten in alle Kabinen. Klopften. Riefen Michaelas Namen. Aber wir fanden sie nicht. Sie war nicht im Gebäude und auch nicht auf dem Schulhof.

Die wenigen Minuten, bis die Schulglocke wieder klingeln würde, warteten wir vor dem Klassenraum, und als sich die Tür öffnete, passten wir Helga ab, Michaelas Freundin, die uns mit unsicherem Blick ansah und ihre Tasche an sich drückte wie einen Schutzschild.

»Ist etwas passiert?«, fragte sie schüchtern, während um uns herum die Schülerinnen wie Kaulquappen aus dem Klassenraum strömten und der Lärmpegel schlagartig anstieg.

»Wann hast du Michaela zuletzt gesehen?«, fragte ich sie laut gegen den Lärm.

»In der Pause. Wir waren draußen, eine rauchen. Hinten in der Ecke, obwohl wir das nicht dürfen.« Sie verzog das Gesicht zu einer schuldbewussten Miene.

Ja, das ist wirklich schlimm.

Ein paar Schüler liefen nah an uns vorbei und sahen uns neugierig an, als wären wir Eindringlinge in dem Bienenstock. Ich warf ihnen einen bösen Blick zu, und sie liefen schnell weiter.

Helga fuhr fort. »Michaela wollte noch auf die Toilette. Ihr ist in letzter Zeit häufig schlecht.«

Ruth und ich wechselten einen Blick.

Ich trat einen winzigen Schritt auf Helga zu. »Ihr seid zusammen ins Schulgebäude rein. Du hast sie reingehen sehen?«

»Ja, rein und die Treppe hoch, und dann ist sie abgebogen zur Toilette. Den Gang runter.«

»Hat sie irgendwas zu dir gesagt, bevor sie auf die Toilette ist?«

»Nein, nur ›Bis gleich. Warte nicht auf mich‹. Ist ihr was passiert?«, fragte Helga und schnappte nach Luft.

»Noch nicht«, antwortete Ruth.

»Wir warten den Nachmittag ab«, sagte Menden, als wir wieder zurück im Präsidium waren. »Ich habe mit Frau Ellerbeck gesprochen. Sollte Michaela auftauchen, wird sie uns sofort informieren.«

»Vielleicht schwänzt sie nur?«

»Oder ist zu einem Arzt? In ein Krankenhaus? Weil ihr schlecht ist?«

Menden schnalzte mit der Zunge. »Wir lassen uns den Namen des Hausarztes geben. Und telefoniert die Krankenhäuser ab.«

Ruth sah auf die Uhr. »Das Mittagessen im Trompeter können wir uns wohl schenken.«

»Dann hier in der Kantine eine schnelle Suppe?«

Wir gingen runter in die Kantine und aßen jede die Tagessuppe. Bohneneintopf mit Kartoffeln und Mettwurstscheiben.

»Geschmacklich rangiert das bei Krankenhauskost«, maulte Ruth, aß aber trotzdem weiter.

»Ich muss dir noch was erzählen«, sagte ich. »Es geht um Toni.«

Sie sah mein ernstes Gesicht. »Was ist passiert?«

Also erzählte ich, und Ruth hörte sich die Geschichte in aller Seelenruhe an. Und während wir die Suppe löffelten, heckten wir einen Plan aus, wie wir Toni helfen könnten. Denn uns war schnell klar: Im Präsidium würden sie niemals einen Homo als Polizisten dulden. Aber es gab eine leise Chance, seinen Kopf aus der Schlinge zu ziehen.

Michaela Ellerbeck war in keinem Krankenhaus der Stadt aufgetaucht. Von ihr fehlte bislang jegliche Spur. Ihren Freund Gerd Augustin konnten wir unter seiner Meldeadresse nicht erreichen, die Nachbarn hatten ihn seit ein paar Tagen nicht gesehen. Also hieß es abwarten. Bevor Michaela nicht vierundzwanzig Stunden weg war, würden wir keine Fahndung einleiten, auch wenn es uns in den Fingern juckte, diese sofort rauszugeben.

Gegen Nachmittag holte ich meinen Fotoabzug von der Saloneröffnung bei Petra in der Kriminaltechnik ab.

»Lucia, worum geht es hier?«, fragte sie, streckte mir den Abzug entgegen und sah mich auffordernd an.

»Um meine Vergangenheit. Um meine Mutter.« Als ich es ausgesprochen hatte, war ich froh und spürte für einen Moment so etwas wie Erleichterung.

Petra legte fragend den Kopf schief. »Ich bin ganz Ohr.«

Nun gut. Hilft ja nix.

Ich erzählte Petra von meiner Mutter, der Altakte, die mir Mieze besorgt hatte, von den Gesprächen mit Johannes, dem Verdacht, den Fotos und wie ich mir diese besorgt hatte. Konrad Becker.

»Du hattest deine Dienstwaffe dabei? In der Freizeit?«, fragte sie mit erstaunter Miene.

»Ich hatte vergessen, sie einzuschließen, es ist mir erst im Zug aufgefallen, dass ich sie immer noch bei mir hatte«, erklärte ich zerknirscht.

»Egal. Du musst ihm diese Filmrollen sofort zurückgeben. Das ist Diebstahl. Der Typ kann dich anzeigen. Inklusive Amtsmissbrauch und falscher Einsatz der Dienstwaffe. Lucia, da haste dir ja mal ein Ei gelegt. Schau, dass du diesen Mann dazu bringst, dass er keine Anzeige stellt und die Sache auf sich beruhen lässt. Ich meine es ernst. Du kommst sonst in Teufels Küche.«

Bin ich dort nicht längst?

Mir wurde schlecht. Petra steckte mir das Foto zu. »Für eine Identifikation reicht das nicht, ist zu wenig zu sehen. Ich habe die Negative durchgesehen, aber er taucht nirgends noch mal auf. Und du bist dir ganz sicher, dass der Mann etwas damit zu tun hat?«

»So sicher wie das Amen in der Kirche.«

»Vielleicht war er noch mal bei anderer Gelegenheit auf einem Foto?«

Ich zuckte mit den Schultern. An dieser Stelle kam ich nicht weiter. Ich wusste nur, Petra hatte recht: Ich musste mich mit Konrad Becker gut stellen.

Kaum war ich an meinem Schreibtisch zurück, rief ich Becker in der Zeitung an und ließ mich zu seinem Apparat durchstellen. Ich sah das kleine Büro förmlich vor mir, als es in mein Ohr tutete, aber er ging nicht ran. Auch die Sekretärin, Fräulein Schubert, die ohnehin nicht gut auf mich zu sprechen war, hatte außer einem kühlen »Der ist nicht im Haus« keine brauchbaren Infos für mich. Über die Auskunft bekam ich seine private Nummer raus – da ich jetzt auch eine Straße hatte, ging das deutlich einfacher. Aber auch dort nahm niemand ab.

Ich sah auf die Uhr. Lilli hatte mir eine Nachricht auf dem Schreibtisch hinterlassen: »Bin beim Boxen. Komm schnell nach!«

Ich ging zu Sabine, um zu sehen, ob es noch etwas zu tun gab, aber das war eher eine Alibifrage. Ich ging vor allem zu ihr, um herauszufinden, ob das Gerücht mit Toni schon die Runde gemacht hatte. Aber sie feilte gerade ihre Fingernägel, was ihre ganze Konzentration beanspruchte, und war nicht besonders redselig.

»Wie geht's mit dem Kollegen Knapp?«, fragte ich freundlich.

Sabine sah kurz hoch und feilte weiter ihren Daumennagel. »Reden wir nicht mehr darüber«, erwiderte sie und schmollte.

Hat er dich bereits abserviert. So eine Arschgeige.

»Mach dir nichts draus. Du hast was Besseres verdient. Ist eine schwierige Sache mit der Liebe – der eine liebt die, der andere liebt den«, sagte ich altklug und sah mir selbst dabei zu, wie ich meinen Köder auswarf.

Aber Sabine schien entweder nichts zu wissen oder war in ihrem amourösen Frust gefangen. »Die Männer können mir erst mal gestohlen bleiben«, zischte sie.

»Ja, manchmal tut so eine Männer-Pause ganz gut. Ich werde mal Feierabend machen und zum Boxen rüberschauen. Lilli steigt heute in den Ring.«

Ich grinste, aber Sabine bekam nur ein müdes Lächeln zustande. Während ich mich umdrehte, fiel mir das Schlüsselbrett ein, und ich warf im Weggehen einen raschen Blick über meine Schulter.

Das gibt's doch nicht.

Das war der Moment, auf den ich die ganze Zeit gewartet

hatte. Der Haken war leer. Der Schlüssel zum Matrizenraum fehlte.

Jetzt wollen wir mal sehen, wer mir hier solche Nachrichten schreibt.

Ich ging den Flur entlang, nicht hastig, aber zügig und so unauffällig wie möglich, denn ich wollte nicht, dass mich mein Verehrer an den schnellen Schritten erkannte. So ging ich die letzten Meter auf Zehenspitzen und sah mich mehrfach um, ob mich auch niemand bemerkte, aber niemand war auf dem Gang. Die Tür war geschlossen, aber ich hörte kein Maschinenklappern.

Womöglich schneidet er gerade die nächste Nachricht aus.

Unter dem Türschlitz fiel ein schwaches Licht auf den Flur. Es war definitiv jemand drin. Ich hörte ein Rascheln und wollte schon die Tür aufreißen, da fiel mir auf, dass ich keinen Zeugen dabeihatte. Egal wer dort drin war, der Mann würde es abstreiten. Er würde sagen:»Das ist nicht von mir, ich habe das nicht geschrieben, geschweige denn ausgeschnitten. Wie kommen Sie dazu, mich zu verdächtigen? Dreht ihr Frauen jetzt komplett durch?« Es würde Aussage gegen Aussage stehen. Und als eine Frau, die einen Kollegen anschwärzte, hätte ich am Ende die schlechteren Karten.

Soll ich es besser sein lassen?

Aber meine Neugierde überwog. Ich legte die Hand auf die metallene Klinke, drückte sie schnell nieder und riss an ihr. Doch die Tür ging nicht auf. Ich zerrte an der Klinke, aber es war abgeschlossen.

»Komm raus, ich weiß, dass du da drin bist!«, sagte ich laut.

Nun war mir alles egal, sollten die Kollegen auf dem Flur doch mitbekommen, was hier passierte. »Jetzt ist Schluss mit dieser Heimlichtuerei!« Ich rüttelte erneut an der Tür. »Aufmachen. Sofort. Oder ich lasse die Tür aufbrechen. Ich schreie das ganze …«

Der Schlüssel wurde umgedreht, und die Tür öffnete sich einen Spalt.

»… Präsidium zusammen!«, vollendete ich meinen Satz, und dann blieb mir jedes weitere Wort im Hals stecken.

Mit allem hatte ich gerechnet, aber nicht damit.

»Petra?«

Petra sortierte eine verirrte Haarsträhne und sah mich mit bekümmertem Gesicht an.

Du schickst mir solche Zettel? Du?

Ich war fassungslos und konnte es nicht glauben. Ich sah Petra an, und jetzt fiel mir auf, dass ihre Bluse schief zugeknöpft war.

»Es ist kompliziert«, sagte Petra mit erschrockener Miene, und in dem Moment bemerkte ich, dass rechts von mir jemand an die Wand gepresst stand. Es war Herbert Kassner, der Leiter der Kriminaltechnik. Das Deckenlicht spiegelte sich auf seiner feuchten Glatze.

Ich zeigte mit dem Finger auf ihn. »Herr Kassner? Was machen Sie hier?«

Petra zog mich in den Raum. Erst wehrte ich mich, aber ich sah ihren flehenden Blick und gab nach, trat ein, und Petra schloss die Tür hinter mir. Die beiden sahen mich bedröppelt an, als hätte ich sie beim Klauen erwischt.

»Was läuft hier?«, fragte ich.

Petra biss auf ihrer Lippe herum. »Lucia, du weißt ja, dass ich in meiner Ehe nicht mehr glücklich bin«, begann sie, und in dem Moment fiel der Groschen. Das waren nicht die Schreiber meiner kleinen Liebesbriefe. Ich hatte die beiden in flagranti erwischt. Im Matrizenraum des Präsidiums.

»Ich werde mich scheiden lassen«, sagte Petra bedeutungsschwanger und sah von der Seite Kassner mit einem aufgeregten Blick an. »Und dieser Mann hier ist der Grund.«

Ich fing schallend an zu lachen. »Ihr beide? Zusammen? Ein Schäferstündchen im Matrizenraum!«, brachte ich hervor, und während ich mich ausschüttete vor Lachen, sahen mich die beiden betreten an. Nachdem ich mich wieder beruhigt hatte, sagte ich: »Entschuldigung, aber das ist zu komisch. Ich denke, jetzt muss ich was erklären.«

Und so erzählte ich meinen Teil der Geschichte und warum ich ein Auge auf den Matrizenraum geworfen hatte, und schließlich lachten wir zusammen und versprachen uns hoch und heilig, niemandem etwas zu verraten. Ich würde niemandem sagen, dass Petra den Leiter der Kriminaltechnik im Matrizenraum verführt hatte. Oder umgekehrt.

Kassner sah mich aufmerksam an. »Aber wer schreibt Ihnen denn nun diese merkwürdigen Nachrichten, Fräulein Specht? Und warum?«

Mit dieser Frage im Kopf lief ich zur Sporthalle, und als ich die schwere Tür aufdrückte und die Halle betrat, roch ich bereits den typischen Geruch. Alte Gummimatten, Schweiß und warmer Tee mit Rum. Ich ließ den Blick schweifen, sah Kollegen, die seilsprangen oder miteinander Schlagübungen durchführten. Zwei tänzelten durch den Ring, und in der linken Ecke entdeckte ich Lilli zusammen mit Kunz. Sie trug einen hellblauen Trainingsanzug, ihre Hände steckten in Boxhandschuhen. Sie sprang von einem Bein auf das andere, hob die behandschuhten Fäuste in Brusthöhe und schlug damit in die Luft.

Kunz stand neben ihr. »Gewicht auf dem hinteren Fuß! Die ganze Kraft aus der Schulter nach vorne.« Er hielt ihr zwei Tatzen entgegen, und Lilli teilte ihren ersten Schlag aus. Es war, als schluckten Kunz' Hände all ihre Kraft. Lilli teilte einen Schlag nach dem anderen aus. Ihr Kopf war bereits hochrot, sie starrte mit grimmiger Miene auf die Tatzen, und ich sah, wie die Enttäuschung in ihr aufstieg.

Kunz schmatzte mit der Zunge. »Jetzt denk mal an jemanden, den du richtig zum Kotzen findest. Und dem salpeterste jetzt mal so richtig eine. Hörste? Hau drauf, Mädel!«

Lilli machte weiter. Schlug auf die hoch erhobenen Tatzen, aber Kunz war kaum beeindruckt von ihren Schlägen.

»Jetzt lass es raus!«, brüllte er sie an, und diesen letzten Satz hatte es offenbar gebraucht.

Lilli stieß einen schrillen Schrei aus, der mich zusammenzucken ließ, ihre Fäuste schnellten vor und zurück, sie wütete, Schweißtropfen flogen, und sie keuchte. »Du Dreckschwein. Du Sau. Du Arschloch.«

Wer immer das ist, er scheint es ziemlich verdient zu haben.

Ich hatte Lilli noch nie in so einem Gemütszustand gesehen. Sie war aufgepeitscht von ihrer eigenen Wut auf diese Person, der sie mit einem lauten Wutgeheul den Garaus machte, so wild, dass Kunz bereits »Is genug jetzt« sagte, aber Lilli schien ihn nicht zu hören, sondern schlug im schnellen Rhythmus weiter, führte einen letzten Schlag aus, und mit einem Mal verließ sie alle Kraft. Die Arme sanken, sie ging in die Knie und fiel rücklings auf den Boden. Starrte mit schweißnassem rotem Gesicht gen Decke. Tränen strömten aus ihren Augen. Ihr Brustkorb hob und senkte sich schnell. Rotz lief ihr aus der Nase, wie die Schleimspur einer Schnecke.

»Der hat's aber verdient«, sagte Kunz trocken. »Ich hol dir mal ein Handtuch.«

»Bist du okay?«, fragte ich.

Erst jetzt wandte sie den Kopf und sah mich an. »Das war das Beste, was ich je getan habe. Meine Güte, fühlt sich das gut an.«

Kunz kam zurück und reichte ihr seine Hand. »Okay, genug ausgeruht.« Er griff zu und zog Lilli mit einem Ruck zurück auf die Beine. »Damit können wir arbeiten. Nächste Woche, selbe Zeit.« Er klopfte ihr kameradschaftlich auf die Schulter und lief in Richtung seines Büros.

Lilli sah an mir vorbei und bemerkte offenbar etwas, das hinter mir passierte, in meinem Rücken. Sie zeigte mit dem ausgestreckten Finger in die Richtung.

»Ist das Toni? Wie sieht der denn aus?«

Ich schaute über meine Schulter. Toni kam aus der Umkleide, ebenfalls im Trainingsanzug, die Boxhandschuhe locker über die Schulter geworfen, und sprach mit Kunz.

»Ja, der hatte 'ne Schlägerei im Schwanenpark. Hat sich gewehrt«, erklärte ich.

Du hast also noch nichts gehört?

»Und das erzählst du mir nicht? Aber der will doch mit dem Gesicht nicht etwa hier trainieren?«

Wir sahen, wie Toni und Kunz diskutierten, konnten aber nicht hören, was sie sprachen. Toni hob die Arme in die Höhe und ließ sie wieder sinken. Kunz hielt ihn an den Schultern fest und rüttelte ihn leicht. Redete auf ihn ein wie auf einen kranken Gaul. Toni sah widerspenstig aus.

In dem Moment kam Müller von der Mord aus der Umkleide dazu. Er ging breitbeinig auf die beiden zu. Sein Gesichtsausdruck war feindselig. Er sagte etwas zu Toni im Vorbeigehen, gezischt, aus zusammengepressten Zähnen, und es genügte, um eine Kettenreaktion in Gang zu setzen wie bei einem chemischen Vorgang. Zwei Stoffe kommen zusammen und reagieren miteinander. Die Reaktion ist nicht aufhaltbar und erst recht nicht umkehrbar. Sie schreitet einfach fort. Bis es zu Ende ist.

Toni schlug mit der flachen Hand auf Müllers Hinterkopf. Der ächzte, fiel nach vorne, fing sich und wirbelte herum.

Damit begann es. Ich hatte schon oft Männer raufen gesehen. Die meisten Schlägereien, die ich mitbekommen hatte, waren in Kneipen oder davor auf der Straße gewesen, mit besoffenen Kerlen, deren Reaktionszeit aufgrund des Alkohols verlangsamt war und die etliche Mühe hatten, auf den Beinen zu bleiben. Aber dieser Kampf war anders. Er war roh, und es ging auch nicht darum, klug zu treffen. Taktisch zu sein. Kräfte zu messen. Der Stärkere zu sein. Es ging um viel mehr. Es ging darum, den anderen mit Schlägen zu beleidigen. Zu erniedrigen. Die Position des anderen zu vernichten. Recht zu haben. Wer überlebte, würde entscheiden, wie für alle Zeit die Dinge zu sein hatten. Und keiner wollte verlieren.

»Schwuchtel!«, schrie Müller jetzt, holte mit der Rechten aus und traf Toni unter dem Kinn, sodass die Zähne laut aufeinanderschlugen und sein Kiefer krachte. »Wir hätten euch alle vergasen sollen!«

»Wie nennst du mich? Du Nazi!«, brüllte Toni zurück und boxte Müller mit der Faust direkt auf die Nase, sodass Blut spritzte.

Müller schrie auf. Fasste sich ins Gesicht. Für eine Sekunde dachte ich, das war's. Aber mitnichten. Jetzt kamen die anderen Männer, die hier trainierten, angelaufen und bildeten einen Kreis um die beiden.

Müller grunzte mit blutverschmiertem Mund wie ein angestochenes Schwein. »Dich mach ich fertig«, drohte er mit einem von Hass durchtränkten Gesicht.

»Hau dem warmen Bruder eine!«, rief ein Kollege, und davon angestachelt richtete sich Müller, klein, wie er war, zu seiner gesamten Größe auf, rannte mit wildem Geheul auf Toni zu und warf ihn um. Die Luft entwich laut aus Tonis Lungen, und die beiden fielen zu Boden. Toni rücklings, Müller auf ihm drauf. Blut tropfte auf Tonis Gesicht.

Beide schlugen mit nackten Fäusten aufeinander ein, und Müller rief dabei: »Du blöde Schwuchtel! Du schwule Sau!«

Tonis Kopf wurde links und rechts getroffen, ein Stakkato von Schlägen, und ich dachte noch: Gleich fällt er in Ohnmacht, dann ist die Chose beendet. Aber Toni war clever, streckte beide Hände aus und schlug so fest in Müllers Seite, links und rechts, dass dieser aufjaulte. Nun gab es einen Kinnhaken von Toni, und Müller kippte rückwärts, runter von Toni, der sich wie ein befreiter Fuchs blitzschnell hervorzog, Müller an der Trainingsjacke packte und ihn zu sich hochhob.

»Ich bring dich um«, zischte er in dessen blutverschmiertes Gesicht.

»Perverser!«, schrie Müller zurück und spuckte Toni ins Gesicht.

Einer der Zaungäste sagte: »Na, da ist wohl die Seife in der Umkleide runtergefallen, was?«, und ein paar lachten hämisch.

Ich sah zu Kunz, der den Kampf mit angespannter Körperhaltung beobachtete.

»Jetzt tu doch was, Kunz!«, rief Lilli ihm zu.

Aber Kunz streckte ihr nur abwehrend die Hand entgegen. »Nee, warte ab. Das muss jetzt mal raus. Die müssen das miteinander ausmachen.«

Tonis Knie schnellte hoch und traf Müllers Weichteile.

abkoppelte von seinem Verlangen. Schlaff blieb. Wie er in meine Augen sah und zu weinen begann. Das Begehren mit einem Mal verflog, und er auf mir lag, weich, in meinen Hals weinte, von Weinkrämpfen geschüttelt und immer wieder in mein Ohr flüsterte: »Es tut mir leid. Ich kann das nicht. Es tut mir leid. Das ist alles mein Fehler. Ich liebe dich, Lucia.«

Jetzt sah ich in Tonis verbeultes, blutverschmiertes Gesicht. Sein linkes Auge war hinter einer rotblauen Schwellung verschwunden. Das andere schwoll zusehends zu. Die Wangen hatten bereits eine runde Form bekommen.

»Du hast alles richtig gemacht. Ich liebe dich, Toni«, sagte ich, beugte mich vor, nahm sein heißes Gesicht in meine Hände und küsste ihn fest auf die Lippen, so lange, bis ich das Grölen der anderen hören konnte. Schmeckte Schweiß und Blut. Aber das war mir egal.

»Seht mal, die Specht küsst die Schwuchtel!«

Ja, genau so ist es. Schaut es euch genau an.

Lilli überreichte ihm ein Tuch mit Eiswürfeln darin. »Hier, Toni, mehr Eis gibt's nicht«, und er legte es auf sein zugeschwollenes Auge. »Gehst du deswegen hier boxen?«, fragte sie. »Weil du glaubst, dass du dann ein richtiger Mann bist? Ist es das? Dass du denkst, dann bist du männlich?« Sie stemmte die Hände in die Hüften.

Toni kratzte sich am Kopf. Aus Verlegenheit. Er dachte nach, und ich sah mich nach Müller um, der einige Meter entfernt ebenfalls auf einem Stuhl saß, einen Schluck Rum trank und von seinen Kameraden gefeiert wurde.

Für einen Kampf, der unentschieden ausgegangen ist.

Toni räusperte sich. »Ich liebe das Boxen. Ich brauche es, damit ich mich fühlen kann.« Es klang trotzig.

Kunz griff nach Tonis Kinn und hob es an. Besah sein Gesicht mit gerunzelter Stirn. Eine fast zärtliche Geste, wie ich fand. Seine Augen suchten Tonis Gesicht ab. »Na, das wird grün und blau werden, das sehe ich schon. Du kannst ein Stück rohes Fleisch auf das Auge legen, das nimmt die Schwellung raus. Rind. Kein Schwein. Und kühlen. Die nächsten achtundvierzig Stunden.«

Toni nickte. Kunz ließ sein Kinn los und legte eine Hand auf seine Schulter.

»Da haste dich ja mit dem Richtigen angelegt. Müller war früher bei der Sitte. Wusstest du das? Er hat die rosa Listen geführt und war bei den Razzien ganz vorne dabei, wenn es darum ging, 175er hochzunehmen. Es war wie ein Sport für ihn, je länger seine Liste wurde, umso zufriedener war er. Er hasst Schwule.«

»Darauf wäre ich nie gekommen«, erwiderte Toni mit ironischem Tonfall, und Kunz und er lachten.

»Pass gut auf, welchen Gegner du dir aussuchst. Es ist ein Unterschied, ob du ihn dir wählen kannst oder nicht.« Kunz sah Lilli und mich an. »Bringt ihn nach Hause. Für heute ist hier Schluss.«

Wir brachten den angeschlagenen Toni nach Hause und saßen noch lange in seiner Küche. Wechselten die Kühlung für sein Auge. Tranken Schnaps. Rauchten. Und redeten. Toni berichtete Lilli von dem Vorfall am Schwanenteich. Er erzählte von seinem Leben. Von seinem Lieben. Von seinem Versteckspiel. Seiner Tarnung. Seinem Leben hinter einer Gardine, das sich nie ehrlich anfühlte. Seinem großen Wunsch, ein guter Polizist zu werden, nein, der beste Polizist. Er selbst sein zu dürfen.

Und in dieser Nacht schmiedeten wir einen Plan.

Teil 3
Die Wahrheit

1

Dienstag, 10. März 1970

Der nächste Tag begann mit der Sitzung der SoKo »Freischütz«. Toni und Müller waren beide dort aufgeschlagen, mit fiesen Gesichtern, verquollen, rot und grün und blau. Die ganze Sache hatte über Nacht die Runde im Präsidium gemacht. Menden hielt die zwei beim Reinkommen in den Saal direkt an und verwies sie mit einem »Sie können sofort wieder gehen, alle beide!« am ausgestreckten Arm des Raumes. Sie waren mit ihren verbeulten Gesichtern und eingezogenem Kopf aus dem Raum getrottet. Kaum waren sie fort, begann Menden die Sitzung.

»Guten Morgen in die Runde. Michaela Ellerbeck ist seit gestern Mittag verschwunden. Sie war in der Schule und hat nach der großen Pause den Klassenraum nicht mehr aufgesucht. Ihr Freund, Gerd Augustin, ist ebenfalls nicht auffindbar, aber im Gegensatz zu ihr ist er volljährig und kann sich aufhalten, wo er möchte. Wir gehen davon aus, dass die beiden zusammen abgehauen sind.«

»Wie Bonnie und Clyde?«, scherzte Kassner, und Petra neben ihm lachte mit. Sonst lachte niemand im Raum.

Menden fuhr fort. »Sein Autokennzeichen haben wir an alle Streifen gemeldet. Michaela gilt als vermisst, und wir haben soeben eine offizielle Fahndung eingeleitet. Daher habe ich auch das Kommissariat für Vermisstenfälle hinzugezogen. Mit Oliver Rehm und Aspirantin Herta Hase. Willkommen in der Runde.«

Er deutete auf Mieze in ihrem grünen Kleid und den Kollegen, die einmal in die Runde nickten. Mieze räusperte sich und begann zu erklären, wie sie vorgehen würden.

»Bei Vermisstenfällen versuchen wir zu rekonstruieren, wie die letzten Stunden der vermissten Person waren und ob es besondere Umstände gibt, die ein Verschwinden begünstigen, was in dem Fall mit der Ermordung des Vaters eindeutig gegeben ist. Die meisten Vermisstenfälle dieser Altersklasse klären sich nach kurzer Zeit auf, da sie abgehauen sind und ihnen das Geld ausgeht. Das dürfte hier jedoch nicht der Fall sein.«

Kleines Auflachen der Runde.

Mieze fuhr sich durch die roten Locken. »Dass die beiden zusammen verschwunden sind, ist eine naheliegende Vermutung, aber wir sollten auch andere Möglichkeiten in Betracht ziehen.« Sie machte eine Pause, und ihr Blick kreiste einmal durch die Runde. »Es stellt sich in diesem Fall die Frage, ob das Opfer freiwillig oder unfreiwillig verschwunden ist. Da die Familie wohlhabend ist, könnte auch davon ausgegangen werden, dass Michaela Ellerbeck entführt wurde.«

Betretene Gesichter.

Ihr Kollege Oliver Rehm ergänzte: »Die Gelegenheit wäre günstig. Die Familie ist ohnehin gebeutelt, die Nerven liegen blank, und in einem solchen Moment würde Charlene Ellerbeck jedes Lösegeld bezahlen. Für eine Entführung wäre dies ein idealer Zeitpunkt.«

Wie wäre Michaela als Entführungsopfer?

Vor meinem inneren Auge sah ich eine Szene, in der sie mit ihrer Schultasche in ein Auto gezerrt wurde und sich heftig wehrte. Mit Händen und Füßen um sich schlug und trat. Weil sie wusste, was ihr blühte und was auf dem Spiel stand.

Menden hob einen Zeigefinger in die Höhe. »Bis zu dieser Minute sind keine Lösegeldforderungen eingegangen. Weder telefonisch noch schriftlich«, erklärte er. »Aber das kann sich jederzeit ändern.«

»Ist das denn wahrscheinlich, dass ein und derselbe Täter die Chance nutzt und das Kind entführt?«, fragte Lenzian. »Erst die Ermordung des Vaters, dann die Kindesentführung? Hängen die Taten zusammen?«

Gute Frage.

»Was, wenn es der Erzeuger von Michaela ist, dieser Sportflieger aus Afrika?«, rief Stutenbrock dazwischen. »Den wir bislang nicht ausfindig machen konnten. Dessen Tod unbestätigt ist. Was, wenn er hier inkognito lebt und diese Sache eingefädelt hat?«

Ein Raunen ging durch den Raum.

Oliver Rehm hob die Hand. »Das wäre ein Vorteil. Nach unserer Erfahrung geht es dann um etwas anderes als um Lösegeld. In diesem Fall könnten wir davon ausgehen, dass er seinem eigenen Fleisch und Blut nichts antut.«

Menden holte tief Luft. »Die Fahndung nach Michaela ist raus. Informationen gingen an Krankenhäuser, Hotels und die Presse, die den Aufruf zeitnah veröffentlichen wird, in den Zeitungen und im Rundfunk. Alle Dienststellen im Land sind informiert. Alle Polizisten im Streifendienst halten Ausschau nach Michaela Ellerbeck. An den Grenzübergängen, den Bahnhöfen, den Flughäfen. Den Fähren.«

Rehm hob die Hand. »Wir erstellen ein mögliches Bewegungsprofil in der Vermisstenstelle«, erklärte er. »Damit wir eine theoretische Annahme haben, wo sie seit gestern Mittag nun sein könnte.«

Menden nickte und sah mit ernstem Gesicht in die Runde. »Ich möchte, dass wir dieses Kind finden. Unversehrt. Und ich möchte, dass wir den Täter finden und zur Strecke bringen. Haben Sie mich gehört? Ich möchte, dass Sie Ihre volle Kraft in diesen Fall einbringen.«

Es klopfte, und wir verstummten schlagartig, schauten alle zur Tür, die sich öffnete. Elke, die Sekretärin der Mord, kam herein. Sie schritt auf ihren hohen Schuhen zielgerichtet auf Menden zu, einen zusammengefalteten Zettel in der Hand. Wir hielten den Atem an, denn ein eingereichter Zettel war stets eine Besonderheit. Es war fast, als würde sie eine Kriegserklärung überbringen. Elke reichte Menden den Zettel, er dankte ihr, und sie machte kehrt und ging zurück zur Tür. Selbst von hinten konnte ich sehen, dass sie nervös war und versuchte, es hinter einem festen Schritt zu verbergen. Menden faltete den Zettel auseinander und las, was dort geschrieben stand. Er sah auf.

»Wir haben einen Anruf von Charlene Ellerbeck erhalten.

Sie hat soeben unter dem Scheibenwischer ihres Porsches eine Nachricht von Michaela gefunden.«

Eine Dreiviertelstunde später saßen wir bei Charlene Ellerbeck im Wohnzimmer. Menden, Ruth, Mieze, der Kollege Lenzian und ich. Der Wagen der Kriminaltechnik parkte auf der Einfahrt. Jens, Kassner und Petra untersuchten die Garage und den Porsche auf Spuren.

Charlene sah schick aus. Sie trug ein topmodisches knielanges Kleid mit einem schwarz-weißen Zebramuster, darunter weiße Strumpfhosen und feine Schuhe mit einem kleinen Absatz. Sie war um die Augen stärker geschminkt als sonst und klimperte mit ihren Lidern ungläubig in die Runde, während wir den Zettel ansahen, der auf dem Wohnzimmertisch lag, Fragen stellten und uns austauschten. Auf einem aus einem Schulheft herausgerissenen Stück Papier stand mit blauer Tinte geschrieben:

Ich bin weg. Such mich nicht. Lass mich in Ruhe. Bitte!!!

Ruth und ich untersuchten den Schreibtisch von Michaela, fanden aber kein Heft, aus dem der Zettel herausgerissen worden war. Der Abgleich mit einem Biologieheft ergab, dass es die Handschrift von Michaela sein musste.

»Ja, das ist die Schrift meiner Tochter, ich erkenne sie wieder«, bestätigte Charlene und nickte sich selbst dabei zu.

Mieze zeigte auf die Notiz. »Was sofort auffällt, ist, dass diese Notiz hastig geschrieben wurde«, sagte sie. »Oder unter Zwang.«

Charlene Ellerbeck sah Mieze mit großen Augen an und spielte mit dem Anhänger, der um ihren Hals an einer langen Kette baumelte.

Ruth beugte sich vor. »Und wir wissen nicht, wann die Nachricht geschrieben worden ist. Ob gestern oder heute Nacht oder erst heute Morgen. Und wann sie dort hinterlegt wurde.«

Menden stand auf und ging durch den Raum. »Frau Ellerbeck, rekonstruieren wir den gestrigen Abend, damit wir eingrenzen können, wann Michaela wohl die Nachricht hinterlassen hat. Stand der Wagen die ganze Zeit in der Garage? Sie können sich an keinen Lärm oder irgendetwas letzte Nacht oder heute Morgen erinnern?«

Charlene schüttelte ungläubig den Kopf. »Ich bin mit dem Wagen gestern Abend unterwegs gewesen, gegen dreiundzwanzig Uhr nach Hause gekommen und ging gegen Mitternacht zu Bett. Da ich momentan nicht gut schlafe, habe ich ein leichtes Schlafmittel genommen. Heute Morgen bin ich um halb acht aufgestanden, habe gefrühstückt und mich fertig gemacht. Da war keine Spur von Michaela. Normalerweise hinterlässt sie Spuren. Eine benutzte Tasse, ein Wasserglas oder so was. Aber es war alles genau so wie am Vorabend. Nichts war verändert.«

»Die Garage ist durch einen separaten Eingang begehbar. Wer hat einen Schlüssel dafür?«, fragte Lenzian.

»Der Schlüssel hängt am Schlüsselbrett im Flur«, erklärte Charlene Ellerbeck und deutete in die Richtung.

»Jeder kann ihn sich dort nehmen«, sprach Ruth aus, was wir alle dachten. »Man muss nur ins Haus kommen. Der Zettel kann somit erst nach Mitternacht unter den Scheibenwischer geklemmt worden sein. Von Michaela oder jemand anders.«

»Haben Sie mittlerweile Kontakt zu dem Erzeuger? Hat er sich bei Ihnen gemeldet?«, hakte Menden nach.

Charlene Ellerbeck nahm die dampfende Tasse Tee mit der Untertasse vom Tisch, führte sie zum Mund und trank einen Schluck. Ich roch Kamillentee. »Bei mir nicht. Vielleicht hat er Michaela direkt in der Pause an der Schule abgepasst? Meinen Sie wirklich, er hat etwas damit zu tun?«

Menden sah zu Ruth und mir, und ich antwortete: »Wir haben gestern Klassenkameraden gefragt und den Hausmeister. Michaela ist noch ins Schulgebäude gegangen. Was nach der Pause passiert ist, wissen wir nicht, dann waren alle Lehrer und Schüler in den Klassenräumen.«

»Fehlt etwas aus Michaelas Zimmer?«, fragte Menden.

»Sie meinen Kleidung und dergleichen? Eine Tasche? Ja, sicherlich, sie verbringt ja immer Zeit bei ihrem Freund, das darf sie auch. Daher kann ich nicht sagen, ob etwas fehlt. Ich schaue nicht jeden Tag in ihr Zimmer. Das möchte sie auch nicht.«

Unsere Hoffnung lag auf der Spurensicherung, die sich viel Zeit für alle möglichen Fingerabdrücke nahm. Das Schloss der Garage und die Tür waren unversehrt und ein gewaltsames Eindringen damit vorerst ausgeschlossen.

Ich versuchte, mir einen Reim auf Michaelas Verschwinden zu machen. »Ich bin weg«, hatte sie geschrieben. Aber wohin sollte eine knapp Achtzehnjährige mit ihrem Freund fahren? Weit konnten die beiden nicht sein. Oder war die Sache schon länger geplant? Hatten sie sich ins Ausland abgesetzt? Aber warum fehlten kaum persönliche Gegenstände? Warum lag ihr richtiger Pass in der Schublade ihres Schreibtisches? Nichts deutete für uns auf eine vorausgeplante Reise hin. Doch ganz gleich: Michaela musste klar gewesen sein, dass wir nach ihr suchen würden. Wozu lief sie davon? Oder besser gesagt, wovor? War ihr das alles zu viel geworden? Der tote Vater? Die polizeilichen Ermittlungen? Hatte der Tod des Vaters den Konflikt mit der Mutter verschärft? War es der Hilferuf eines überforderten Teenagers, der aus der Situation fliehen wollte? Oder war sie so verzweifelt, dass sie sogar den Freitod in Betracht zog? Der Suizid eines Teenagers?

Wo bist du, Michaela?

Mein Blick wanderte über die Kunst an der Wand im Wohnzimmer, und da erkannte ich das Bild wieder, das ich so ähnlich in der Ausstellung gesehen hatte. Ich besah es einen langen Moment, und als ich den Kopf wieder zurückdrehte zu den anderen, schaute Charlene Ellerbeck mich mit einem wachen und zugleich misstrauischen Blick an, quer über den Tisch, als könnte sie meine Gedanken lesen.

Nach meiner Rückkehr zur Sitte stellte ich fest, dass alle meine Kollegen ausgeflogen waren, nur Sabine saß mit stoischer Miene an ihrem Schreibtisch und tippte. Fluchte. Korrigierte. Tippte weiter und begrüßte mich mit einem knappen Augenaufschlag.

»Wo sind denn alle hin?«, fragte ich.

»Frag mich nicht. Hier macht jeder, was er will. Kaum sind alle da, sind sie wieder weg«, antwortete sie.

Ich wusste, dass Lilli mit Knapp unterwegs war. Sie hatte die Sache mit dem Wohnhaus der Prostituierten übernommen, und ich hatte ihr vorher noch gesagt, dass sie Knapp auf keinen Fall trauen sollte. Lilli hatte eine Haarsträhne aus dem Gesicht gepustet und gesagt: »Lucia, das weiß ich doch längst.«

Ich suchte in der Akte des Falls Ellerbeck nach Hinweisen auf Michaelas Verbleib. Rückte den Stuhl zurecht. Steckte mir eine Zigarette an und blätterte in den Protokollen. In den Berichten des Dezernats für Wirtschaftskriminalität. Den Kontoauszügen. Den Abschriften von Michaelas Befragungen. Den Berichten der Untersuchung in der Kneipe, wo der mutmaßliche Schütze womöglich verkehrte.

Aber ich fand nichts.

Ich löschte die Zigarette im Aschenbecher, und mir fiel siedend heiß ein, dass ich Konrad Becker von der Zeitung noch mal anrufen musste. Mich gut mit ihm stellen, wie Petra es befohlen hatte. Ich nahm den Hörer ab, betrachtete die Wählscheibe, und da war es wieder.

Nicht schon wieder. Hört das nie auf?

Wieder steckte ein Zettel in einem der Löcher der Wählscheibe. Ich war dieses Spielchen leid, zupfte die Nachricht wütend hervor, entrollte sie, und darauf stand:

Willst Du mich kennenlernen?

Ich war fassungslos. Selbst wenn ich wollte: Wie sollte ich darauf antworten? Sollte ich in die Tischplatte ein großes »NEIN« ritzen? Während ich das Zettelchen zerknüllte, wählte ich die Nummer von Beckers Apparat in der Zeitung. Nach viermal Tuten wurde abgenommen. Aber niemand sagte etwas. Kein Hallo oder Sonstiges.

»Hallo? Becker? Bist du dran?« Keine Antwort. Aber die Leitung stand. Ich konnte es knistern hören. Und da war noch etwas. »Ich höre dich atmen«, sagte ich.

Keine Reaktion.

»Ich möchte mich bei dir entschuldigen, und ich wollte nur sagen, dass ich dir die Negativrollen in die Post stecke und zurücksende. Danke fürs Leihen, auch wenn sie mich nicht wirklich weitergebracht haben. Der Abend ist etwas aus der Bahn gelaufen, und das ist eigentlich nicht meine Art. Es tut mir leid.« Ich lauschte. Es klickte in der Leitung. Der Hörer wurde aufgelegt. Dann ertönte ein langes Tuten. Ich legte vorsichtig auf, als würde dies das Gespräch abfedern.

Mir schwant Übles.

Ich stand auf, stieß den Stuhl rücklings von mir weg und stiefelte zu Sabine, überreichte ihr die Nummer von Becker auf einem Zettel. »Kannst du diese Nummer bitte für mich wählen und mir sagen, wer drangeht?«, fragte ich.

Sie wählte die Nummer, und ich sah ihr dabei zu, wie sie den Kugelschreiber in die Löcher der Wahlscheibe steckte und diese surrend zurücklief. Derweil warf ich einen Blick auf das Schlüsselbrett.

Laus mich der Affe.

Der Schlüssel für den Matrizenraum fehlte. Der Haken war leer. Ich war wie elektrisiert. Nach der letzten Ziffer hielt mir Sabine den Hörer entgegen, und ich konnte das Rufzeichen laut und deutlich hören. Nach dem zehnten Tuten sagte ich: »Lass gut sein. Ich probiere es später noch mal.«

»Soll ich es für dich weiterhin versuchen?«

Ich lief zur Tür, warf ihr ein »Brauchst du nicht, hat sich erledigt« über die Schulter zu und rauschte aus dem Raum. Ging mit schnellen Schritten über den Flur. Es war mir jetzt egal, ob ich auffällig war, sollten sie es doch mitbekommen. Meine Stiefel hämmerten auf den Boden, und die letzten Meter rannte ich. Kam vor der Tür zum Stehen, griff die Klinke und riss die Tür auf. Für einen Moment war ich peinlich berührt. Scham kam in mir auf.

»Entschuldigung«, stammelte ich. »Ich war auf der Suche ...« Ich brach den Satz ab.

Kann das sein?

Vor mir, in der Mitte des Raumes, stand mein Chef. Armin Rodewald. Er stand da wie ein Baum, mit seiner rundlichen Gert-Fröbe-Statur und den blauen Augen, den leicht geröteten Wangen.

»Wen haben Sie denn gesucht, Fräulein Specht?«, fragte er mich mit ruhiger Stimme und deutete mir an, einzutreten. Ich tat es, schloss die Tür hinter mir und stand ihm gegenüber.

»Ich suche jemanden. Einen Kollegen«, erklärte ich.

»Hier? Im Matrizenraum?«

Ich kam mir unglaublich dämlich vor. Rodewalds Augenbrauen hoben sich amüsiert an, und er lächelte dabei. Er war nicht sauer oder verärgert.

Ich versuchte es weiter. »Ja, den Kollegen, der hier in dem Raum an der Schreibmaschine sitzt.« Ich zeigte darauf.

»Der an der Schreibmaschine sitzt?«, wiederholte er, und ich spürte, dass ich rot wurde.

»Verzeihung, ich bin etwas durcheinander«, sagte ich schnell, und fast wollte ich mich abwenden, da ergriff Rodewald meine Hand. Ich war so erstaunt, dass ich an mir herunter und auf seine große Hand sah, die meine umfasste. Dann blickte ich instinktiv zu seiner anderen Hand. Darin hielt er ein Blatt Papier, aus dem jemand einen Zettel ausgeschnitten hatte. In der Größe der Nachrichten, die ich bekommen hatte. Ich konnte durch das Loch den Boden sehen.

Rodewald sagte leise, mit einem schwingenden, überzuckerten Timbre: »Geben Sie uns eine Chance, Lucia. Lernen Sie mich kennen.«

Sein Kopf neigte sich meinem entgegen, und ich starrte auf seine Lippen, die näher kamen und mit einem Mal auf meine trafen. Ich ließ es in meiner Schockstarre geschehen. Spürte seine weichen Lippen. Roch sein herbes Aftershave.

Jetzt ist aber Schluss.

Ich riss meine Hand los und trat einen Schritt zurück. »Herr Rodewald, ich muss doch sehr bitten.«

Er stand vor mir wie ein Schuljunge, der mir seine Liebe gestehen wollte, und hielt das Blatt Papier in die Höhe. »Diese

Nachrichten kommen von mir. Es tut mir leid, wenn ich Sie damit verunsichert habe«, erklärte er. »Aber ich wusste mir keinen anderen Rat, es war eine fixe Idee, ich weiß. Seit dem ersten Tag, als Sie in meinem Büro saßen, wollte ich nur eines. Ihnen nahe sein. Sie kennenlernen.«

»Sie sind verheiratet«, erwiderte ich verständnislos.

»Das zählt schon lange nicht mehr«, sagte er leise.

Ich starrte ihn an. Klappte den Mund auf, um etwas zu sagen.

Rodewald seufzte. »Ich weiß, das ist Unfug, was ich hier mache. Aber ich bin in diesen Dingen nicht gut. Das fällt mir schwer. Was hätte ich anderes tun sollen? Sie zum Essen einladen? Sie hätten niemals Ja gesagt.«

»Das stimmt«, erwiderte ich trocken. »Auch wenn ich mich natürlich geschmeichelt fühle«, schob ich hinterher, denn ich wollte nicht zu abweisend wirken. Der Mann war schließlich die Person, die mir meine Ausbildungsstation bei der Sitte bescheinigte und eine Bewertung gab. Ich durfte mir das nicht vermasseln.

Wem kann ich das erzählen? Wer wird mir glauben? Niemand.

Es wäre Wasser auf die Mühlen von Typen wie Müller, der sagen würde: Seht her, sie bringen alles durcheinander in diesem Präsidium, diese Frauen, sind zu nichts nütze. Dieses Experiment ist gescheitert.

»Ich weiß, was Sie denken«, sagte Rodewald in die Stille hinein. »Aber ich will Sie nicht erpressen. Nichts liegt mir ferner. Das ist ganz privat. Geben Sie uns eine Chance.« Er ließ das Papier in seiner Hand los und zu Boden segeln, nahm meine Hände, wie in einem schlechten Film.

Bitte geh jetzt nicht auf die Knie.

Aber er drückte meine Hände nur und ließ sie wieder los. »Denken Sie darüber nach«, sagte er mit einem tiefen Blick. »Bitte ziehen Sie ein Treffen mit mir ernsthaft in Erwägung, Fräulein Specht.«

Rodewald straffte die Schultern und ging an mir vorbei, öffnete die Tür, verließ den Matrizenraum und ließ mich unter dem leisen Surren der Deckenlampe stehen, während meine Knie zitterten.

»Hast du ein Gespenst gesehen?«, fragte Lilli mich, als ich wieder zurück zur Sitte kam.

Ich kann es dir nicht erzählen. Nicht jetzt.

Ich starrte Lilli an und sagte keinen Ton. Sah mich um. Kollege Knapp saß an seinem Tisch und hatte Papiertaschentücher in seine Nasenlöcher gestopft, die als kleine Zipfel hervorschauten und rot getränkt waren.

»Was ist denn mit ihm passiert? Hattet ihr Ärger?«, fragte ich.

Lilli wirkte unbeeindruckt, winkte ab, sah auf die Wanduhr, die zwölf Uhr zeigte, und schnappte ihre Handtasche. »Gehen wir Mittag essen. Ich habe einen Bärenhunger.« Und etwas lauter in Richtung Knapp: »Das neue Boxtraining macht mich doch recht hungrig.«

Auf dem Weg zum Trompeter, durch die noch immer frostige Märzluft, vorbei an kleiner werdenden Schneeresten, erzählte sie mir, was passiert war.

»Wir waren bei Lotte Zielinski, die ich beeindruckend finde.«

»Ja, die Frau hat Biss. Und liest Hölderlin.«

»Nicht nur das. Knapp wollte einen Kontrollgang machen, allein die Räumlichkeiten inspizieren, das sei nötig, sagte er, aber die Zielinski hat gesagt: ›Nur über meine Leiche. Meine Mädchen werden von Ihnen ab sofort nicht mehr allein aufgesucht. Nicht im Dienst und auch sonst nicht.‹ Da war es gut, dass du mich vorab in Kenntnis gesetzt hast, Lucia. Und da wurde der Knapp unruhig. Fing an mit ›Wir können das hier auch schließen lassen‹ und ›Ich hole mir ’nen Haftbefehl gegen Sie wegen Missachtung eines Polizisten‹ und so weiter. Die Zielinski blieb ganz ruhig und hat ihn freundlich vor die Tür gesetzt. Auf dem Weg zum Auto war er echt in Fahrt, und als wir gerade einsteigen wollten, greift er um meine Taille und sagt: ›Wir zwei müssten es mal miteinander versuchen, meinst du nicht?‹«

Wir waren am Trompeter angekommen und blieben vor dem Eingang stehen.

Lilli sah mich mit einem Blick an, aus dem der Triumph sprühte. Sie ballte die Hand zur Faust. »›Was ich meine? Das hier meine ich‹, habe ich gesagt und ihm auf die Nase geboxt. War ein Reflex. Hat geschrien wie ein Kind. Und soll ich dir was sagen? Es hat sich gut angefühlt.«

»Das wird Ärger geben, oder?«

»Bestimmt. Aber für Knapp ebenso, deswegen war er gerade im Büro sehr still, hockt wehleidig mit seinen Taschentuchfetzen in der Nase an seinem Schreibtisch und schreibt an einem Bericht. Er sagte, er sei auf einer Eisscholle ausgerutscht. Bei Sabine hat er es ebenfalls verschissen. Er hat ihr seine Nase gezeigt und wollte Mitleid, aber sie hat nur gesagt: ›Verschwinde.‹«

Wir lachten laut.

Ich kann Sabine immer besser leiden.

Lilli hob eine Faust in die Höhe. »Ich werde boxen gehen und den Mann aus meiner Vergangenheit klein treten, der mich zu dem gemacht hat, was ich heute bin.«

»Was bist du denn?«, fragte ich.

Sie schob die Augenbrauen zusammen. »So eine Frau mit devoter Neigung, der keiner was zutraut. Das bin ich nicht. Nicht mehr.«

»Und dieser Mann in deiner Vergangenheit. Wer war das?«

Lilli schaute in den Himmel, öffnete den Mund, formte ihn zu einem O und ließ die Luft laut ausströmen. »Einer aus dem Dorf hat mich nach einem Schützenfest geschnappt und in ein Gebüsch gezerrt. Hinter dem Bierstand. Niemand hat etwas mitbekommen, waren ja alle sturzbetrunken, und die Musik war laut. Da war ich sechzehn. Der Mann hat alles gegen meinen Willen getan, was man einer Frau antun kann. Und als ich ein paar Tage später meinem Vater davon unter Tränen erzählt habe, hat er gesagt: ›Das kommt davon, wenn du solche Röcke trägst. Das gehört sich auch nicht. Und was du da sagst! Ich glaube dir kein Wort. Der ist ein ehrenwerter Mann, unser Herr Bürgermeister. Was denkst du dir eigentlich dabei, solche Märchen in die Welt zu setzen?‹«

Jetzt verstehe ich, warum du dein Heimatdorf schnell verlassen musstest.

»Ich glaube dir jedes Wort«, erwiderte ich und umarmte sie. *Eigentlich sollte ich dir von Rodewald erzählen, aber das holen wir nach.*

Wir standen einen Moment vor dem Trompeter, und sie schluchzte, löste sich schließlich aus der Umarmung, wischte sich die Augen trocken und sagte: »So, genug. Jetzt brauche ich was Ordentliches zwischen die Zähne.«

»Meinst du wirklich, Michaela wurde entführt?«, fragte ich Mieze, die neben mir saß und mit großem Appetit aß.

»Möglich wäre es. Sogar ziemlich wahrscheinlich«, sagte sie zwischen zwei Bissen des Tagesgerichts, Knödel mit Pilzragout. »Wollen wir eine Wette abschließen?«

»Besser nicht. Ich verliere bei so etwas immer.« Ich stocherte in meinem Essen rum, richtigen Hunger hatte ich nicht. Lilli aß für zwei.

Renate hob den Zeigefinger in die Höhe. »An deiner Stelle würde ich wetten. Die Familie ist begütert, sie haben Ansehen, und genau das soll zerstört werden. Das Patriarchat wurde bereits demontiert. Das Familienoberhaupt ist kaltblütig ermordet worden. Nun folgt der Rest der Familie. Mit der Tochter ist es ein Leichtes, Lösegeld zu erpressen. Würde mich nicht wundern, wenn das sogar politisch motiviert ist. Holen wir es von denen, die zu viel haben, versteht ihr? Eine linke Gruppierung?«

Ruth rührte nachdenklich in ihrem Kaffee und sagte nichts dazu. Der Fall zermürbte auch sie so langsam. Sie wollte einen Erfolg vorweisen und kniete sich tief in diese Sache rein.

Mieze legte ihre Gabel beiseite und schob den fast leeren Teller von sich weg. »Nun gut, wenn es keine Entführung ist, wohin haut so ein Pärchen ab?«, fragte sie. »Was meint ihr?«

Lilli beugte sich uns entgegen. »In ein Hotel. Klein und unauffällig. In einem Ort, der etwas abgeschieden ist«, meinte sie. »Okay, vielleicht sogar romantisch, ihr kennt mich ja. Nun schaut mich nicht so an, die beiden sind jung und verliebt und haben Flausen im Kopf.«

Ruth beugte sich uns entgegen und senkte ihre Stimme. »Auf ein Schiff. Weg aus Deutschland. Nach Übersee. Oder nach Norden. In die norwegischen Fjorde. Oder nach Schweden. Auf jeden Fall in ein liberales Land, wo sie nicht auffallen würden«, sagte sie.

»Nee, nee«, warf Renate dazwischen. »Die sind in einer Großstadt untergetaucht, wo es anonym ist, wo sie unsichtbar werden, wo den Nachbarn egal ist, wer du bist und was du machst. Ich tippe auf Hamburg.«

»Und du, Lucia?«

Ich sah in ihre aufgeheizten Gesichter, die mich erwartungsvoll ansahen. Und ich bemerkte, dass meine Gedanken in eine andere Richtung gingen. Ich dachte nicht an eine mögliche Flucht und an ein romantisches Bonnie-und-Clyde-Ding, auch wenn es irgendwie naheliegend war. Ich dachte an etwas ganz anderes.

»Ich glaube, dass die beiden gar nicht weit weg von uns sind. Genau genommen glaube ich, dass sie uns so nah sind, dass sie uns die ganze Zeit beobachten können.«

Renate sog die Luft durch die Zähne ein. »Steile These.«

Ruth sah mich perplex an. »Warum sollten sie das tun?«

»Weil sie wissen wollen, was als Nächstes passiert«, entgegnete ich.

Als wir zurückkamen, war Knapp mit seiner blutenden Nase nicht am Platz, aber dafür stand Rodewald breitbeinig im Flur und sagte: »Ah, da sind Sie ja. Fräulein Hofmann, wenn Sie bitte in mein Büro kommen.«

Er hielt die Tür auf, Lilli stellte ihre Handtasche auf dem Schreibtisch ab und ging in Rodewalds Büro. Er schloss die Tür, und ich stand davor und beobachtete ihn durch die Glasscheibe, wie er mit Lilli sprach, die mit dem Rücken zu mir saß. Seine Miene war fast feindselig, ich würde sagen, er konnte

Lilli nicht sonderlich leiden, aber er blieb ruhig, während er sprach. Lilli fuhr sich nervös durch die Haare. Rodewald breitete seine Hände aus, zeigte die Handflächen, so eine Messias-Geste, die sagte: »Und nun? Was tun wir jetzt?« Lilli sprach, und Rodewald legte den Kopf schief, dann schien sie etwas zu sagen, was er interessant fand, er stellte den Kopf gerade und hob das Kinn. Schließlich zuckte ein kleines Lächeln in seinen Mundwinkeln. Er lehnte sich zurück und nickte. Lilli stand auf, er sagte noch etwas, dann öffnete sich die Tür, und sie kam heraus.

»Was hat er gesagt?«, fragte ich, als sie an mir vorbeiging.

»Später«, nuschelte sie und setzte sich an ihren Platz, spannte ein Blatt Papier in die Schreibmaschine und begann zu tippen.

Rodewald winkte mich in sein Büro. »Setzen Sie sich«, sagte er zu mir.

Ich nahm Platz und sah ihn aufmerksam an. Er hatte die Fassade des strengen Chefs aufgelegt, als hätte es die Sache im Matrizenraum nicht gegeben.

Woher können Männer das?

»Ich weiß, dass ich Sie einsetzen kann wie einen Mann«, sagte er.

»Ich möchte nicht mit jedem mittelmäßigen Mann verglichen werden«, erwiderte ich.

Er schnaufte. »Aber ich habe ein Problem. Sie und Fräulein Hofmann sind in ein paar Wochen wieder weg aus der Sitte, Ihre Ausbildung geht weiter. Sie machen sich gut hier, da mache ich im Einsatz keinen Unterschied, das wissen Sie. Aber es treten doch gravierende Unterschiede der Geschlechter zutage, und das spricht sich rum. Das macht kein Mann mit. Ich kann daher für Sie beide keinen Einsatz bei der Sitte später empfehlen.«

Ich beugte mich vor. »Ist das Ihre Meinung?«, fragte ich ihn. »Ich meine, ist das wirklich Ihre Meinung?«

Rodewald wurde blass im Gesicht. Ich sah ihm tief in die Augen und ließ ihn meinem Blick nicht ausweichen. Er wischte sich mit der Hand über den Mund, setzte sich aufrecht auf seinen Stuhl. Mit einem Schlag war ihm das Blut ins Gesicht geschossen, eine pochende Ader am Hals schlängelte sich zu seinem wuchtigen Schädel.

»Es gibt noch ein anderes Problem«, sagte er. »Und Sie sind darin involviert. Noch so eine Mann-Frau-Geschichte. Wir haben in zehn Minuten einen Termin beim Polizeidirektor. Es geht um Toni Schmitt.«

»Was ist das Problem?«, fragte ich und versuchte, äußerlich ruhig zu bleiben.

Rodewalds Gesicht glättete sich wieder. »Ich kann Sie da aus der Schusslinie holen, Fräulein Specht. Ein Signal von Ihnen, und ich setze mich für Sie ein, dass Sie keinen Schaden nehmen. Dann läuft hier alles wie am Schnürchen für Sie.« Er lächelte mich an. Seine Augen blitzten. »Wir könnten das bei einem Abendessen feiern. Sie und ich.« Er sah auf die Uhr. »Gehen wir. Es wird Zeit.«

Das ist Erpressung.

Mir schlug mein Herz bis zum Hals, als wir das Büro des Präsidiumsleiters Albert Maßen betraten. Auf dem Weg dorthin hatten Rodewald und ich eisern geschwiegen. Maßen sah freundlich drein, seine blaue Krawatte leuchtete unter seinem dunkelblauen Anzug hervor.

»Fräulein Specht, bitte nehmen Sie Platz. Armin, schön, dich zu sehen.«

Die beiden schüttelten sich fest die Hände. Sie kannten sich gut, waren per Du, hatten womöglich eine gemeinsame berufliche Vergangenheit mit Siegen und Errungenschaften, Kameradschaft und Treue. Ich nahm gegenüber von Maßen Platz, und er kam ohne Umschweife zum Punkt.

»Ich bin daran interessiert, diese Sache am Schwanenpark, die Festnahme des jungen Kollegen Toni Schmitt und den damit verbundenen Verdacht, schnell und geräuschlos aufzulösen. Das hat bereits zu viel Staub im Präsidium aufgewirbelt, und wir können von Glück sagen, dass bislang nichts an die Öffentlichkeit gedrungen ist. Ich habe Herrn Schmitt zu der Sache befragt, und nun wüsste ich gerne von Ihnen, was Sie zu sagen haben.«

Maßens Blick war aufmerksam, nicht feindselig oder dergleichen, da lauerte nichts im Hintergrund, aber trotzdem hatte ich den Eindruck, dass meine Antwort Gewicht haben würde. *Sie spielen uns gegeneinander aus.*

Ich stellte mir das Gespräch mit Toni vor. Er hatte sein perfektes Pokerface aufgesetzt. Der gut gelaunte Toni, der lässig und flirtend durchs Leben ging. Der alles leichtnahm und mit der Oberlippe zuckte und ein Tänzchen aufführte. Charmant. Nonchalant. Nichts von dem Mann, der seine Neigung verstecken musste wie den Schimmel an der Wand, der mit weißer Farbe übertüncht wird. Den Makel überspielen. Weglachen. Den Verdacht von sich lenken. Er hatte seine Rolle eingenommen. Der lässige Draufgänger, der Frauenschwarm. Ich, an Männern interessiert? Wo denken Sie hin?

»Toni und ich kennen uns seit dem ersten Tag der Ausbildung, wir haben zusammen hier angefangen«, begann ich und suchte in den Gesichtern eine Regung, die mir sagte, dass ich in die richtige Richtung tappte. Rodewald verzog keine Miene, hielt eine brennende Zigarette in der Hand, deren Rauch sich in Kringeln zur Decke kräuselte. Maßen sah mich aufmerksam an.

Ich fuhr fort. »Wir haben uns angefreundet über die Zeit der Ausbildung, in einem Jahr kann man einen Menschen gut kennenlernen. Neulich waren wir auf einem Fest, einer Geburtstagsfeier. Dort sind wir uns nähergekommen.«

»Wie das?«, fragte Rodewald, und ich sah die ersten Eifersuchtsfunken sprühen.

»Er sagte, ich sei die schönste Frau an diesem Abend«, sagte ich und lächelte. Sah Rodewald nicht an.

Maßen lächelte ebenfalls. »Das ist ein schönes Kompliment, Fräulein Specht. Und wann war das?«

»Am Mittwoch vor dem Vorfall am Schwanenteich.«

Maßen faltete die Hände zusammen. Sah mich ernst an. »Ein homosexueller Polizist, in Ausbildung in der Landeshauptstadt, der sich mit anderen prügelt – wenn das an die Öffentlichkeit kommt, das wäre ein herber Imageverlust für uns. Wir haben dieses Experiment mit den Frauen in der Ausbildung gestartet, damit wir neue Wege gehen. Es kann aber nicht sein, dass wir aufgrund solcher Vorkommnisse künftige Bewerbungen von Männern gefährden.«

»Wo sehen Sie die Gefahr?«, fragte ich und sah ihn erstaunt an.

»Fräulein Specht, niemand will hier mit einem Homosexuellen zusammenarbeiten. Am Theater vielleicht, ja, aber nicht bei der Polizei. Das ist unvorstellbar. Das gibt es nicht.«

»Toni Schmitt ist nicht homosexuell, ich muss es wissen. Sollten Sie annehmen, dass er homosexuell sei, kann ich das aus eigener Erfahrung entkräften. Weiter möchte ich mein Intimleben aber nicht vor Ihnen ausbreiten. Das geziemt sich nicht«, sagte ich mit fester Stimme und fürchtete, sie könnten meinen lauten Herzschlag hören.

Maßen und Rodewald tauschten einen Blick.

Maßen fuhr fort. »Fräulein Specht, ich muss Sie darauf hinweisen, dass diese Sache heikel ist. Auch für Sie. Ich muss Sie daher fragen, in aller Deutlichkeit: Haben Sie eine Beziehung zu Toni Schmitt? Und bevor Sie antworten: Wir prüfen ein mögliches Disziplinarverfahren gegen Herrn Schmitt, und wir werden prüfen, ob er charakterlich zur Polizei passt. Auch von der Schlägerei in der Boxhalle haben wir gehört. Ihre Aussage ist auch für Sie und Ihren Werdegang entscheidend. Ich habe bislang nur Gutes von Ihnen gehört. Es wäre schade, wenn Sie sich dies durch eine Lüge verbauen würden, nur weil Sie dem Kollegen beispringen möchten.«

Ich wünschte mir inständig, dass sie meine Gedanken nicht lesen konnten, mein Gesicht nichts verriet. Rodewald sah aus wie der Bösewicht in »Goldfinger«, der kalt lächelnde Gert Fröbe, der einen über die Klinge springen ließ für seine eigenen Ziele. Nicht mehr der Gemütliche, mit dem herzlichen Lachen. Er sah mich an, als wollte er sagen: Ich kann dir helfen, wenn du mich lässt, nickte mir verhohlen zu, so ein Nicken, das ausdrückt: Wir haben doch eine Abmachung. Du machst, was ich sage, und du kommst weiter.

Ich musste mich entscheiden.

»Wir wollten nicht, dass das passiert«, begann ich. »Das mit Toni und mir. Es passierte einfach. Gefühle lassen sich nicht einschalten wie ein Lichtschalter. Wir wissen, dass Beziehungen unter Kollegen nicht gerne gesehen werden.« Ich sah Rodewald streng an, und er lächelte mich hinterhältig an. »Wir halten unsere Verbindung daher sehr privat. Dass Toni sich in eine Schlägerei einmischt, das ist eigentlich nicht seine Art. Toni ist kein Schläger, ganz im Gegenteil; er hat einen ausgeprägten Gerechtigkeitssinn, und er hat diese Männer verteidigt, als er am Park vorbeikam, und sich für Schwächere eingesetzt. Ist das nicht das Wesen eines Polizisten, dass er sich für die Schwächeren in der Gesellschaft einsetzt?«

Maßen holte Luft, doch ich kam ihm zuvor.

Jetzt oder nie.

»Aber … in einem Punkt haben Sie recht, und da hat er falsch gehandelt. Er hat sich für diese Tat geschämt, das dürfen Sie mir glauben. Denn er hätte sofort die Kollegen verständigen und sich nicht einer dummen Schlägerei hingeben sollen. Ich denke, sein Impuls zu helfen war eine zutiefst menschliche Reaktion.«

Maßens Gesicht wurde milde, als würde jemand flüssige Butter über ihn gießen. »So könnten wir es sehen, durchaus. Und ich bin auch gewillt, es so zu sehen. An dem Verhalten von Herrn Schmitt müssen wir jedoch arbeiten und seine Verwendung für den Polizeidienst prüfen. Ein Augenmerk ist sicherlich, wie er in Konfliktsituationen reagiert. Wir möchten eine deeskalierende Polizei werden, nicht eine, die draufhaut. Das hatten wir zu lange, und die Studentenunruhen haben gezeigt, dass sich die Gesellschaft verändert hat und ein neues Konzept von Polizei hermuss. Was mich stört, ist: Es blieb leider nicht bei dieser einen Schlägerei.«

Rodewald sah mich schmallippig an. Und bevor ich antworten konnte, legte er los: »Sind Sie sich ganz sicher, dass Herr Schmitt kein Schlägertyp ist? Sind Sie sicher, dass Sie sich mit einem solchen Mann zeigen möchten? Sie werden stets im Kontext dieser Beziehung gesehen. Was der Mann tut, färbt stets auf die Frau ab. Und umgekehrt auch. Fräulein Specht, Sie sind noch unverheiratet, denken Sie daran, dass Ihr Ruf auf dem Spiel steht.«

Du miese Zecke.

Maßen sah mich aufmerksam an. Jetzt musste ich kontern. Ich redete weiter und versuchte, dabei ruhig zu wirken. »Toni ist kein Schläger. Er hat sich in der Boxhalle gegen einen Angriff gewehrt, der hinterrücks und feindselig war. Er hat seine Ehre verteidigt und seinen Ruf. Als Mann.«

Für einen Moment passierte nichts. Keiner sagte etwas. Ich hielt die Luft an.

Habe ich es richtig gemacht? Oder habe ich es versaut?

Es waren fünf lange Sekunden. Maßen klatschte einmal sanft in die Hände. Er schien sich seinen Reim auf die Sache gemacht zu haben. »Gut, dann. Ich danke Ihnen für Ihre Zeit. Mehr muss ich nicht von Ihnen wissen, Fräulein Specht. Sie waren mir eine deutliche Hilfe. Ich danke Ihnen.«

Ich nickte Rodewald zu, der mich mit einem düsteren Blick ansah, eine Zeitung hervorzog und über den Tisch schob.

»Ach ja, da war noch etwas«, sagte Maßen und tippte auf den aufgeschlagenen Zeitungsbericht, den ich schnell überflog. »Ich würde Ihnen empfehlen, vorsichtiger mit Ihrer Berufstätigkeit zu sein und sie nicht jedem Pressevertreter auf die Nase zu binden. Sosehr ich jegliche imagefördernde Aktion schätze, bin ich mir doch sehr sicher, dass eine Kneipenpublicity der falsche Weg ist, Fräulein Specht.«

Sein Blick war ernst geworden. Fast versteinert. In dem Punkt verstand Maßen keinen Spaß. Sein Experiment mit den Frauen im Kriminaldienst nahm er überaus ernst. Da war der vermeintlich homosexuelle Toni ein Kollateralschaden, den er billigend in Kauf nahm. Es war der Bericht von Konrad Becker vom letzten Samstag, mit einem großen Foto von dem Konzert von RENAISSANCE. Ein stimmungsvolles, eindrückliches Foto von der Sängerin und daneben vier kleinere Fotos untereinander. Das letzte war in der Kneipe aufgenommen. Die Sängerin und ich waren zu sehen, beide mit einem Schnapsglas in der Hand, lachten wir in die Kamera. Die Bildunterschrift lautete: »Selbst die Düsseldorfer Polizei, hier Kriminalanwärterin Lucia Specht, ist ein großer Fan der englischen Band und feierte ausgelassen im Anschluss in Peters Schänke.«

Becker, du fieser Kerl.

Ich sah hoch, und Maßens Mund war ein gerader Strich.

»Ihr Privatleben trennen Sie ab sofort vollkommen von Ihrer beruflichen Tätigkeit, haben Sie mich verstanden, Fräulein Specht? Sie sind zwar im Besitz der Dienstmarke, aber Ihre Ausbildung ist noch nicht beendet. Bewähren Sie sich bitte, im Sinne aller weiblichen Aspiranten, in dem verbleibenden Jahr. Sie tragen maßgeblich zum Erfolg dieses Experiments bei. Seien Sie sich dessen stets bewusst.«

Ich wagte nicht zu atmen. Mir steckte ein Kloß im Hals, und ich konnte nur ein »Natürlich. Verstanden« hervorpressen.

Rodewalds Mund umspielte ein kleines, gemeines Lächeln. Er genoss diese Zurechtweisung, und er wusste in dem Moment, dass ich niemals mit ihm essen gehen würde und dass die Antwort auf seine Frage ein klares Nein war.

Und diese Kränkung würde er mich spüren lassen, da war ich mir sicher.

Maßen stand auf und strich über seine Krawatte, streckte mir die Hand entgegen. Schüttelte sie, und wir sahen uns fest in die Augen. Die Warnung war klar. Ich nickte Rodewald zu, der sitzen blieb und mich regungslos ansah. So verließ ich Maßens Büro, leicht schwankend, als liefe ich über rohe Eier, und erst als ich im Vorzimmer stand, wagte ich wieder zu atmen.

Ich stürmte zurück zu meinem Schreibtisch und rief Becker an. Diesmal ging er sofort dran, als könnte er hellsehen.

»Na, haste Ärger bekommen, Flintenweib? Hab über dich recherchiert, du Kripomieze«, sagte er in süffisantem Ton.

»Das war mies«, sagte ich zu ihm.

Er lachte schallend. »Sagt gerade die Richtige. He, he, das war die kleine Rache für die Beule am Kopf, du Lady mit der Pistole. Ich weiß mich zu wehren. Du wolltest die Fotos doch unbedingt. Also, du hast sie bekommen. Wann bringst du mir die Negative persönlich zurück?«

»Einen Teufel werde ich tun. Die packe ich in die Post.«

Beckers Ton änderte sich und wurde ernst und tief. »Jetzt mal unter uns Gebetsschwestern: Warum interessieren dich diese Fotos von dieser Scheiß-Eröffnung so sehr? Was steckt wirklich dahinter?«

Ich dachte blitzschnell nach.

Alles auf eine Karte.

Ich holte tief Luft. »Ich suche den Mörder meiner Mutter, ihr hat der Laden gehört«, sagte ich und schloss die Augen. Biss mir auf die Zunge.

Becker war kurz still, und ich hörte, wie er rauchte. »Das ist deine Mutter gewesen? Die Frau, die drei Jahre später im Park von einem Unbekannten angefallen wurde? Ich habe damals einen Artikel geschrieben über den Fall und mit der Polizei gesprochen. Wusstest du das nicht?«

Ich kannte den Artikel, aber ich wusste nicht, dass Becker ihn geschrieben hatte. Ich erinnerte mich an den Tag, als er herausgekommen war und die Zeitung auf unserem Küchentisch in Essen gelegen hatte.

Ich stand mit bebender Unterlippe da und begann, den Artikel zu lesen. Die Worte brannten sich in mein Hirn: Unbekannter Angreifer. Tödliche Attacke. Grausamer Tod. Gewaltsames Ende. Trauer. Fieberhafte Suche.

Mein Bruder kam in die Küche und sah mich dastehen und lesen. Er riss die Zeitung an sich, und ich schnappte mit einer Hand danach.

»Das sollst du nicht lesen. Das ist nicht gut für dich«, schimpfte Henning und zog an der Zeitung.

Ich zog selbst mit Leibeskräften, aber Henning war stärker. Ich packte die Zeitung mit beiden Händen. »Lass los!«, schrie ich.

»Hör auf, so störrisch zu sein«, rief er zurück. »Ich sag es noch mal: Das ist nicht gut für dich!«

»Und warum? Was steht da drin?«

»Dass sie tot ist!«, brüllte er, riss mir die Zeitung aus den Händen und stürmte aus der Küche.

Sie verbrannten den Artikel noch an dem Tag, und wir haben nie wieder ein Wort darüber gesprochen.

Becker atmete laut aus. »Und du vermutest, dass der Täter bei deiner Mutter im Salon ein und aus ging. Und deswegen wolltest du die Fotos haben«, kombinierte er. »Okay, das ist mal 'ne Story«, rief er dann freudig in den Hörer. »Aber warte mal. Wie willst du wissen, wer es ist?«

Weil ich den Mann bei einem LSD-Trip als Erinnerung wiedergesehen habe.

»Ich habe einen Verdacht«, sagte ich.

»Wird der Fall neu aufgerollt? Ist das eine offizielle Ermittlung?«, fragte Becker.

Ich sog die Luft laut ein. »Nicht ganz.«

»Also nein. Eine private Ermittlung.«

»So ist es. Vollkommen privat.«

»Hör mal, Lucia«, sagte Becker mit verschwörerischem Tonfall. »Ich habe Fotos von der Beerdigung.«

Wie bitte? Ich kenne keine Fotos von der Beerdigung.

»Ich habe damals die Beerdigung besucht und fotografiert, wir wollten einen Artikel darüber bringen, aber die Chefredaktion hat sich schlussendlich dagegen entschieden. War ihnen zu emotional. Wir sind nicht die Bildzeitung.«

»Kann ich die Fotos sehen?«

Becker zögerte ein paar Sekunden, und ich dachte schon, er sagt: Du spinnst wohl, ziehst hier eine Show ab und lässt mich eiskalt stehen, mit gezückter Waffe. Auf keinen Fall.

»Pass mal auf, ich gebe dir die Fotos von der Beerdigung. Aber du holst sie persönlich ab. Bei mir. Heute Abend. Neunzehn Uhr.«

»Danke, das wäre wirklich famos«, erwiderte ich, zugleich erstaunt darüber, dass Becker sie mir so mir nichts, dir nichts anbot.

»Ist ein einmaliges Angebot. Und nicht verhandelbar. Zieh dir was Hübsches an, Lucia. Und damit meine ich drunter.«

Er legte auf. Ich hielt den Hörer an mein Ohr, lauschte dem langen Tuten und wusste: Er hatte mich in der Hand. Ich wollte diese Fotos haben, um jeden Preis. Weil ich ahnte, dass sie der Schlüssel zur Lösung sein würden.

Ungefähr eine Stunde später kam Ruth hereingestürzt. »Komm schnell mit, Lucia!«, rief sie. »Eine Streife hat Michaela auf einem Feldweg aufgegriffen, sie war mit einem Rucksack unterwegs. Es kam gerade über Funk. Sie kommen gleich unten an.«

»Das gibt's doch nicht!«, rief ich und sprang auf.

Ich lief hinter Ruth her, und mir fiel wieder auf, wie unglaublich sportlich sie war, im Gegensatz zu mir. Wenn ich diesen Beruf weiter ausüben wollte, musste ich an meiner körperlichen Fitness arbeiten. Wir erreichten die Treppe, rannten hinunter, eine Hand am Handlauf, zwei Stufen auf einmal nehmend. Am Fuß der Treppe stand Menden. Neben der Doppeltür, die zum Hof führte.

»Wir warten hier«, sagte er, und wir stellten uns neben ihn und beobachteten durch die Scheiben, wie der Streifenwagen auf den Hof gefahren kam. Ich sah, wie die Streifenpolizisten Michaela aus dem Käfer zerrten. Sie trug einen Parka, hatte eine Wollmütze ins Gesicht gezogen und einen Schal um den Hals geschlungen, dessen Enden um sie herumwedelten, während sie versuchte, sich aus dem Griff der beiden Polizisten zu schrauben.

»Tja, so schnell endet die kleine Reise«, sagte Menden.

»Und wo ist ihr Freund?«, fragte ich.

»War nicht dabei. Wurde allein aufgegriffen«, erklärte Ruth.

Sie kamen jetzt mit schnellen Schritten auf uns zugelaufen, erreichten die Tür, die Menden weit aufhielt, und einer der beiden Polizisten strahlte uns an, als hätte er die Weihnachtsgeschenke vor der Bescherung entdeckt.

»Wir haben sie!«, rief er. »Sie hat sich natürlich gewehrt und wollte erst nicht in den Wagen steigen.«

Michaela hob den Kopf und sah uns an. Ihr Blick unter der grauen Wollmütze ging einmal reihum.

»Und wer seid ihr jetzt?«, schnauzte sie.

Menden stöhnte. »Das ist nicht Michaela«, sagte er und verdrehte die Augen.

»Sag ich doch!«, erwiderte die falsche Michaela. »Aber die hören mir ja nicht zu!«, rief sie laut und trampelte mit den Beinen.

»Sie sieht ihr ähnlich«, warf ich ein.

Der eine Polizist sah mich mit dankbarer Miene an.

»Und wer sind Sie?«, fragte Menden.

»Das sage ich nicht«, erwiderte sie bockig.

»Na, dann zeigen Sie uns mal Ihren Personalausweis«, forderte Menden sie auf.

»Hab keinen dabei«, sagte die falsche Michela schnell.

»Wie alt sind Sie denn?«

»Neunzehn!«, rief sie, und in dem Moment bemerkte sie offenbar, dass das unklug war, und machte einen Schmollmund. *Minderjährig.*

»Bringt sie in ein Befragungszimmer«, seufzte Menden. »Und holt Fräulein Hase aus der Vermisstenabteilung, sie soll sich dieser Ausreißerin annehmen.« Und zu ihr gewandt: »Ihre Reise endet hier. Wir brauchen Ihren Ausweis nicht, wir finden auch so heraus, wer Sie sind. Und dann bringen wir Sie zurück zu Ihren Eltern.«

»Da will ich aber nicht mehr hin!«, rief sie verärgert.

Bevor ich nach Essen fuhr, mit dem Zug um achtzehn Uhr zwanzig, musste ich meine Schulden bei Zick, unserem Rechtsmediziner, bezahlen, also flitzte ich kurz vor Feierabend los, kaufte eine Flasche französischen Rotweins, einen Beaujolais, den ich seit der Begegnung mit Eric trank, und fuhr mit dem Bus zur Rechtsmedizin. Von dort aus würde ich zum Bahnhof fahren und nach Essen, um Becker die Negative zurückzugeben und mir die Fotos der Beerdigung zu holen. Es half ja nichts.

Siebzehn Uhr fünfzehn kam ich an. Zick saß in seinem Büro,

im Schein der Schreibtischlampe, und las in einem Fachbuch, dessen Seiten er mit konzentrierter Miene umblätterte. Er hatte einen Kassettenrecorder eingeschaltet, gerade kam France Gall, und er wackelte mit dem Kopf im Takt.

Laisser tomber les filles.

Ich klopfte an den Türrahmen, Zick sah hoch, und ein freudiges Lächeln erschien auf seinem Gesicht.

»Genau die richtige Abwechslung zu dieser Stunde!«, rief er. »Komm herein, Lucia.«

Er winkte mich in den Raum, und ich überreichte ihm die Flasche Wein, die in einer Transportbox aus Karton mit goldenen Tragekordeln steckte. »Danke noch mal für die Unterstützung. Merci beaucoup.«

Er las das Etikett und pfiff durch die Zähne. »Madame haben Geschmack«, sagte er und bot mir den Stuhl ihm gegenüber an. »Nimm Platz.«

»Nein, danke, ich muss gleich wieder los.«

Er hob einen Zeigfinger in die Höhe und wedelte damit vor meiner Nase. »Nee, nee, nix da, das gibt's nicht. Die trinken wir jetzt zusammen. Ist sowieso gleich Feierabend. So eine Flasche Wein ist schnell getrunken.«

Ich sah mit leichter Panik auf die Uhr. Siebzehn Uhr zwanzig. »Ich muss es aber zum Bahnhof schaffen. Ich muss noch nach Essen.«

»Papperlapapp. Dann nimmste einfach den nächsten Zug. Wir trinken jetzt ein Gläschen zusammen.«

»Na gut, ein Glas.«

Ich könnte den Zug um achtzehn Uhr fünfundvierzig nehmen. Becker müsste warten. Ich könnte ihn unterwegs anrufen und sagen, dass ich länger arbeiten musste. Aber er würde es mir übel nehmen. Ich musste es trotzdem schaffen.

Zick zauberte zwei Weingläser und einen Korkenzieher aus dem Wandschrank hinter sich. »Weißt du, was Tucholsky gesagt hat?« Er wartete meine Antwort gar nicht ab. »›Schade, dass man Wein nicht streicheln kann.‹ Ich finde, der Mann hat recht.« Er grinste, hob sein Glas, und wir stießen an und tranken. »Der braucht noch etwas Luft, aber die bekommt er. Viel wichtiger ist, dass du beim ersten Schluck merkst, dass sich da im Hintergrund noch was befindet, was nach vorne kommen will.«

Das kommt mir bekannt vor. Wie bei meiner Mutter.

Ich musste ein nachdenkliches Gesicht gemacht haben, denn Zick runzelte die Stirn.

»Habe ich was Falsches gesagt?«, fragte er.

»Nein, Entschuldigung, ich war gerade in Gedanken woanders.«

Er hob eine Augenbraue. »Kommt ihr in dem Fall Ellerbeck weiter?«

Ich nahm einen großen Schluck Wein. »Ähm, nicht wirklich.«

Ich berichtete ihm von der falschen Michaela, die Streifenpolizisten aufgegriffen hatten und die am Nachmittag zu den Eltern zurückgebracht worden war. Die Mutter war erleichtert gewesen, der Vater hatte ihr eine runtergehauen.

»Armes Ding. Wie gemein«, sagte Zick nachdenklich, nahm das Weinglas am Stiel und schwenkte es leicht hin und her, sodass der Wein in Schlieren an der Innenseite des Glases herunterlief. »Wir Rechtsmediziner sind sehr darauf bedacht, dass wir unsere Arbeit klar von der Ermittlungsarbeit trennen. Wir liefern Fakten und sonst nichts. Wenn wir ermitteln wollten, wären wir ja Kripobeamte geworden.«

Worauf willst du hinaus?

»Das bedeutet«, fuhr Zick fort und trank von dem Wein, »dass unsere Gedanken nicht wirklich gefragt sind. Die meisten von der Mord wollen nicht wissen, was wir denken. Potthoff hat das nie interessiert, er wollte einen Bericht, und damit basta.«

»Und Menden?«

Zick wackelte mit dem Kopf hin und her. »Lässt da mehr Spielraum zu. Ist interessierter. Findet so eine enge Trennung nicht richtig. Und wer weiß, vielleicht stirbt noch jemand? Man weiß ja nie.«

Wir lachten beide, stießen mit den Gläsern an und tranken. Der Wein sauste in meinen Kopf, ich hatte nicht viel gegessen, und jetzt war die Zunge locker.

»Was willst du mir eigentlich sagen?«, fragte ich. »Spuck's aus.«

Er legte den Kopf schief. »Also, wenn man mich fragen würde, was keiner tut, aber wenn mich tatsächlich einer fragen würde, dann würde ich sagen: Ich kenne Charlene Ellerbeck, denn die geht ja auch gern auf die Kö.«

»Du kennst Charlene Ellerbeck?«, rief ich. »Und das erzählst du mir erst jetzt?«

»Also, ich kenne die nicht persönlich, nur vom Sehen, aber ich bin öfters unterwegs auf der Kö, in den Boutiquen. Da sieht man sich eben, sie ist eine auffällige Erscheinung, nicht wahr?« Er trank einen weiteren Schluck.

Nun rutschte ich vor auf die Sitzkante des Stuhls. »Weiter«, forderte ich.

Jetzt wird es spannend. Da kommt was nach vorne.

»So ein Boutiquebesitzer meinte neulich zu mir, er würde seinen Laden bald erweitern und in einen viel größeren Laden umziehen. ›Oh, laufen die Geschäfte so gut?‹, habe ich gesagt und auf die teuren Klamotten auf den Stangen gedeutet. ›Ach nee‹, sagte der. ›Du brauchst nur jemanden, der dich finanziert, dann läuft das von allein. Mit einem Batzen Geld geht einiges leichter.‹ Es klang prahlerisch. Und er erklärte mir: ›Je größer der Laden, desto mehr Ware und desto unterschiedlichere Kunden kannste anziehen. Im wahren Sinne des Wortes!‹«

Zick lachte selbst über den Wortwitz und trank aus seinem Glas. Ich tat es ihm gleich und sagte, als ich das Glas abstellte: »Wie heißt dieser Mann?«

Zick lächelte mich an. Es war ein Lächeln, das seine Genugtuung zeigte, dass ich auf seine Geschichte angesprungen war. »Dankwart Kronenburg. Und soll ich dir noch was sagen? Dann schweige ich aber.«

»Ja, sollst du. Und dieses Gespräch hat nie stattgefunden. Versprochen.«

»Okay, und du kommst mich mal wieder besuchen. Man munkelt, der Mann ist der Geliebte von Charlene Ellerbeck. Den Rest überlasse ich dir. Kombinier mal schön. Santé!«

Der Boutiquebesitzer bekommt also demnächst eine Zuwen-
dung von seiner stinkreichen Geliebten, schau mal an. Na, da
wird Ruth Augen machen.
Zick erhob sein Glas, prostete mir zu und leerte es in einem
Zug aus.

Als ich die Rechtsmedizin verließ und in das Erdgeschoss der
Uniklinik hochsprintete, war es siebzehn Uhr fünfundfünfzig.
Der Wein stampfte träge durch mein Hirn.
Noch fünfundzwanzig Minuten. Ich könnte ein Taxi zum
Bahnhof nehmen. In zehn Minuten wäre ich dort. Ich könnte
es schaffen.
Ich warf einen Blick in mein Portemonnaie und stellte mit
Erschrecken fest, dass ich nur noch das Geld für die Fahrkarte
nach Essen und zurück besaß. Der Wein war teuer gewesen,
und jetzt hatte ich kein Geld für ein Taxi. Nur für einen Bus
reichte es noch. Und der brauchte viel zu lang.
Ich könnte vielleicht Zick bitten, mir Geld zu leihen.
Ich ging zu einem der Fernsprecher und warf schnell Münzen
ein, weil ich zu spät dran war. Ich wählte die private Nummer
von Becker, aber er nahm nicht ab.
»Verflixt, warum gehst du nicht dran?«, sagte ich laut zu mir
und hängte den Hörer energisch ein.
»Lucia?«, sagte eine Stimme hinter mir. »Was machst du
hier?«
Ich drehte mich um. »Johannes? Das könnte ich dich auch
fragen. Was machst du hier? In der Uniklinik?«
Johannes stand vor mir, im Wintermantel, mit einem edlen
Wollschal um den Hals, seine Aktentasche locker an einer Hand
haltend. Er deutete mit der freien Hand zur Decke. »Ich habe
hier mal gearbeitet und eben einen Kollegen getroffen. Wir tau-
schen uns regelmäßig aus. Und du?«
Ich deutete nach unten, in Richtung Keller. »Ich war noch
eben in der Rechtsmedizin. Eine Sache klären.«
»Gab's dazu Wein?« Er lächelte.
Ich hauchte in meine Hand. »Riechst du das?«

»Ja, aber das ist nicht schlimm. Hast du noch was vor? Ich könnte ebenfalls ein Glas vertragen.«

Meine Armbanduhr zeigte achtzehn Uhr. »Leider heute nicht. Ich muss zum Bahnhof. Mein Zug geht in zwanzig Minuten, aber könntest du mir vielleicht zehn Mark für ein Taxi leihen? Bekommst du morgen wieder. Versprochen.«

Johannes grinste und deutete durch die Eingangstüren auf den Parkplatz der Uniklinik. »Mein Wagen steht hier. Wenn du willst, fahre ich dich eben.«

»Das würdest du tun? Das wäre klasse.«

Ich könnte schreien vor Freude.

Johannes' Käfer sprang trotz der Kälte direkt an, was ihn offenbar am meisten freute. Bereits an der Ecke Bilker Allee stockte jedoch der Verkehr, und wir starrten auf ein Meer von roten Rücklichtern.

»Ziemlich viel los heute«, meinte er und setzte den Blinker. »Wir versuchen es über eine Nebenstraße.«

»Gut, dass du dich auskennst«, erwiderte ich, und er bog ab, aber weit kamen wir nicht. Bereits an der nächsten Abzweigung standen wir vor einer gesperrten Straße. Es war achtzehn Uhr vierzehn.

»Eine Baustelle. Mist.«

Nur wenn sein Käfer sich jetzt augenblicklich in ein flugfähiges Batmobil oder ein James-Bond-Auto mit allen Tricks und Raffinessen verwandelte, könnten wir es schaffen. Ich wippte unruhig mit dem Fuß.

»Du bist nervös«, stellte er fest und sah auf seine Armbanduhr. »Das wird verdammt eng. Wo wolltest du hin?«

»Nach Essen.«

»Warum?«

Schüchtern bist du jedenfalls nicht.

Ich sah ihn von der Seite an. »Ich muss was abholen. Ist eine lange Geschichte«, sagte ich zögerlich.

»Die kannst du mir ja dann auf der Fahrt erzählen«, meinte er, kurbelte das Fenster herunter und zündete sich eine Zigarette an. »Ich fahr dich. Hab eh nichts anderes vor. Zu Hause wartet niemand auf mich.«

Gut zu wissen.

Kurz nach sieben klingelte ich an Beckers Tür, und wenige Sekunden später ertönte der Summer. Ich ging im Treppenhaus nach oben, atmete einmal tief durch. Becker stand im Türrahmen angelehnt. Aus seiner Wohnung erklangen Jazztöne. Er trug ein weißes Hemd, das weit aufgeknöpft war, und eine weite grüne Pluderhose. Seine Füße waren nackt.

»Guten Abend, Lucia«, sagte er mit Schmelz in der Stimme.

»'n Abend, Becker«, erwiderte ich.

»Schön, dich wiederzusehen. Komm herein.«

Er trat einen Schritt zurück und machte eine weit ausholende Geste. Ich trat ein, und er schloss die Tür hinter mir. Auf dem Wohnzimmertisch brannten mindestens ein Dutzend Kerzen. Zwei Gläser standen bereit, und eine ungeöffnete Flasche Sekt ragte aus einem Kühler, der von außen beschlagen war. Becker nahm eine brennende Zigarette aus dem Aschenbecher und sog daran. Inhalierte.

»Entspann dich, wir haben heute noch viel vor.«

»Du überschätzt mich«, sagte ich.

»So? Tue ich das?«

»Ich bin schlecht im Bett.« Ich zog meinen Mantel aus und warf ihn über einen Stuhl, öffnete meine Handtasche und kramte darin. Er sah mir dabei zu. »Erst das Geschäftliche«, sagte ich. »Job ist Job, und Schnaps ist Schnaps.« Ich kramte seine Negativrollen aus meiner Handtasche und reihte eine neben der anderen auf dem Tisch auf. »Danke fürs Leihen. War mir eine Hilfe.«

Becker öffnete währenddessen die Sektflasche mit einem lauten Plopp und schenkte so schnell ein, dass der Schaum über den Glasrand schwappte.

»Zähl nach«, forderte ich ihn auf.

Er stellte sich neben mich, legte einen Arm um meine Taille und zählte mit ausgestrecktem Finger durch. »Neun, zehn, elf …« Mit jeder Ziffer zog er mich näher an sich heran. »Zwölf. Alle vorhanden. Braves Mädchen. Sekt?« Er küsste mich auf die Lippen. Ich ließ ihn gewähren, und er knurrte genüsslich. »Mehr davon«, bat er.

»Gibt es etwas zu feiern?«, fragte ich und zeigte auf die Sektgläser.

Er tänzelte zu ihnen, pickte sie mit einer schnellen Handbewegung vom Tisch und reichte mir eines. Wir stießen an, und während er trank, beobachtete er mich über den Rand des Glases.

»Wir feiern unsere Wiedervereinigung. Oder besser gesagt, den Waffenstillstand. Sagen wir so: Wir feiern ein Friedensabkommen.«

»Zu dem Abkommen gehören aber zwei Seiten, nicht wahr? Du willst doch nicht wortbrüchig werden. Das könnte den Waffenstillstand jäh unterbrechen.«

Becker taxierte mich, nahm einen weiteren Schluck Sekt. »Ich halte mich an meine Abmachungen«, sagte er, ging zu einem kleinen Tisch und kam mit einem großen braunen Umschlag wieder. Reichte ihn mir.

»Das sind die Fotos?«, fragte ich.

Er nickte, und ich stellte mein Glas ab, öffnete den Umschlag und nahm die Fotos heraus. »Das sind einige«, bemerkte ich.

»Fünfundvierzig Stück. Die Abzüge gehören dir. Wenn sie dir helfen, lass es mich wissen.«

Ich blätterte durch die Fotos von der Beerdigung. Schwarz-Weiß-Fotos. Da waren Papa, Henning und ich, in Schwarz gekleidet, mit starren Mienen, wie wir hinter dem Sarg herschritten. Die Sargträger von vorne. Eine Nahaufnahme von uns dreien.

Becker kam auf mich zu und legte seine Hände auf meine Hüften, links und rechts. »Findest du, wonach du gesucht hast?«

In Gedanken war ich an dem Tag der Beerdigung. Ich roch wieder die Luft, den Weihrauch aus den geschwenkten Kugeln. Ich hörte das Schluchzen um mich herum, wie ein leidender Chor. Ich fühlte wieder das Jucken des Kleides, den Schmerz der Blase an meinem Fuß. In meinem Kopf erklang die schwere, tragende Musik. Die Schritte der Menschen, die hinter uns herliefen, mit gesenkten Köpfen. Der Glockenschlag der Kapelle. Ein heller, singender Ton.

Bei einem Foto hielt ich inne.

Da war er. Da war das Gesicht des Mannes. Er lief wenige Meter hinter uns, in der vierten Reihe. Außen. Er ging wie alle anderen, versteckte sich nicht. Ein Schauer lief über meinen Rücken, und zugleich wurde mir übel.

»Das ist er«, sagte ich leise, mehr zu mir selbst als zu Becker. »Ganz sicher.«

Becker stellte sich neben mich und sah auf das Foto. »Welcher davon ist es? Auf dem Foto sind mindestens zwanzig Personen zu sehen.«

Die Türklingel schrillte. Becker sah verdutzt drein. »Wer ist das?«, fragte er.

»Keine Ahnung«, sagte ich scheinbar verwundert. »Woher soll ich das wissen? Hast du noch jemand zu unserem Abend eingeladen?« Ich schaute ihn mit einem bohrenden Blick an.

Er ging kopfschüttelnd zur Tür, und kaum öffnete er sie, fiel er fast rücklings wieder ins Zimmer.

»Wer bist du?«, rief Johannes mit polternder Stimme und rauschte herein. »Was machst du hier mit meinem Mädchen?« Er deutete auf die Kerzen und den Sekt. »Habe ich dich erwischt, du elende Lügnerin! Was läuft hier?«, brüllte er.

Becker sah ihn erschrocken an. »Entspann dich mal, wer bist du überhaupt?« Er baute sich in seiner Pluderhose vor ihm auf.

Johannes überragte ihn um einen Kopf, spannte ebenfalls die Schulter an und drückte die Brust raus. »Ich bin ihr Verlobter, du Sack«, schnauzte er.

»Wir haben uns nur unterhalten«, sagte ich kleinlaut, mit einem gespielten Wimmern. »Mehr nicht.«

Johannes stürmte auf mich zu, eine Hand erhoben, als wollte er mir eine runterhauen. »Willst du mich verscheißern? Fräulein, das wird ein Nachspiel haben, das sage ich dir. Jetzt aber ab!«

Er deutete in Richtung Tür, riss mich am Arm, der Sekt

schwappte aus dem Glas auf den Boden, und ich konnte es gerade noch Becker in die Hand drücken, der es mit einem verwirrten Gesichtsausdruck an sich nahm.

»Wo ist dein Mantel?«, fuhr Johannes mich an. »Wir gehen. Ich wusste, dass du was vorhast, als du vorhin aus dem Haus gingst. Ich bin dir gefolgt.«

»Soll ich die Polizei rufen?«, fragte Becker mich mit ernstem Gesicht.

»Ich bin die Polizei«, seufzte ich, schnappte meinen Mantel, schulterte die Handtasche. »Becker, es tut mir leid …«

Johannes zeigte auf die offene Wohnungstür. »Aber jetzt ganz schnell raus, bevor ich mich vergesse, das war das letzte Mal. Ich will keinen Ton mehr hören. Und dich knöpfe ich mir ein anderes Mal vor.«

Ich ging, wie mir befohlen, und warf Becker, der mit bedröppelter Miene neben seinen brennenden Kerzen stand, noch einen schnellen entschuldigenden Blick zu. Johannes schob mich in Richtung Treppenstufen und warf die Tür hinter sich so fest ins Schloss, dass es krachte.

Das war der Moment, in dem ich mich in Johannes verliebte.

Wir saßen im Auto und lachten uns schlapp. Johannes fuhr, eine Zigarette rauchend, die Straße runter und konnte sich nicht einkriegen.

»Wie der mich angesehen hat! Gut, dass ich einen Kopf größer bin als er.«

»Hatte ich dir doch gesagt. Du warst perfekt. Du könntest Schauspieler werden«, rief ich aufgeregt und steckte mir ebenfalls eine Zigarette an.

Mit einer Hand hielt Johannes das Lenkrad fest, mit der anderen gab er mir Feuer. »Verrückt, der hat das geglaubt«, sagte er. »Es hat geklappt.«

»Du warst aber auch sehr überzeugend«, sagte ich. »Und es war ein perfektes Timing, ich habe die Fotos!« Ich klatschte vor Freude in die Hände und hielt den Umschlag hoch. »Fünfundvierzig Fotos.«

»Mit dir wird es wirklich nicht langweilig«, meinte Johannes. Er fuhr zügig Richtung Autobahn, und ich ertappte mich dabei, wie ich seine papierweißen Hände betrachtete, die bläulichen Adern, die wie Straßen hervorstachen. Ich mochte sein Lachen, seine Fröhlichkeit, seine diebische Freude an der kleinen Hilfsaktion. Sein Profil war fein geschnitten, mit einer schön geschwungenen Nase. »Wie ein Graf«, hätte meine Mutter gesagt. »Und diese Pianistenhände.«

Ich war vollkommen aufgewühlt, weil meine Gedanken hin und her sprangen: zu dem Mann auf dem Foto und seinem Gesicht aus meiner Erinnerung, zu dem komplett verwirrten Becker und zurück zu Johannes, den ich mit einem Mal in einem neuen schönen Licht sah. Johannes war anders als die anderen Männer im Präsidium. Feiner. Er trug keinen Ehering mehr, aber ich wollte ihn auch nicht fragen, was die Geschichte dahinter war, jetzt gerade wollte ich es gar nicht wissen. Es genügte mir, dass er keinen trug und so klug war, mir nichts davon zu erzählen. Alles zu seiner Zeit.

Es ist ein Kollege. Kollegen sind tabu.

Aber ich arbeitete gerade viel, schaffte es nicht zum Französischkurs und gerade mal auf ein Feierabendbier, wo sollte ich denn jemanden kennenlernen? Johannes und ich sprachen über alles Mögliche auf dieser Fahrt, über die Arbeit, über Bücher, über französische Filme. Wir redeten einfach drauflos, rauchten eine Zigarette nach der anderen, und schließlich bogen wir in meine Straße ein und hielten genau unter der Laterne vor meinem Haus. Der Motor des Käfers rasselte im Leerlauf.

»Da wären wir«, sagte er, und mit einem Mal riss unsere Unterhaltung ab, und eine Beklommenheit stieg in uns beiden auf. Eine unangenehme Scham. Wie ein schlechter Geruch, der sich plötzlich verbreitet. Keiner von uns beiden wollte, dass der Abend nun endete, aber es musste sein. Alles hatte sein Ende. Auch diese Fahrt.

Wie verabschieden wir uns jetzt? Nach so einem Erlebnis?

Johannes drehte seinen Oberkörper in meine Richtung und sah mich an.

»Danke für diesen Abend«, sagte er in die Stille. Seine Augen strahlten mich an.

Ich fragte mich, wie wohl seine Küsse schmeckten, und ich tippte auf rote Trauben, süß, mit einer winzigen herben Note. Wir starrten uns an, und unsere Gesichter bewegten sich in Zeitlupe aufeinander zu.

Du bist die Alibifreundin von Toni. Du hast es ihm versprochen. Du kannst jetzt nicht auch noch mit einem anderen Kollegen etwas anfangen.

Ich zog meinen Kopf zurück. »Ich kann das nicht, es tut mir leid, Johannes. Danke für alles. Du warst mir eine große Hilfe.«

Johannes sah mich mit verwirrtem Blick an.

Es war, als hätte mir jemand überraschend ein Geschenk gemacht und gesagt: Das ist für dich, und nur für dich, und als im nächsten Moment die Freude in mir wie Kristalle funkelte, wurde es mir wieder weggenommen, und es hieß: Entschuldigung, das war falsch, ein Irrtum. Kein Geschenk für dich.

Ich zog die Beifahrertür auf und sprang aus dem Käfer, warf sie so schwungvoll zu, dass es schepperte, und lief, ohne mich umzusehen, zur Haustür, während mir vor Wut dicke Tränen aus den Augen quollen.

Du dumme Kuh.

2

Mittwoch, 11. März 1970

Ich schlief schlecht in dieser Nacht und war vor dem Wecker wach. Sofort dachte ich an Johannes, und ein warmes Gefühl durchströmte mich, aber zugleich schämte ich mich für den gestrigen Abgang. Ich musste mich ihm erklären; er hatte eine Erklärung verdient.

Mit verquollenen Augen fuhr ich viel zu früh ins Präsidium und ging zu seinem Büro, aber es war verschlossen, er war noch nicht da. Ich überlegte, einen Zettel hinzukleben, aber entschied mich dagegen. Was ich ihm zu sagen hatte, musste ich persönlich tun. Ich setzte mich an meinen Schreibtisch und besah noch mal die Schwarz-Weiß-Fotos von Becker mit einer Lupe. Es gab vier Fotos der Beerdigung, auf denen der Mann zu sehen war. Sein Gesicht war gestochen scharf, und ich erschrak, wie genau sich meine Erinnerung mit der Realität deckte.

Aber wer ist das?

Ich versuchte, die Menschen auf dem Foto um ihn herum zu identifizieren, aber die kannte ich alle nicht. Er schien allein im Strom der vielen unbekannten Trauernden zu gehen. Wie ein Satellit, der am Rande mitflog, in seiner eigenen Umlaufbahn. Die einzigen Menschen, die mir womöglich helfen konnten, die Identität des Mannes herauszufinden, waren mein Vater, mein Bruder und die Polizei. Vielleicht war der ermittelnde Kommissar von damals noch im Dienst und würde sich an den Mann erinnern. Aber das bezweifelte ich, die Wahrscheinlichkeit ging gegen null. Eines war klar: Ich würde heute Abend sofort mit diesen Fotos zu meinem Vater und Henning fahren und sie mit der Wahrheit konfrontieren. Allein der Gedanke erzeugte eine nervöse Übelkeit in mir.

In der Morgensitzung präsentierte Menden die Zeitungsartikel, die heute erschienen waren, mit dem Aufruf zur Suche nach der vermissten Michaela Ellerbeck und ihrem Freund Gerd Augustin. Die Bevölkerung wurde um sachdienliche Hinweise gebeten, verbunden mit der Frage: Wo ist Michaela Ellerbeck zuletzt gesehen worden? Die landesweite Presse griff die Meldung auf und überschlug sich in ihren Schlagzeilen:

Dramatische Zuspitzung im Fall Ellerbeck – Witwe bangt um das Leben ihrer verschwundenen Tochter!
Wurde die Millionärstochter entführt?
Keine Spur von der Tochter des Millionärs!
Familiendrama – Tochter des ermordeten Millionärs spurlos verschwunden!

Der Aufruf kam auch im Radio und wurde von einem Nachrichtensprecher mit ernsthafter Stimme vorgetragen. Was ich mich fragte: Saß Michaela irgendwo und hatte ein zufriedenes Lächeln auf den Lippen? Oder war sie weit weg von dem, was gerade passierte, starrte auf das Meer und dachte über ihr Leben nach? Es war, als wäre sie aus dem Bild gelaufen. Aus dem Rahmen. Weg von allem, was mit diesem Fall zu tun hatte.

Die Hinweise aus der Bevölkerung kamen im Minutentakt herein. Michaela war am Vorabend in einer Kölner Bar gesehen worden. Was durchaus stimmen konnte, aber das nützte uns nichts. Die Bar war jetzt geschlossen, und auch wenn es Michaela gewesen war, hatte sie sich bereits wieder aus dem Staub gemacht. Der nächste Tipp war der Bahnhof in Dortmund, wo sie mit einer Tasche auf den Bahnsteigen umherirren sollte. Die Dortmunder Polizeikollegen fanden eine junge Frau, aber sie war nicht Michaela und sah ihr nicht mal im Entferntesten ähnlich. Sie war dort gestrandet, weil ihr Portemonnaie im Zug geklaut worden war, und wusste vor Verzweiflung nicht ein noch aus.

Ich saß bei Ruth in der Mordkommission an einem der Telefone und bearbeitete mit ihr, Mieze und den anderen Kollegen die hereinkommenden Anrufe, die ein Mitarbeiter der Telefonzentrale vorsortierte.

»Sag mal, weißt du, wo Johannes steckt?«, fragte ich Ruth zwischen den klingelnden Telefonen.

»Der ist bis morgen auf einer Fortbildung«, erklärte sie schnell und nahm das nächste Gespräch entgegen.

Schade. Ich will ihn so gern sprechen.

Die Telefone klingelten unaufhörlich, und Menden schwor uns ein. »Macht euch auf einen langen Tag und eine lange Nacht gefasst. Sie werden uns mit Hinweisen überrennen, und wir werden alle ernst nehmen müssen. Ausnahmslos. Auch solche, die auf den ersten Blick nur Wichtigtuerei sind.«

Sein Blick flackerte, als er es sagte. Er hatte dunkle Schatten unter den Augen, und ich wusste, er würde sich von literweise Kaffee ernähren und keinen Schlaf finden, bis der Spuk vorbei wäre. Wir waren nervös, rauchten eine nach der anderen. Löcherten die Anrufer mit Fragen, versuchten, einen Hinweis darauf zu finden, dass es sich um die tatsächliche Michaela handelte. Wir schrieben die Meldungen auf gelbe Zettel, die an eine Wand gepinnt wurden, wo Menden diese durchsah und entschied, welchem Hinweis als Nächstes nachgegangen werden sollte. Die Tafel füllte sich schnell, und als ich um elf Uhr dreißig aufsah, war sie in Gelb getaucht.

Das war der Zeitpunkt, als sich in dem Fall alles veränderte.

Ich hörte das Keuchen von Elke, der Sekretärin, und ihre schnellen, klappernden Schuhe auf dem glatten Boden, wie lose Fensterläden bei Gewitter. Ihren Ausruf, fast heiser, der unseren Atem aussetzen ließ und alle murmelnden Gespräche und laut geführten Telefonate zum Erliegen brachte.

»Gerade kam ein Anruf. Sie haben … eine Leiche gefunden!«, rief Elke mit brüchiger Stimme und wedelte mit den Armen, als würde niemand von ihr Notiz nehmen, dabei ruckten unsere Köpfe herum und starrten sie erwartungsvoll an. »Eine Frauenleiche. Jung! Am alten Hafen!« Elkes Kopf war rot angelaufen. Sie atmete schwer und legte eine Hand auf ihre Brust. »Das ist zu aufregend für mich, ich werde langsam zu alt für diesen Job.«

Es dauerte zwei lange Sekunden, dann wurden Befehle gebellt. »Ihr vier zu den Dienstwagen im Hof. Ihr anderen haltet hier die Stellung! Wir geben euch über Funk durch, wenn wir mehr wissen«, rief Menden, und wir rannten los. Mieze, Ruth und ich fuhren in einem Wagen. Lenzian und Menden in einem anderen. Mit Blaulicht fuhren wir zum Hafen. Ruth am Steuer. Ich daneben. Mieze hinter mir.

»Meinst du, sie ist es?«, fragte Ruth, während sie über die Straßen heizte, dass ich dachte, uns würde der Motor gleich um die Ohren fliegen.

Ich hielt mich an der Handschlaufe fest. »Ich weiß nicht, ob ich mir wünschen soll, dass es Michaela ist. Oder ob es mir lieber wäre, dass sie es nicht ist.«

Mieze rief von hinten: »Sie wurde ermordet. Von ihrem Freund!«

Ich wandte den Kopf und sah ihr direkt in die grünen Augen. »Das ist nicht dein Ernst. Gerd Augustin? Aber warum?«

»Wollen wir wetten? Bei diesem Fall ist nichts, wie ihr denkt, das schwöre ich euch«, erwiderte sie, und ihre Augen blitzten.

Wir fuhren mit dem Dienstkäfer auf das alte Hafengelände, bis es nicht mehr weiterging und wir vor einem Streifenwagen hielten, der uns die Durchfahrt versperrte. Wir waren als Erste da. Die zwei Schutzpolizisten staunten nicht schlecht.

»Nur ihr drei? Drei Frauen? Was ist denn bei euch passiert?«, fragte der eine Kollege, dessen grüne Uniform ziemlich eng saß.

»Einiges ist passiert«, meinte Mieze, zeigte ihre Dienstmarke und ging auf den Kollegen zu. »Wo liegt sie?«

»Da hinten, am Kai, die Steinstufen runter. Wurde von einem Hafenarbeiter gefunden, der auf einem Boot unterwegs war.«

Er deutete auf den Mann, der wenige Meter entfernt auf einer alten Tonne saß. Auf den ersten Blick sah er eher wie ein Landstreicher aus als wie ein Hafenarbeiter. Die schwarze Jacke war verschmutzt und an den Ellbogen mit Flicken versehen. Er trug eine speckige Kappe auf dem Kopf, unter der weiße Haare hervorlugten, rauchte und beobachtete uns.

»Lasst uns auf die anderen warten«, sagte Ruth.

Wir dürfen keine Zeit verlieren.

Ich lief in die Richtung, die der Kollege gezeigt hatte. Meine Schritte wurden schneller. Ich verfiel fast in einen Trab.

»Warte doch!«, rief Mieze hinter mir, und jetzt rannte ich. Am Ende des Geländes stand ein Polizist neben seinem Dienstmotorrad. Den weißen Helm hatte er auf dem Sattel der Maschine abgelegt. Er stellte sich mir breitbeinig in den Weg. Im Rennen hielt ich meine Dienstmarke hoch und rief: »Lucia Specht, Kripo!«, und er sah mich ungläubig an. »Wo?«, fragte ich nur und kam vor ihm zum Stehen. Keuchend. Ich stand am Rand der Mole, sah das Hafenwasser, das eine trübe braune Suppe war.

»Da unten liegt sie. Auf dem Mauervorsprung, fast in Wasserhöhe«, erklärte er. »Passen Sie auf, die Stufen nach unten sind rutschig.«

Ich betrat die erste Stufe. Es führten ein Dutzend von ihnen an der Mauer entlang nach unten, ausgetreten, von Unkraut überwuchert. Mit abgebrochenen Kanten. Es gab kein Geländer, und wenn ich nicht aufpasste, würde ich auf den glitschigen Steinen ausrutschen und ins eiskalte Wasser fallen. Der Wind fuhr mir in die Haare. Meine Augen folgten den Stufen nach unten, bis zur letzten. Ein Busch mit dichtem, blätterlosem Geäst, der aus der Wand wuchs, verdeckte mir die Sicht auf den Leichnam. Ich sah nur nackte Füße und die Unterschenkel, die in Hosen steckten. Wasser schwappte rhythmisch gegen den Mauervorsprung und über die Füße. Nässte die Hose mit jedem Schwall weiter ein. Mein Herz pochte hart und schnell in meiner Brust.

Bitte lass es nicht Michaela sein.

Mit der linken Hand krallte ich mich an der Mauer in den Löchern und Vorsprüngen fest und ging Stufe um Stufe nach unten. Hinter mir hörte ich Stimmen lauter werden.

»Lucia, pass auf!«, rief Mieze. Der Wind trug ihre Worte fort.

Ich sah mich nicht um, hob zum Zeichen die Hand, hatte dabei den Blick auf die nassen Füße geheftet. Noch vier Stufen. Ich versuchte, an dem Strauch vorbeizusehen, aber dafür hätte ich mich weiter nach rechts in Richtung Wasser beugen müssen. Drei Stufen. Der Geruch des Wassers wurde jetzt intensiver. Es roch brackig und nach Diesel. Zwei Stufen. Ich griff in den Busch und hielt mich an den Zweigen fest. Stand mit einem Bein sicher auf dem Vorsprung und zog das andere nach. Zum Stehen blieb mir nur ein schmales Stück, so groß wie ein Bogen Papier. Ich sog die Luft fest durch die Nasenlöcher ein. Der Wind blies mir ins Gesicht. Ich hob den Blick und sah in das Gesicht des Leichnams.

»Und? Ist es Michaela?«, rief Mieze mir zu.

Langsam ging ich in die Knie. Mein Puls rauschte in meinen Ohren. Ich musste würgen. Biss mir auf die Zunge, so fest, dass ich Blut schmeckte. Schluckte hohl. Hielt noch immer einen Zweig des Gebüschs fest, der mir in die Handinnenfläche stach. Aber das war mir egal.

»Nun sag schon!«, keuchte Mieze.

Was ich sah, war das Schlimmste, was ich bislang gesehen hatte.

Komm schon, du bist Polizistin.

Meine Stimme war anfangs dünn. »Der Täter hat ihr den Kopf …«, ich räusperte mich, »… mit einem Stein eingeschlagen«, sagte ich mit fester Stimme.

»Nichts anfassen!«, schrie jemand von oben.

»Specht!«, rief Menden zu mir herunter. »Beantworten Sie die Frage. Ist es Michaela Ellerbeck?«

Ich starrte in das Gesicht – beziehungsweise das, was von ihm übrig war. Die linke Gesichtshälfte war zertrümmert, eine Mischung aus Knochen und Blut, dunkles Blut, in dem Fliegen saßen. Aber das rechte Auge war erkennbar. Ein blutverschmierter Stein lag neben der Leiche. Ich starrte auf das rechte Auge der Toten, das trüb war und an mir vorbeizuschauen schien. In den wolkenverhangenen Märzhimmel, wo ein Schwarm Krähen flog und kreischte. Langsam richtete ich mich wieder auf und sah nach oben.

Sie standen alle auf der Treppe und starrten mich an.

»Sie ist es nicht«, rief ich gegen den Wind, gegen das Kreischen der Krähen. Gegen das Platschen des Wassers. Und noch einmal lauter: »Sie ist es nicht. Das ist nicht Michaela Ellerbeck!«

»Geht's wieder?«, fragte Ruth. Lenzian hatte mir einen Schluck aus seinem Flachmann spendiert, und ich rauchte die letzten Züge einer Zigarette.

»Ja«, erwiderte ich. »Mein Kreislauf ist wieder dort, wo er sein sollte.«

»Übler Anblick«, sagte Menden nachdenklich neben mir. »Ich kann verstehen, dass Sie das mitnimmt. Aber sie ist es nicht. Machen wir weiter. Wir müssen dieses Mädchen finden, und zwar schleunigst.«

Ich sah die Enttäuschung in seinem Gesicht. Er nickte mir aufmunternd zu und ging mit hängenden Schultern in Richtung Dienstwagen. Ich warf die Kippe auf den Boden und trat sie mit meiner Schuhspitze aus. Ruth machte eine Kopfbewegung in Richtung des Wagens. Mieze stand ein wenig abseits, ich sah ihr an, dass sie nachdachte. Sie richtete sich auf, hob die Hand, und ihre gerunzelte Stirn wurde wieder glatt.

»Ich habe da einen Gedanken«, sagte sie laut, »hört mal bitte zu.«

Menden blieb stehen. Wir sahen Mieze aufmerksam an.

»In meiner Zeit bei der Vermisstenabteilung habe ich eines gelernt: Wenn Menschen freiwillig verschwinden, ist es so, dass sie sich an Orten aufhalten, an denen sie sich sicher fühlen. Orte, die anonym sind oder die sie aus ihrer Vergangenheit kennen, die positiv belegt sind für sie oder einen Sehnsuchtsort darstellen. Ich dachte mir gerade: Was ist, wenn es bei Michaela anders ist? Wenn für sie der beste Ort, um sich zu verstecken, der wäre, an dem sie niemand vermutet? Ein Ort, den sie selbst furchtbar findet. Denn dort würden wir nicht suchen.«

Mieze sah uns erwartungsvoll an. Menden drehte sich langsam um die eigene Achse. Er straffte die Schultern und sah zu Lenzian.

»Warum kommst du nicht auf solche Ideen?«, sagte er zu ihm.

Lenzian zuckte mit den Schultern. »Welcher Ort wäre das denn?«, fragte er in die Runde.

»Fahren wir zu Charlene Ellerbeck und fragen sie«, sagte Menden. »Ich bin mir ziemlich sicher, dass sie uns genau das sagen kann.«

Charlene Ellerbeck öffnete die Haustür und sah erstaunt aus. Mit uns hatte sie offenbar nicht gerechnet. Sie legte den Kopf leicht schief und blickte uns aus ihren großen, dunklen Augen an. Es war so ein Blick, der sagte: Ich traue euch nicht. Was wollt ihr schon wieder hier?

Die Wahrheit herausfinden.

»Wir haben nur eine Frage«, sagte Menden. »Und ich brauche die Antwort von Ihnen, und ich brauche sie jetzt.« Sein Ton hatte sich geändert.

Charlene machte keine Anstalten, uns ins Haus zu bitten, und ich sah Menden an, dass er auch gar nicht vorhatte, wieder bei einem Tässchen Tee im Wohnzimmer Konversation zu betreiben.

»An welchem Ort war Ihre Tochter nie gern? Wo fuhr sie nicht gern hin?«

Charlene war sichtlich perplex. Ihre Augen blieben stehen und starrten geradeaus, verloren sich im Nachdenken. »Michaela war nicht gern bei meinen Eltern«, begann sie zögerlich. Ihre Worte genau abwägend, ob sie damit mehr von sich preisgab, als sie eigentlich wollte. »Sie leben in Belgien. Einfache Leute, die kaum Deutsch sprechen. Nicht gebildet sind. Sie hat sich stets hinter mir versteckt, wenn wir dort waren. Sie fürchtete sich vor dem Dackel meines Vaters, der sie jedes Mal ankläffte.«

Menden war noch nicht zufrieden und fragte weiter. »Womöglich ein Ort, wo Michaela mit ihrem Vater manchmal war? Ein Ort, den sie verabscheute? Welcher könnte das sein?«

Wir standen vor Charlene und sahen sie ernst an. Ich spürte die geballte Kraft unserer kleinen Gruppe. Den unbedingten Willen, diese Sache jetzt zu lösen. Und wir waren alle angezündet von Miezes Idee. Wir glaubten alle, dass dies ein Schritt zur Lösung sein könnte. Wir glaubten es, weil wir wollten, dass es so war.

Charlene legte ihre Fingerspitzen auf die Lippen. »Mein Mann war Jäger, seine Familie hat eine kleine Jagdhütte bei Solingen, so eine Blockhütte. Staubig und ohne Komfort. Furchtbar.« Sie schüttelte sich demonstrativ. »Er hat dort viel Zeit als Kind und Jugendlicher verbracht und wollte, dass wir diesen Ort ebenso schön finden wie er. Aber es war wie eine schreckliche Klassenfahrt«, mokierte sie sich.

»War Michaela öfters dort?«

»Ja. Ein paarmal ist er mit Michaela dorthin gefahren. Um ihr das Leben im Wald zu zeigen. Sie haben Lagerfeuer gemacht und Nachtwanderungen. Aber sie hat sich vor dem Wald gefürchtet. Und Sie glauben ernsthaft, dass sie dort ist?« Charlene machte ein abfälliges Gesicht.

»Wo ist dieser Ort?«, hakte Menden nach.

»In der Nähe der Sengbachtalsperre. Ein kleines Dorf. Brachhausen. Ich schreibe Ihnen die Adresse auf.« Sie löste sich von der Tür und griff zu einem Notizblock. »Sie fahren durch den Ort und nehmen die erste Abzweigung nach rechts. Ein Schotterweg, der in ein Waldgebiet führt. Sie fahren etwa zwei Kilometer hinein und kommen zu einer roten Schranke. Von dort sind es noch fünfhundert Meter zu Fuß. Sie können es eigentlich nicht verpassen. Viel Vergnügen. Aber ich glaube nicht, dass Michaela dort ist.«

»Wo ist der Schlüssel für diese Hütte?«

Charlene seufzte. »Der hängt rechts unter dem Dach an einem Haken.«

Nach fünfundvierzig Minuten Fahrt parkten wir den Dienstwagen rund zehn Meter vor der roten Schranke im Wald. Wie von Charlene Ellerbeck beschrieben. Durch die Windschutzscheibe sahen wir, dass die rote Farbe an einigen Stellen abgeblättert war.

»Ich finde Wälder unheimlich«, sagte Mieze. »Kein Wunder, dass sich Michaela hier nicht wohlgefühlt hat.«

Ruth stellte den Motor ab. Wir stiegen aus. Hier war es deutlich kälter als in Düsseldorf. Die Luft war feucht und roch nach Tannen und Moos.

»Warum hast du deine Meinung geändert bezüglich Michaela Ellerbeck? Du hast gesagt, sie sei tot. Sie sei das Opfer«, fragte ich Mieze, als wir auf Menden und Lenzian zuliefen.

»Weil mir klar wurde, dass sie die Person ist, um die sich seit Anbeginn alles dreht in diesem Fall. Sie ist quasi das Epizentrum. Nicht Charlene, auch nicht der tote Theo. Es ist Michaela, die Tochter. Alle Fäden laufen bei ihr zusammen.«

Menden hatte das Kommando und winkte uns her. Er sprach leise. »Specht, Ihr Mantel ist zu hell, da sieht Sie selbst ein Blinder im Wald, ziehen Sie den aus.«

Ich gehorchte, faltete den Mantel zusammen und legte ihn auf die Rückbank des Dienstkäfers. Immerhin hatte ich heute wieder den schwarzen Rolli an.

»Die Zentrale ist per Funk verständigt. Wir nähern uns langsam. Bleibt dicht hintereinander. Specht und Hase kommen mit mir, wir gehen von rechts an die Hütte ran. Lenzian, Sie gehen mit Bellroth und nähern sich von links. Wir sondieren die Lage und schauen, ob Michaela hier ist und ob sie allein ist. Kein Schusswaffengebrauch ohne meinen Befehl. Ist das klar?«

»Ja, verstanden«, antworteten wir alle gleichzeitig.

»Gut, dann. Los geht's.«

Menden ging voran, und wir folgten ihm, die Dienstwaffen in den Händen. Wir schlichen uns im Schutz von Büschen und Bäumen seitlich an die Hütte heran. Ich hatte so viel Adrenalin im Blut, dass mir keine Minute kalt war. Menden und Lenzian hielten Blickkontakt zwischen den Bäumen zu uns, und nach wenigen Minuten sahen wir die Hütte bereits vor uns liegen. Sie war aus hellem Holz, wirkte kein bisschen verwahrlost. Ich hatte mir eine heruntergekommene Hexenhütte vorgestellt. Links und rechts von der Eingangstür waren Fenster, in denen rote Vorhänge zugezogen waren. Es schien Licht im Inneren zu brennen.

Menden zeigte auf den kleinen Schornstein, aus dem Rauch

kam. »Geheizt wird jedenfalls«, flüsterte er. Lenzian und Ruth gingen von hinten an die Hütte heran. Mieze, Menden und ich schlichen geduckt weiter. »Wir versuchen, durch die Fenster zu sehen«, flüsterte Menden.

In dem Moment schwang die Eingangstür auf und krachte gegen den Türbalken.

»Stehen bleiben oder ich schieße!«, schrie ein grauhaariger Mann, der mit einem gezückten Gewehr auf uns zurannte. »Ich meine es ernst!«, rief er und blieb wenige Meter vor uns stehen. Den Lauf auf uns gerichtet. Er funkelte uns mit einem bösen Blick an.

Michaelas Entführer.

»Polizei!«, rief Menden. »Legen Sie die Waffe sofort nieder. Das ist ein Befehl!«

Nun standen sie sich gegenüber. Der alte Mann mit den weißen Haaren war einen Kopf kleiner als Menden und zielte noch immer auf ihn.

»Wir suchen nach Michaela Ellerbeck. Ist sie hier?«

»Verschwindet, ihr Russenpack«, zischte der Alte. Sein Gewehr wackelte dabei. »Meine Kleine bekommt ihr nicht!«

»Wer sind Sie?«, fragte Menden.

»Das geht Sie einen feuchten Kehricht an«, polterte der Mann, deutete mit dem Lauf der Pistole auf Mieze und mich und sagte zu uns: »Ihr Frauen, geht zur Seite. Verschwindet einfach. Ihr schafft es bis zur Sektorgrenze.«

Mieze trat einen Schritt auf den Mann zu und zeigte ihre Dienstmarke. »Herta Hase. Kripo Düsseldorf. Sie sind verhaftet. Legen Sie die Waffe nieder.«

Der Alte sah sie so verdutzt an, dass er für einen Moment sein Gewehr vergaß. Lenzian kam von hinten mit einem Satz angesprungen und entriss es ihm mit einer schnellen Handbewegung. Menden schnappte sich den Arm des Mannes, drehte ihn flugs auf den Rücken und zwang ihn so in die Knie. Lenzian legte ihm Handschellen an, aber der Alte bockte wie ein festgebundenes Schaf und schimpfte laut: »Ihr seid die wahren Nazis!«

»Schaut nach, ob Michaela in der Hütte ist!«, rief Menden uns zu. »Und Sie bleiben mal schön ruhig.«

Ich lief auf die offen stehende Tür zu und betrat als Erste die Hütte.

»Michaela!«, rief ich. »Ich bin's, Lucia Specht.« Ich roch Kaminholz, das brannte. Sah einen Ofen, daneben einen Holztisch, auf dem eine rote Kerze brannte, aufgeschlagene Bücher, eine gebrauchte Tasse.

»Michaela? Bist du da?«

Ich lauschte, aber außer dem Knacken des Holzes hörte ich nichts. Ruth war jetzt hinter mir, sie gab mir ein Zeichen, und ich ging durch den kleinen Wohnraum auf einen winzigen Flur zu, von dem zwei Türen abgingen. Eine war schmaler, vermutlich ein Waschraum, hinter dem ich ein leises Geräusch wahrnahm.

»Hier ist Lucia Specht von der Polizei in Düsseldorf. Ich öffne jetzt langsam die Tür«, sagte ich und zog sie einen Spalt auf. Ich sah eine Toilettenschüssel. Ein kleines Waschbecken. Und dazwischen kauerte eine Person. Das Gesicht in den Händen.

»Michaela?«

Ich zog die Tür ganz auf. Sie hob den Kopf und sah mich aus verweinten Augen an. Ihre Haare hingen ungekämmt herab. Sie trug einen Wollpullover. Auf ihrer Jeans waren Rußflecken. Sie saß mit angezogenen Knien da und rührte sich nicht. Ich kniete nieder.

»Geht es dir gut?«, fragte ich und fasste sie an der Schulter.

»Warum haben Sie mich gefunden?«, fragte sie mit bockigem Unterton.

Wie ein Entführungsopfer siehst du mir nicht gerade aus.

»Wer ist der Mann da draußen?«, fragte ich und deutete hinter mich.

»Das ist mein Opa«, antwortete sie und verdrehte die Augen. »Woher haben Sie gewusst, wo ich bin?«

»Wo ist Gerd?«

»Keine Ahnung«, erwiderte sie und zuckte mit den Schultern.

Großvater Ellerbeck fuhr bei Menden im Dienstkäfer mit, Michaela bei uns dreien. Sie sprach nicht mit mir, sah teilnahmslos aus dem Fenster und war in sich versunken. Erst als wir nicht in die Richtung ihres Zuhauses abbogen, sondern weiter in Richtung Präsidium fuhren, kam Leben in sie, und sie richtete sich auf.

»Fahren wir nicht zu meiner Mutter?«

»Nein, vorerst nicht«, sagte Mieze, die vorne saß. »Wir müssen erst sehen, dass es dir gut geht, und dich befragen.«

»Ich will sowieso nicht zu ihr. Ich will nie wieder nach Hause.« Sie ließ sich zurück in den Sitz plumpsen.

»Klassiker«, murmelte Mieze.

Michaela wurde vom Arzt im Präsidium untersucht, aber außer, dass sie zwei Tage nicht geduscht hatte, ging es ihr aus medizinischer Sicht gut. Großvater Ellerbeck dagegen war geistig nicht auf der Höhe, begrüßte den Amtsarzt mit einem donnernden »Heil Hitler!« und verstand die Welt nicht mehr. Schließlich wollte er seine Enkeltochter doch nur vor den Russen schützen. Aus ihm konnten wir lediglich herausbekommen, dass Michaela plötzlich bei ihm vor der Tür gestanden und gesagt hatte, sie müsste »untertauchen«, und da habe er sie in der Hütte versteckt, unweit seines Wohnortes.

Mieze und ich sollten Michaela befragen. Wir saßen in einem Verhörraum an einem Tisch und stellten das Tonbandgerät an.

Michaela sah uns missmutig an. »Weiß meine Mutter, dass ich hier bin?«

»Ja, wir haben sie informiert, sie wird dich abholen kommen und ist auf dem Weg hierher.«

»Warum bist du abgehauen?«, fragte Mieze.

Michaela ließ die Luft aus ihren Lungen mit einem lang gezogenen »Pfffff« entweichen und streckte die Beine aus. »Hatte keine Lust mehr. Auf das alles hier. Auf die Fragen und das.« Sie verschränkte die Arme vor der Brust. »War mir alles zu viel geworden.«

»Wohnst du gern zu Hause?«, fuhr Mieze fort.

»Wie bitte?«, spuckte sie aus. »Auf keinen Fall! Ich hasse meine Mutter noch mehr als meinen Vater.«

Deutliche Worte.

»Wie bist du zu deinem Großvater gekommen?«

»Mit dem Bus. Dauert 'ne halbe Ewigkeit.«

»Wieso hat dich keiner erkannt?«

»Hatte 'ne Perücke von meiner Mutter auf. Kann ich jetzt gehen?« Michaela rutschte unruhig auf dem Stuhl vor und zurück.

»Wo ist Gerd?«, fragte ich.

»Keine Ahnung. Woher soll ich das wissen?« Michaela sah an mir vorbei, suchte mit den Augen den Raum ab.

»Wann habt ihr euch zuletzt gesehen?«

»Sonntag. Wir haben uns gestritten. Ich will ihn nicht wiedersehen.«

»Worum ging es?«

Michaela blickte zu Boden. »Wir haben unterschiedliche Vorstellungen vom Leben«, erwiderte sie, und es klang altklug.

»Michaela, dein Freund Gerd ist ebenfalls verschwunden, genau wie du. Zum selben Zeitpunkt. Bislang ist er aber nicht wiederaufgetaucht. Weißt du, wo er hin sein könnte? Seinen Aufenthaltsort?«

Sie zuckte mit den Schultern, und Mieze sah zu mir.

»Michaela«, sagte ich. »Du weißt, dass, wenn du jetzt nicht die Wahrheit sagst, es dann sehr schwierig wird für dich.«

»Na und? Was geht Sie das an? Sie sind nicht meine Mutter!«, schimpfte sie.

Hier stimmt etwas ganz gewaltig nicht.

»Du hast uns schon mal nicht die Wahrheit erzählt«, fuhr ich unbeirrt fort. »Über die Person, die angeblich mit deinem Vater im Auto saß.«

Michaela blinzelte mich an. Für eine Sekunde war sie ruhig. »Und wenn?«, platzte es dann aus ihr heraus. »Sie müssen mir ja nicht glauben. Da war eine zweite Person im Auto!«, rief sie und sprang auf. »Ich habe es gesehen! Mit meinen eigenen Augen!«

»Die Sonne stand nicht tief in dem Moment. Sie schien gar nicht, und du warst nicht geblendet. Wir haben das überprüft. Du hast uns angelogen.«

Michaela stand da und zitterte. »Ich sage ab sofort gar nichts mehr. Überhaupts nichts!«

»Nun beruhigen wir uns mal wieder und setzen uns hin«, meinte Mieze und bedeutete ihr mit einer Handbewegung, wieder Platz zu nehmen, was sie auch tat.

Ich fragte weiter, aber Michaela blieb stumm.

So saßen wir da und ließen fünf Minuten verstreichen.

Fünf Minuten, in denen es nur das schleifende, monotone Geräusch des Tonbandes gab, das sich in aller Seelenruhe drehte und die Stille aufnahm. Unser Atmen. Das leise Pochen der Heizung an der Wand.

»Es ist vierzehn Uhr siebzehn. Die Befragung ist beendet«, sagte ich schließlich und stoppte das Band.

Michaela stand auf und ging mit uns zur Tür, als wäre sie eine Märtyrerin und würde nun auf den nächstgelegenen Scheiterhaufen gebracht werden. Mieze öffnete die Tür, und Michaela schritt erhobenen Hauptes hinaus. Ich folgte ihr, sie ging den Flur entlang, an dessen Ende ihre Mutter stand. Im Pelzmantel. Eine Hand in die Hüfte gestemmt und mit einem verärgerten Gesichtsausdruck, als käme Michaela lediglich zu spät vom Turnen.

Eine große Liebe zwischen den beiden.

Michaela ging an ihr vorbei und zischte: »Das ist alles deine Schuld«, und ohne auch nur eine Sekunde innezuhalten oder sich umzusehen, lief sie unbeirrt auf den Ausgang des Präsidiums zu.

Uns war klar: Michaela hatte erneut gelogen, und das womöglich von Anfang an. Ihr ganzes Verschwinden war eine unglaubliche Geschichte. Das bedeutete, dass wir keiner ihrer Aussagen Glauben schenken konnten. Auch der letzten nicht, dass es ihr egal sei, wo Gerd war, und sie keine Ahnung habe, wo er sich aufhielt. Mieze wiederholte, was sie im Wald auf dem Weg zur Hütte gesagt hatte: dass für sie alle Fäden bei Michaela Ellerbeck zusammenliefen.

»Das ist ein abgekartetes Spiel«, sagte Menden schließlich und sah jedem Einzelnen von uns in die Augen. »Ich weiß nur noch nicht, wer mit wem unter einer Decke steckt. Aber das werden wir herausfinden. Jetzt ist Schluss, wir lassen uns nicht weiter hinters Licht führen. Wir ziehen jetzt die Glacéhandschuhe aus.«

Sein Blick war stechend.

Michaela war wieder zu Hause bei ihrer Mutter. Eine Streife stand ab sofort vor dem Haus der Ellerbecks zur Überwachung bereit. Tag und Nacht. Morgen würde in der Zeitung stehen, dass Michaela wiederaufgetaucht war. Unversehrt. Nicht entführt. Mit der Begründung, dass ihr der Rummel um ihren toten Vater zu viel geworden sei. Die Pressefuzzis würden vor der Villa herumschleichen und ein Foto von den beiden aufnehmen wollen. Ich traute Charlene zu, dass sie der Presse bereitwillig ein Interview gab und das Bild der armen, leidenden Witwe damit befeuerte. Die Öffentlichkeit würde aufatmen, sich freuen, dass das Kind wohlbehalten wieder bei seiner Mutter war.

Der trauernden Witwe.

Aber niemand von uns glaubte zu dem Zeitpunkt mehr, dass Charlene Ellerbeck wirklich trauerte. Und unschuldig in der Sache war.

Ein Satz hatte das Gebilde ins Wanken gebracht.

»Es ist alles deine Schuld«, hatte Michaela zu ihrer Mutter beim Herausgehen gesagt.

Der nächste Tag brachte die Wendung.

3

Donnerstag, 12. März 1970

Menden begann die Morgensitzung der SoKo »Freischütz« mit einem Zitat.

»Jeder Irrtum ist ein Schritt zur Wahrheit«, sagte er und fasste damit die Entwicklungen des Vortags und unsere Einsichten zusammen. »Das ist nicht von mir, sondern von Jules Verne«, ergänzte er.

»Ja, so kommt mir das auch vor«, sagte Lenzian, »als läge die Wahrheit zwanzigtausend Meilen unter dem Meer.«

Trotz aller Ernsthaftigkeit lachte die Runde einmal auf.

»Von Gerd Augustin fehlt uns bislang jede Spur. Wir gehen davon aus, dass er sich versteckt hält. Aber er wird sich irgendwann wieder in der Öffentlichkeit bewegen.«

Menden hob die Tageszeitung von heute hoch. Wie erwartet feierte die Presse die Rückkehr der verschwundenen Millionärstochter, und natürlich gab es ein Foto von der strahlend schönen und unbekümmerten Charlene Ellerbeck vor ihrer Villa mit der Unterschrift »Glücklich, dass ihre Tochter wieder bei ihr ist. Sie hat so viel durchgemacht«. Aber die Presse fragte sich auch, wo Michaelas Freund Gerd denn war. Schließlich waren beide gleichzeitig verschwunden. So schrieb eine Zeitung: »Doch ein Verbrechen? Der Fall wird immer undurchsichtiger.«

Menden erklärte gerade die geplante erweiterte Fahndung nach Gerd Augustin, als die Tür zum Sitzungsraum aufgerissen wurde und Renate hereinstürmte. Sie hielt mehrere Blätter Papier hoch.

»Wir sind da auf etwas gestoßen!«, rief sie, lief auf Menden zu und reichte sie ihm. Seine Augen flogen darüber.

Renates Kopf wackelte nervös. »Wir haben soeben eine Kopie des Testaments von Theo Ellerbeck vom Gericht erhalten. Und ich habe es mit der Kopie des Testaments verglichen, das uns Charlene Ellerbeck vorgelegt hat.« Renates Mund war offenbar so trocken, dass sie kaum sprechen konnte. »Die Kopie von Charlene Ellerbeck ist eine Fälschung«, platzte es aus ihr heraus.

»Was?«, riefen wir, und Unruhe breitete sich aus.

Menden hob die Hand. »Ruhe, bitte, Kollegen. Wenn ich das richtig überblicke, ist gar nicht die Tochter die Alleinerbin, wie wir immer angenommen haben, sondern die Ehefrau. Charlene Ellerbeck. Sie hat uns zu Beginn ein gefälschtes Testament vorgelegt, damit wir denken, sie hätte gar kein Motiv für den Mord an ihrem Ehemann.«

»Jetzt hat sie eins. Und zwar ein millionenschweres«, erwiderte Renate.

Nicht mal eine Stunde später klingelten wir am Haus von Charlene Ellerbeck, und als sie die Tür öffnete und wir in geballter Stärke vor ihr standen, wusste sie, dass sich nun die Dinge umdrehen würden. Ihre Miene war vollkommen regungslos. Ihr Gesicht bestand nur aus ihren großen Augen, die wie Scheinwerfer in die Welt leuchteten.

»Charlene Ellerbeck, wir nehmen Sie hiermit fest, wegen des Verdachts der Mittäterschaft beim Mord an Theo Ellerbeck«, erklärte Menden.

Neben ihm stand Lenzian, in der Reihe dahinter Ruth und ich. Flankiert von drei Kollegen in Uniform. Vor der Einfahrt demonstrativ zwei Streifenwagen mit eingeschaltetem Blaulicht. Wir mussten auf Charlene Ellerbeck sehr entschieden gewirkt haben.

Und so war es auch geplant. Das ganz große Besteck. Und es verfehlte seine Wirkung nicht.

Drei Pressevertreter, mit Fotoapparaten um den Hals, die vor der Villa herumlungerten, witterten ihre Chance, und als ihr Blitzlichtgewitter herniederging, unterfüttert mit den Rufen »Warum kommt die Polizei Sie abholen? Charlene, was haben Sie getan? Haben Sie Ihren Mann umgebracht?«, hob Charlene abwehrend die Hand, während sie abgeführt wurde. Ein Foto, das prompt am nächsten Tag auf der Titelseite der Zeitung erschien.

Charlene saß im Verhörraum des Polizeipräsidiums und wartete auf ihren Anwalt. Schimpfte über die Kälte im Raum.

»Die Heizung ist ausgefallen«, erklärte Menden lapidar, schloss die Tür und stellte sich zu uns in den Flur. Er hatte die Heizung absichtlich ausgestellt und ließ die Witwe in dem kalten Zimmer sitzen und warten. Ein Wachmann stand vor der Tür bereit.

»Sollten wir Madame einen Tee bringen?«, fragte Ruth.

»Zu früh«, erwiderte Menden, »wir schauen erst mal, wie sie reagiert. Bellroth und ich übernehmen die Befragung von Charlene. Specht und Hase befragen Michaela erneut, wie vorhin besprochen. Die Damen: Zeigen Sie, was Sie können.«

Ein hochgewachsener Mann im blauen Anzug kam mit wehendem Schal den Flur runtergerannt, direkt auf uns zu, seine Aktentasche in der Hand schwenkend.

»Das ist dann wohl der Anwalt«, bemerkte Ruth. »Wollen wir?«, sagte sie zu ihm und öffnete einladend die Tür zum Verhörraum, in dem eine fröstelnde Charlene Ellerbeck saß, die uns grimmig anstarrte.

Mieze und ich knöpften uns erneut Michaela im Verhörzimmer daneben vor. Sie sah uns mit hohlwangigem Gesicht an, als wir den Raum betraten. Auch hier war die Heizung ausgestellt, aber im Gegensatz zu ihrer Mutter nörgelte sie nicht, sondern ertrug es. Zog die Ärmelenden ihres Pullovers über ihre Hände. Mieze schaltete das Aufnahmegerät ein. Ich begann das Gespräch.

»Michaela, was würdest du sagen, wenn ich dir sagen würde, dass dein Freund Gerd Augustin nicht mehr am Leben ist.«

Mit dieser Eröffnung hatte Michaela nicht gerechnet. Sie riss die Augen weit auf, und ihre Unterlippe bebte. »Was? Was sagen Sie da? Das ist nicht wahr«, flüsterte sie.

Mieze und ich schwiegen einen Moment.

»Was würde das mit dir machen?«, fragte ich.

Michaelas Blick sprang zwischen Mieze und mir hin und her. »Weiß ich nicht«, sagte sie.

Eine merkwürdige Antwort für eine, die ihren Freund verloren hat.

»Was hat Gerd dir versprochen? Was hattet ihr beiden vor?«, fragte Mieze. Michaela schaute sie irritiert an, und Mieze fuhr fort. »Mit dem Erbe, das du bekommen solltest, im Falle des Todes deines Vaters. Was war der Plan?«

Michaelas Augen wurden kreisrund. Sie atmete stoßweise aus. »Ich weiß nicht, wovon Sie reden«, keuchte sie und blickte schnell zur Tür.

»Oh doch. Wer hatte die Idee, deinen Vater zu ermorden? Wer war das? Deine Mutter? Oder du? Oder Gerd? Wer war's?«

Mieze ging in die volle Konfrontation. Unser Gesprächsaufbau war ein Schuss ins Blaue. Überrumpelung war die Taktik. Die Annahme des absurdesten Grundes.

Michaela hörte scheinbar auf zu atmen, und die Farbe wich mit einem Schlag aus ihrem Gesicht. Das Tonband drehte seine Schleifen.

Mieze ging einen Schritt weiter. »Michaela, du hast zu deiner Mutter gestern gesagt: ›Das ist alles deine Schuld.‹ Was hat sie getan?«

Michaelas Lippen färbten sich bläulich. Ihr Mund war ein Strich. Ihre Schultern waren nach vorne gefallen, und sie senkte den Kopf.

»Michaela«, sagte ich. »Nur dass du das richtig verstehst: Deine Mutter wurde soeben verhaftet, wegen des Verdachts der Mittäterschaft beim Mord an deinem Vater Theo Ellerbeck. Wir haben Hinweise, dass das Testament gefälscht wurde. Du bist nicht die Alleinerbin.«

Michaela blickte uns erstaunt an. »Aber das stimmt nicht. Ich habe das Testament gesehen. Sie hat es mir gezeigt«, sagte sie und schnappte nach Luft. »Alles gehört mir.«

Das ist es also. Darum geht es hier.

Ich schüttelte langsam den Kopf und schob ihr die Kopie der Staatsanwaltschaft über den Tisch. Zeigte mit dem Finger auf die Passage. Sie starrte darauf. Ihre Augen füllten sich, die Tränen tropften geräuschlos auf die Tischplatte.

»Das Spiel ist aus«, erklärte Mieze.

Michaela hob den Kopf und sah uns an. Erst ging ein Zucken durch ihren Körper, dem ein weiteres folgte, dann brach der Damm, und sie verfiel in einen Weinkrampf, in den sie sich so hineinsteigerte, dass sie keine Luft mehr holte.

»Michaela, beruhige dich«, sagte ich, aber Michaela keuchte nur noch und stieß einen nicht enden wollenden Laut aus. Sie lief rot an und kippte schlagartig vom Stuhl. Mieze und ich sprangen auf und verhinderten den Aufprall am Boden. Das weckte sie auf, und sie holte endlich Luft.

»Gut so, einfach weiteratmen.«

Ich setzte mich neben sie, umfasste sie an der Schulter, und Michaela klammerte sich wie eine Ertrinkende an mich, als wäre der Boden ein unheilvolles Gewässer, das sie jeden Moment in die Tiefe ziehen würde. Sie legte ihren Kopf auf meine Brust und weinte laut. Ich strich ihr über den Rücken und wartete ab, bis sie sich in immer kleiner werdende Wellen beruhigte. Als ihr Atem einigermaßen gleichmäßig ging, richtete ich sie auf.

Mieze reichte ihr eine dampfende Tasse Pfefferminztee aus der Thermoskanne und sagte: »Meinst du nicht, es wäre jetzt an der Zeit, uns alles zu erzählen?«

Michaela umklammerte die Tasse mit beiden Händen, pustete auf den heißen Tee und nippte immer wieder daran. Mittlerweile war ihre Gesichtsfarbe wieder normal geworden.

»Ich dachte, Gerd liebt mich«, begann sie, und wir ließen sie reden.

Die Worte flossen aus ihr heraus; wir mussten kaum nachhaken. Michaela erzählte bereitwillig. Ich sah ihre Erleichterung, endlich darüber sprechen zu können. Es endlich loswerden zu dürfen, auch wenn es das, was passiert war, nicht ungeschehen machte.

»Er sagte, ich sei seine Prinzessin, und er baut mir ein Schloss, aber das stimmte nicht. Er hat mir nur was vorgemacht. Deswegen bin ich abgehauen und zu meinem irren Opa gefahren und habe mich dort versteckt. Meine Mutter kann ihn nicht leiden, da sucht mich keiner. Ich dachte wirklich, Gerd ist der Mann meines Lebens. Er hat mein Herz erobert und es gebrochen.« Sie verzog den Mund, die Unterlippe zitterte, aber sie fing sich nach ein paar Sekunden wieder und erzählte weiter. »Er hat gesagt, er liebt mich. Aber er meinte gar nicht mich. Das habe ich am Montag herausgefunden. Da habe ich bei ihm geschlafen und bin von einem Geräusch wach geworden und habe gehört, wie Gerd im Nebenraum telefoniert hat. Er hat sehr leise gesprochen, und ich habe mein Ohr an die Tür gelegt und mitgehört. Er hat gesagt: ›Ich ziehe das durch, bald ist das geschafft. Dauert nicht mehr lange. Sobald ich das Geld habe, ist die Sache erledigt, dann schieß ich die Kleine ab. Die wird mir zu anhänglich.‹ Es war mir sofort klar, wen er damit meint.«

Sie trank einen winzigen Schluck.

»Weißt du, mit wem er telefoniert hat?«, fragte ich.

Sie nickte. »Einem Detlev. Ich kenne aber keinen, vielleicht ist er mir mal vorgestellt worden, aber ich kann mich nicht erinnern.«

»Hat Gerd das mitbekommen? Dass du das Telefonat belauscht hast? Denn er ist ebenfalls seit Montag verschwunden.«

»Nein, ich habe ihm einen Brief geschrieben, dass ich ihn belauscht habe und dass ich jetzt weg bin und wenn mir etwas passiert, dass er schuld sei. Ich habe ein wenig übertrieben in dem Brief, ich weiß. Meine Mutter sagt, ich neige zur Melodramatik.«

Schau mal, wer da spricht.

»Von welcher Sache, die erledigt sei, sprach Gerd am Telefon?«

Michaela holte einmal tief Luft. »Versprechen Sie mir, dass Sie mich nicht hassen werden, wenn ich es Ihnen erzähle? Bitte.« Michaela faltete ihre Hände wie bei einem Gebet.

»Versprochen.«

Michaela atmete laut aus. »Angefangen hat es letztes Jahr im August, da habe ich einen Brief von meinem Vater bekommen.

Meinem richtigen Vater. Er lebt in Afrika, und er möchte, dass wir uns kennenlernen. Es war ein sehr langer Brief, ich kam früher von der Schule nach Hause und fand ihn im Briefkasten. Auf dem Umschlag stand mein Name. Es war der schönste Brief, den mir je jemand geschrieben hat. Er hat ein Foto von sich beigelegt. Darauf steht er neben einem kleinen Flugzeug mit Propellern, im Hintergrund sind Berge zu sehen. Und er lacht.« Michaela legte sich die Hand auf den Mund und schloss für einen Moment die Augen. Öffnete sie wieder. Fuhr fort. »Aber mein Stiefvater hat den Brief gefunden und hat ihn zusammen mit dem Foto verbrannt, vor meinen Augen. Er hat gesagt: ›Das ist die Vergangenheit, beschäftige dich nicht mehr damit. Wir sind deine Zukunft. Schau nach vorne. Dieser Mann kann dir nichts bieten, aber hier hast du alle Möglichkeiten.‹ Das war der Moment, ich dem ich angefangen habe, Theo zu hassen.«

Wenn du wüsstest, dass er über Jahre Schweigegeld gezahlt hat.

»Was hat deine Mutter zu dem Brief gesagt?«

Michaela riss die Arme hoch. »Sie war außer sich, gab mir eine Ohrfeige und sagte, mein Erzeuger sei zu nichts nütze, ich solle mich auf mein Leben hier konzentrieren. Theo sei das Beste, was mir passieren könnte. Er würde sogar das teure Internat bezahlen, auf das ich ab nächstes Schuljahr gehen würde. Je mehr sie meinen Stiefvater lobte, umso schrecklicher fand ich ihn. Kurz darauf habe ich im Freibad Gerd kennengelernt. Er sah cool aus, fuhr ein schickes Auto, war locker und sagte: Eltern sind scheiße. Die wollen nur regieren, aber wir regieren uns selbst. Genau, dachte ich. Scheiß auf die.«

»Mochte dein Stiefvater deinen Freund Gerd?«, hakte Mieze nach.

Michaela zog die Knie an die Brust und umklammerte mit beiden Armen ihre Beine. »Nein, er fand ihn primitiv. Meine Mutter dagegen fand ihn sympathisch und legte ein gutes Wort für ihn ein. Das hätte ich nicht gedacht, denn Gerd kommt aus einfachen Verhältnissen und verkauft Autos.«

Deine Mutter mag solche Jungs.
»Noch mal zurück zu dem Telefonat, das du belauscht hast. Was hat Gerd denn durchgezogen, wie er am Telefon sagte?«

Michaela biss auf ihre Unterlippe. Sie senkte die Stimme. »Dass wir meinen Stiefvater ermorden lassen, um an die Kohle zu kommen. Um ein neues, selbstbestimmtes Leben zu führen. Gerd hat in einer Kneipe in der Altstadt nach jemandem gesucht, den er mit dem Mord beauftragen kann. Die heißt Zum Jupp. Ich war mit ihm manchmal dort. Er hat einfach den Mann an der Theke gefragt, und der hat gesagt: ›Ich fädele das ein.‹ Es war ganz einfach. Er heuerte jemand an, und der würde ihn erschießen. Gerd hat gesagt: ›Belaste dich nicht damit, ich regele alles.‹ Ich habe ihm gesagt: ›Ich will nur, dass mein Stiefvater aus meinem Leben verschwindet.‹«

Clever eingefädelt. Alles läuft über den Mann an der Theke.
»Würdest du den Mann wiedererkennen?«

Michaela nickte. »Ja, bestimmt. Der war recht groß und blond. Mit 'ner Tätowierung auf dem Unterarm. Eine Schlange.«

»Weißt du, wie viel Geld der Auftragsmörder bekommen hat?«

»Ja, fünfundvierzigtausend Mark. In bar.«

Fünfundvierzigtausend für ein Menschenleben.
»Wo hat Gerd das Geld her?«

»Er sagt, er hat es sich geliehen von einem Kumpel. Ich weiß den Namen aber nicht. Er meinte, es sei besser, wenn ich es nicht weiß.«

Wir schwiegen alle drei für einen Moment und ließen die Informationen sacken. Das Geständnis. Die Wahrheit, die ich gar nicht so schnell begreifen konnte. Wie einfach es war, einen Auftragsmörder zu finden, für eine Summe, die er in bar erhielt, als würde er ein gebrauchtes Auto kaufen.

»Wie habt ihr denn den Zeitpunkt der Ermordung bestimmt?«, fragte ich und kontrollierte mit einem Auge, ob das Tonbandgerät noch korrekt lief.

»Es sollte ein Samstag sein, weil mein Stiefvater samstags stets das Gleiche tut.« Sie hielt inne. »Ich meine: tat. Er ging am Vormittag aus dem Haus und kam mit dem Taxi gegen drei zurück. Jeden Samstag.«

»So auch am 28. Februar. Standest du denn wirklich am Küchenfenster, als es passierte?«, fragte ich. »Sei ehrlich.«

Michaela starrte mich an. »Nein«, sagte sie fast tonlos. »Ich war in meinem Zimmer und habe auf die Schüsse gewartet. Ich habe das alles erfunden, um Sie auf eine falsche Spur zu lenken.« Sie senkte beschämt den Kopf.

»Wer hat dir denn gesagt, dass du alles erben wirst?«

Ich wusste die Antwort längst, aber ich wollte sie von ihr hören. Michaela sah mich einen langen Moment an. Es war ihr klar, dass sie mit dieser Aussage eine gewaltige Lawine auslösen würde.

»Meine Mutter«, antwortete sie. »Wer sonst?«

Zwanzig Minuten später standen wir in Mendens Büro in der Mordkommission und hörten gemeinsam das Band der Vernehmung von Michaela ab. Rauchten und verschränkten die Arme vor der Brust. Menden saß hinter dem Schreibtisch, das Aufnahmegerät vor sich auf der Tischplatte. Wir hielten die Luft an. Nach dem letzten Satz stand Menden auf und schaltete das Gerät ab. Die Bänder blieben stehen.

»Wer hätte das gedacht? Ihr lieber Gerd hat ordentlich Dreck am Stecken, kein Wunder, dass er auf der Flucht ist. Wir nehmen diese Altstadtkneipe heute Abend auseinander und schnappen uns diesen Blonden mit der Schlangentätowierung. Mit ihrer Aussage belastet Michaela ihre Mutter. Das Problem ist nur: Charlene Ellerbeck hat in der Vernehmung soeben alles bestritten«, berichtete Menden. »Sie wüsste nicht, wo die falsche Kopie des Testaments herkäme. Damit hätte sie nichts zu tun und auch nicht mit dem Tod ihres Mannes.«

»Ich glaube ihr kein Wort!«, rief Ruth und drückte die Zigarette hektisch im Aschenbecher aus.

»Wir mussten sie wieder gehen lassen, unter der Auflage, dass sie die Stadt nicht verlassen darf. Eine Streife steht vor ihrem Haus.« Menden strich sich durch den Bart. »Ein falsches

Testament vorzulegen ist kein Grund, sie in Untersuchungshaft zu behalten. Zumal wir noch nicht mal beweisen können, dass sie es gefälscht hat.«

»Sie ist unsere Hauptverdächtige«, sagte Ruth, und ihr Blick kreiste einmal in der Runde.

»Es hilft alles nichts«, erklärte Lenzian, »aber wir müssen Gerd Augustin finden. Und herausfinden, wer dieser Detlev ist, mit dem er am Telefon sprach.«

»Und den Mann an der Theke ausfindig machen, der die Sache eingefädelt hat«, ergänzte Mieze und hielt ihren Zeigefinger in die Höhe. »Da wäre noch was: Dieser Kumpel, der ihm die Kohle geliehen hat – wer soll das sein? Wer hat mal eben fünfundvierzigtausend Mark, um einen Auftragsmörder zu bezahlen?«

Wir sahen uns an und dachten alle das Gleiche.

Charlene Ellerbeck. Wer sonst?

4

Während sich kurz nach Feierabend ein Trupp Polizisten unter der Anführung von Menden in die Altstadt aufmachte, saß ich im Zug nach Essen. Ich hoffte, dass dieser Tag und die ersten Lösungen im Fall Theo Ellerbeck sich auf meinen privaten Fall übertragen würden. Quasi die Verlängerung einer Glückssträhne. Nur Ruth und Mieze hatte ich gesagt, dass ich nach Essen müsste, und sie ließen mich gehen. Unter der Bedingung, dass ich ihnen am nächsten Tag berichten würde.

Hoffentlich blamiere ich mich nicht, weil das alles eine fixe Idee ist.

»Tach, haste Heimweh nach de Ollen?«, fragte Gerlinde, als ich mich gegen halb sieben an diesem Abend an die Theke von Rudis Kneipe in meiner Heimatstadt setzte. Aus den Lautsprechern kam »Pretty Belinda« von Chris Andrews, und ich widerstand dem Drang, ein Fenster aufzureißen und frische Luft in den verqualmten Laden zu lassen. Es saßen bereits einige Kumpels an den Tischen, spielten Karten, grölten und wischten sich den Bierschaum von den Lippen. Mein Vater und Henning waren noch nicht da.

She lives on a boathouse down by the river.
Everyone calls her Pretty Belinda.

»Kommen neuerdings meist erst gegen halb acht, dein Bruder manchmal noch später«, erklärte Gerlinde und wischte die Theke mit einem Lappen sauber. Sie zwinkerte mir zu. »Da ist eine Dame im Spiel, ich sage es dir.«

»Gerlinde«, sagte ich mit ernstem Tonfall. »Ich weiß, dass mein Bruder für sein kleines bezahltes Vergnügen an den Bahnhof fährt, ich bin keine zwölf mehr.«

Sie presste die Lippen aufeinander, ihr Blick wurde für einen Moment besorgt. Dann beugte sie sich vor und drückte meinen Unterarm. »Willste was essen? Ich mach dir ein paar Würstchen warm, du siehst ganz dünn aus im Gesicht«, erwiderte sie und verschwand mit schaukelnden Schritten in ihrer kleinen Küche hinter der Theke.

Während ich ein Bier trank, legte ich den Fotostapel neben mich und starrte das oberste Foto an. Gerlinde stellte mir einen Teller mit zwei dampfenden Würstchen, einem großen Klecks Senf und einer Scheibe Mischbrot vor die Nase. Sah das Foto auf dem Tresen, und ihr Blick blieb für einen Moment daran haften. Als sie bemerkte, dass es sich um die Beerdigung handelte, sagte sie nur: »Ach, Kind.«

Am Ende der Theke rief einer: »Bekomm ich jetzt noch 'nen Schnaps, oder wat is hier los?«

»Immer mit der Ruhe«, gab Gerlinde zurück. »Eine alte Frau ist ja kein D-Zug!« Gelächter. Sie sah mich an, schüttelte den Kopf und wackelte davon.

Ich aß das erste Würstchen, knabberte an der Brotkante und überlegte, wie ich meinem Vater die Fotos zeigen könnte, ohne dass er zu viel nachfragte. Und ehrlich gesagt, wollte ich sie ihm am liebsten allein zeigen, ohne meinen Bruder. Henning würde ausflippen, mir die Fotos aus der Hand reißen und vernichten. Damit endlich Schluss war mit diesem Quatsch. Ich biss gerade in das zweite Würstchen, als Gerlinde zu mir zurückkam und mir ein Schnapsglas mit einem Klaren hinstellte.

»Eine Bagage ist das«, beschwerte sie sich und deutete mit dem Kopf ans Ende der Theke. »Die Kerle kriegen den Hals nicht schnell genug voll. Kein Wunder, dass die nie zu Hause sind. Prost, Mädchen.« Sie hob ein weiteres Schnapsglas in die Höhe, und wir tranken und schüttelten uns kurz.

»Das tut gut. Und jetzt sag mal, was sind das denn für Fotos? Ich will ja nicht neugierig sein«, schob sie hinterher.

Was soll's?

Ich drehte den Stapel zu ihr, und sie reckte das Kinn und blickte darauf.

»Kennste jemand auf dem Foto?«

»Welche Beerdigung ist das?«

»Spielt keine Rolle«, sagte ich, und Gerlinde sah mir direkt in die Augen.

»Hat das was mit deiner Mutter zu tun?«, sagte sie leise.

Ich deutete ein Nicken an. Sie nahm mein leeres Schnapsglas und deutete auf den Mann, der genau neben meinem Verdächtigen lief. Links davon.

»Den da. Den kenne ich. Die anderen nich. Das ist Kohlen-Karl. Hat hier mal gelebt, ist schon lange her. Den habe ich Jahre nicht gesehen. Ist meistens auf Beerdigungen gewesen, damit er umsonst essen kann. Kein besonders sympathischer Mensch. Eines Tages war er weg.« Sie zuckte mit den Schultern. »Hilft das?«

»Weißt du noch, wie er mit richtigem Namen hieß?«

»Mädchen, du fragst mich Sachen. Lass mich mal überlegen.« Sie ging mit den leeren Gläsern davon.

Kohlen-Karl. Vielleicht kennt Kohlen-Kerl die Person neben ihm?

Mit einem Mal war mir der Appetit vergangen. Ich schob den Teller mit der halb angeknabberten Wurst von mir weg und nahm einen großen Schluck von dem Bier. Sah auf die Uhr. Fast sieben.

Ich zündete mir eine Zigarette an und sog den Rauch tief in meine Lungen, beobachtete Gerlinde beim Bedienen. Meine Kopfhaut kribbelte bei dem Gedanken, in der Sache einen Schritt weiter zu sein. Ich schob die Fotos zurück in meine Handtasche und klappte sie zu.

»Koschinske. Karl Koschinske hieß der«, hörte ich Gerlindes Stimme mit einem Mal vor mir.

Ich kramte Geld heraus und legte es ihr auf den Tisch.

»Das ist viel zu viel«, sagte Gerlinde.

»Egal. Habt ihr ein Telefonbuch?«

»Ja, hinten am Durchgang zum Klo, neben dem Apparat liegt eines. Ist aber schon tüchtig zerfleddert, und ein paar Seiten sind rausgerissen.«

»Ich muss los. Sag den beiden nicht, dass ich da war. Das bringt sie bloß durcheinander. Ja?«

»Is gut.« Gerlinde nickte mir zu, und ich schnappte mir meinen Mantel und meine Handtasche und schlängelte mich zwischen den trinkenden Männern, die in zwei Reihen vor dem Tresen standen, hindurch.

»Na, wohin denn so eilig, Pretty Belinda?«, brummte einer in mein Ohr.

»Belinda knallt dir gleich eine«, erwiderte ich, drückte mich an ihm vorbei und lief zu dem Durchgang, wo die Treppe nach unten zu den Toiletten führte und der Fernsprecher war. Unter dem Telefon lag auf einem schmalen Regalbrett das Telefonbuch von Essen. Ich zog es hervor und blätterte zum Buchstaben K. Gerlinde hatte recht. Einige Seiten waren teilweise herausgerissen. Mit dem Finger ging ich die Nachnamen durch. Koch. Kohl. Köhler. Eine ganze Batterie von Köhlers. Köhlmann. Ich blätterte um, ging die Seite nach unten. Der letzte Name war Kosslik. Die Seite endete. Ich blickte nach rechts, aber die Seite, die folgen sollte, war herausgerissen. Die Ränder waren zerfranst. Ich kramte in meiner Manteltasche nach einem Groschen und rief die Auskunft an. Es war so laut in der Kneipe, dass ich sonst fast nichts verstand, daher legte ich meine Hand um die Sprechmuschel. »Ich suche eine Nummer in Essen«, sagte ich. »Koschinske, Karl.« Ich begann, die Sekunden zu zählen, und sah mich dabei über die Schulter um, aber niemand schien Notiz von mir zu nehmen.

»Hören Sie, ich habe nur einen Karl Koschinski verzeichnet. Keinen Koschinske. Könnte er das sein?«

»Haben Sie eine Adresse?«

»Steinstraße 57. Soll ich Sie verbinden?«

Ich schluckte. »Ja, bitte.«

Keine Ahnung, was ich sagen soll.

Es tutete in meinem Ohr. Fünfmal. Sechsmal. Nach dem zehnten Mal schaltete sich die Dame wieder ein. »Der Teilnehmer antwortet nicht, möchten Sie die Nummer notieren?«

»Einen Moment.« Ich klemmte mir den Hörer zwischen Ohr und Schulter, zog Notizblock und Stift aus meiner Handtasche und notierte die Nummer und die Adresse. »Ich danke Ihnen«, rief ich in den Hörer und hängte ein.

Die Steinstraße befand sich im südlichen Teil der Stadt, jenseits des Hauptbahnhofs. Der Taxifahrer brachte mich in achtzehn Minuten dorthin, es war dunkel geworden. Ich lehnte den Kopf an die Scheibe, und die Lichter der Laternen und Reklameschilder flogen an mir vorbei. Ich lauschte einem Klassikkonzert, das im Radio lief, dachte an die Beerdigung meiner Mutter. Das Taxi hielt direkt vor dem Haus mit der Nummer 57. Ich zahlte und gab eine Mark Trinkgeld, und der Taxifahrer strahlte mich an.

»Soll ich warten?«, fragte er, während er das Geld in seinem Portemonnaie verstaute und der Motor im Leerlauf tuckerte. Ich sah aus dem Fenster zum Eingang, der im Halbdunkel zu sehen war.

»Nein, nicht nötig. Danke.«

»Na dann, schönen Abend«, sagte er fröhlich.

Wenn du wüsstest.

Ich stieg aus, und das Taxi brauste davon. Das Haus war ein einfaches Mietshaus, die Wände außen hatten im Schein der Laternen eine bräunliche Farbe, wie heller Tee. Auf dem Klingelbrett fand ich ihn. Im zweiten Stock wohnte ein »Koschinski«. Ich schaute an der Fassade hoch, vereinzelt brannten Lichter. Ich holte einmal tief Luft und drückte die Klingel. Sie klang schrill, und ich hörte sie durch den Hausflur bis auf die Straße. Es dauerte einen Moment, dann wurde der Summer betätigt, und ich ging die Treppenstufen nach oben. Im Flur roch es nach Kohlsuppe.

Im zweiten Stock gab es zwei Türen. Die rechte stand einen Spalt auf.

»Hallo? Herr Koschinski?«, sagte ich und klopfte sachte an. Aber niemand antwortete mir. Ich drückte die Tür mit der flachen Hand weiter auf. Die Luft roch abgestanden, nach Zigarettenrauch und Gebratenem. Im Flur standen neben einer Garderobe, an der zwei Jacken hingen, fünf Pappkartons, die aufeinandergestapelt waren.

Zieht jemand hier aus? Oder gerade ein?

Am Ende des kleinen Flurs schien ein schwaches, flackerndes

Licht aus einem Zimmer. Ich hörte ein Stöhnen, gefolgt von einem fiesen Husten. Einem Ächzen. Als würde sich jemand schwerfällig aus einem Sessel bewegen. Aufstehen. Leises Tapsen. Ich tastete nach dem Lichtschalter, aber fand ihn nicht sofort, doch im nächsten Moment flammte das Flurlicht auf, und ich erschrak.

Der Mann am Ende des Flurs sah todkrank aus.

Sein Alter konnte ich nicht schätzen. Er wirkte klapprig, mit einer gebeugten Statur, das Haar dünn und hell, stand er dort, in einen blauen Morgenmantel gehüllt, der ihm zu groß war. Darunter trug er einen Trainingsanzug, dessen Hosen zu kurz waren. Die dürren Beine ragten heraus. Er setzte sich umständlich eine Brille auf und sah mich an. Ein Zucken ging durch seinen Körper wie ein Stromstoß.

»Marie?«, krächzte er mit einer belegten Stimme. Er räusperte sich, wiederholte den Namen meiner Mutter. »Marie? Bist du das? Das kann doch nicht ...« Er hob die Hand und ließ sie langsam wieder sinken.

Ich trat einen Schritt auf ihn zu. »Sind Sie Karl Koschinski? Kohlen-Karl?«

Er streckte den Kopf vor wie ein Vogel. Sein linkes Bein wackelte unruhig hin und her, und er verlagerte das wenige Körpergewicht auf die andere Seite. »Ja. Das bin ich. Oder das, was noch von ihm übrig ist.« Ich trat langsam näher, und er wich zurück, die Augen weit aufgerissen, den Mund leicht geöffnet vor Erstaunen. »Das gibt's nicht«, flüsterte er. »Das kann nicht sein.«

»Entschuldigung, dass ich Sie störe, aber ich muss Ihnen eine Frage stellen.«

Er nickte auf und ab wie ein Wackeldackel und zeigte in das Zimmer, aus dem das Licht kam. »Ich kann nicht lange stehen«, sagte er, drehte sich umständlich um und schlurfte in seinen Pantoffeln zurück.

Es war offensichtlich sein Wohnzimmer, mit alten Möbeln und einem Tisch, auf dem Bücher gestapelt waren. Das wichtigste Möbelstück schien der Sessel, neben dem eine Stehlampe brannte und der so ausgerichtet war, dass er auf den Fernseher zeigte, der lief, aber stumm geschaltet war. Die Bilder waren schwarz-weiß und flackerten durch den Raum. Koschinski ließ sich langsam in dem Sessel nieder, sah auf die Mattscheibe und dann zu mir.

»Ich schaue nur die Bilder, mehr geht nicht«, sagte er, und sein Blick studierte mein Gesicht. »Ich weiß, wer Sie sind«, sagte er leise. »Sie sehen Ihrer Mutter unglaublich ähnlich.«

Ich hatte einen vollkommen trockenen Mund. Es tat fast weh. »Ich bin Lucia Specht«, erwiderte ich.

Er nickte zustimmend, als müsste er es bestätigen.

»Kannten Sie meine Mutter?«, fragte ich.

Sein Blick ging für einen Moment ins Leere, als spulte er eine alte Erinnerung in seinem Hirn ab. Ich versuchte, das Gesicht dieses offensichtlich kranken, gebrochenen Mannes mit dem Gesicht auf der Fotografie übereinanderzubringen. Wie alt mochte er jetzt sein? Fünfzig? Fünfundfünfzig?

»Ja, ich kannte Ihre Mutter«, sagte er. Ein Lächeln sprang über sein Gesicht, die Augen blitzten für einen Moment auf. »Gut sogar. Viel zu gut.«

»Wie meinen Sie das?«

Er hustete bedrohlich. Ballte die Faust und hustete hinein. Zeigte mit der anderen Hand auf eine Wasserflasche, die auf dem Tisch stand, neben einem Glas und einem Vesperbrettchen, auf dem ein Küchenmesser und ein Zipfel Hartwurst lagen. Ich schenkte etwas Wasser in das Glas und reichte es ihm. Er trank drei kleine Schlucke hintereinander.

»Danke«, sagte er. »Besser. Nun, ich hab nichts zu verlieren. Ihre Mutter ist schon lange tot, und wenn ich Glück habe, sehe ich sie bald.«

»Waren Sie einer Ihrer Kunden, im Friseursalon?«

»Ja. Da haben wir uns kennengelernt. Und meine Haare wuchsen so schnell, so außergewöhnlich schnell, dass ich oft wiederkommen musste. Ihre Mutter hat gelacht. Und ich habe gesagt, meine Haare müssen tadellos sein. Sie hat meinen Kopf massiert, und das Shampoo roch nach Heublumen. Ich kann es jetzt immer noch riechen.« Er schloss die Augen und sog die Luft laut durch die Nase ein. Öffnete die Augen wieder. »Der Tod Ihrer Mutter war schlimm. Das hat mich sehr getroffen. Ein paar Tage davor hatten wir uns gesehen und waren in diesen Park gegangen, auf eine Zigarette.« Er hielt inne. »Ich weiß, warum Sie hier sind«, sagte er.

Ich war erstaunt und atmete laut aus. »Sprechen Sie bitte weiter.«

»Sie wollen wissen, wer die Affäre Ihrer Mutter war, stimmt's? Nun, das war ich. Ja, das ging zwei Jahre so. Ich habe ihr sogar einen Heiratsantrag gemacht. Auf Knien. Ich habe sie angebettelt, dass sie meine Frau wird. Und wissen Sie, was sie gesagt hat?«

Ich bekomme keine Luft hier drin.

Er wartete meine Antwort nicht ab. »Sie hat mir eine Ohrfeige gegeben und gesagt: ›Frag mich das nie wieder.‹« Er lachte, und aus dem Lachen wurde ein erneutes Husten. Er beugte sich vor und keuchte so, dass ich Sorge hatte, er würde jeden Moment tot umfallen.

»Sie waren damals auf der Beerdigung meiner Mutter. Erinnern Sie sich?«

Er richtete sich ein wenig auf und lehnte sich zurück. »Natürlich, es war eine große Beerdigung.« Er versuchte, Luft zu holen, aber er konnte nur flach atmen. »Wir waren uns unsicher, ob wir hingehen sollten, aber haben es dann doch getan.«

Wer ist »wir«?

Ich öffnete meine Handtasche und holte das Foto heraus. Hob es ihm vor das Gesicht. Er sah darauf, seine Augen brauchten einen Moment, dann nahm er es mir aus der Hand. »Ja, ich erinnere mich. Da war ein Fotograf gewesen, ein junger Kerl, der hat die ganze Zeit fotografiert. Und der Udo hat gesagt: ›Das geht doch nicht, dass der ständig Fotos macht.‹ Aufgeregt hat er sich.«

»Wer ist Udo?«, fragte ich, und meine Arme kribbelten, als würden Ameisen darüberlaufen. Ich ahnte, wer Udo war.

Er tippte mit dem Zeigefinger auf den Mann neben ihm auf

dem Foto. Auf den Mann, den ich suchte. Den Mann, den ich in meiner Erinnerung gesehen hatte. Den Mann, der schuld war am Tod meiner Mutter. Ich schnappte nach Luft.

»Das ist Udo. Mein bester Freund. Wir kennen uns seit der Schule. Der war immer ein wenig neidisch auf die Affäre mit deiner Mutter.«

Hinter mir knirschte es. Koschinski hob den Kopf und sagte: »Ach, Udo, da bist du ja. Wir haben gerade von dir gesprochen. Schau mal, wer da ist.«

Während es mir schwerfiel, den Koschinski von vor zehn Jahren mit dem Koschinski von heute übereinanderzubringen, war die Sache bei Udo eindeutig. Er sah fast so aus wie damals. Sicher, er war gealtert, hatte Falten bekommen, aber er war nicht wesentlich verändert. Die Augenbrauen, die demolierte Nase. Er stand im Türrahmen und sah mich mit einem grimmigen Blick aus grauen Augen an. Es dauerte nicht lange, dann erkannte offenbar auch er, wer ich war, blieb in der Tür stehen und versperrte mir den Fluchtweg.

»Das ist die kleine Specht«, erklärte Koschinski unnötigerweise, und Udo sah ihn mit einem strafenden Blick an.

»Deine Wohnungstür stand auf«, sagte er zu ihm, reckte das Kinn und taxierte mich. »Was willst du hier?«

Ich konnte die Bedrohung geradezu spüren. Mir war klar, der Mann fackelte nicht lange. Sein Körper war angespannt, seine Schultern schienen sich förmlich zu verbreitern. Er verströmte eine Energie, die dunkel war. Ich konnte nicht anders, als ihn anzustarren. Was er zu mir sagte, drang kaum an mein Ohr. In meinem Kopf spielte sich die Erinnerungssequenz wieder ab, wie sein Gesicht in dem Gebüsch aufgetaucht war. Ich erlebte alles noch einmal. Da war meine Mutter, die aus dem Gebüsch sprang, ihr zerrissenes Kleid, die Angst in ihrem Gesicht. Der Aufprall. Das Quietschen der Bremsen des Lasters.

»Hey, hat es dir die Sprache verschlagen?«, fragte Udo.

Ich presste die Zähne fest aufeinander, und in der Tiefe meiner Seele explodierte meine Wut wie Dynamit und suchte sich rasant ihren Weg nach oben. Ich begann zu zittern, und mein

Gesicht musste sich schlagartig verändert haben, denn Udo runzelte die Stirn und sah mich erstaunt an.

»Du hast meine Mutter auf dem Gewissen«, zischte ich und trat einen Schritt auf ihn zu. Stach ihm mit meinem Zeigefinger auf die Brust und schob ihn dabei nach hinten. »Du hast meine Mutter auf dem Gewissen«, wiederholte ich mit einer tiefen Stimme, »und ich werde dafür sorgen, dass du dafür bestraft wirst.«

Meine Hand schnellte nach vorne, legte sich um Udos Hals und drückte zu. Mit aller Kraft, gespeist von einer überkochenden, grellen Wut, drückte ich zu, und der einzige Gedanke, der mich flutete, war:

Ich zerstöre dich.

Udo war vollkommen überrumpelt. Ächzte. Aus seiner Kehle drang ein merkwürdiger Laut, und als ich die andere Hand zu Hilfe nahm, schaltete er zum Gegenangriff über.

Ich flog mit einem Mal rückwärts und landete auf dem Rücken wie ein Maikäfer. Udo stürzte sich auf mich, aber ich zog im letzten Moment beide Beine an und trat ihm so fest in den Bauch, dass er nach hinten taumelte und krachend gegen den Tisch fiel. Ich rappelte mich hoch und schrie ihn an:

»Du hast meine Mutter umgebracht! Du warst es! Du hast ihr aufgelauert! Wegen dir ist sie tot!«

Ich stürzte mich in blinder Wut auf ihn und wollte diesen Schmerz an ihm auslassen, der sich jetzt heftig entlud. Ich dachte nicht mehr nach. Es war, als sei ich eine stumpfe Maschine, die nur eines wollte. Ihn kaputtmachen.

Aber dazu kam es nicht.

Die Tür wurde aufgerissen, und jemand brüllte: »Schluss jetzt! Auseinander! Seid ihr irre?«

Und tatsächlich stoppte ich in dem Moment, denn die Stimme kannte ich. Udos Kopf ruckte herum, und er starrte auf den Eindringling, der ihn mit ausgestreckter, flacher Hand auf Distanz hielt und laut sagte: »Jetzt beruhigen wir uns mal wieder. Und wir beiden gehen jetzt, Lucia. Komm zu mir.«

Da stand Henning. Mein Bruder stand dort, einen Kopf größer als Udo, und winkte mich zu mir. »Komm. Schneller. Komm zu mir«, sagte er und behielt den schnaubenden Udo im Auge, der jetzt mit erhobenen Fäusten dastand, jeden Moment bereit, zuzuschlagen.

»Kein Stress. Wir gehen«, erklärte Henning.

Ich tat, was Henning mir sagte. Sah kurz zu Koschinski im Sessel, dessen Gesicht keinerlei Farbe mehr besaß und der mich mit hohlen Augen und offen stehendem Mund anschaute, schnappte meine Handtasche und ging auf Henning zu. Er griff meine Hand und zog mich an sich.

»Entschuldigt die Störung«, sagte Henning laut, schob mich an sich vorbei, ging rückwärts, hielt dabei die beiden im Auge und zischte mir zu: »Lauf!«

Wir rannten aus der Wohnung, das Treppenhaus nach unten und auf die Straße, ich schlug einen Haken nach links. Rannte weiter. Die feuchte, kalte Nachtluft schlug mir ins Gesicht, und an der nächsten Häuserecke blieb ich stehen und sah mich um. Keuchend. Vornübergebeugt. Ich würgte, schluckte. Atmete durch die Nase.

Henning zündete sich eine Zigarette an und kam gemächlichen Schrittes auf mich zu, als sei nichts gewesen, während mein Herz so laut in meiner Brust polterte, dass ich dachte, es müsste jeden Moment herausspringen.

»Lucia, was machst du für Sachen? Mein lieber Scholli. Bist du verrückt geworden? Sach ma!«

Er reichte mir seine brennende Zigarette, und ich nahm einen tiefen Zug. Das tat gut. Noch einen Zug, dann gab ich sie ihm zurück. Das Nikotin knallte in mein Hirn.

Wird Zeit, dass wir reden.

Und dann begann ich, Henning zu erzählen. Von dem Mordfall und der Hippiefeier. Von dem LSD-Trip und dem Gesicht von Udo, das ich dabei gesehen hatte. Von dem Besuch im Salon, von Konrad Becker und seinen Fotos. Meinem Verdacht. Dem Gespräch mit Koschinski, der eine Affäre mit unserer Mutter gehabt hatte, und dessen Freund Udo.

»Ich glaube, dass Udo die Affäre seines besten Freundes mit

unserer Mutter nicht ertragen hat. Ihr auflauerte, sie angriff. Sie womöglich vergewaltigen wollte. Sie angegriffen hat mit einem Messer. In den Tod trieb.«

Wir standen im Schein einer Straßenlaterne, und Henning starrte auf das Foto von der Beerdigung, die brennende Kippe im Mundwinkel, das Auge leicht zugekniffen.

»Zur Polizei kannste damit jedenfalls nicht gehen«, sagte er. »Da machste dich lächerlich. Nur weil du mal auf 'nem LSD-Trip ein Gesicht gesehen hast, kannste nix beweisen.«

»Ich weiß. Das ist ja das Blöde an dieser Sache.«

»Du willst den Kerl dranbringen, schon klar. Dass er verknackt wird für das, was er getan hat.«

»Ja«, sagte ich mit fester Stimme. »Wenn du nicht gekommen wärst, ich weiß nicht, was passiert wäre. Wieso bist du eigentlich hier?«

Ich ahne schon, welches Vöglein da gesungen hat.

»Gerlinde ist 'ne Plaudertasche, die kann nichts für sich behalten. Hat mir schon bei der Begrüßung von deinen Fotos erzählt und von Kohlen-Karl. Ich bin ja nicht doof. Außerdem merke ich, wenn meine kleine Schwester dabei ist, Scheiße zu bauen.«

Ich räusperte mich, denn das war mir ziemlich peinlich. »Erinnerst du dich an Kohlen-Karl? Oder Udo?«

»Aus der Kneipe vielleicht, aber ganz ehrlich: Nach fünf Bier sind alle Gesichter gleich. Wieso hast du dort nicht auf mich gewartet? Wolltest du mir die Fotos nicht zeigen?«

»Doch!«, rief ich, aber es klang gelogen. Henning sah mich ernst an, und ich ruderte zurück. »Ich dachte, du würdest mich aufhalten. Oder dich über mich lustig machen.«

Er blinzelte mich an. »Das dachtest du? Ganz so falsch lagste nicht. Jetzt ist Schluss mit de Fisimatenten, Lucia.«

Ich senkte den Kopf und war mit einem Schlag unfassbar müde. Die Spannung wich aus meinem Körper wie aufgeschreckte Krähen auf einem Feld, die davonfliegen. Ich senkte meinen Kopf auf Hennings Schulter, schloss die Augen und schluchzte tief.

»Danke, dass du gekommen bist«, wisperte ich.

Es dauerte einen Moment. So viel Nähe war Henning nicht gewohnt. Aber dann nahm er mich in seine Arme, zog mich an sich und hielt mich lange fest.

5

Freitag, 13. März 1970

In der Nacht hatte ich von meiner Mutter geträumt. Sie sah schön aus, trug ein zitronengelbes Sommerkleid, stand in der Küche und goss eine Bowle auf. Die Sonne schien hell und warm durch das Küchenfenster, fast zu hell, als sei das Bild überbelichtet, und ich meinte, die Wärme auf meinem Gesicht spüren zu können. Ich ging auf meine Mutter zu, aber meine Füße klebten am Boden fest. Ich kam nicht vom Fleck, streckte die Arme nach ihr aus. Rief nach ihr. Sie hörte mich nicht und goss eine Flasche Sekt in das große Gefäß, in dem Stücke von Dosenpfirsichen und Ananas schwammen. Ich rief erneut ihren Namen, aber sie reagierte nicht, sie war wie in ihrer eigenen Welt. Nicht erreichbar.

Als ich erwachte, pochte mein Herz laut in meiner Brust. Kalter Schweiß stand mir auf der Stirn, und ich dachte, ich hätte Fieber. Ich duschte heiß und machte mich für die Arbeit fertig. Meine Beine waren bleischwer, und ich brauchte einen starken Kaffee, um in die Gänge gekommen.

»Wie siehst du denn aus? Was ist passiert?«, fragte Ruth mich, als ich vor der Morgensitzung in der Mordkommission vorbeischaute.

Zur Sitte wollte ich nicht direkt gehen, die Tatsache, dass Rodewald mich auf dem Kieker hatte, zog mich nicht dorthin. In zwei Wochen würde ich auf einen Lehrgang gehen, dann wäre die Station ohnehin vorbei.

»Erzähle ich dir beim Mittagessen. Nur so viel: Ich glaube, ich habe den Mann gefunden, der meine Mutter auf dem Gewissen hat«, sagte ich, und Ruth drückte mir einen Becher mit frisch gebrühtem Kaffee in die Hand. »Aber ich kann nichts beweisen. Das ist das Problem.«

»Ich will alles erfahren, hörst du? Ich helfe dir, den Typen an die Wand zu nageln«, sagte sie. »Gehen wir? Die Sitzung fängt gleich an. Von Gerd Augustin fehlt bislang jede Spur, aber pass auf: Gestern Abend haben sie den Blonden von der Theke geschnappt. Er sitzt in der Arrestzelle und wartet auf seinen Anwalt. Ist vorbestraft und weiß, dass einiges für ihn auf dem Spiel steht. Er hat bestätigt, dass Gerd Augustin bei ihm nach einem Killer gefragt hat.«

»Ist nicht wahr. Und wer ist der Schütze?«

Ruth verzog den Mund. »Wen er für den Mord kontaktiert hat, wollte er nicht sagen. Es hat gesagt: ›Ich stecke schon tief genug im Schlamassel. Wenn Sie mir nicht mildernde Umstände versprechen, kann ich mich an den Namen nicht mehr erinnern.‹«

»Scheibenkleister.«

In dem Moment fiel mir ein, worüber Zick beim Rotwein gesprochen hatte. »Ich muss dir übrigens noch was erzählen, meine Quelle muss aber geheim bleiben«, sagte ich. »Ich weiß nicht, ob es wirklich wichtig ist.« Ich berichtete ihr von Charlene und dem Boutiquebesitzer Kronenburg. Von seiner Aussage, dass er bald expandieren würde. »Keine Ahnung, warum, aber irgendwie klang es merkwürdig. Mein Gedanke war: eine Millionärsfrau, die einen Boutiquebesitzer fördert? Warum? Der hat doch schon einen Laden auf der Kö und verdient sich dumm und dusselig. Dankwart Kronenburg heißt er. Steht in großer Schrift am Eingang. Ich kenne den Laden.«

»Noch nie gehört«, erwiderte Ruth, und wir liefen zusammen ins Treppenhaus in Richtung des Sitzungssaals.

In der SoKo-Sitzung fiel es mir schwer, mich zu konzentrieren. Meine Gedanken schweiften immer wieder ab. Ich dachte an Johannes, den ich sehen wollte, und an Toni, den ich gestern kurz vor der Fahrt nach Essen telefonisch erreicht und der mir nur berichtet hatte, dass sein Gesicht aussehe wie ein schillernder Fisch. Grün, blau, violett. Dass es ihm so weit gut gehe, er krankgeschrieben sei und keine Angst habe. Sein Fall sei noch nicht entschieden, aber ich müsste wohl noch eine Zeit lang seine Deckung sein. Dass er auf mich zähle. Mir dankbar sei. Mich liebe.

»Bellissima. Es wird nicht einfach werden, aber ich schaffe das. Certo.«

Es war wie ein Nadelstich, denn zugleich wollte ich Johannes sehen. Mit ihm Zeit verbringen. Ruth neben mir stupste mich an, und ich war wieder aufmerksam.

»Wir haben ein kleines Rechercheergebnis«, begann sie und berichtete der Runde von der Verbindung von Charlene mit dem Boutiquebesitzer. »Eine mögliche Spur? Wer weiß?«

»Bislang ist er nicht befragt worden, holen wir das mal nach«, schlug Menden vor. »Ihr beiden macht das. Wir müssen den Kreis um Charlene jetzt deutlich enger ziehen.«

Nach der SoKo-Sitzung gingen wir zurück zur Mordkommission.

»Die Boutiquen öffnen nicht vor elf Uhr«, sagte ich mit Blick auf meine Armbanduhr. »Statten wir doch Dankwart Kronenburg zu Hause einen Besuch ab.«

Ruth nahm den Telefonhörer und wählte eine Nummer. »Ich erfrage schnell die Meldeadresse von Mister Kronenburg.«

Ich saß auf der Kante ihres Schreibtisches, rauchte eine Zigarette und dachte über Michaela nach, über ihre Mutter und die Tatsache, dass es wie in meinem Traum war. Die Dinge waren zum Greifen nah, sie lagen offensichtlich vor uns, aber sie waren nicht erreichbar. Es fehlte ein Stück.

Ich sah Ruth beim Telefonieren zu.

»Kronenburg. Ja, Dankwart Kronenburg ist der volle Name«, sagte Ruth. »Wie man das schreibt? Keine Ahnung. Ja, das ist ein besonderer Vorname.« Sie rollte mit den Augen. »Sie haben nur einen Kronenburg verzeichnet«, sagte sie weiter und ließ mich am Gespräch teilnehmen. »Das ist schön. Aber nicht mit dem Vornamen. Na, womöglich ist es der Vater. Oder der Bruder. Wie lautet denn der Vorname?« Ruth sah mich an, den Hörer am Ohr, und mit einem Mal rutschte die Fröhlichkeit aus ihrem Gesicht, sie wurde ernst und tippte mich aufgeregt an.

»Sagen Sie das noch mal«, bat sie die Person am anderen Ende und griff nach dem Kugelschreiber. »Ja, ich will die Adresse.« Sie notierte. »Danke, Sie haben mir sehr geholfen.« Ruth legte auf. »Es gibt einen Herrn Kronenburg in Düsseldorf. Aber der heißt nicht Dankwart mit Vornamen. Und jetzt rate mal, wie er heißt.«

»Sag schon.«

»Detlev«, erwiderte Ruth. »Der Mann heißt Detlev Kronenburg.«

Ich sprang von der Tischplatte. »Das ist nicht wahr. Der Detlev, mit dem Gerd Augustin telefoniert hat?«

»Finden wir es heraus, und zwar schleunigst«, sagte Ruth und lief auf Mendens offene Bürotür zu. »Chef, ich glaube, wir haben was gefunden!«, rief sie ihm zu.

Die Adresse war keine besonders feine Gegend im Stadtteil Bilk, und Ruth und ich waren enttäuscht. Wir hatten uns ein schickes Haus vorgestellt, in dem ein schicker Boutiquebesitzer wohnte. *Alles nur Fassade.*

Die Wohnung lag im Erdgeschoss. Wir klingelten, und schon nach wenigen Sekunden wurde der Türöffner betätigt, und wir liefen das Treppenhaus entlang zu der offenen, aber angelehnten braunen Wohnungstür.

»Ich bin sofort bei Ihnen«, rief jemand aus dem Inneren der Wohnung. »Moment noch.« Die Stimme kam näher. »Auf dieses Paket warten wir schon lange«, und dann war da ein Schatten hinter der Tür. Eine Bewegung. Die Tür wurde aufgezogen, und für einen Moment konnte ich es nicht glauben.

Ist das ein Traum? Das kann doch nicht sein? Oder doch?

Ich sah ihm in die Augen, und ich konnte seinem Gesicht ansehen, dass er darüber nachdachte, woher er mich kannte. Und es brauchte ein paar weitere Sekunden, bis der Groschen fiel und er wusste, dass wir nicht die Deutsche Post waren. Sondern die Polizei. Im Türrahmen der Wohnung von Detlev Kronenburg stand Gerd Augustin. Der Freund von Michaela. Der flüchtige Autohändler. Hier hatte er sich also versteckt.

Gerd Augustin war eine Millisekunde schneller als wir. Er sprang mit einem Satz zwischen uns durch, schob uns dabei zur Seite, sodass wir gegen die Wände gedrückt wurden, und rannte auf den Hauseingang zu.

»Stehen bleiben!«, rief Ruth, wirbelte herum und sprintete los. Sie brauchte exakt drei lange Schritte, dann hatte sie Augustin eingeholt, der schon die Klinke der Haustür in der Hand hatte. Sie warf sich auf seinen Rücken wie eine Löwin auf ihre Beute, und die beiden fielen zu Boden. Er stöhnte laut auf, strampelte und ächzte unter ihr, und Ruth brüllte: »Polizei! Sie sind festgenommen!«

Gerd Augustin lag platt am Boden, hob den Kopf an und sah, was auch ich durch die Scheibe der Haustür sah: das zufriedene Gesicht von Menden, der vor der Tür stand und uns mit verschränkten Armen beobachtete. Neben ihm Lenzian und zwei Streifenpolizisten, von denen der eine bereits Handschellen in die Höhe hielt.

Detlev Kronenburg wurde kurz vor elf direkt vor seiner Boutique beim Aufschließen festgenommen und aufs Präsidium gebracht.

»Heute ist ein guter Tag!«, rief Menden mit dröhnender Stimme, klatschte vor Begeisterung in die Hände und fuhr sich aufgeregt durch den Bart. »Elke, koch Kaffee, es wird auch ein langer Tag. Je nachdem, wie geständig die Herren sein werden. Wir bleiben hier, bis wir alles aus ihnen herausgequetscht haben.«

Gerd Augustin war wenig gesprächig. Er rauchte eine nach der anderen bis zum Filter, wechselte alle drei Minuten die Sitzposition und nahm sich für die Beantwortung der Fragen viel Zeit. Menden und ich saßen ihm am Tisch gegenüber, Ruth am Rand. Lenzian stand an der Tür. Ich konnte sehen, dass Augustin sich bei jeder Antwort genau überlegte, ob sie ihn belasten würde. Einen Anwalt lehnte er ab.

Der Typ ist clever.

»Warum haben Sie sich bei Ihrem Freund Detlev Kronenburg versteckt? Die ganze Woche«, fragte Menden.

Gerd Augustin schob die Lippen vor und zurück und dachte nach. »Detlev ist mein bester Freund, wir sind wie Brüder. Michaela und ich hatten uns gestritten, ich brauchte mal Zeit für mich«, sagte er schließlich, und sein Blick flackerte.

Menden sah mich auffordernd an.

»Das stimmt nicht«, sagte ich. »Sie haben sich nicht gestritten. Michaela hat uns bereits alles erzählt. Sie hat ein Telefonat von Ihnen mit angehört, das Sie entlarvt hat, Herr Augustin. Ich zitiere: ›Sobald ich das Geld habe, ist die Sache erledigt, dann schieß ich die Kleine ab.‹ Zitat Ende. Michaela hat Sie stehen lassen. Sie hat bemerkt, dass Sie ein Lügner sind. Und dass Sie ihr das alles nur vorgespielt haben. Sie haben Michaela maßlos enttäuscht. Wie haben Sie es nur geschafft, das junge Mädchen über Monate zu belügen?«

Es war still im Raum. Gerd Augustins Blick würde ich nie vergessen. Es war ein vernichtender, böser Blick. Wenn Augen sprechen könnten, diese hätten gesagt: Ich hasse dich. Abgrundtief.

»Das war keine Lüge. Es war Liebe«, erwiderte er.

»Hören Sie auf damit. Die Sache war ein abgekartetes Spiel«, brummte Menden.

»Sie wissen gar nichts«, platzte Augustin heraus und sprang auf, »überhaupt nichts! Michaela liebt mich!«

Lenzian war sofort zur Stelle, packte ihn an der Schulter und drückte ihn zurück auf den Stuhl.

»Setzen Sie sich wieder hin und sparen Sie sich das für den Gerichtstermin auf«, sagte Menden mit scharfer Stimme.

Augustins Unterkiefer mahlte, dann nahm er wieder Platz, verschränkte die Arme vor der Brust. »Ich sage gar nichts mehr. Kein Wort.«

Damit war die Befragung erst mal beendet.

»Da ist noch mehr im Busch, aber wir bekommen den noch weich, keine Sorge«, sagte Menden, als wir auf den Flur traten und das Besprechungszimmer wechselten. »Kommen wir zum nächsten Kandidaten.«

Detlev Dankwart Kronenburg war der Inbegriff einer Fassade. Und zwar einer schönen, aber schnell bröckelnden. Er war auffallend gut aussehend, hatte dunkle, wellige Haare, die wie wildes Moos auf seinem Kopf wuchsen. Die Frisur war der letzte Schrei, und er erinnerte mich in manchen Momenten an Tom Jones.

My, my, my, Delilah.

Breite Koteletten. Große Augen, die leicht schräg standen, und eine auffällige Nase. Meine Mutter hätte gesagt: ein Zinken. Er war glatt rasiert und hatte etwas Kerniges an sich, Maskulines, und zugleich war da diese Aura des Eleganten. Er trug ein hellrosa Hemd zu einer gestrickten blauen Krawatte, dazu einen Zweireiher, eng geschnitten, der ihm wie angegossen saß, und duftete nach einem herben Parfüm. Wenn er lächelte, entblößte er seine perlmuttschimmernden geraden Zähne. Er war ein Mann, nach dem sich die Frauen umsahen.

Menden ging ihn in der Befragung direkt hart an, und Kronenburg klappte nach kurzer Zeit zusammen wie ein Gartenstuhl. Der Boutiquebesitzer hatte ein Problem: Er hatte Schulden. Viele Schulden. Er war gerade mal neunundzwanzig Jahre alt, hatte die Boutique mit geliehenem Geld eröffnet und ging gern ins Casino. Er war ein Spieler. Aber keine dieser abgewrackten Typen, sondern eher der schicke Spieler, der im feinsten Zwirn die Jetons auf den Roulettetisch warf und einen auf dicke Hose machte. Ein Aufschneider. Gelernter Schneider und Schaufensterdekorateur. Aber Kronenburg hatte eines: ein gutes Aussehen, Charme und ein untrügliches Gefühl für Stil und Eleganz. Und weil ihm die reichen Frauen huldigten, eröffnete er eine kleine Boutique auf der Kö. Wo sonst? Zwar warf die Boutique gut Geld ab, aber die Pacht war enorm, und er hatte sich bei einer anderen Geschäftsidee gehörig verzettelt und einen großen Batzen Geld verloren.

Seine Rettung war Charlene Ellerbeck.

»Da war es toll, als ich Charlene in meiner Boutique kennenlernte. So eine Frau wäre meine Rettung, dachte ich. Mal sehen, ob sie mir Geld leihen kann und wir ins Geschäft kommen. Das fiel mir leicht, sie ist amüsant und hübsch, eine mondäne Erscheinung. Wir gingen aus, und ich lud sie ein, und wir hatten Spaß. Sehr viel Spaß. Ich merkte schnell: Sie war eine Frau nach meinem Geschmack. Ich habe mich in sie verliebt. Unsterblich verliebt. Und wissen Sie, woran ich gemerkt habe, dass ich sie wirklich haben will? Ich wurde eifersüchtig.«

Er sah uns mit seinen hübschen Augen an, und ich glaubte ihm tatsächlich jedes Wort. Er fuhr fort, und wir bremsten ihn nicht.

»Ich wusste, dass die beiden eine moderne Ehe führten. Jedes Mal, wenn ich Theo gesehen habe, habe ich ihm die Pest an den Hals gewünscht. Gehofft, ein Auto würde ihn überfahren. Und dann keimte dieser Plan in mir auf. Denn ich sah, dass Charlene frustriert war von ihrem Ehemann, diesem feinen Gentleman, der allen hilft und an jedem Finger eine Liebhaberin hat. Ich wollte sie heiraten! *Ich* bin ihr Mann. Die arme Charlene saß in einem goldenen Käfig fest. Sie hatte alles und doch nichts, denn sie wollte keinen Mann teilen. Sie wollte Ordnung, die sie nicht bekam, und die feinen Freunde ihres Mannes fand sie öde und oberflächlich. Sie ist im Grunde eine sehr pragmatische Frau.«

Ja, das scheint mir auch so.

Der Mann war ein offenes Buch. Während mir der Song von Tom Jones nicht mehr aus dem Kopf ging, fragte ich mich, wer letztlich die Sache angesprochen hatte. Und wie? Beim Frühstück? *Chérie, wie wäre es, deinen Mann zu töten? Wäre das nicht eine gute Idee?*

Tom Jones sang in mein Ohr.

I could see, that girl was no good for me.

But I was lost like a slave that no man could free.

»Es sollte unauffällig sein«, erklärte Kronenburg. »Keiner von uns beiden sollte in der Sache sichtbar werden. Daher die Idee mit Gerd, der sich an Charlenes Tochter heranmachte und sie für sich gewann. Charlene hatte schon lange bemerkt, dass Michaela ihren Stiefvater hasste und sich nichts sehnlicher wünschte, als ihn loszuwerden. Da kam mir eine Idee. Und somit hatte Gerd den Auftrag, die Tochter dazu zu bringen, dass sie gemeinsame Sache machten und den Mord an dem Vater in Auftrag gaben. Als Michaela erfuhr, dass sie als Alleinerbin eingesetzt war, war sie schnell dabei und konnte es kaum erwarten, die Sache in die Tat umzusetzen.«

»Und das Geld kam von Charlene Ellerbeck?«

»Natürlich. Wer hat denn eben mal fünfundvierzigtausend Piepen zur Verfügung?«

Damit können wir sie festnageln.

»Warum gestehen Sie das alles so freimütig?«, fragte Menden ihn schließlich.

Kronenburgs Gesicht zog sich in die Länge. Er sah uns mit wässrigen Augen an und sagte: »Weil ich Charlene wirklich liebe. Und alles für sie tun würde.«

Es bricht mir das Herz.

Und das brachte uns auf eine Idee.

Menden ließ Charlene Ellerbeck zu Hause für eine erneute Befragung abholen, und nach rund vierzig Minuten traf sie ein, begleitet von zwei Streifenpolizisten, die sie links und rechts eskortierten, was ihr auf eine perverse Art gefiel, das sah ich ihrem Blick an, wie sie sich bei den beiden Kollegen bedankte, als sei es eine Spazierfahrt.

Dir ist noch nicht klar, wie tief du in der Scheiße steckst.

Wir standen im Flur, Ruth neben mir, Menden und Lenzian an den Türen der beiden Verhörzimmer, hinter denen Gerd Augustin und Detlev Kronenburg schmollten. Menden reichte Charlene die Hand. Sie nahm sie, als sei das ein Staatsbankett. Wenn ich ihren Gesichtsausdruck deuten sollte, hätte ich gesagt, sie war bereit, eine Entschuldigung der Polizei anzunehmen, die ihr so unrecht getan hatte.

Menden spielte seine Rolle perfekt. »Frau Ellerbeck. Ich hoffe, dass dies nun unser letztes Treffen ist. Denn meine Zeit ist kostbar und Ihre sicherlich auch. Und wir möchten die Sache doch jetzt gerne abschließen. Zum Wohle aller Beteiligten in diesem kleinen Kammerspiel.«

Charlene Ellerbeck sah ihn vollkommen verdutzt an.

Menden fuhr fort. »Ich möchte kein Unmensch sein, denn Sie werden sich für eine lange Zeit nicht sehen. Eine sehr lange Zeit.«

Er öffnete die Tür des Verhörzimmers und gab ihr den Blick auf den sichtlich aufgelösten Kronenburg frei, der mit Handschellen an den Händen auf seinem Stuhl saß. Menden hatte sie ihm anlegen lassen. Das würde Eindruck machen. Mehr brauchte es auch nicht.

Charlene Ellerbeck brach in Tränen aus, rief »Mein chouchou« und rannte auf Kronenburg zu. Und Menden ließ es geschehen.

»Ich habe ihnen alles gesagt«, sagte Kronenburg mit tränenerstickter Stimme, während sie ihn abküsste und durch seine Haare fuhr. »Hörst du? Du musst nichts sagen. Es war meine Schuld, alles nur meine Schuld. Ich liebe dich.«

»Nein, wir haben das zusammen gemacht. Wir sind stark. Du und ich. Wir stehen das gemeinsam durch, mon bébé.«

Was für ein Schmierentheater.

Menden ließ die beiden Turteltäubchen ein paar Minuten unter unserer Beobachtung ihre Liebesschwüre austauschen und heulen. Dann unterbrach er sie. »Wenn Sie sich jetzt bitte voneinander verabschieden würden.«

Ein Polizist half Kronenburg auf und trennte ihn aus der Umarmung seiner geliebten Charlene, die von einem zweiten Polizisten am Arm aus dem Raum geführt wurde. Genau in dem Moment, als die andere Tür sich öffnete und Gerd Augustin herausgeführt wurde. Ohne Handschellen natürlich. Die drei sahen sich an, und Menden beobachtete das Zusammentreffen auf dem Flur mit wohlwollender Miene.

»Vielleicht wollen Sie sich gegenseitig noch letzte Worte sagen, bevor Sie sich alle vor Gericht wiedersehen?«

»Oh Gerd!«, rief Charlene. »Es tut mir leid, dass es so kommen musste«, stammelte sie, sichtlich aufgelöst, während Detlev

Kronenburg seinen Freund ansah und mit Blicken um Verzeihung bat.

»Ich habe denen alles gesagt. Es ging nicht anders.«

»Wie kannst du nur so schnell einknicken?«, rief Augustin verärgert. »Wie kannst du unsere Pläne verraten?« Er schlug sich gegen die Stirn. »Bist du verrückt?« Augustin war richtig sauer. Charlene wich zurück, während er in einer Schimpftirade alles rausließ. »Die Idee war brillant! Es lief wie am Schnürchen! Wir waren so nah dran! Das wäre das perfekte Leben geworden. Wir wären alle Sorgen losgewesen. Und sie hat alles kaputtgemacht«, zischte er und zeigte auf mich, und ich sah, wie die Spucke aus seinem Mund sprühte. Er stand einen Meter von mir entfernt. »Sie ist schuld, sie hat Michaela dazu gebracht, uns zu verraten!«, rief er, und seine Stimme rutschte eine Oktave nach oben. Er griff in seine Hosentasche. Drehte seinen Körper ein. Wie ein Tänzer, der eine halbe Drehung beschreibt. Dann schnellte seine Hand vor.

Es ging blitzschnell. Ein Wimpernschlag.

»Du blöde Sau«, zischte er, und ich spürte seinen ausgestoßenen Atem auf meinem Gesicht. So nah war er.

Erst merkte ich nichts. Ich wusste, dass etwas anders war, weil ich in das hasserfüllte Gesicht von Augustin sah und dann in das von Ruth, die mit schreckgeweiteten Augen dastand. Ich hörte Schreie. Rufen. Sah, wie sich Lenzian von hinten auf Augustin stürzte und ihn zu Boden riss, und dachte:

Habe ich was verpasst? Was ist denn?

Ich sah an mir herunter, und da entdeckte ich das Blut. An meinem Bauch. Ich fasste darauf und fühlte es warm und feucht. Ich war perplex und erstaunt. Es quoll aus mir heraus wie aus einer kleinen Quelle. Erst jetzt sah ich das Messer, das zu meinen Füßen am Boden lag. Ein Springmesser mit Blut an der Klinge. Jemand stieß es mit dem Fuß zur Seite, und es schlitterte über den Boden aus meinem Sichtfeld.

Er hat mich in den Bauch gestochen.

Die Erkenntnis wollte ich den anderen mitteilen, aber die Zeit blieb stehen. Die Szenerie fror langsam ein. Ruth, die auf mich zusprang. Gerd Augustin, von zwei Polizisten gegen die Wand gedrückt. Menden mit weit offenem Mund rufend.

Aber da war kein Ton mehr.

Erst jetzt sprang mich der Schmerz an, wie ein scharfkralliges Raubtier mit gefletschten Zähnen, breitete sich in meinem Körper aus wie ein heller Blitz, vom Bauch direkt in mein Hirn.

Ich schrie auf. Die Zeitlupe brach zusammen.

»Einen Notarzt! Schnell!«, brüllte jemand.

Mir wurde schwummerig. Meine Knie wurden weich. Der Boden schien zu Sand zu werden, auf dem ich wackelig stand. Mein Hirn ratterte. Ich dachte daran, was ich heute noch tun wollte: mit Lilli über Rodewald sprechen und ihr sagen, wie beeindruckt ich war, dass sie boxte. Mit Mieze über den Fall meiner Mutter sprechen, weil sie stets Rat wusste. Renate feiern, weil sie die Aufklärung des Falls um Theo Ellerbeck ins Rollen gebracht hatte, und Petra über ihr Techtelmechtel mit Kassner ausfragen. Und zu guter Letzt Johannes sagen, dass es mir leidtäte und dass der Zeitpunkt gerade schlecht war, aber dass ich ihn wirklich gern sehen wollte. Johannes. Mein Hirn übertönte die Gedanken mit einem Song, der aus dem Hintergrund langsam heranschwebte, während jemand das Licht zu dimmen schien. Es waren die Supremes. Sie sangen in mein Ohr.

Whenever you are near I hear a symphony.

A tender melody.

Ich hatte den Takt im Kopf. Musste kurz lächeln. Starrte auf meine Hände, die rot waren. Die Supremes bekamen nun einen Hall. Ein Echo.

Ev'ry time your lips meet mine, baby.

Mein Puls war schnell, viel zu schnell, er rauschte in meinem Ohr wie ein Gebirgsbach. Meine Beine rutschten mir weg, aber ich schlug nicht am Boden auf. Ich wurde getragen, von einer unbekannten Kraft, die mich schweben ließ. Ich wollte sagen, dass es mir gut ging, aber mein Mund öffnete sich nicht. Mein Körper wurde leicht. Ein Gesicht beugte sich über mich. Es war Mama, die mich mitfühlend ansah. Hinter ihr schwebten drei schwarze Krähen in der Luft und flatterten laut mit den Flügeln.

Ich atmete aus.

Ein langer Atem strömte aus mir heraus. Um mich herum wurde es immer dunkler, das Dunkel kam wie verschüttete Tinte von der Seite und faltete mein Blickfeld zusammen. Meine Lider wurden schwer. Und ich wollte zu gern die Augen schließen. Der Schmerz war weg. Ich war müde, so müde, und ich musste nur nachgeben, ich müsste nur die Augen schließen und mich in diese köstliche Dunkelheit begeben, die mich nicht erschreckte, sondern in der Ruhe war. Absolute Ruhe.

Ich schloss die Augen, und auf meiner Netzhaut explodierten Lichter.

Danksagung

Die Geschichte mit den Kriminalistinnen geht weiter, und ohne die Unterstützung von einigen Menschen hätte ich das nicht geschafft.

Danke an den Emons Verlag für die tolle Begleitung und Unterstützung, vor allem an Steffi Rahnfeld, Inge Simandi, Nora Dutz, Mike Jauß, Nina Schäfer, Sophie Olk, Dominic Hettgen und danke an Marion Heister für ihr feines Lektorat.

Danke an die leidenschaftlichen Buchhändler:innen, bei denen ich lesen durfte, und danke an ihr herzliches Publikum. Es war mir eine große Freude!

Danke an meinen Zeitreisenden Wilfred Kaminski, der mir (erneut) seine wertvollen Erinnerungen geschenkt hat. Und danke an Werner Kohnert für die Blitzeinführung ins Boxen.

Danke an meine Vorableser:innen, ohne deren kluge und direkte Rückmeldungen ich manchmal den Wald vor lauter Bäumen nicht gesehen hätte: die »Öscher Mädels« Christa Siegmund und Inge Lingens sowie Stephanie Frank, Ulrike Westhoff, Charlotte Fechner, Melanie Raabe und Annette Wieners. Ihr seid spitze!

Danke an den Writer's Room Köln – ihr seid ein großes Glück für mich.

Danke an meine Freundinnen, Freunde und meine Familie für euren Support und euer Verständnis, wenn der Schreibmonk mal wieder keine Zeit hat. Und ein fettes Danke an meinen Mann Walter, den ehrlichsten Leser, den ich kenne. Ohne dich wäre alles nur halb so schön (und aufregend). LOVE.

Mathias Berg
DIE KRIMINALISTINNEN.
DER TOD DES BLUMENMÄDCHENS
Broschur, 336 Seiten
ISBN 978-3-7408-1684-1

Düsseldorf, 1969: Erstmals werden Frauen zu Kriminalbeamtinnen ausgebildet – ein Novum, das Widerstände in der Behörde und der Bevölkerung hervorruft. Die zweiundzwanzigjährige Lucia Specht lässt sich davon nicht abhalten. Sie ist fasziniert vom Beruf der Kriminalistin und fest entschlossen, der Enge ihrer Heimatstadt zu entkommen. Als ein junges Hippiemädchen brutal ermordet wird, nimmt sich Lucia unter Mithilfe ihrer Kolleginnen des Falls an – und beweist, dass sie das Zeug zur Ermittlerin hat.

»1969 wurden erstmals Frauen zu Kriminalistinnen ausgebildet. Mathias Berg hat aus diesem Umstand ein detailgetreues Gemälde dieser Zeit geschaffen, eingebettet in eine echt gute Krimihandlung.« Brigitte

www.emons-verlag.de